論創ミステリ叢書

97

大河内常平探偵小説選 I

論創社

大河内常平探偵小説選Ⅰ

目次

創作篇

評論・随筆篇

凡　例

一、「仮名づかい」は、「現代仮名遣い」（昭和六一年七月一日内閣告示第一号）にあらためた。
一、漢字の表記については、原則として「常用漢字表」に従って底本の表記をあらため、表外漢字は、底本の表記を尊重した。ただし人名漢字については適宜慣例に従った。
一、難読漢字については、現代仮名遣いでルビを付した。
一、極端な当て字と思われるもの及び指示語、副詞、接続詞等は適宜仮名に改めた。
一、あきらかな誤植は訂正した。
一、今日の人権意識に照らして不当・不適切と思われる語句や表現がみられる箇所もあるが、時代的背景と作品の価値に鑑み、修正・削除はおこなわなかった。
一、作品標題は、底本の仮名づかいを尊重した。漢字については、常用漢字表にある漢字は同表に従って字体をあらためたが、それ以外の漢字は底本の字体のままとした。

創作篇

地底の墓標

特ダネ情報

あたりのキャバレーや商店のネオンが、七色の彩りを、窓ガラスに映しはじめていた。

――そんな時刻にもなって、やっと事務をおわり、テーブルの書類を片附けはじめた来栖谷一平探偵は、

「はいッ、お電話ですよッ！」

と、秘書の君津美佐子が、つんとして突きだした電話の受話器を、耳にあてた。

はたして近所のバー『クラフト』のマダム、百合子の声だった。

「おや、なにか用かい……先月分のツケは、もう小切手で送っといたぜ」

「わかってるわよッ……あたしが集金にあがると、美佐ちゃんのお目障りだからでしょ……来栖谷先生こそ、いまなにしてらッしゃるのよ。こんな遅くまで、事務所でお二人で、なんのお相談ごと？」

「うるさいなあ……そんな大きな声で」

こんどは美佐子が、睨みつけた。

「……とにかく忙しくてね。なかなか君の店にも、ゆくまがないんだ」

「ふん、お見限りねえ……じゃ、よくってよ。せっかくの特ダネ、藤村さんにでも、買ってもらおおッと」

「なに、特ダネだと……そりゃなんだ？」

近頃のバーのマダム族なんかは、利巧なものだ。どう言えば相手の客が、いちばん神経をとがらすか、読みぬいている。

藤村という男は、やはり『クラフト』の常連で、毎朝新聞東京本社の社会部長だ。来栖谷とは、おなじ大学の、法学部時代の同級生だ。

百合子にゾッコン惚れているらしく、店に入り浸りつづけである。

「……ふ、ふ、ふッ。特ダネときくと、声まで変るのね。あなたこそ、大きな声になって。よくッて新橋の辻

留一家と、花菱の手打がモメたの、知ってるでしょ」

「うん、謎の愚連隊誘拐事件、ッていうやつだろ」

「まあそれ、藤村さんとこの、新聞の見出し文句じゃないの……はやくしないと、お先にぬかれるわよ。いい、あのヤクザの男たち、じつはもう、二人とも果しあいやって、死んじまってるんですって。この世にはもういなくッて、地の底に、埋められてるらしいわ」

「なにッ、地の底だって?」

「そうよ、そうしなくちゃ、見つかッちゃうでしょ……サヨナラ、またこんどね」

「おい、マダム! どこで、そんなことときいたッ。いく、いま行くから」

来栖谷探偵は、もうガチャリと、あちらからきった受話器に、こう怒鳴った。

そして未練ありげに、いま一度耳にあてがってみてから、受話器をおろした。

「先生お先に……」

美佐子がすばやく、壁からピンクのコートをとって、廊下にでていこうとする。

「あっ、まちたまえ……いま自動車でおくる」

「いいですわ、わたくし……電車でかえりますから。『クラフト』に、おいでなんでしょ」

とめるまもなく、ちょうど降りてきたエレヴェーターに乗り、すーっと下に、降りていってしまった。

すらっと均勢のとれた、黒耀石の瞳のかわいい娘である。もとU大の英文学部の教授だった父と、母と三人暮しの、育ちのよいお嬢さんなのだ。君津源四郎といえば、英文学者としていまもなお高名な父であり、経済的にもけっして、恵まれぬ家庭ではない。

タイプも打てるし、頭もよくて、事務能率はすこぶるよい。

この『来栖谷私立探偵事務所』にとっては、かけがえもない花の存在なのだ。ところがまだまだお嬢さん育ちで、世間知らずな、ところがある。こんな銀座のど真中のビルに勤めていながら、バーやキャバレーなどは――うんとなにか悪い場所だと、考えているらしい。一平はやむなく、一人で表へでた。

ここ銀座五丁目裏の、一方交通の身ぜまな夜の車道に、駐車場のすき間をさがす自家用高級車がひしめき、タクシーは警笛を鳴らしつづけていた。

こんな繁華な、夜のにぎわいの時に、車でいっても、もう駐車する余地なんかない。

そうおもって一平は、自家用のフォルクスワーゲンをビルの入口においたまま、すたすた鋪道をあるいて、『クラフト』へむかった。

えらい特ダネを、つかんだものだ。

百合子のただの客よせの言葉にしては、あまりにヒントだけではあるが、上手すぎる。

たしかになにか、摑んだ気配がよめた。

「まさか藤村の奴から……さきに聞きとった、情報じゃあるまいな」

と思ってもみたが――それなら奴の毎朝新聞が、空前の大特ダネを、でかでかのせるはずだ。

よし藤村に、一泡ふかせてやろう――と、またまた対抗意識をかりたてられる、彼であった。

謎の愚連隊誘拐事件、というのは、つい四、五日前におこった、まことに奇妙な事件のことである。

この大東京の中心地銀座につづく、新橋界隈の地元に巣くうヤクザ一家辻留、と、花菱一家の縄張り争いにからむ――ヤクザ者二人の、おかしな失踪事件であった。

日頃喧嘩つづきの、辻留一家と花菱一家の仲違いのひどさに、みかねた関東すじの親分たちが仲裁にたち、仲介人をたてて手打の式までこぎつけたのが、五日まえのことだった。

手打ちの場所は、きまりによって両家からおなじぐらい離れた、赤坂の料亭がえらばれていた。

和解式の会場の間は、何十畳の広間が、用意されていた。双方おなじ人員だけの出席、席も『四方席』と紙に書いて東西南北の鴨居に貼り、

「おい、俺たちを、下座にすえるのかいッ！」

といった着席の悶着をさけ、また互に一言も口をきかぬなど、細心の仲介の注意がはらわれていた。

うすうすは地元の警察も知ってはいたが、手打ちの式とあれば、結構なことだ、今後の町の平和のために、むしろ喜んでいたのである。

ところがその席上で、とんだ話のモツレが、まき起ってしまった。

辻留一家の大幹部友野政五郎と、花菱の大幹部島崎茂が、どうしたものか、席にあらわれないのだ。和解式はのびにのびて、夜半ちかくまで、手がしめられなくなった。

仲介人の顔はツブれ、親方衆はしびれをきらし、手打ちがおわるまで触れてはならぬ習いの、盃に手をつけはじめた。

「おい、こりゃご仲介人、どうした手違いだ……なめてもらいたくねえなッ」

と客がおこりだし、

「そんなはずはない！　たしかに兄貴は、くるはずですぜッ」

と、双方の若い者も色めきたち、神経のいらだつ場だけに、あげくの果は大乱闘と化してしまったのだ。

たがいに身内の大幹部の兄貴が、相手に、和解式をまえにして仕返しをくったのではないかと、疑いはじめたからだ。

犬猿の仲である友野と島崎のことだから、この危険はたしかにあった。

——これまでのいきがかりは、すべて江戸川の大海へながし、これからは水魚の交りを結ぶ——はずだった手打ちの式が、両家幹部二名の謎の失踪から、かえって血の雨を降らす、極悪対立へと一変した。

「兄貴を斬って、とぼけてやがるッ！」

と、たがいに他を疑ぐる、おかしな情勢となったわけだ。

もう五日にもなるのに、影も姿もみえぬ。

地元署もこうなると、すてても置けない。

謎の愚連隊誘拐事件は、パッと全都の、話題をさらい始めたのだった。

死斗するヤクザ

「ねえ来栖谷先生ッ……特ダネききにきたの？　それともあたしに、会いにきたの？」

「どっちもさ……おい、そう飲むなよ」

「やっぱり特ダネねッ！　よし、おぼえてろ、ぐでんぐでんに酔って、介抱させてやるわよ」

仄暗いバー『クラフト』のボックスで、マダムの百合子が、ぴたりと一平に寄り添っていた。

ちらりと上目使いにみる瞳が、仇ッぽいマダムだ。黒地に蝶々を織り出した銀ラメの和服が、すごく艶やかに、男心をそそる。

グラマー美で、胸などはちきれそうだ。

店の女の子達は、ママが来栖谷に惚れているのを知っているから、遠慮してこない。

「ああどうとでも、おっしゃる通りにするよ……とにかく話だけは、聞かせてくれ」

「まあうれしい……お店おわってから、ナイトクラブにいこうね。あたしが奢るから、まかしとき」

肢体のボリュウムが、ぐっと一平にせまる。

和服の蝶が、キラリと銀色に光った。

来栖谷は腕のやり場にこまり、百合子の肩に、にゅっと手を掛けた。

「まあ先生ッ、サービスいいのね……じゃ教えてあげる。新聞にでてた、辻留一家の政五郎っていうヤクザね……もう一人の、茂虎っていう喧嘩相手と、泥の底に、埋められちまったのよ」

「二人ともね……で、誰に殺された？」

「殺されやしない。二人で日本刀で、果し合いやったの……そして死んじゃったから、棄てちゃッたんですもの」

百合子がふざけて、灰皿の吸殻をつまみ、二つぽいと、床にすてた。

「じゃ、埋めたところはどこだッ？　いったい誰が、埋めたというのさ」

「そう安売りは、できないわよ……埋めたところは、東亜ビルを建ててる現場……誰がやったかは、はて、誰でしょう」

「マダム！　そう、もったいつけるなッ」

「あら怒ったの……悪かったわね。でもあたしも、やったの誰か、わかんないのよ」

「ふーん、では、どこできいた」

「やっぱしニュースの出所は、気になるのね……探偵さん、人にいっちゃいやよ」

「いうものか、君とぼくだけの秘密さ」

来栖谷も、女性の操縦はうまいものだ。こう囁くようにいって、百合子をひきよせた。

「うちのお客さんで……古田さんていう、石油成金のひとがいるの」

「ああ知ってる……いつも君と、いちゃついてる男だろ。肥った、頭の禿げかかった……」

「まあにくい！　ただのお客さんよ。古田さん酔うと、人が変っちゃうの。なんでも、べらべら、しゃべるひとよ。思っていること、かくせないのね」

そして、口説かれるんだろ――とでも冗談をたたきたいところだが、一平もここが大事と、口を慎んでおいた。

「……あのひとが酔っぱらって、あたしに打ち明けたの。というより、自慢したかったのね。いま面白い見せ物を、みてきたとこだって……」

「見せ物を……」

「そう……今夜のはヤクザの果し合いで、血みどろになって、死んじゃッたぜって……」

「……どういう、意味だい……それは」

「とっても高いお金はらって、世にも珍らしい光景を、見せるクラブがあるンですって」

「なに、クラブ組織だとッ?」

「凄いらしいわよ……ファッションモデルの、宮河原友江、知ってる? あのひとが映画俳優の、塚越の哲ちゃんと仲のいいの、もっぱらの評判でしょ……」

「しらないね……そんなゴシップ」

またも話題が、脱線する。来栖谷探偵も、いささかじれはじめた。

「あら世間しらず! でも本人たちはまるっきり否定してるわ」

「そうかね……ばかばかしい」

「ばかばかしくなんか、ないじゃないの。それがじつは本当で、古田さん、その堕胎手術を、ショーでみたんですって。もちろん麻睡がきいてるから、ご本人は知らないうちに」

「宮河原友江の手術を!」

「いやらしいわね、先生。ファッションモデルの堕胎なんていうと、もう眼を、光らせたりして……わりかし探偵さんなんて、助平なのね」

これはまた、実とすれば、驚いた秘密クラブだ! ときめく人気男優塚越哲次のだという、三カ月目にはいりかけた、胎児まで摘出してみせたという。

「ふーん、会員は、どういう連中だい」

「厳選して、ぜったい秘密をもらさない、大金持や名士ばかりを……誓約させて、会員にするんですって」

「誓約って、誰にするのさ」

「きっと、会長さんにでしょ……もし人にしゃべったのがバレると、覆面の中国人に、殺されるんですッて」

来栖谷は、ぎくりと緊張した。

宮河原友江といえば、世界的グランプリ、ファッションモデルとして、華やかにモデル界の女王の座をしめている、若人の憧れの女性ではないか!

その昏睡した全裸の片隅に、まばゆいばかりの照明の焦点をあわせ、手術台の悪夢を、クラブ会員の凝視にさらしたというのだ。

おそらく医院へ極秘に依頼した、肉体への処置が、かえってあからさまな——自覚しえぬ辱しめを、うける動機となったのであろうか。

「悪魔の、もてあそびだなッ！　で、ヤクザ者のほうは、どうだッたって？」

「そっちはまったく、二人とも承知のうえなの……勝ったほうに、一万ドルやる……ってボスに約束されて、お金ほしさに、決闘したらしいわ」

「一万ドル……すると三百六十万円、というわけだな」

「途中までおびき出して、そのうえで二人に相談したら……くもなく承知して、日本刀で斬りあったらしいの」

「ヤクザ風情だ、一万ドルならのるだろう」

「こっちも役者がうえね……辻留と花菱一家の仲を研究してみて、とくにいがみあっている大幹部を選びだしたのね」

「君さっき、茂虎——っていったが、島崎茂が虎っていわれてるわけ……知ってるかい」

「モチ、古田さんからきいた……寅年うまれで、花菱の事務所でも、虎の皮敷いて、あぐらかいて、いばってた男ですッてね」

「その通りだ……恐れいった」

「どう、あたしの特ダネ……だって毎月十三日の、夜の例会のショーがはじまるまえに、ちゃんとプログラムで、今夜のスターの、紹介するンですって」

来栖谷は、もう二の句もつげぬ、心地がした。

いったいそのクラブの、主催者は何者であろう——さらに石油成金の古田が、自慢した言葉によると、気違い女に、切腹させてみせたことさえある。また夏の一日には、湖上の遊覧船を、納涼の夕べと称して、転覆させてみせた日さえあるというのだ！

「ああ去年あった、熱海の溺死事件だなッ……どこかの会社の連中が、宴会してて……芸者とおぼれた……あれだなッ！」

説明をききながら、私立探偵は啞然とした。

乗船定員過剰のため、船を沈没させ、業務上過失致死の軽罪にとわれたはずの——あの船員も、おそらくは一万ドル、組なのかも知れない。

と、そのとき、カウンター越しに、バーテンが百合子にむかい、

「ママ、お電話です……」

と呼びかけてきた。面倒くさそうに席を離れた百合子の、表情がさっと蒼ざめて、来栖谷を振りむき、

「た、たいへんよッ……これ警視庁の、早乙女さんか

らのお電話よ！　いまお話ししてた、古田さんが、自殺したんですって！」

と、受話器を手の平でおさえて、叫んだ。

成金社長の死

——その一時間後には、もう来栖谷一平私立探偵は、愛用車フォルクスワーゲンをはしらせ、石油成金、豊国石油社長、古田弥太郎氏の自殺現場に急行していた。

国電渋谷駅から道玄坂に向い、右におれて、松濤山の起伏をのぼったところ、そんな山の手の閑静な町にある、六階建の豪華な高級アパートだった。

古田弥太郎が関西人であり、自宅が大阪にあることから、在京中の住まいとして、用いたものだという。

「なあにときおり女をつれ込んで、こってりたのしむ、憩いの場所だったわけさ」

まっていた本庁の早乙女甚三警部補が、にこりともせず、こう来栖谷にいった。

「いつ自殺したんだ?」

「ついさっきらしい……夜になってからね。六階の居間の窓から裏庭にとびおりたのさ。窓のふちが高いから、過失でおちたとは考えられないんだ……それに今夜は、酔ってなかったそうだ」

「しかし君、六階の自分の居間から……突きおとされたのかもしれんよ」

「心配しなさんな……推理のほうは、さておいて現場の実地検証だけでは、おれのほうが玄人だぜ。もうぬかりなくしらべてある……内側から鍵が、かかったままだった。これじゃあ犯人がいたとすれば、自分が出られなくなるわけじゃないか。鍵が内側からかかっていて、しかもその鍵は引出しのなかにあった」

「なるほどね、ご苦労さまでした」

二人は笑って、肩をたたきあった。

いくども今までに、たがいに各々の立場で事件を解決してゆくうちに、親友のような感情を抱きはじめた、二人だった。

早乙女は来栖谷の、秀才型の頭脳を、そして来栖谷は警部補のねばりと勇気を——高く評価しあって、あなどることが無かった。

一平がとりだした煙草に、早乙女が燐寸をかしながら、

「今日は宿直でね。記者クラブで麻雀みてたとき……

古田が自殺したのをきいた……渋谷署に用もあって、パトカーにのせてもらって、やってきたんだ。豊国石油の社長ときいてさ、いつも君におごってもらっとる銀座のバーで、たしかに会ったことのある名前だと、思いだしたわけさ」

「それで『クラフト』に、電話をくれたな」

「ああマダムの……なんかの参考にならんかと思って」

「なんだい……聞き込みのためでなくて、逆にご注進ってわけか」

「いずれの意味もあるさ……マダムとしても店の上客だもの、葬式には花輪の一本も、おくらにゃならんだろう。飲み代のツケがあれば、まさか遺族からはとれまい」

「親切なものだね……民主警察は」

「……そしたらがっかりした。たちまち野郎の声にかわって、あんたが出たじゃないか」

早乙女警部補はこう話しながら、まず管理人から合鍵をあずかり、古田の六階の居間にエレヴェーターで案内し、ドアーを鍵であけた。

三間つづきのひろい洋間である。素晴らしいつくりだ。シャワーも風呂もキッチンも、一晩中熱湯が、給湯されつづけている。エレヴェーターも終夜運転しており、宿泊人が自分で、運転する式のものだ。

おおきなダブルベッドに、鮮かな、純白のシーツがしかれている。

枕もとに洋酒をならべ、桃色のシェードをかけた、スタンドが置かれていた。

そのかたわらに、重々しいマホガニーの大机がある、その引出しに鍵が入っていたという。

「いまあけた鍵は合鍵で、引出しにあったのは、渋谷署の主任が保管してる……無断で用もない奴が、入れぬようにね」

「なるほど、で、他に……この部屋にかわったこと、なかったのかい」

「金のざくざくつまった財布……女のエロ写真なんか何枚もでたよ……それに妙なのは、こんな紙切れが、机に乗っていたことさ」

早乙女はこういって、内ポケットから、たたんだ紙片をだした。

「六八—001、003、032、045……」

などと、六八という数字を頭に、……270まで三ケタずつの数字が、区切りをつけて、タイプしてある。

「会社の経理部の、メモじゃないかね……社長の機密費でも、記録してある……きみどう思う。ゴチャゴチャ品物はあるが、目ぼしいものは、そんなものだ」

「金にあかして女をくわえ込む……これじゃ自殺したって、悔いはなかろう」

早乙女の声に、一平の眼鏡の中の瞳が曇った。

なんだか百合子までもが、ここで寝みだれていたような――そんな想像を逞しくしたからだ。

「防音装置の完備したアパートだし、物音もきこえぬままに、死んでいたようだよ。犬がばかに吠えるので、気がついたんだそうだ。部屋代の高い六階なんぞに陣取ってたから、かえって自殺は、イチコロに成功したんだ」

「誰も、目撃しなかったんだね」

「そうだ、飛びおりるとこはね……しかし夕方一人で、帰ってきて部屋に入ったのは、管理人が知ってる」

「なぜ」

「部屋にある内線の電話から、本がとどいていたら、届けるように頼まれた……たしかに昼間、本屋からきてたので、持っていったそうだ」

「ふーん、あんがい、あんな男が、読書をするんだな。他にかわったことは、なにもないかい」

「一階の写真家の男が、夜になってから裏庭のほうで……古田さーん……と呼んでいる、女の声をきいたそうだぜ」

「ほう女がねえ……それは死体に、呼びかけてたわけでは……」

来栖谷探偵の、視線がこわばった。

「いいやおれも、その点はたしかめた……そんな風ではなくて、六階のほうへというか……高い上のほうに向って、呼んでいたというよ。そして暫くすると、あきらめたように、女の声がとまったそうだ」

「帰ってるかどうか、上までいくのが面倒で、呼んでみたのかね……そんなら読書中で、古田は気づかなかった、わけになるね」

またドアーに鍵をかけ、二人は植え込みをまわり、裏庭へでた。

地元署員やアパートの宿泊人の影が、暗いそのあたりに、むらがっていた。なかには風邪をひいているのか、すっぽりマフラーで、顔を巻いているのもいる。こんな事件があっては、容易に寝つけぬのだろう。

たった一つある、裸電球の安全燈の柱が、変死体にかぶせた菰を、照らしだしていた。

いますぐ『死体監察医務院』から、解剖にまわすために、作業車が運びにくるという。

来栖谷探偵はひざまずいて、菰をのけて、死体をあためはじめた。

冷たくなった、死硬のはりはじめた肉塊だった。

本庁の係員と同行しているから、べつにとがめられもしない。

頭を強くうち、頭皮が裂け、いやなねば血が、骨の崩れ目から流れている。石榴みたいな頭だ。

いやがりもせずに探偵は、その各部を丹念に調べていき、のどもとでハッと緊張した。

「おい、これはおかしいじゃないかッ！　のどのまわりに、かすかだけれど、ほら絞殺のヒモ跡があるッ。このうす赤い、傷をみたまえ……」

まだ検死のおわらぬ死体だから、いっせいに周囲の暗闇が、ざわめきはじめた。

「えッ、他殺だって！」

――と早乙女警部補が驚いたとき、ダ、ダーン！　と身近く、銃声が耳をつんざいて、電燈がふっと消えた――


「おっ、申しわけありません……拳銃を暴発、しちまいました！」

と、地元署員らしい、詫び声がした。

「ばか、気をつけろい……危いじゃないか」

暗闇のなかで、早乙女の、怒鳴りつける声がした。過失としって、せめても一瞬の、緊張感がほぐれた。

「はやく明りをつけろ……暗くてはこまるぞ。かえ球をもってきてくれ」

黒い影ばかりが戸惑い、懐中電燈のライトが、はなれた管理人を求めるうち――ふと背後の数米（メートル）先に、駐車していた外車が、グ、グーッとアクセルを踏み、無燈のままで――アパートのすそを、急転回し去った――

「あぶねえことをする……この暗がりで、どいつもこいつも、間のぬけた奴ばかりだ」

本庁勤務の早乙女警部補が、あたりかまわず、大声でケチをつけた。

だがそのケチをつけたご本人さえもが、飛んだ手ぬかりをしたことに気づき、愕然と色を失ったのは、たった二、三分――のちの事であった――

再びこわれた電球が、新しい電球にとりかえられたとき、

「あっ！　死体が無いッ……ちくしょう、いまの車で、仏を運びやがったッ！」

と、ハッと気づいた早乙女が、叫ばざるをえない、一大椿事が突発していた。

荒菰ばかりが、夜霧に濡れ――その中味が忽然と、消えうせたまま、もぬけの空になっていたのだ！

興行師ジョニイ

デラックスアパートだから、乗用車をもっている者がおおい。

それに訪問客の車もまじるから、見馴れぬ車も、不審を抱かない――この盲点をついて、大胆不敵にも賊は、自動車で首尾を見届けに、潜伏していたのだ。

「誰だ、いま拳銃を暴発したのはッ」

と地元署の捜査主任が、うろたえながら部下にさけんだが、もとより返事はない。

「うぬ、はやく、追わにゃあならん！　管理人っ、電話はどこだッ？」

ただちに緊急手配をおえ、主要道路の交通を遮断し、全都のパトカーが動員された――約四、五十分をへても、まったく手懸りの連絡がない。この四、五十分が、まるで数日のように、感じられる刹那だった。来栖谷探偵が、夜光文字の腕時計を、何度かのぞきこんで、

「もう、駄目だな。見込みないぜ……これほどの敵が、まだうろうろ……葬式自動車のまねして、うろついているものか」

と、早乙女警部補にいった。

「お、おれは、引責辞職のほかない。ぬかった……服務中の、署員みたいなつくり声して、詫びたりして……」

「そう心配するな……あんたの任務は、これからじゃないか。ピストルで電燈を撃ち、まっ暗にするとこなんか、敵ながらみあげた腕だ。度胸もある……きみの相手として、不足はないだろ」

「……」

「元気をだせ……これで古田の死因が、他殺なことは、ますます明白だろ。死体をあわてて盗みだしたのは、それがバレはじめたからさ」

「来栖谷君、おしえてくれ……どうやって古田を、殺したんだ」

卒直に警部補は、一平に尋ねた。

探偵はちょっと言葉をきり、どう説明しようかと、考えをまとめている様子だったが、

「ではね君、だれでもいいから……一人六階の被害者の居間まで、いかせてくれ……そしてぼくが呼んだら、こちら側の窓をあけ……ここにいるぼくの位置を、上から指でさしてみたまえ」

早乙女は地元署の捜査主任と相談し、一人の若い巡査に、合鍵を持たせた。

やがて六階の、こちらの裏庭に面した窓に、ぱっと灯りがともった。

「おーい、見えるかねーッ」

黒い巡査の影が窓に映り、ガラス窓をすーっと持ちあげ——身をのり出して、下をうかがう。

谷底みたいな、暗い裏庭だから、よく探偵の位置が、確認できないらしい。上半身をつき出すようにして、やっとこちらを、指差してみせた。

「ほら、あの姿を、よく覚えときたまえ……あんな恰好で、のぞき込んでるのをね……おーい、ご苦労さん！いまいくよーッ、そこで待っててくれーッ！」

はじめを早乙女にいい、あとを頭上の巡査にどなって、エレヴェーターに向った。

一階——二階——三階——と赤いランプが点滅し、最上階の六階までを通過し、屋上につづく身狭まな廊下のまえに止った階段をすこし登ると、すぐひろびろと暗い、アパートの屋上にでた。

夜風が冷たく、頬をなぜる。渋谷や遠い新宿、銀座までもの繁華街の夜空が——ネオンに赤く、染まって望めた。

「こっち側の……このあたりだな」

一平が呟きながら、北側にあゆみだした。

アパートの全室に給湯する、巨大なタンクの、裏手にまわる。いく本もテレビのアンテナが立った、屋上のコンクリートのふちに身をよせ、

「おおい、もう一度、顔をみせてくれ！」

と、またどなった。すぐ三メートルほど下で、六階の窓があいて、あの巡査が身をのり出した。

きょろきょろと見まわし、それが頭上と知って、おどろいた表情をみせる。

ごく至近の、帽子の徽章までわかるほどの、距離しかない。

「ご苦労さん……きみも屋上に、あがってきたまえ。

鍵を、ちゃんとかけてね」

こうねぎらってから、かたわらのタンクをささえている、鉄骨の柱のすそを——懐中電燈の光りで、丹念にしらべはじめる。

「ここだ早乙女君、よくみろ……ペンキがロープでこすれて、剝がれてるだろ。ほらナワ屑もある。つまりここにロープをまわし、その先のワナにかかった古田を窓から吊しあげたんだ」

「えッ！　吊しあげたッ？」

「そうだよ……下の裏庭から、女に古田を呼ばせて、窓から体を出さす。暗くてよくみえないから、誰かとおもって、身を乗りだしてしまう……それに待ちかまえていた殺人者が、この屋上から首に投げナワをかけ、ぐいと絞めあげてしまう……もう声もでない。そいつを吊しあげ、体が宙にういたところで、裏庭に投げ落したわけだ……頭は重いから、死体は下になって落ちる。頭骸骨がわれて、投身自殺にみえるさ」

「な、なるほど……その女と、屋上の奴は、共犯だなッ」

「もらろん……女はきっと、以前に古田にあてがったことのある、馴染みの女だろう。力からみても、屋上のは男だ」

「ど、どこの、何者だッ？」

「それがわかれば、苦労しないさ……うかつだったが、さっき死体のまわりに、すっぽりマフラーで顔をまいた、風邪をひいたような、男がいたろう。菰のまわりでみていた……あいつが犯人で、首尾を見届けていたのさ……ぼくがのどの傷を、絞殺とみたので……あわてて死体を盗んだ」

「そうか……そんな奴が、確かにいた」

「きっと、秘密クラブの、殺人者だろうね……会員が秘密をみだりにもらすと、覆面の中国人が、殺すというから」

こういってから、来栖谷一平私立探偵は、今夜『クラフト』のマダム百合子からきいた、被害者古田弥太郎の話を、詳細にきかせた。

「……つまり酒に酔っては、バーなんかで、クラブの秘密を、うちあけるので、制裁の血祭りにあげた……自慢話は、『クラフト』で、ばかりじゃあるまい……そこで他の会員への、みせしめのためにも」

「ううっ、人間じゃないなッ」

早乙女が、思わず呻いた。

相手に納得をいかせると、一平はすたすたと屋上へもどり、階段をおりて、また六階の古田の部屋にでた。

鍵を巡査からうけとり、またドアーをあけて、室内にはいる。

そして管理人を招き、机のはしにのっていた、一冊の真新しい月刊雑誌をとりあげ、

「この本がとどいた本かね」

と尋ねた。

「そうです……それです。昼間、近くの本屋から、注文をうけたと、届けてきました」

一平はうなずき、雑誌の裏表紙をめくって、頁をあらため、

「早乙女君、これあずかっとく……ただの『ライフストーリー』の日本語版五月号だけど……ちょっと意味が、あるらしいぜ」

といって、ポケットにまるめ込んだ。

つぎに引出しをまたあけ、ゆっくりと一品ずつ、細々と内容を点検してゆく。

禿頭の年甲斐もなく、男用の香水や、いかがわしい衛生用品まである――と、その奥に、立派なピンクのビロードをはった、ケースがあって、あけると金の指輪がでた。

大型の十二K台で、コンドルとハートのマークが燦然と刻まれている。

裏側は数字ナンバーと、小さな英文字が、うたれていた。

「おおッ……これは、興行師ジョニイの国際会員マークじゃないかッ！　さては東洋の、……日本にまで、手をまわしはじめたなッ」

金指輪を凝視する、来栖谷探偵の、眼鏡の奥深い瞳が、異様にかがやき、そして頬を赤らませた。

――なにかおどろくべき事実を、探知したときの、彼の興奮しきった表情だった。

地底の墓標

地元の渋谷署に特設ときまった、捜査本部の編成をひかえ――夜明け近くまで、係官との打ち合わせなどにひまどった来栖谷一平が、

「おや、おはよう」

と、銀座五丁目裏の、私立探偵事務所に姿をみせたの

は、もう昼近くだった。

「先生、ねむそうなお顔……」

と書類を整理していた秘書の美佐子が、不安そうな瞳をむけ、すぐ視線をおとした。

「ああ、夜あかし、したもので」

「あそこの、マダムさんと」

「と、とんでもない……誤解もいいとこだ。マダムとじゃない、早乙女君とだ」

すぐ彼女の安堵したのがわかった。

コーヒーを一平に飲まそうと、ヒーターのスイッチをひねる。まだお嬢さんでもちろん男と女が夜あかしした――と疑ったとて、どんな意味あいのものか、よくはわからぬほどだろう。

しかし日頃敬愛する来栖谷先生を『クラフト』の百合子なんかに、うばわれたくない――感情はあるらしい。

いやあるどころか、敏感に反撥する。

一平は気嫌をなおした君津美佐子から、メモを受けとり、新らしい調査依頼の申込みなどを、かたっぱしから電話でことわりだした。

「いいんですか……お金がもらえなくて」

「え、お金だって……珍らしいこと、言うねえ。ちょっと事件がおこって、またぼくの、病気がはじまったわけだよ」

美佐子がポッと、頰をそめた。

先生の無料捜査協力サービスが、またはじまったな――と、気づいたのだ。

いままでいく度となく、警察に協力し、重大事件の謎を、解いてきた先生である。しかし名探偵の名声があがり、うやうやしく表彰状や感謝状が届けられる頃には、例外なく事務所のほうは、経済的ピンチにあった。

お客から依頼された仕事を、断わったり、のばしたりするからだ。

でも君津美佐子には、それが誇りであり、頼もしくもあった。

「じゃ、あとたのんだぜ。急用のときは、ここに連絡してくれたまえ」

こういって一平は、午後には、あたふたと、事務所からとび出していった。

大手町外れの、岩佐組『東亜ビル建設工事』現場内で、早乙女甚三警部補たちと、おちあう約束である。

すでにつめかけていた、捜査本部の幹部たちと――作業場の事務室から出てきた現場監督の顔が、緊張し蒼ざめてみえた。

「……こちらに、おいでください。いまのお話が本当とすれば、第五号現場の、基礎工事中のところとおもいます」

東亜ビル建設の、大規模な工事が、ごうごうとコンクリートをこねる回転ミキサーのひびきのうちに、電気熔接の火花をちらして、進行している。

一行は複雑な配線や工具類のうえを渡り、油の匂いと塵埃のさなかをぬっていった。

リベットを打つ、ダ、ダダッ、ダダダッという、機銃のような音が耳をつんざく。

「ここです……半月ほどまえから、コンクリートをうっています。この底に、お話のヤクザ者が、二人埋まってるとあっちゃあ……こいつはもう、地底のほうは硬化してますから、とりこわしもまず、不可能でしょう」

「そうかね……では、上のほうだけでも、浚ってみないか。もしかすると、ゆうべの死体も、葬られてるかもしれぬ」

「そうでしょうか……なにしろ夜警員も手不足で、あるともないとも、確信がもてません。ここいらは騒音防止の、取締りがあるので……真夜中は人夫も、働かせていません」

「念のために……やれたら、やってみてくれ」

早乙女警部補が、こう命じた。

「……では、本社の、指示もうけておきます」

こういって監督は、五号タワー、六号タワーの動力をとめた。

ミキサーで混合されたコンクリートを、タワーにあげて流し込む、バケットコンベヤーを停止させ、基礎工事のうち込み面を浚ってみるためだった。

この手間だけでも、非常なものだった。

砂利と小石のまざったコンクリートを、バケットを逆用して、地表に汲みあげていく。

もう水分がおちて、使いものにならぬらしい。だがその収穫は、ついにあった——

「あれ、あれはなんだッ!」

と異口同音に叫ぶうちに、どろどろのセメントにまみれた、まず人間のらしい腕が、ぬっと現われてきたのだ。

ワイヤーをかけ、リフトカーで引きづりあげると、まぎれもない男の変死体が——化石色によごれ、無残な恰好で現われてきた。

水をそそいで洗うと、まさしく古田だ。

来栖谷はふとそのとき、美佐子を連れてこなくてよかった――と、妙な気持を覚えた。きっとこの光景に、気絶しちまうだろうと、おかしなことを考えたりした。

本社からきた岩佐組首脳部の技師達によると、いまやこの底にあると信じられる他の二つの死体を――とり出すのには、一千万円ちかい工費がいるだろうという。

「……どうかね。そんな莫大な特別捜査費の、予算が許されるものだろうかね……こいつはまた、よりもよって……すごい墓場を、えらんだものだな」

「なにしろ、興行師のジョニイが、することですから……やること、思いつきが、大げさですよ」

一平の返事に、警部補がおどろいて尋ねた。

「なに、興行師のジョニイ……」

「そうです……秘密クラブのボスが、ジョニイであることは、会員章の指輪によっても、明白です。奴は全米を震駭させた……一大秘密猟奇クラブの、会長だった男ですよ。なんでもケッセルリンクという本名のドイツ系の男といわれ、戦争中に捕虜収容所の所長だったときに、生きてる連中を火で炙ったり、皮を剝いだり、眼をくり抜いたりして、たのしんだ奴といいます……そいつが逃亡して、ジョニイと変名し、莫大な会員費をとる、地下ショーのボスになった……そいつが追いつめられ、いよいよ日本に、潜伏してきたわけでしょうか。あのコンドルとハートのイニシアルのマークは、確かにアメリカの犯罪資料誌で、みた記憶があるのですよ」

「……」

警察側もあきれ、声もとぎれた。

しかし昨夜の、古田弥太郎の他殺死体を発見しただけでも、たいへんな成果だ。あらためて解剖にまわすこととなり、死体は作業車で運ばれていった。

またこのことから、あるいは人夫たち建設工事の現場員のうちに、金で買収された者のある、容疑はふかまり――別途の飯場などに対する捜査もすすめられる段取りともなった。

――この日から約三週間のあいだ――来栖谷一平探偵の、独特の調査も、すすめられていった。

なにか名探偵の胸に、深く期するところが、ある様子である――

これに反し、警察側はその後、目ぼしい手がかりもとれず、ようやく焦燥の色をみせはじめてきた。

「おい来栖谷君……なにか情報は、はいらぬものかね」

といった、早乙女警部補からの電話が、捜査本部からひんぴんと、かかるようになった。

——とある日の夕刻、なぜか黄昏どきまで遅れて、事務所へ出勤してきた当の来栖谷探偵は、いつもなら当然待ち焦れているべき美佐子の、姿がみえぬのに、ハッと息をのんだ。

「うちの者は、もう帰りましたか」

と、隣りの部屋をかりている、小じんまりした商事会社の、居のこって掃除していた給仕にきくと——その返事は意外だった。

「おや、先生のお使いの方に、呼ばれたからといわれて……とうに昼過ぎに、出ていきましたよ」

「えッ……そ、それは、本当ですかッ」

不吉な予感に、探偵の顔色が、さっと変っていった。

まったく身に覚えもない、ことだったたからだ。

ぎょッとして身をひるがえし、かけ戻った事務所の壁に、カレンダーが『十三日』をしめして、夕闇のなかに掛かっていた。

名探偵襲わる

「しまった！　計られたッ……」

来栖谷探偵は狼狽し、二、三度電話をかけてから、ビルの外へ飛び出していった。

今宵も流れるネオンの渦の町へ、フォルクスワーゲンをとばして、昭和道路にでた。

右におれ左におれ、隅田川を渡り、船橋へむかう、国道を疾走する。

江戸川を越えて川ぞいにいくと、あたりは巨大な黒い影で夜空をおおう——のしかかってくるような大工場の、廃墟の巷と化している。

破産した化学工場の、みるかげも無い姿だ。

フォルクスワーゲンは、なおも速力をまして、枯草の堤防をはしっていく——と、その廃墟のなかから、消燈したオートバイが、ひょいと現われ、探偵の車のあとを、ぴたりと追いはじめた——

そしてくるりとワーゲンの車体を、迂回して運転台にせまり、ダ、ダーンと銃声をあびせた！

閃光が闇を貫き、ワーゲンのサイドウインドウを砕き——蜘蛛の巣のような、亀裂をあらわす。

シートの来栖谷が、うっ、と苦悶に表情をゆがめ、ハンドルにうつぶし、車体を堤防から土手へ、のめらせて崩れた。

オートバイをキーッと軋らせ、横倒しに急停車して、皮ジャンパーの男が降りた。

黒いマフラーを、ぐるぐると頭に巻いた、異様な覆面の怪人である。するすると猿のように、枯草の繁った土手を這い——こんどは真向から、フォルクスワーゲンのウインドウ越しに、シートの来栖谷を撃った。

ダ、ダーン！

と銃口から、まるでフレームのなかの、水族館の魚を狙うような、至近弾の銃火が、探偵の胸にそそがれた。

ぐらりと一平が、さらに崩れて、シートの底に、昏倒した。

覆面の男はじっとなかを窺い、またあたりを見渡して、ワーゲンにせまっていった。

江戸川の川辺をわたる、冷やかな夜風が——ざわざわと葦の葉をゆらぎ、歩みよる男のマフラーのはしを、なびかせていた。

例会の開催

——ちょうどその頃、この来栖谷一平が、狙撃された地点から二粁（キロメートル）ほど上流の位置に——世にも奇怪な会合が、まさに催される、寸前の時刻にせまっていた。

さきほどの化学工場の、第二肥料工場で、あったところである。やはり巨大な、破れガラスの廃墟が、いく棟もつづいて、空をおおっている。錆びたトタン屋根のめくれが、風にカリカリと鳴る寂れかただ。

何万坪もあろうかと思われる雑草の敷地に、裁判所の『保全仮処分』の通達の立札が、朽ちかけているのも、侘しいながめである。

こうした窒素肥料の工場は、まま時代の移りかわりとともに、工程の進歩から——全施設が、老朽無価値なものに、とり残されがちなのだ。

いまは管理のために、番する人影もない。

が、今夜は、どうしたことだろう。こんな破産工場の、その裏手に、十数台の高級車が、じっとおし黙って、草むらのなかに並んでいた。

そういえばその一棟の奥から、ちらちらと灯りが洩れる。異様な雰囲気のうちに、人々が例会の開催を、待ちあぐんでいるのだった。

いずれも資産家らしい、中年以上の白人も混る男たちが、一言も私語する者なく、円形にかこんだ椅子に、腰をおろしていた。

手にした英文と和文対照のプログラムには――美シキ日本人処女ヲ玩ブ黒人――と、奇怪な見出し文字が、プリントしてある。

集会の進行係りらしい、二世風の男が、その一人々々に起立をもとめ、

「サンキュー、ボーイ」

と挨拶しながら、服装をうえから撫でさすり、所持品の点検をおこなっていく。

会員はすなおに身をまかせ、最後に指に嵌めた指輪をかざし、男に示すのだった。

かつては従業員の、食堂にあてられていた、棟であろうか。床はくさり、青カビが生え、むっと湿気にまみれた、異臭が鼻をつく。

――その床下の、かつての防空壕であったペトンの地下室の隅に、いましも呪わしきショーの出番をまつ、ナワにゆわかれ、猿轡（さるぐつわ）をかけられた、うら若い日本娘が、転がっていた。

「ヘイ、お嬢さん……用意できたよ。いま団長サンと、今夜のあなたの、彼氏くるよ。ちょっと色黒いけど、力つよい、たのもしいひと」

別室から階段をおりてきた、さっきの二世風の男が、にたりと笑って、娘をみた。たどたどしい、日本語である。

つづいて鞭を手にし、赤い口髭をはやした長靴の男が、ツカツカと胸をはって、入ってきた。

頬に決闘傷ののこった、鷲のように鋭い眼の、中年の外人である。

それは軍人にある、冷やかな瞳だった。

興行師ジョニイであろう！　鞭の先で、足元の日本娘の肢体をつつき、なにか訛りのつよい、言葉で尋ねた。

「あなたの顔、団長サンが、みたいとさ……」

部下のあの進行係りが、猿轡をはいで通訳し、女の顔をみせた。

ああ美佐子ではないか！　まさしく君津美佐子の、恐怖に喘ぐ表情が、おののきふるえてみえた！

「ナイスガールさん……そう、あなた、名探偵の、オ

フィスガールさんね。ユーのマスターのために、わたくしたちとても、ひどいめにあってる……そのかわりユーを、今夜たのしませてあげる。それ、この団長サンの気持……ＯＫ、わかったね……さ、いまから結婚する彼氏くるよ」

ジョニイがはじめて、美佐子の美貌に、満足気に薄笑いを浮べた。

そして手を振って合図し、いま二世風の男が、彼氏とよんだ、男をまねきいれた。

さっき探偵を狙撃した覆面男と、大男の黒人が入ってきた。

覆面の男は、団長の指令どおりに殺人任務をおわり、オートバイで急ぎ、もどってきたものらしい。

美佐子がさわがぬように、こんどは拳銃を、ぴたりと彼女にかまえた。

黒人は三十貫を越えそうな、肥満したニグロだった。めくれた唇がグミのように赤く、手の平の内側だけが、気味悪く白くみえる。それは類人猿の、手をおもわせる。

コップにあてがわれたウイスキイを、ぐいと一口に飲みほして、上衣を脱ぎはじめた。ちらりと日本人娘をみる眼が、赤く充血して欲情に光った。

シャツをとり、胸毛をはだけ――ズボンもとってピンクのパンツだけ肌にのこし、にゅっと手をのべ、軽々と美佐子を抱きあげた。

そして会員たちのまつ、頭上の会場へと――地下水のにじむ洞窟のようなペトンの階段を、無表情にゆっくりと、裸のままの姿で登りはじめた。

淫欲の宴

「レディス、エンド・ジェントルメン！　さ、これから、特別ショーはじまるよ……そのまえにみなさん、いつものようにわれわれのボス、世界の征服者、輝けるハインリッヒ・ジョニイを、たたえる拍手おくろうね……レッ・ゴー、エブリボディ」

進行係が、おどけた身ぶりで、開会の宣言をおこなう。ざわざわと会員達の、興奮した拍手が湧き起った。

団長がドイツ式に、長靴の踵をカチッとあわせ、手をのべて答礼をかえした。

ニグロが美佐子を、臙脂の毛布を敷きつめた、マットのうえに横たえ――ナワをといて、襟元に手をかけた。

ビリリッとスーツを引き裂き、白雪の胸の隆起を、手の平で弄んだ。

シーンと、しきつめたような、静寂が漂う。

悶え、のたうつ美佐子の、かたわらに体をおとし、添寝の姿勢をとる。

いつしかニグロが、獣欲をそそられて――息づかい、喘ぎ、脂のういた黒光りの太鼓腹を、波うたせはじめた。

そしてみずから、恥じらいもなく、パンツをはずす、姿勢をあせりだした。

恐怖のあまり、美佐子が失神し、ぐったりとマットに崩れた。

その刹那だった――突如として、

「まてッ！　やめろッ」

と叱咤し、ふり向くニグロの頭を、ガン！　と蹴り倒した、男の影があった。

「あッ、黄淑成！　ユー、気違かッ……」

おどろく団員たちに、覆面の男の大型拳銃が、冷たく銃口をかまえた。そして左手で、くるくるとマフラーを外し、顔をみなに見せた。

「おう、探偵の、クルスダニ……だッ」

二世風の男が、ホールドアップをかけられたままわめき、早口に外国語で、団長にしらせた。そして無念そうなジョニイの言葉を、すぐ通訳し、こう尋ねてくる。

「……ど、どうしてユー、ここを知り、そして生きていた……のだ」

「ウェル、よくボスにも、教えてやれ……おまえ等の殺した古田の部屋に、『ライフストーリー』の、日本語版五月号があった……いつも本など読まぬ古田が、新刊の雑誌を注文するなんて、おかしな話だ。あの部屋にまともな本は、あれ一冊しかない。そこで妙な紙片にかいてあった、数字とてらしあわせて、ピタりと謎が解けたよ。270と最後にある三ケタ数字と、雑誌の最後の頁数が、おなじじゃないか……つまり045頁の本だ……ここのヒントから、おまえらの連絡方法が、すぐわかったさ。003とあれば3頁、270とあれば45頁の、あの新刊雑誌の――六八――、つまり六行目の、八字目の文字をひろって、今月十三日の集会場所を知れ……と、いうわけだな。たしかに雑誌、つまり共通の『乱数表』をつかって連絡する暗号は、なかなか発見しにくい、おみごとなやりかただね。もちろん毎月、数字の暗号解読表だけは、雑誌にあわせて、造って送るんだろ……江戸川ゾイ二五キロ。第二化学ヒリョウ工場アト、日本娘ト黒ジン……なんて、丁寧に案内して、あったじゃないか」

「あッ、先生ッ」

意識をとり戻した美佐子が、無我夢中で、来栖谷に、すがりついた。引き裂かれた衣類が、みる眼にも痛々しい。

「もうだいじょうぶ……安心したまえ。いま早乙女君たちを、ここに呼ぶから」

一平がこうなだめ、拳銃を煤けた天井にむけて、ズドン！　とうった。

かたく閉じた扉を破り、どやどやと制服警官が、雪崩れ込んでくる。

先頭には早乙女甚三警部補が、友の安否を気づかって、視線をはしらせていた。

「お客さんがた、無用に動かないでください……まず我々の目的は、殺人手配中の犯人たちを、捕えることですから」

落ついた口調で探偵がきかせ、巡査に団員たちを指差し、武装を解除させた。

ナイフ、拳銃、メリケンサックなど――とくにジョニイの長靴のなかには、平たくてスマートな、ベルギー製ブローニング、九ミリ口径八連発拳銃が、しのばせてあった。

警官に抜きとられるとき、団長はさっと来栖谷をにらみつけ、

「クルスダニ……おれは絶対に捕まらない。かならず脱出して、復讐するンだ！」

と、アクセントの強い英語で呶鳴り、いまにも飛びかからんばかりの、憤りかたをみせた。

「早乙女君、こいつは鼻っぱしが強いや……十分注意して、とりあつかっておけよ」

「わかった……しかしきみ、いまから出かけると事務所から電話をもらってから、ずいぶんとおれは、心配したぜ。それにな、道ばたにきみのフォルクスワーゲンが、えんこしてたろ。しかもおかしな中国人が、服をはがされて、ゆわかれている。一目とみられない顔の奴だし……なにごとかと、あわてもしたさ」

「それが殺人者の、黄淑成とかいう奴だ……とつぜん撃ってきたから、負傷した真似をした。するとのこのこ、車にきて、ドアーをあけやがる……いかにも三国人式に、命令通りに殺した証拠品を、あさりにきたわけだな……そいつに、当身をくらわせ、変相をはいだ。驚いた

ね……もしかすると、ライ病患者かもしれない、あの面だろ。でもこんなときだ。これならかえって、会場にいっても、覆面をとる必要がなかろう。そう考えて気味悪いのを我慢して、身変りの変相用に、剝いだ服なんか拝借したんだ……おれのフォルクスワーゲンは、わざわざドイツ製造会社にたのんで、世界無比の厳重な防弾ガラスで、かためきってあるだろ……だからいくらヒビが入っても、亀裂ができても、突きぬけさせずに……拳銃弾なら、ハネ返しちまうんだ。金の遣り繰りばかりしてる、せめてもおれの、商売柄の贅沢だよ……ドイツの化学製品が、不逞ドイツ人の一味をまかしたなんて、皮肉なものだね」

「来栖谷先生ッ……今夜はお祝いに、うんとお酒、のみなさいよ。そうだわ……『クラフト』で夜明かしなさったらどう」

君津美佐子が、うって変った――はしゃぎ声をあげた。

これには、一平もいささか、度胆をぬかれた。

男の本当の恐ろしさを、知らないための言葉だろうか。それとも名探偵来栖谷一平の、命がけで救いにきてくれた愛情を、身に沁みて感じた安堵のためであろうか。

姿なき犯罪

アテ馬の依頼

ほの暗いバー『クラフト』のドアーをおして入ってきたトレンチコートのお客に、

「まあ先生ッ！　いらッしゃい、夢じゃないかしらッ」

と、マダムの百合子がはしゃぎ、カウンターから飛び出してきて、奥のボックスにならんだ。

客はいわずとしれた、来栖谷一平私立探偵だった。

百合子の胸と背中がすごくあいた黒地のシャンタンのドレスが、ぴたりと彼女のグラマーな肢体にすいついて、まるで素肌のような触感がする。

悩ましいばかりだ。

「いやあ、素適だあ、その洋装は……とってもチャーミングだ。こっちこそ夢じゃないかと見直しちゃったよ」

「失礼しちゃうわねえ。まるで中味のほうは、よくないみたい」

「そんなことないよ……ママさんは着ているものの趣味がよくてお召し物のコツを知ってるひとなんで、いつも感心してるんだよ。個性をいかした装いばかりだものね……とっても貴女にピッタリ似合うんだ」

「ばかに着るもの、今夜はホメてくださるのね。本当にいつも気にしてるの」

「そうさ、いつも見とれてるんだ。このまえの黒ッぽい地に、蝶々のついている銀ラメの和服……あれもよかったねえ」

「コワいみたい。よく女の着物のこと、知ってるのね……さては秘書の美佐子サマに、いつもおネダリ、されてンでしょ！」

百合子が仇っぽく来栖谷の手をつねった。

「いや、あのひとは、純情なお嬢さんさ。そんなものに執着もって、欲しがったりしないさ……まだ若すぎるンでね」

「おおニクらしい。イヤな感じ！」

べつにライバルというほどではないが、来栖谷探偵事務所における、秘書の可憐な君津美佐子の存在は、マダムにはちょっと気にかかるらしい。

とくにこのところは、国際秘密クラブのボス、興行師(ショーマン)ジョニイを逮捕したお祝いだといって、二、三度つづけて飲みにきていらい、もうだいぶになる。

こっちから電話でもかけて誘わねば、なかなかやってこない、来栖谷探偵だった。

マダムはぞっこん、惚れ込んでいるのだ。

頭のキレることは名探偵といわれるほどだし、ハンサムでお金にきれいで、だいいち独身である。

このお客ばかりには、タダでも飲ませたいくらいの、恋心をもやしているのに——

「ほんとによく、いらしたわね」

「うん、きみを、誘おうとおもって」

「まあイカす！　じゃ、いきましょッ……どこへいくの」

「あしただよ、きみ……競馬ウマをみにゆくのさ。ちょっと用があってね。で、そのまえに、この店のお常連の、浜田製鉄の社長のところへ午前中いってくれないか。紹介状を、もらってきてくれ。宮館厩舎の、責任者あてのね……」

こういって一平は、上衣の内ポケットから、ばさりと書類をだした。

運ばれたテーブルのハイボールをおしのけ、いっぱいにひろげてみせる。

新聞の切抜きもまじる、メモの束だった。

「また奥の手が、はじまったわね。あたしをダシにつかって、謎の大事件を解明……っていうわけじゃないの」

「いや、ダシなんて、心にもない。ただマダムに惚れてる、浜田光次郎社長がさ……宮館厩舎に、名馬フジヒカリをあずけている、馬主だということ覚えてたからさ」

「ほら、ダシじゃないの！　ダシもダシも、アテ馬みたいな、役じゃないのッ」

百合子はすごく、機嫌が悪くなった。

どうも着物をほめたりして、クスぐったいと、思っていたところだ。

用のときしか、こないなんて憎い。それでも一平に肩をたたかれ、顔はほころんでいた。

「たのむよ、マダム……お礼にはさ、金ラメの着物でも、注文してあげるからさ」

「なにいッてんの……金ラメがあたしの銀ラメより、金だからよっぽど高いとでも、思ってるのッ。ちッとも常識ないのね。そんなことより……」

「なんだい、その、そんなことって」

百合子があたりを見渡し、そっと耳元で囁いた。グッとゲランの香水が、鼻をついた。

「温泉にゆかせて……このごろちっとも、いってないンですもの」

「ふーん、まえには、よくいったのかい。誰とさ……いや、いいですよ。一泊や二泊、なんとか都合を、つけてみるから」

「うれしいわ先生、でも美佐ちゃんには、ナイショにしてッ……ほら、まだ、お嬢さんで子供だからそのほうがいいわよ」

一平はうん、うんと照れたように頷き、ハイボールのグラスをあおって今夜持ち込んだ事件について説明しはじめるのだった。

日本競馬界の名門、宮館厩舎の舎主宮館信吉が、二週間ほどまえの夜半に急死したことは、百合子も当の浜田から聞いて、とうに知っていた事実だった。

調教師あがりでこと馬についてなら、これ以上にひろい見識を持つ者はあるまい、と馬主のあいだで、高く評価されていた宮館信吉である。

競馬気違いの財界人浜田光次郎も、宮館をたよりにして、三四頭はいつも宮館厩舎にあずけていた。

それがとつぜん急死したことについて、何者かに殺害された——という噂がおこってきて、警察でも棄てておけず、捜査をすすめだしたのだ。

調べてみれば、たしかにおかしい。

だいたいが都下版の新聞とはいいながら、急死を知らせたその直後の紙面からして、二、三紙には病名さえも、明記してないありさまだった。まっ裸で、死んでいたという。

医師も死因を、断定できなかったのだ。

あるいは心臓麻痺ともいわれ、あるいは他殺かとも疑われながらも、キメ手もなく解剖にふされたままとなり、本庁の早乙女甚三警部補からも、

「おもしろい、あんた好みの話があるぜ……殺人容疑で手をつけかかって、どうしようかとまよっている、事件があるんだ。いやまだ事件という以前の……事件とし

てあつかうことに戸惑っているおかしな話なんだよ」

と電話があり、こいつは変っているな、と乗りだした一平だった。

入浴後床のなかで、急死していたのだけれど、べつに外傷はない。

といって夕刻まで、いつものように馬場へでて、馬の調教をやっていたくらいの元気から、病名の見当もつかない、ついでながら、褌もしていない全裸の死体である。が連想される性交後の形跡は、まったくなかったという。

そうしているうちに、パッと怪しい噂が、たちはじめたのだ。

その四、五日まえから、いとも憂鬱そうに、ごく親しい古顔の調教師仲間に、

「おれはどうも、近々えらいことに、なりそうなんでね……さぞ怨まれるだろう、首をあらって、まっているよ……」

と謎のようなことをいい、またジッと考え込んでいることもおおく、みんなが案じていたやさきだったという。

しかも死去寸前に、何者かがおとずれてきていた気配があり、それが誰であるかが、わかっていないらしい。

とうに女房に先立たれた宮館信吉だから、来客は女かもしれないし、そうとしてもべつに咎める者もあるまい。

こんなことで解剖してみると、脳溢血の症状もなければ、また毒物をのんだ反応もない。また体中のどこにも、傷らしいものは、打撲傷はおろか内出血のあともない。そうかといって窒息死の所見もみとめられず、ついにありきたりに、心臓麻痺による急死——と、自然死とみる他、なくなったものだ。

「……まあちょっと、調べてみるかい。殺人事件としたら、すごく完全犯罪の、成功した例になるね。なにしろすっ裸で、布団にもぐった大胆さだからね」

とも早乙女警部補にいわれ、むしろ警察側からの紹介によらず、たくみにそ知らぬ顔でさぐって、研究する気をおこしたのだ。

厩舎にとって、馬主すじは大切な、お得意のはずだ。その関係者として、紹介状を百合子をつうじて、愛馬家の浜田社長からもらい、独特の調査をすすめる気持に、なったのだった。

夜釣りの練習

宮館厩舎は、都下北多摩郡に最近新設されたばかりの、田無(たなし)競馬場にちかい、緑の丘陵のあいだに建てられていた。

来栖谷探偵の操縦するフォルクスワーゲンの運転台で、ぴたりとよりそった百合子が、あかるい武蔵野の風光にうかれながら、

「あたしとっても、苦労しちゃった。だって浜田さんてば……なんで来栖谷と、君とでゆくんだ……ッて、すっかり妬いちゃって、きくんですもの」

と、イキなサングラスの顔を、一平にむけてほほ笑むのだった。

「へえー、ぼくの名を、覚えてるのかい」

「モチよ。あっちではあなたのこと、ライバルだと、かねがね思っているのよ……」

「きみのことでね」

「そう、だからあたし……あたしが浜田さんの大切な持ち馬のことを、心配になってわざわざ、名探偵にお願いしたの。むりにお出馬ねがったのよ……って、うまいこと言ってやったの……そしたらがぜん喜んじゃって……そいつはすまない、これ小遣いに、百合ちゃんにあげよう……って、こんなにたくさん、チップくれたわ。お爺さんだけど、いいとこあるわね」

ハンドバッグから札束をだしてみせる。

「どう転んでも、損はしないんだな……それじゃあ、このぼくがアテ馬じゃないか」

「あら妬いてるの。心配しないでね……きょうお帰りに、うんとご馳走してあげるから」

「……よろしくたのみます。秣(まぐさ)をたっぷり、あてがってください」

こんな冗談をいいあっているうちに、ワーゲンは木造ながら広大な敷地をしめている、宮館厩舎の事務所まえにピタリととまった。

まず案内してもらって裏の厩舎にまわり、儀礼上、浜田社長の持ち馬などを見学しはじめた。

よほど浜田は熱をいれているらしく、とくに名馬のほまれ高いフジヒカリなどは、べつの新しく増築した棟にはいっている。よこにお湯のでるシャワーとあさいプールまで用意されている。静かに人参をたべながら、蹄で

床をかいていた。

上気嫌なときに、馬がやる癖だ。

「すらっとした、すごく上品な馬ですねえ」

「ええ、絶世の名馬です」

一平の感嘆の声に、事務所の米倉鉄夫という青年が、うれしそうに答えた。

「チャーミングな、素適な馬だなあ」

いま一度こうほめると、百合子がそっと、

「金ラメの馬ねえ」

とささやいて、肘をつねった。

米倉がさらに先にたって、ミナトヒカリという、やはり浜田光次郎の愛馬をみせた。

「この馬はおなじアングロアラブ種でも、丈夫で粘りを強くするためのアラブがおおく混血してありますので、フジヒカリほど、スマートではないでしょう……」

などと、ていねいに基本的な知識から、教えてくれる。

競馬法によって、足の早いサラブレットと頑強なアラブの混血——つまりアングロアラブ種のうちアラブ種の血が26%以下の馬は、サラブレットとみなして、サラ系のレースに出る規定だという。

それでフジヒカリは、サラ系であり、このミナトヒカリのほうは、アラブ系のレース馬になっているのだそうだ。

「あたしは馬なら、どっちかしら」

「もちろん奥さまは、純サラ系でいらっしゃいますよ……スラッとしておられて……」

「……にげ足がズル早いからな」

一平が中途で米倉の言葉をうばって、こうふざけた。

どうやら米倉は、百合子を来栖谷の、夫人と勘違いしているらしい。

「浜田さんは、お名まえの光次郎からとられて、どのお持ち馬にも、みんなヒカリをつけておられます……この雄のミナトヒカリも……半月ほどまえに、おもわぬ一着をひろいました。じつはなげていた馬でしたのに、好運をひろって、すごい成績をあげだした馬です」

「アラブだから、ねばりがきくのね……騎手はどんなひと」

「ええ、まだ若い男です……とにかく競馬ウマは、ごく理解のある馬主のお世話によって、みがかれて世に出てゆくんですよ」

なかなか、如才ない男だ。

こちらを浜田スジの客とみて、馬主をたてた説明をする。

来栖谷探偵は事務所のまえで、礼をいってわかれた。それからやや離れた別棟の、主をうしなった宮館家を、おとずれていった。

まず召使いの婆やが丁重にあいさつし、つづいて一人娘のルミ子が、肉身を亡くした悲しみに沈んだ表情で、二人を応接間にむかえた。

派手づくりな、まるで映画のニューフェイスみたいな、口紅のこい娘だった。

「このたびは、お気の毒なことでした。つきましては極秘におねがいしますが……もしもの場合をご心配なさった、浜田氏から命じられて、上りました者です」

と、はじめて探偵は、身分をあかした。

名刺をていねいに受取って、肩書と名前をみていたルミ子の瞳が、

「まあ、先生で、いらッしゃいますの！　ご高名はかねがね、存じあげておりました」

と喜びに光った。

新聞やラジオなどで、その名を覚えていたのだろう。

「ではさっそくですが……お父さんの寝室だったお部屋へ、案内してください。それからと、お父さんがおやすみになる直前に、誰かがきていたようだ……ときいていますが、それはどうして、気づかれたことなのです」

一平はあのメモの束を、内ポケットからとりだして、ルミ子に尋ねはじめた。

寝室は北側のこの家の隅に位置し、廊下づたいにすぐ風呂場になっていた。

「父はこの湯殿で、夜遅くお風呂に入ってから、やすみましたようです……わたくしはお二階で、はやくから寝てしまっておりましたので、おおさわぎになるまで、存じませんでした」

なかなかハッキリした、利発そうな娘だ。

なりふりからうける、印象とはちがった、落着いた態度だった。

さらに言葉をつづけて、

「婆やがお風呂をたいて、父が入れるようにして、帰るのを待っていました。玄関だけ鍵をあけて、いつも遅いときは、婆やが待っています」

「……どこへ行って、おられました」

「ミナトヒカリがいい成績をあげたので……お祝いだといって、飲んできたようですから、とても酔って、子供みたいに、はしゃいでいたそうです」

「なるほど……そうでしたか」

「そしてお風呂をあびておりますうちに、誰かがきたらしく……婆やが父の声をききました……酔っているためか、おかしなほど大声でしゃべっていたそうです。父の酔いかたは、わけのわからなくなるくらいに、すぐなりますのよ」

「そのときお父さんや婆やさんの、おられた位置は、どこになりますか」

「父はお風呂にはいっていて、婆やは台所で、かたづけものをしていました……父がとっておいた夕食を、もういらない、と断わったからです。もういいから寝ろ……って、婆やにさがらせて、一人でお風呂に入ったそうです。父のきげんのよい声が台所まできこえたのを、ところどころ覚えていたのだそうです」

「なるほど、しかしおかしいですね。お父さんと一しょに、きたひとなんですか」

「ちがいます……だれかがお風呂の窓のそとから、話しかけていたようなんです」

この家は町中とちがって、こんなところにあるので、べつに不審は抱かなかったらしい。

まわりはどうせ厩舎なのだし、働いている気安い連中が、おおぜい夜昼自由に、出入りしていることだからである。

——だが婆やはたしかに、主人の信吉がかえってから、玄関もすぐしめておいた。だから客は湯殿の表から、話しかけていたはずだという。

来栖谷は婆やを呼んでもらい、オロオロしているのに、静かに尋ねた。

「どんなことを、言っておられましたね」

「旦那さまはへんなことを、言っていました……なんだい、こりゃあ、夜釣りの勉強かい。おれが魚みてえに、釣られるわけだろ……なんて、お風呂に入られてすぐ、大声で誰かに、笑ってらしたのですがね」

「いま一度、いってください！　間違い、ありませんか」

来栖谷の瞳が眼鏡のおくで光った。

それからしばらくして、なにか上機嫌に歌いながら流しで体を洗う音がし、そのあとでまた同じように、

「また釣りの練習かね……いいかげんでやめろよ、寒いじゃないか」と笑う声が、きこえたというのだ。

「あさになって……調教にお出かけになる時間になったので、起しにあがると、あんなになっておられまし

た！　おどろいてお嬢さまをお呼びし、あとはもう、おおさわぎになって、わけがわかりません。裸のまま寝ておられましたくらいですから、旦那さまはよっぽど酔って、おられたのですね」

婆やが涙をぬぐって、声をとぎらせた。

風呂からあがって、敷いておいた布団にくるまって、冷たくなっていたのだ。

検死の結果、昨夜半に、寝るとすぐ急死したもの、と推定されたのだった。

「戸はぜんぶ、しまっていましたか？」

「……あのさわぎで、確めもしませんでしたが、もちろんしまっていたはずです。みんなを呼びに、お嬢さまがいらしたときは、玄関もきちんと、しまったままでした」

「あとは全部、しめてあったのですね」

「はい、ちゃんとお帰りになるまえに、夕方からしめておきました」

「みんながきて、おおさわぎになってから……あとでどの戸もあけたのでしょう」

「そうです」

来栖谷一平はさも残念そうに、目をとじてじっと、腕ぐみして考えてから――婆やに案内してもらって、信吉の居間や湯殿を、みまわりはじめた。

そしてタイル張りの湯殿におり、窓をあけて身体を表にのりだし、キョロキョロとあたりを見まわしてから、

「この窓に鍵は、かかっていましたか」

と尋ねた。

「はい、しめました」

「それでは騒ぎになってからあとで、はじめてこの窓をあけたときには、鍵はかかってましたか」

「お風呂なんかたてる間もなくて、二、三日たってからやっと水をおとしました。そのときに鍵を、あけたのを覚えています」

一平はまた考えてから、うんと頷いてみせた。

「お婆さん、じゃあ、よく、思い出してくださいよ……布団はビッショリ、濡れていませんでしたか」

「ええ、おっしゃる通りです。みなさんがきっと……酔っておいでなさったので、よく体を拭かなかったんだろうと、いっていらっしゃいました」

「わかりました。ではちょっと、二階のお嬢さんのお部屋へ、あがらせてください……見たいものがあるんですよ。ぜったいに、黙っていてください……こりゃあど

うも、お父さんは誰かに殺されたようですねえ」

来栖谷一平の声に、みんながハッと、驚きの表情に変った。

探偵はこのことを口外せぬように、なんども念をおしてから――ルミ子を促して、トントンと二階にあがっていった。

いずれが本命

宮館信吉といえば競馬界でもとくに人望があり、幼少の頃からこの世界で苦労し、立身苦闘して今日にいたった人物である。

いまではあまたある厩舎主のなかでも、もっとも権威ある存在として、重きをなしていた。

その一人娘であり、美貌のほまれ高いルミ子のことだから――いずれは関係者の、誰かと婚約するのだろう――と、かねがね噂もされ、また独身者(チョンガ)たちは熱にうかされていた。

ルミ子の夫たる金的(まと)を射おとした者は、ゆくゆくは大厩舎宮館の、いや日本競馬界の中心人物として、ありあまる財産を背にして、デンとのし上れる存在になる。

「どうにもわしは、困っとるよ……うちのあんな娘に、のぼせて言いよる男が、いっぱいおるんでなあ」

と、生前に宮館は、よく有難さあまってよわり果てていたという。

彼にしてみれば、わしだからこそこれまでの努力もみのった――と思っているし、また子孫にまでこんな労苦を、伝える気はさらになかったのだ。

ゆくゆくは財団法人組織にでもして、なかば公的な調教師なり騎手なりの、育成機関にでも施設を投じようかとさえ研究していたほどだ。

「おれはどうも、近々えらいことに、なりそうなんでね……さぞ怨まれるだろうと、首をあらって、まっているよ……」

と謎のようなことを、信吉が口にしていたというのは――どうやらこの事情に、よるものらしいという。

克明にそれから、競馬関係者にあたって、情報をあつめるうちに、しだいに来栖谷探偵には、犯人と目される者の範囲が、せばめられていった。

一平は宮館信吉の死を、あきらかに他殺によるものと確信し、胸に秘めるところが、ある様子だった。

二度目にひとりで、宮館家を訪れた来栖谷探偵は、

「いいですかお二人で、よくつぎのことを、思いだしてみてください……宮館さんにあの晩、ご不幸があったことが判ってから、すぐこの家にかけつけた連中を、全員もれなく、思い出してもらいたいのですよ」

と、ルミ子と婆やをまえに、申しわたしたのだった。

ルミ子が脅えながら、尋ねかえした。

「お医者さんや、警察の方は……のぞいてですの」

「もちろんです。ひとりでも欠かしたら大変なことになります。……犯人はそのなかにいるンですから」

来栖谷私立探偵が、断言した！

しずかだけれども——確信をこめた、語勢だった。

「婆やッ、だれにもまだ、いっちゃあ駄目よ！　さあ、……考えましょう。どんなひと達、だったかしら」

ことの重大さに、顔を見あわせてから、相談しあって、一人ずつ名をあげてゆく。

一平がメモを、とりはじめた。

なにしろこの家が、厩舎のかこいのうちにあるので、ごく身近な者ばかりだ。

なにしろ暗いうちの早朝午前四時頃から、調教にとりかかる世界だから、若い者は泊り込みの暮しをしている。

厩舎に宿泊している者も、事務所で寝ている奴もあって、厩舎主の宮館先生の変死の報に、愕然と色をかえて、飛んできたものらしい。

「いちばん最初に、事務所の米倉さん……つぎが調教師の友野さんでした。あと浮橋さんに岡村さん、いちばんさいごに、秋広さんもみえましたけど……女のひとじゃあ、事務所の炊事したり、馬の飼育をてつだったりしてる、カネさんもきてました……」

「ふーん、六人もいますね、みんな独身の、ひとばかりですか」

「ええそうです……夫婦で世帯をもっているひとは、表からかよっています。父が若いひとがおおいからって、この厩舎のなかには、夫婦のひとは、住まわせていません」

来栖谷一平は、なるほど——と頷いてから、ちょっと当惑したように、眉をひそめた。

六名列記したうちの、五人までもの男が、ルミ子の魅力にとっ憑かれ、そしてすげなく結婚を断わる父の信吉を——さか怨みする有資格者だとすれば、これはまた、たいへんな捜査の手間だ。

いちいち当って、みるほかはない。

「他にはありませんね！　すぐこの家に、かけつけた人達は」

「あとのひと達は、夜があけてからきました」

「じゃあ一番はじめにきた、米倉君から秋広さんまでは……どのくらいの時間がかかりました」

「二、三十分も……はなれてなかったでしょう。あとは手わけして、お医者さんをむかえにいったり濡れたお布団をかえたり……きっと脳溢血か心臓麻痺だろう、って、かかりきりでした」

来栖谷は、まざまざとその夜の混乱ぶりを頭に描くことができた。

「ではきた連中のあいだに、なにかとくに……かわった様子はありませんでしたか」

「べつに……ございません。みんな父の急死に、おどろくばかりでした。そう、かわったこと、っていえば、いちばん遅れてきた秋広さんに、ちょっとまえに殴られた、とかで……騎手になりたての岡村さんが、鼻血をふきながら、入ってきましたけど……」

「ほう、なぜ！」

「厩で生意気だって、いじめられてたんだそうです……あの秋広平太さんが、ずっと乗っていたミナトヒカリに、新米の岡村さんが騎手にかわって、すぐ一着に、なったからでしょう」

「そんな無茶って、あるンですか！」

「ええ、兄弟子だから、面白くないんです……やっと騎手試験に、合格したばかりの、見習いの岡村さんが大レースにでて、すぐいい成績を、とっちまったもので」

ルミ子の話を聞くにつれ、一平は競馬界の古さに、唖然とした想いがした。

兄弟子、新参の序列があって、若い者は日夜古参の者に、こき使われるという。

たとえば調教からかえって、すぐ風呂にはいると、

「おめえ馬より、先に湯をつかうのかッ」

と殴り倒され、また馬の腹ぐあいがつまった時は、馬の肛門から素手を入れて、掻き出す役を、やらされたりするという。

こんなことは当然の修業で、兄弟子の下着の洗濯から、食器洗い、寝込んでしまった馬丁の肩揉みまで、やめろというまでは、やりつづけさせられるのだ。

ちょうど旧日本軍の、初年兵なみらしい。

いくら宮館親爺の命じたこととはいえ、兄弟子の面に泥を塗ったと、ヤキを入れられたのだ！

日頃てんで不調だったミナトヒカリが、新米の岡村誠騎手が乗ると、奇蹟的な一着――をとり、四馬身も抜く、好タイムをうばったのだ。

そのために宮館信吉は、

「すげえ奴だな……よし、ひとつ、障碍レースも、練習しときな。こいつにフジヒカリでゆかせればどえらいレコードかも知れねえ」

と、えらく惚れ込んで、肩をもっていたようだ。

ミナトヒカリからして奪われた秋広平太騎手が、ねたみそねんだのも、彼等なりに無理もなかろう。

さらに思えば、宮館親爺への、憎悪の情も抱こうというもの。こんなチンピラに馬をとられては、おなじ親爺の下では、生涯お天道(てんと)サマが、拝めぬほどに思い詰めもしよう。

この世界では、厩舎の転籍などは、よほどの事情がなくてはできぬ。

表面は近代的で、実は極度に、封建的な世界なわけだ。

「よくわかりました……あとの連中については、こちらで調べてみましょう」

こう言って来栖谷私立探偵は、大切そうにメモをおさめて、座をはなれた。

――見送るルミ子の瞳に、ありありと彼一平への、信頼の情が宿ってみえるのだった。

雨あがりの競馬

あけがたまで降っていた雨が、午前中からからりと晴れ、都下の田無競馬場は、たいへんな賑わいと化していた。

おりからの祭日は休日でもあり、もう四レースにまわった場内馬券発売所のあたりは、ひしめく人の波で、身のおきどころも、無いほどである。

ここかしこに、取締りの眼をのがれた、予想屋が立ち、

「いよいよ待っていた、待望のレースだよッ。この雨あがりの重い馬場では、どうでるか穴つづきでわかりゃしないッ……だれか自信をもって、本命を断言できるかッ！」

とわめいたり、おおきなフロックコートまがいの黒い服に、菊の大輪の造花をさした奴等が、人混みにもまれながら、客を煽っている。客に覚えられるように、色とりどりの帽子(シャッポ)をかぶったり、なかにはまるで騎手そのま

まに、拍車のついた長い靴をはき、乗馬ズボンの勇ましい姿で、

「敵をしり己れをしるもの！　これぞ百戦、危うからず……騎手生活ここに十年！　不肖この私が、全責任をもってお教えする唯一の大穴ッ！」

などと、鞭をふりふりビール箱の上にたって、大声でどなる予想屋もいる。

「ね、面白いところだろう……あいつらに十円玉をひとつやると、つぎのレースの予想を売ってくれるんだ」

来栖谷一平探偵は、めずらしく連れてきた、秘書の君津美佐子にむかい、こう初歩的な手ほどきを指さして聞かせていた。

「先生、もしそれが当ると……」

「百円の馬券が、何倍にもなるのさ」

「じゃ何枚も、買ったらいいでしょ」

くりっと美しい瞳をむけ、こう尋ねかえす美佐子に、こんどは早乙女甚三警部補が、

「そうはゆかない……なかなか当らんのさ。やってみたらいいでしょ。当りやすいのは儲からないし儲かるのはなかなか出ない。そんなわけで競馬で財産をつくった奴は、すくなくとも、券を買ってる連中には、絶無でしょうな」

と答えた。

今日は来栖谷探偵より、競馬がすきでしょっちゅう来ていることから、説明役にきていたのだ。

もちろん来栖谷との、極秘の捜査をすすめるための、その打ちあわせをかねてでもあった。

「おい早乙女君、『特注情報』っていう予想屋は、どいつだい」

「えッ、予想屋かい……これは驚いたな。だれに教わったんだい。あいつは名のしれた奴だよ……たしかむこうの、植込みのあたりにいるはずだがね」

早乙女警部補はこういって、来栖谷達をうながしてゴール近い、場内売場のほうへ人垣をわけてすすんでゆく。

予想屋はだいたい、贔屓の客の目印になるように毎日おなじ場所にいるのだ。

いま探偵が『特注情報』と名指したその若い予想屋は、客にとりまかれて、植込みの木の幹を背にし、しきりと手にした紙片の束に、赤エンピツで予想番号をかきこんでいた。

ただの②―①とか①―④とか、連勝番号（ホーカス）をかきつけただけの紙片が、うばうように売れていく。

「この男はね、穴当ての名手だそうでね……いろんな厩舎に出入りして、しっかりした情報をにぎってくるそうだ。死んだ宮館とも、親しい仲だったらしい、本名は浮橋甚五郎っていうそうだ。あとで説明するよ」

早乙女警部補はこう探偵にいった。

「じゃア次は、引き馬をみせてくれたまえ。こんどの五レースの特ハンで……いよいよフジヒカリにお目にかかれる……ぼくは騎手を覚えたいんだ。関係者だからね」

本命だ特ハンだなどと、通のようなことをいい、まるで以前から、競馬のファンだったような来栖谷の口ぶりだ。

やがて四レースが発馬し、いよいよフジヒカリの出場する第五レースの順がせまってきた。

引き馬を見にゆくと、八頭の出場馬が手づなをとられ、グルグルと大きな円を描いて引きまわされ、観客にその駿馬ぶりをみせているところだった。

来栖谷探偵は、フジヒカリが近づくのをまち、眼鏡のフチを指先でもって直しながら、

「さっきの浮橋甚五郎っていう予想屋も、やはりぼくのほうの調査では、もと騎手をしていた奴なんだ。そいつが八百長競馬の手づなを引いてやったのがバレ、宮館信吉親方が怒って……騎手免状を、協会に申請して、剝脱しちゃッた男なのさ」

すると早乙女警部補は、

「なるほど……するとあの予想屋も、あんたのいう、宮館殺しの容疑者のひとりだな」

「もちろんさ……これにさっき話した、きょうフジヒカリに乗る岡村誠騎手と、古参騎手の秋広平太の問題からみて、秋広なんぞも、十分あやしい存在だな」

「目ぼしいとこはそんなものか……」

「いいや事務所員の米倉鉄夫も、ルミ子の養子になるのをケラれて、面白くないらしいな……遊び人らしくて、だいぶ借金もあるらしいし、使い込みの金も、ある噂だな。女グセが悪くって、金にだらしないそうだ。どうも生活が派手すぎて……穴ウメにもおそらく、手のつけようもないありさまだろう。親爺に死なれて、その意味では、一番一息ついた男さ……このほかに男でいま一人調教師の友野文男、っていう奴もいる」

「ずいぶん容疑者が、おおいんだな」

「ああ止むを得ない……宮館が死んでから、すぐ家にきた、連中だからね。この友野文男の場合は、もうとう

に亡きルミ子の母、つまり宮館のシッカリ者だった、病死した女房の弟なんだ……ロクに働く気もない質なのを、信吉が面倒をみて、調教師にしあげた……そいつを、こんなふうにコキ使いやがる！　なんて、日頃、かえって、悪口をたたいているらしい。親類にもっと、援助しろというわけかな」

あまりに細かく関係者を、しらべあげてあるので、いつもながら、いささか警部補もおどろいたらしい。

「まあ、すばらしいのね。先生ッ」

はじめて真近にみる競馬の姿に、美佐子が手をたたいて、はしゃぎはじめた。

「どれもみんな、速そうな馬ねえ……先生フジヒカリって、どの馬ですの」

引き馬の列に、探偵の視線がむけられる。

そして見とれている美佐子に、

「きみもぼくが買ってあげるから、フジヒカリを頭で、十枚ぐらい買ってごらん……ちょっとだけど言うとおりにすれば、すこしはお小遣いができるよ」

と、肩をたたいて、札を渡した。

ちょうど流行の、ファッションショーや美人コンクールのような感じである。

艶のいい馬で痩せ身の軽快な馬、大柄でボリウムのある馬――そうしたうちに、めざすフジヒカリは黒々と輝く筋肉のしまった、みるからに、スマートで馬格のよい、鮮かな麗姿を近づけてくる。

そして観衆の前で、パパッと前足で踊り、いまからレースに赴く前の、武者振いのようにたてがみをふった。

「やあ今日も張り切ってやがる……一着に狂いはねえやな……てんで荒れッこねえさ」

そばで柵にすがるようにして見詰めていた親父さんが、嘆息をこめてこう言い、鉛筆をなめて、手にした出馬表にマークした。

これがファン全体の気持だろう。

こうしたフジヒカリ一着の確実なレースでは、まず大穴なぞ出っこはない。

やがて真紅に緑の服に身をかためた、背番号④の岡村騎手がフジヒカリに乗り、馬場へと向ってゆく。

「早乙女君、馬券は買わないのかい」

「ばかばかしいよ……こういうのを、おれ達は見るレースっていうんだ。せいぜいフジを頭にしても連勝（ホーカス）で七、八十円の儲けさ」

早乙女は興がなさそうにこう言った。いつもの彼のように百円券で、あわよくば何千円の大穴をとろうとする連中には興味のないレースなのだろう。

「さア本命確実のフジヒカリに、どう対抗馬をつづけての勝負となるかッ……まアまかせていただきます。絶対に狂いのない適中確実のレースですッ」

予想屋の『特注情報』が、わいわいとわめきたてて、客を呼んでいる。ここをせんどと汗をふきふき、身ぶりをくわえての大熱演である。

来栖谷探偵は、ポケットを探り、ちょっと金を渡して、予想を書き込んだ紙切れをうけとった。

「フーン……④―②と④―⑥、ばかばかしいな、当り前じゃないか。どっちかにきまってらあ」

もうレース開始寸前で、馬券売場も人影はまばらになっている――と、『特券』千円の窓口に、一人の洋装の若い女が、グイと手を入れ、馬券の束を鷲摑みにしてゆく、刹那の姿が眼に入った。サングラスをかけた、派手な装いである。

「早乙女君……景気のいい女がいたぜ。いまゴッソリ買っていったよ。度胸がいいね」

「そうかい……きっとアメちゃんのオンリーだろう……ああおれも買ってみようかな。せめて②―④と逆にでも出て、フジヒカリが二着になってみたまえ、それこそ万以上の大穴になるぜ」

――と、その時だった。

こんな女の、品定めみたいなことを言っていた二人に、

「あ、ごめんください。おそろいで……おや来栖谷さんは、今日は奥さまは、どうなさいました?」

と、事務員の米倉鉄夫が、噂をすれば影とやらで――人混みからあらわれて、こう挨拶していった。

「まあ先生ッ、『クラフト』の百合子ママと、いらしたことがあるのねッ!」

さっと美佐子の、表情が険悪になった!

「いいや、ちょいと、厩舎に紹介をたのんだのさ」

シマッタ! というように、一平が弁解する。

だがもう遅く、柳眉をさかだてた美佐子は、ぷいと馬券売場のほうへ、雨あがりの水タマリを渡って、とっとといってしまった。

探偵がこまったように、そのうしろ姿に――頭をかいてから早乙女甚三をふりかえった。

「あの秘書嬢は、だいぶあんたに、気があるねえ……かわいい娘じゃないか。いつもながら、可憐でいい感じだ」

警部補がこういって、ニヤリと笑った。

「ありがとう……ところがご存知のように、『クラフト』のマダムがでてくると、すぐカッとするんだ」

「あたりまえだ……強敵だもの。あっちはあっちで、濃艶なるグラマーだからさ。あんたもよくないよ。かわるがわる、車に乗せたりして……」

こう妬いているみたいな口調で、早乙女警部補にいわれ、なにか言おうとしているうちに、当の美佐子は、さっき一平からあずかった札を——グイと窓口へつっ込んで、生れてはじめての馬券を、買ってしまっていた。

二人の話から聞いて、だいたい買いかたの要領は、のみ込んだつもりだ。

その指先が、百合子と先生の仲をおもって、とっても怒っているみたいに、乱暴な調子だった。

名馬フジヒカリ死す

いくらまわりを見渡しても、美佐子の姿は、あたりになかった。

パタン、パタンと馬券売場の窓口がとじ、客の群れが潮をひくように、場内へいそぎはじめた。

もう本日呼びものの、大障碍レースの幕が、切っておとされるのだ。

「心配かね……本当に美佐ちゃんは、おこっちまったな。あんたとレースみるのなんか、金輪際ごめんらしいぜ」

「べつにどういう、関係でもないのに」

「……ていったッて、罪つくりだ。こいつも色男に生れた税金みたいな悩みさ……おれなんぞは、女スリにも、もてやあしない」

早乙女警部補が、おかしなたとえを口にして、苦笑してみせる。

二人はできるだけ着順が楽しめるように、ゴールの近くに、人混みをかき分けて進んだ。

柵がまだ濡れていて、触れると冷い。

よくもまあ晴れだした——と感心するくらい、いまは雲ひとつない、快晴だった。

「あれッ、さっきの女、米倉のやつと、見てるじゃないかッ」

商売柄こんなことには目敏く、また早乙女がいって、スタンド席を指差してみせる。

なるほどさっき洋パンじゃないか、と噂した女が、宮舘厩舎の米倉鉄夫と、ならんでいた。

アイスクリームのコーンをなめながら、なにやら男に囁くルージュの唇が、サングラスのしたで、毒々しいほど濃くみえる。

「ふーん、あれじゃあ、金もかかるだろう……だいいちこんな出馬のときに、観客席でのほほんとしてるなんて、常軌に外れた奴だな」

「たしかにイカレてるぜ……あいつは女グセがわるくて、女中とのことで、こッぴどく親方に、おこられたばかりだとさ」

来栖谷も同感だった。

炊事や馬の餌の手伝いをしている、田舎出のカネにまで手をだし、子供を堕ろすことでモメて、信吉親爺にがなられた男だ。察するに信吉としても、おそらくルミ子への申し込みを断ったてまえ、こんな風紀上のことだけでは、免職もできなかったのだろう。

まさか厩舎の会計を、うまいことゴマ化されているとは、思わぬ信吉だったろう。

世帯をもたしてやろう——というのを、グズグズと生返事しているという噂も、これでは嘘ともおもわれない。

——ついでに視線をながしてみると、スタンドの一段と高い馬主席に、でっぷりと肥満した浜田光次郎が、浜田製鉄の重役らしい連中をつれて、今日のフジヒカリのできをみにきていた。

さいわいそちらには、百合子らしい女の姿は、きていない様子だ。

このうえ美佐子に、ゴタつかれてはたまらぬ。

こんなうちにも、発馬の時間はせまった。

うわあーっ、という名状しがたいどよめきのうちを、発馬機をはなれた各馬が、のびちぢみする一団となって、追いつおわれつ、頭(テン)をあらそってゆく。

真紅に緑でそれとわかる岡村騎手が、フジヒカリを最初(はな)からかって、頭にでた。

はじめっからはやる馬をセーブせず、ぐいぐいと強引に、二三馬身ぬいた——

「あれッ、無茶だッ! はじめからあんなに出して、息がつづくかッ」

早乙女があきれて、舌打ちした。

やがてカーブ——へ、岡村が内枠(インコース)へ、インコースへとならして、走路審判員のまえを、通過しきった。

もうグッと離しているので、走路妨害にもならない。

まず第一の障碍――ふわりと高速度映画のシーンのように、ゆるく地を蹴って、美事な跳躍！　不安なく越えて、つぎとの差は、ますますひらく。

「ホオーッ、すごい！　こいつは見ものだ！」

早乙女が名馬の実力に、感嘆の叫びをあげた。

もちろん着順などは、論外の興味だ。

いかなる、レコードがでるかと、それだけで、群衆がわきたつ。

つづいて第二の障碍、ますます好調、まるで無人の野を征くよう――ずっと後方に、ややのびたかたまりになって、ほかの馬がつづく。

対抗馬シャインスターが、追いをあせって、障碍をパッと崩した。

脚をひっかけたのだ。よろめいてから、騎首をなおし、ふたたびフジヒカリを追う。

はっと肝を冷したファンが、わああッと、拍手までおくる。

これで喜んでいるところからみると、着二として、買っているのだろう。

さらに第三の障碍へ――みるみる大きくクーロズアップされて、緑の乗馬服の背をまげ、ぴたりと姿勢をおとした岡村の顔が、赤いキャップのしたで興奮しているのまで、見とどけられる距離にせまった。

ゴールに平行した、むこう側の走路の、第三障碍地点を、めざしてくるからだ――フジヒカリ力走に喘ぎ、地ひびきをたてて、突進してくる。

空前の、大レコードであろう！

高障碍に、みるみるせまってゆく。

雨あがりのほどよくかわいた地は、砂埃もたてずに、王者フジヒカリを、駆けぬけさせる。

てまえの水タマリを、パッと蹴ちらして、ふみ切ろうとした――と、その刹那、素晴しく均衡のとれた、フジヒカリの馬身が、ギクッ！　と異様に硬直し、そのまま跳躍して、モロに障碍に、ぶツかった！

ああっ！　と異口同音にどよめき、あとは名状しがたい、混乱の坩堝と化してゆく。

フジヒカリがおおきく二、三度空をえがいて、ぐったりと首をたおしたのだ！

なげ出されて、コロコロところがった岡村が、若さの気力で地に手をつき、はうようにして乗馬に近づいていった。

サイレンをならして、場内救急車がいそぐ。

岡村がうごかぬフジヒカリを撫で、けんめいにベルトをといて、鞍をはずしてやった。

そしてタンカをことわり、鞍と鞍下に敷いた馬の背とのコスれをふせぐ毛布(ゼッケン)をかかえ、ひとりで強引に、歩こうとした。

「おっ、早乙女君ッ、みたかッ……あいつが、犯人だぞ!」

「なにッ、なんの犯人なんだ?」

一瞬は耳を疑って、突然の来栖谷一平の言葉を、理解しかねる表情だった。

「もちろん宮館信吉を、殺害した男だ……まさか奴とは、おもわなかッたぞ」

一平自身が、いまのいま真犯人を、キャッチすることができた様子だ。

「しかし現行犯ではなし、そうこの場で、やるわけにはゆかンぜ」

「かまうことない！　責任はぜんぶ、ぼくがとるから……はやくせぬと、証拠物件を、湮滅されるばかりだ……とにかくついてこい、いい物をみせる！　もしそれがあッたら、八百長と馬殺しで、まず検挙しちまえ」

来栖谷は場内整理員の、制止もきかず、ど、ど、どッと地軸をゆるがして、各馬がすぎ去ったあとへ——柵をのり越え、走路にむかい、グリーンを走りぬけた。

馬はいかなる場合でも、倒れている仲間や人間などを、足で踏みこえたりは、しないものだ。

あやうく避けて通りぬけたあと、名馬フジヒカリは、もう事切れたものか、グッタリと地上に、寝そべったままだった。

「岡村、まて！　そのゼッケンをわたせッ」

興奮した来栖谷が呼びかけると、泥まみれの岡村騎手が、きっとひらき直って、こうわめきかえした。

「お、おめえはなンだ……はやく場外へでねえと、警備員をよぶぞ！」

「ふざけるなッ……このひとは、本庁の、早乙女主任だぞ。八百長やりやがッて、おおきな口をきくなッ」

相手がこうだから、声もあらあらしくなる。

蒼白になって逃げようとしたのが、鞍下をかかえたまま、ばたりと地にたおれた。

「足を折ってる……はやく救急車で、手当してやれ」

かけよって抱きあげ、こばむ手をふり払って、足に触れながら一平がいった。そしてしずかに、あらためて青草の繁るグリーンにねかせ、岡村が観念してはなす、毛布(ゼッケン)をひらいた。

「ほら早乙女君……これをみたまえ」

のぞき込んだ警部補が、そのなかに畳みこんであった異様な物品に、おやッと一驚して、瞳をみひらいた。

細長いウインナソーセージほどの、大きさの物がいっぱい、針金でつながれて——中にしかけてあった。

「これは小型の、トランジェースターラジオなんかが、使う電池さ……単五、っていう、いちばん小さいやつだ」

「ほ、ほう、で、どうしてこんなものを……使うんだね」

「この岡村ってえ悪玉は、こいつの電力をつかって、馬をがむしゃらに、走らせたのさ……一個が一・五ボルトの出力としてこれだけつなげば、数だけ倍加して、相当のすごいショックになる。アメリカの草競馬なんかで、よくつかわれる、電気鞭っていうわけだ」

ここまで説明し、来栖谷はかけつけた掛り員に、岡村の手当をたのんで、立ちあがった。

田無競馬場の医務室は、ときならぬ怪事件の突発に、大混乱におちいっていた。

作業車ではこばれた、名馬フジヒカリの死体は、獣医によって綿密な解剖が、すすめられていた。

もし頭骨をおるなどの再起不能の生馬であった場合などは、いたずらに苦悶さすのをさけて、電流で処分する規定がある。

ところがこの事件は、八百長のために電池をつかい、死にいたらせたケースなのだ。

各厩舎の関係者や、馬主の浜田社長が、あわれみの瞳でみまもるうちに名馬フジヒカリはこの世に面影を記念するため、馬主の意向をくんで、剝製用に皮をとられてゆくのだった。

もうみかねてか、ハンカチで面をおおって、浜田氏が席をはずす。

来栖谷一平私立探偵も、陸の王者フジヒカリに一礼して、早乙女をうながして表へでた。

「いいかね。宮館信吉も、この手で殺されたわけだ……ぼくははじめて、宮館厩舎の遺族をおとずれたとき、婆やから事情をきいて、これはおかしい、とおもった。夜おそく入浴して泥酔した宮館が、なんだい、こりゃあ、夜釣りの勉強かい、なんて親し気に、話していたとすれば、そんな細長いヒモのようなものを、目撃したことになるのに、現場にはない。しかも相手が、あったことになるんだ。そこで窓をあけてみると、表の屋根のうえに、三千三百ボルトの、あの高圧線がはしっているじゃないか！　これから電線で盗電して、入浴している湯槽のなかに窓から尖端をたらせば、たちまちショック死するよ……しかも入浴中の水の中に入れられると、感電しても、体に痕跡がのこらない。ふつうは感電死するときは、かならず火傷が接触点にのこって、原因がわかるものだ」

　完全犯罪として、考えられる範囲のみごとなもので、外国でもしばしば、心臓麻痺と誤診されたと犯罪記録があるという。

　来栖谷一平探偵は、さらに言葉をつづけた。

「……このままにしておいても、よかったものを、わざわざ窓からしのび込んで、死体を布団のなかへ、運んでおいた。……さらに岡村は、あとでそ知らぬ顔して、あわてて見舞にきて、すきをみて風呂場の窓の鍵を、うち側からしめておいた。かんがえてみれば、そんなに酔っていた宮館が、窓をしめるのはまだしも、鍵までていねいにかけて風呂から出るなんて、ちぐはぐな話さ。なにしろ被害者は、あわてすッ裸で、布団にくるまったほどだぜ。……このことからすぐ見舞にきた六名のうちに犯人がひそんでいることを、ぼくは割り出せたのさ……秋広になぐられたのは、作為的にこっちから喧嘩をしかけ、アリバイがかった、情況をつくったのだろう」

　さらに探偵は、ルミ子の二階の部屋から、高圧線の外皮が、二個所むけて、銅線が露出しているのを確認しておいたことも言い加えた。

　その部分に、用意した電線の他の一端を、棹かなにかでひっかけておき、宮館に小声で話しかけながら、先を窓からたらし込んだのだ。

「こうして直接にでなく、風呂の水をとおして、全身にショックをあたえたから……まったく外傷のない、殺人が成立したのだよ。婆やが聞いていた信吉の言葉に、……また釣りの練習かね、いいかげんでやめろよ……と言っていた、というのは、これは理由のあることで、色々と考えさせられるんだ。つまり一度目には、二本の電線のうち、アース側のほうを間違って、使っちまったのだとおもう……これでは電力はぐっとおちるし、だいいちタイルの風呂場が、濡れてなかったので、効果がまったくなかった……そこでいま一度ほかの線からとり……この時はもう体も洗いおわったあとだし、タイルは十分に濡れているし、電力も三千ボルトからのホット側となって、一撃で人を葬むれたわけだね」

「よくわかった……いつもながら、いい勉強になったよ。けれどね、どうしてフジヒカリは、あのときになって、即死したのさ」

来栖谷探偵は、にこりと快心のえみを浮べ、その点についての、説明をくわえていった。

「いまの風呂場のときと、まったくおなじ、条件からだよ……とくに馬は、十ボルトぐらいの弱電でも、感電死するというぐらい、電流にはデリケートな動物なんだ。だから電気鞭なんかかけたら、すごいショックで、命をかけて、必死でかけるわけだね！　ミナトヒカリが、騎手がかわったら、見違えるぐらいに走りだしたのは、こいつの恐怖で、死物狂いになったことさ……さてフジヒカリのほうは、このために空前のレコードをだしかかって、魔の第三障碍のために、あたら名馬の命をおとしたのだ……つまりあの手前にあった、水タマリにふみ込んで、完全なアース作用をうけ、一度に強力なショックが全身を貫ぬいて、硬直してしまったのだ！　馬蹄は鉄だもの、水タマリに踏み込んだら、ひとたまりもないさ」

ここまでいって、来栖谷一平私立探偵は、名馬フジヒカリの死を悼んでか、ちょっと暗い表情にうち沈んだ。

——が、その表情は、むこうのほうからかけ寄ってくる、うって変った笑顔の美佐子の姿をみとめて、ハッと一転した。

美佐子はうれしさを、堪えかねたように、

「ねッ……先生ッ、えらいでしょう！　あたしこんなに、お金を儲けちゃったわ」

といって、紙につつんだ、部厚い札束をみせるのだった。

「えッ、どうして」

「だってさっき、先生がしゃくにさわるから……わざと④を頭にしろっていうのを、④—②や④—⑥でなくて、④を外して、②—⑥、⑥—②にして馬券かったの。そしたら馬がころんじゃって、②—⑥のほうが、当っちゃッたのよッ」

「美佐ちゃん、うまい！　そりゃあ大穴だ……いいカンをしたな、ううん、ぶッ魂消た！」

そばからものに動ぜぬはずの、早乙女甚三警部補が、こうほめそやして、感嘆の声をはなった。

美佐子が心からの、晴々した表情で、こう二人に言うのだった。

「ねえ先生、今夜だけは、お許しするわ……あたしも連れてってね。ご馳走しますから。……みんなで『クラフト』にお祝いにいってみましょうよ」

脱獄囚と宝石

口惜しい話

ほの暗いカウンターの隅で、流しのバンドマンが、頼まれもしないメロディを、かなでていた。

上客のおおいバー『クラフト』だから、バンドの連中もねばるのだろう。

「ねえ先生……こんどはなにを、お飲みになるの」

「うん、もう一杯ジュースだ」

「ジュースばかりなのね……遠慮しちゃいやッ」

「いいや、こんどは、グレイプのジュースが、飲みたくなったのさ」

こういって飲みさしの、パインジュースのグラスをカウンターに置いたのは、来栖谷一平私立探偵だった。

お相手の妙齢の婦人は、意外やマダムの百合子ならぬ、探偵の秘書君津美佐子の可憐な姿である。

というのは、他でもない。

先日の『姿なき犯罪』の日に、おもわぬ大穴を当ててしまった美佐子が、それからここ一週間ばかり、来栖谷をバー『クラフト』で、毎晩おごるといって、きかないためだった。

——いくら思いがけない彼女のお小遣いとはいえ、来栖谷としては、まさかおごってもらう、ばかりにはいかない。

「もういいよ……これでたくさん」

なんていおうものなら、

「やっぱり先生は、お一人でこのお店に、きたいんでしょッ」

と、すぐマダムの百合子を意識して、怒ってしまう。

やむなくこうして、連日探偵事務所がひけてから、『クラフト』で探偵は、ジュースばかりおかわりしていた。

これがいちばん、お安いからである。

オレンジ、パイン、グレイプと、もうこれで、何杯目ともしれぬ。

おかげで一平は腹がダブつき、さっきからトイレにばかり、かよっていた。

「……先生、お気の毒ですね。ジンでもおとして、さしあげましょうか」

事情を見抜いたバーテン君が、そっと耳うちしてくれたほどだ。百合子もやむなく、可愛いいお客さまのてまえ、近寄ってもこない。

〝この分のお勘定は、おれもちだよ〟

と、来栖谷はバーテンに眼くばせし、ジンをうんときかせたジュースをそっと嘗めはじめた。

その時だった――

一平と美佐子が腰かけているスタンドとは反対側のほうにあるドアーをおして、

「百合子ママ……お客さまお連れしてヨ」

とあたりきらわずはしゃぎながら、どやどやと数人の紳士連れで、表から入ってきた女がいた。

「あら、お席ないのね」

まるで、なンて小さな店――といった表情で、グルリとまわりを、見渡してみる。

「どうぞこちらへ――」

と、先客がボックスをゆずって、カウンターに移った。

「まあ済みません……ねえ！　ママ、ご紹介するわ。この方週刊ライフの、米原さん。こちらはURテレビの、風間専務……この若いひとは南映のプロデューサー……みなさんマスコミの張引りスターばかりよ」

「まあ、ようこそ」

この百合子が、初のご挨拶を連れの男たちにおくり、くるりと向きをかえて、こちらに近寄ってきた。

そして一平に身をすりよせ、

「……ね、これ、預かっててね」

とささやきながら、そっとカウンターの下で、来栖谷の手になにか摑ませてきた！

「なんだ、これッ」

「いいの、あたしの、面子たててよッ……あの女のひとに、恥かかされるから」

こう早口にいい、またあちらのボックスへ戻って、お相手をはじめる。

なに事ならん！　と手の平をあらためると、真珠の嵌ったプラチナ台の指輪と、女持ちの金の腕時計だった。

さすがは名探偵、もうピンときた。

瞳を、隔たったボックスへ返すと、果せるかな、あの女客は、豪華な装いである。すばらしい生地のドレスに、キラキラときらめく耳飾――腕輪といい指輪といい、いかにも高価な、宝石ずくめの女ではないか。

「ウフッ……はりあッてるのね」

美佐子が聡明に、場の空気を読みとった。

「そんなところだろう……ママの奴、いっそなんにも、身につけない作戦だな」

「先生、かわいそう……なの。プレゼントなさったらどう」

「とんでもない……そんな義理なんか……」

「……あるんでしょッ。だって先生ッ、お顔が真赤になってる」

こいつはジン入りジュースのためだ。

美佐子の雲行がだいぶ悪化してきたので、一平はあわてて預かった品々を、バーテンにわたして、『クラフト』を退却ときめた。

「あらもうお帰り……ありがとうございました」

百合子がかけ戻って、如才なく美佐子に頭をさげる。

彼女がハンドバッグから、お勘定を払ったからだ。

二人を表の、ネオンの車道まで、見送ってきた。一平がその百合子に尋ねる。

「なんだい、あの女は……」

「あたし、本当に口惜しいのよ。『シボネ』っていう、お店のママ……ミニーさんていうんだけど、お店ははやらないくせにパトロンが大金持らしいの。宝石がご自慢で、いつもあんなに一千万円以上も、見せびらかして歩いてんのッ。お妾のくせして、ああ口惜しいッ」

「おいおい、おおきなこと言うな。一千万円以上だって！」

「そうよ、残念だけど、本当だわ……あの指にしてたダイヤ、一年ぐらいまえに、あの人のお誕生日に、パパさんが贈り物したものよ。そのパーティにお呼ばれしたけど、あたしうらやましくて、泣けちゃッたわ……あれだけで時価数百万円ですって！　あたしもあんな、理解のあるひとの、お妾にならなりたいッ」

だいぶ女のはりあいから、ヤケ酒をあおッたらしい。

美佐子のいるのも忘れて、媚びるような濃艶な瞳をかえす。

「じゃ、また……さようならッ」

来栖谷はあわてて、美佐子を彼の、フォルクスワーゲンのシートに押し込んだ。

車はまだネオンの美しい、銀座五丁目裏の、通りをするすると走りだした。

「ねえ先生ッ……うんと遠くまで、ドライブしてみません?」

美佐子がまた、はりあうようにねだった。自分のいうことを一平にきかせてみたいのだろう。

「ああいいとも……船橋でも、千葉まででも、ガソリンはあるよ」

誘われるまでもなく、彼もそんな気持になっていた。心よい晩だ。ドライブにはうってつけの気候におもえる。まあ江戸川堤みぐらいまで——とおもって、アクセルをグイと踏み、速力をました。

車は江東のごちゃごちゃと建ち並んだ工場地帯をぬけ、はや満天の星をいただく、黒々と葦のざわめく、堤防の道へさしかかった。

きらきらと黒い川の面が光り、冷やかなそよ風が、車のウインドウから吹き込む。

——と、ワーゲンのライトの光芒のなかに、二人の異様な男の影が、手をあげて道のゆく手を、遮ぎったではないか!

キーッとブレーキをいれ、一平は車を徐行させた。

五分刈り頭のアロハの男と、ワイシャツの袖をたくし上げた男の、二人連れだ。けっして風体の良い男達ではない。まず五分刈りのほうが、ぬっと車内に首を突っ込んできた。

凄い傷跡が頰にみえる。

美佐子がおののいて来栖谷の腕にすがった。

「おや、アベックで、お楽しみのところを……ダボ沙魚釣りにきて竿をながしちゃってね。東京のほうまで、いくらでいってくれます」

頰傷がこう、意外にやさしく尋ねた。

「金なんか、いらない……お乗りなさい」

「そう遠慮すんな。社長にはいわねえ……安心して、ハンケチタクシーやんな」

ワイシャツの男が探偵にいいながら、ドアーをあけて、シートにどさんと坐り込んだ。

こっちのほうが、見かけとちがい、柄の悪い口調である。

来栖谷たちを、どこかの会社の、社長の運転手と恋人ぐらいに、勘違いしたらしい。

「おっと、そこを右……ずっとやってくんな」

べつに怒りもせず、いうなりに車を走らせてやる。

亀戸のもう暗い駅前の広場をぬけ、四丁目から天神前をとおり——あとは真すぐに隅田川にちかい慰霊堂のほうへ折れる、あたりまで走りつづけた。

意外な乗客たち

「おっとここで降りる……止めてくんなッ！　これをやらあ。つまらねえから、いまから徹夜マージャンだ……カケてやるから、ついてくるなよ。よけいなこと、ぬかしやがると、社長にいいつけるぞッ」

こうワイシャツの男が乱暴に命じて、あっという間もなく、とめた車から飛びおりていった。

来栖谷のドライブシートに、千円札を二枚投げつけた。頬傷の男が、ペコリと頭をさげ、そのあとを追う。そして降りてから、いま一度ワイシャツが振り返って、ワーゲンの自家用ナンバーを確かめた。

来栖谷が車をはしらせて、すぐ横町におれながら、美佐子側のドアーに身をのばして、そっとあけた。

とび降りて、後を尾行しろ——という仕種らしい。

すぐ美佐子が、そうと知って降りた。

わざとエンジンを唸らせ、たちまち赤い尾燈が消えるほど遠くまで行き過ぎ、クルリとUターンしこんどはソロソロと猫みたいに車をもどしてきた。

その音で、いまの二人連れを、あざむくためだ。

七八分して、斥候にだした美佐子が、やはりしのび足に帰ってきて、

「あやしくもないわ……病院に入っていったの。院長さんらしい、白いうわっぱり着たひとが、ちゃんとお玄関でまってた」

と探偵に、小声で報告する。

「ご苦労さん……でもきみ、おかしいよ。まさかあんな川ッ原から、電話かけて、約束したわけじゃあるまい。こいつはなにか、予定の行動だね……で、病院の名は……」

「名越病院っていうの……内科、外科、小児科、レントゲン科とよくばってなんでも、ペンキの看板に書いてあった」

「ほう、そりゃあ……よっぽどの名医か、藪医者だね」

一平がにこりと笑って、美佐子がシートにつくのをまった。

世田谷代田の、彼女と両親が三人で暮している、小じんまりしたお屋敷町の美佐子の自宅まで見送った頃は——もう探偵の腕時計は、深夜の二時をまわっていた。

——その翌朝。

いつもより遅れて、銀座のど真中のビルにある『来栖谷私立探偵事務所』へ、エレベーターであがって、ドアーをあけた一平は、

「たいへん、先生ッ！　ゆうべのひとりの人、この男じゃなかった？」

と大声によびかけ、見ていた新聞を手にしたまま、タイプのよこから、かけ寄ってきた秘書の美佐子に、はっと瞳をみはった。ただならぬ、緊迫した気配だ。

うけ取って朝刊に見入る探偵の顔が、これまた激しいショックに、ほてっていった！

〝脱獄囚栗山新一、都内に潜伏か〟

〝頬に傷のある模範囚、意外の脱出〟

〝外人有名人専門の宝石貴金属窃盗団のチンピラ〟

といった大見出しの報道記事の下に、まぎれもない昨夜の男の、手配写真が掲載されていたのだ。

確かにあの、五分刈りのアロハの男だ！

近県の刑務所から、昨日の夕刻、舌をまくような用意周到な脱獄準備のもとに、大胆不敵な、夜の逃亡を決行したものだった。

わざわざ手薄な、医務室に移され、同時に囚人仲間の誰かに火災をおこさせ、その所内の混乱に乗じて、さらに外部からの手引きによって、脱走したらしいという。

来栖谷探偵は、深く報道を読みひろう間もなく、

「たしかにこいつだッ！　あんなに気にしていて……ぬかったッ」

と叫び、卓上電話の受話器をとって、ダイヤルをまわしはじめた。

呼びだした相手は警視庁、そして内線を告げて、なじみの早乙女甚三警部補を、さがしだしてもらった。

こうなると、女子供は危険である。

一緒にいく！　ときかない美佐子をあきらめさせ、その記憶をメモして、名越——という彼女がキャッチした、昨夜の病院にむかい、ワーゲンのハンドルを握りしめた。

寄り集ったパトカーと地元署員、本庁からの応援などが交通を遮断し、厩橋、墨田区役所、石原町のあたりから、包囲をこめていく警備体制をととのえていった。

さいわい名越病院は裏手にせまい溝川をひかえ、あたりは、しもた屋ばかりの、逃げ場のない地形である。早乙女警部補がこう、説明しだした。

「栗山はほんのチンピラでね……顔に傷なんかあって、すごそうだが、どうして逃げたりしたかわからんような

男だそうだよ」

「じゃあ、手むかいはしないな」

「まず考えられぬ……もっともいま一人が、わからんけど」

こんなことを話しているうちに、武装警官をしたがえ、早乙女主任が陣頭にたって、病院のなかにおどり込んだ！

入院客らしい影はまったくなく、勝手のすみに、かよいだという、中年の家政婦だけがいた。二階に診察室があり、そのなかに院長の名越浩二郎が、碁盤をおいて、一人で定石の研究をやっていた。

「客をだしたまえッ！　ゆうべの客を、だッ」

「え、えッ……そんなひとは、まったく……」

「知らんというのか、ふざけるな！　こうなりゃ、おれ達でかってにさがすまでだ」

「それは越権行為だ！　わたしは訴えますぞッ」

手の平をかえしたように、豹変する——玄関先まで出迎えていたというのが、こうトボけることから、早乙女はいきり立った。

ベッドの下から、隣の部屋へと家探しをはじめると、うろたえた名越が、廊下へと飛びだそうとした。

そして腕をとられると、

「窓から、窓からでろッ！」

と、どこへともなく、喚き散らしはじめた。

「うぬ、廊下の、つき当りの部屋をみろ！」

早乙女が建物の構造から、こうピンときて、係官に命じる。

リノリウムの廊下を、足音が交叉し、奥の尖端に位置したドアーに殺到した。

がっしりとした鋼鉄の扉だ。

錠がおりていて、押せども引けども、ビクともしない。

「おい、名越ッ、鍵をわたせッ」

「……」

「貴様ッ、なぜ、かくしだてする」

「わたしの……し、知った、ことじゃない。か、かってに、わしを脅喝して、こんなことを、しとるんだ……」

「こんなこと、とは何だ」

「誰かが、仲間を、この中に、監禁しとる……わしは、ただ家を勝手に、つかわれとるだけだ」

こんな、落付きを失った町医者のいうことなど、ゆっくり吟味してはいられぬ。喚いたり悶えたりするのを下におろし、表に待機しているパトロールカーに収容し、ひとまず先に、地元署へ送っておいた。

さらにハンマーやドリルをとりよせ、ドアーをこじあけて、アッ！　とおどろきの声をあげた。

ものに動ぜぬ捜査の猛者たちも、室内の意外な光景には、思わず異口同音、驚きの声をあげずには、いられなかった。

なかは納戸のような、コンクリートの粗壁で、天井もぐっと奥が三角形に傾斜して下がっていた。

はじめから、物置につくられた場所だろう。人が身をのべて居られるような所でなく、電燈もなければ、什器もない。

そのガランとした壁と小窓ひとつの床に、血みどろのアロハの男が、海老みたいによじれて、白眼をむいていたのだ！

頰には傷跡があり、頭は五分刈の、まさしく脱獄囚、栗山新一の変死体だった。

「ふーん、下っ腹を切られている。刃物がないし……こりゃあ、切り殺されてから、ほうり込まれたな！　または虫の息で、押し込まれたのかもしれん」

早乙女警部補が、鑑識課員をふりむいていった。

床は流れでた血糊で、べっとりと染っている。鍵は廊下側からしか、かけられないこともわかった。すでに死後、数時間以上もたった死体である。死体のかたわらに皿にのった、太めの蠟燭が、つぶれて立っていた。

窓の鍵は外れており、そこからあけてみると、下はきりたった、ちょっと飛び降りられぬ、高さになっている。足場の庇もなく、まず脱出には度胸がいる。

来栖谷探偵はじっと、ちょうど真下の、溝川のあたりを見下していたが、

「刃物がないからって、他殺とばかりは、いいきれないな……ここから投げれば、あの溝川のなかに沈んでしまうからね」

と、独り言のようにいった。

「なに、すると、自殺というのかね……自殺しかかって腹を切ってから、刃物は下にすてた、と……そんなバカな話があるかい。ぜんぜん必要のないことじゃないか」

「そうだな……たしかに、おかしい。でもな、あそこは、浚ってみたほうがいい。だっていまの医者は、たしかにまだ生きてるものとして、逃げるように、合図してどなったろう」

「そりゃあもう一人の、今はここに見当らぬ、逃げてる男が殺したかも知れんのさ」

探偵自身もまだ戸惑っているらしく、腕組みしたり、蠟燭の皿を手にしてみたりしてから、やがて下の溝川のほうへいくために、階段のほうへ向って、廊下を歩きはじめるのだった。

極秘の依頼者

その翌日の朝刊は、全都をわかせた脱獄囚栗山新一の、おかしな変死ぶりにふれて、あらたな昂奮をかきたてていた。

栗山が施錠されて監禁されていた、納戸の小窓の真下の溝川から、鋭利な小刀が浚い出されたのだ。

つまり来栖谷の口にした、奇妙な行動の可能性もありうることとなってきたのだ。

早乙女主任の顔に、ようやく焦躁の色が漂いはじめてきた。

「ふーん、こいつはなんだか、複雑になってきたな……とにかく医者を洗い、いま一人の、あんたが車に乗せた奴を、ひっ捕えることだな」

「確かにそうだよ……で、きみ、ひとつお詫びしとくがね、ぼくは重大な発見をしているのだがね。こいつはいますこし、発表を、おあずけにしてくれないか」

「ふーん、そいつは何だ！　ばかに気をもたすじゃないか」

「とにかくまあ、無条件に許してくれ」

よほどの発見らしく、笑うばかりである。こうするうちに、鑑察医務院で栗山の変死体の解剖がすすむにつれて、その死因につき、どえらい断定が下されるにおよんだ。

――これは自殺らしい――

というのである。

つまり下腹部の傷口が、自殺としてのしるしをみせ、ひらいてみると、ためらい傷になっていたのだ。

つまりブスリと、一度に切られた傷でなく、ためらっていく度も、刺し直したあとが、内側にみうけられるものだという。これは刃物による、自殺傷の常識なのだ。

ではなんで、自殺したのだろう！

脱獄までしておいて、いくら監禁されたからといい、納得のいくはなしではない。

ところがいまひとつ意外なことは、当の来栖谷探偵の顔に、べつにこれといった、焦躁のさまが無いことである。

「重大な発見を、しているのだがね……」

と、にやにや早乙女をじらし、

「まあ落ついて、よく調べてみたまえ……それにあの名越っていた男か、栗山新一がどうして、刑務所に入ってえ藪医者の野郎がいぜんなにをしていたか、研究してごらんよ。ぼくは新聞の、とじ込みをペラペラやっただけで、すぐわかったよ」

と、いうのだった。

きょうは珍しく、『来栖谷私立探偵事務所』に、一平は美佐子が出勤するまえから、姿を現わして、なにかメモなどをとって、考え込んでいた。

「まあ先生ッ、おはやいのね」

美佐子がこうほほ笑んで、さっそく一平のすきな、コーヒーをいれかかった時だった。

事務所のドアーをノックし、

「もし、こちらが、来栖谷先生の事務所ですかな……先生、おられますか」

と、声をかけながら、恰幅のよい老紳士がパットをヒーターにかけていた、美佐子に迎えられて、はいってきた。

初対面の紳士である。

名探偵の名声をたよって、この事務所に、さまざまな難事件の解決を、依頼に訪れる客はおおい。

おそらくその一人とみて、丁寧にソファーをすすめ、名刺をかわした。

来客の名は、菅谷国雄としるしてある。

「いやあ先生、今日は年甲斐もない、お恥かしいお願いで、まいりましてな……じつは、このわしが、面倒をみております、その、若い娘がおりますので」

「わかりました……そのご婦人の、素行調査ですか」

「いやいや先生、それはまた、ご心配をいただきすぎました……ご安心ください。その不安は、まだありませんようで」

秘書の美佐子が、一平の失敗に、うふッ——と吹きだしかけて、あわてて口をおさえた。

「じつは大切な宝の紛失でしてね……どうしようかと迷いまして、ふとうちのあれが親しくしている『クラフト』のマダムさんを、思いだしたものですから……たしか『クラフト』には、名探偵の来栖谷さんが、毎晩おいでになっとると、うかがっていたんです。たしか百合子さんとか、いうマダムさんでしたな……先生のことばかり、自慢されるそうでな」

来客の言葉に、美佐子のこらえていた笑いが、ふっと消えた。

乙女の心は、繊細なものだ。

「ははあ、すると……ミニーさんの、ご主人さまですね」

「ほう、よくご存知で……いやあ、ますます、照れますわい。ミニーとかいっとりますが、じつはみどりという、本名でしてね。この娘がまた、ご覧のような、贅沢病でして……いやはやバーのほうは、やらせてもおごり放題。宝石はじゃんじゃん集めるで……みんなわしにまわってくる始末です」

「たいへんで、ございますね」

「惚れた弱身と、あきらめとります……また宝石に執心のあるのはええ。いつこのわしがポックリいっても、宝石がたんとのこれば、暮せるでしょうからな」

美佐子があきれ顔に、まじまじと菅谷を見詰める。

尊敬したものか、馬鹿らしいのか、ともかく、あきれたことに相違ない。

客はテラリと脂ぎった、額をハンカチでぬぐってから、思い切ったように、打ち明け話の核心にはいりはじめた。

「……で、そのことで、弱っとるんです。じつは一年ほどまえのみどりの誕生日に、七百万円ばかりふんぱつして、あるアメリカの高官から、極秘でゆずってもらった、身分にすぎたダイヤを贈りましてね。ところがそれが……」

「……いつの間にか、スリかえられていたんでしょう」

「えッ、よくおわかりですッ！　あなたはまた、なんという、名探偵だろう！」

紳士があっけにとられて、来栖谷の顔をみた。よほどその、名推理ぶりに、感動したのだろう。

「とんでもない菅谷さん。わたしは占いではありませんよ……タネを明かせば、このまえ『クラフト』でミニーさんをお見受けしたとき……ほかの身につけておられる宝石にくらべて、せっかくの指輪のダイヤが、お噂のわりに、光っておらんとおもいましてね。どうも変だと、ちょっと考えたのです」

「ほ、ほう、なるほど……ところがあの娘は、ちっとも気づかない、暢気な女性でしてね。ふと三月ほどまえ、とつぜんすり代えられとるのに、わたしは勘づいたのです。なにしろ七百万は、わしには大きい出血でしたからね……やはり眼が、ちらつきますわい」

「もしや失礼ですが、みどりさんが、ご承知のうえで、処分なさったのでは……」

「それは、ありません……ごもっともお疑ぐりですが、あの女の気質は、ちょいと、ご理解ゆきますまい。売ろうと買おうと、やってしまったうえなら、なにこのわしに、気がねいつわりなど、抱く心要はないのですよ……つまりこのわしが、我ままされれば、されるほど……喜ぶ甘い爺いと、見ぬいとりますわい」

菅谷国雄氏はさすがに、顔を赤らめた。

つまり手のつけられない、ヤンチャ娘で、実のところは宝石の真贋さえも、気づかぬぐらいの——悪くいえば、白痴美的な女性らしい。

「……のう来栖谷先生。わしは恥かしいことながら、誰かに盗まれたことは、惜しくもないのです！　わしの現在の心配は、いま自分の嵌めとるダイヤが、偽物とひとにいわれたとき……パパの嘘つきッ！　って、わしの手もとから、あの女が消えちまうことの、恐ろしさなのですよ……お礼はいくらでも、お望みどおりじゃ。あれだけのダイヤは、なんぼ金をつんでも、日本の民間では、またと得難いじゃろう……よくわかっとります。ですから な、なんとか極秘で、そっとあの女の指に、買いもどす糸口を、つけては下さらんか！　へたに警察さわぎになって、途中でみどりに勘づかれることも、心配でなりませんのじゃ……どんな悪党にでも、盗んだ犯人にでも、頭をさげますわい。どうかこの気持をくんで……ご協力くださいませんかの」

怪盗『アダマス』団

やがてコーヒーがはいり、美佐子は来容の菅谷国雄にも、テイカップをすすめた。

「すみませんな……お嬢さん。そのうち貴女も、先生とお遊びにおいでください。うちのみどりとも、お友達になって、頂きたいな」

老紳士は、こういって旨そうに、コーヒーをすすりはじめる。

「……ありがとうございます」

とお礼はいったものの、とっても話の様子では、お友達にはなれそうもない。

虚栄と浪費で、凝り固まったみたいな、アプレ娘らしい。なんだか美佐子は、この好人物な菅谷が気の毒な心持ちさえした。

来栖谷探偵も、美佐子が入れたカップのコーヒーを口に運びながら、

「お話をうかがうと、どうもやっぱり、『アダマス』団一味に盗まれたようですね……所有者のご婦人さえ、気がつかぬくらいの、巧妙な手口ですから」

といって、ちょっと席を外し、部屋隅のロッカーから、書類の束を抱えてきた。

そして新聞の切抜きなどもまじる、資料に眼をとおしながら菅谷にたずねた。

「あなたは『アダマス』怪盗団の名を、ご存じですかね」

「……さあ、よくは知りませんが、アメリカ……あたりの、ギャング団なんですか」

「いいえ、日本にいるのです。では名はお知りにならんとしても、つい半年前に、新聞や、ラジオを賑わして都民を驚かした事件ですよ。そこの『光銀堂』から、東洋一のダイヤが盗まれたのは、ご記憶ですか」

「おお、ございましたな……どえらい宝石だそうで。印度の王室から、売りにでたとかいう」

「それそれ、そいつを盗んだ泥棒たちが、『アダマス』団という、一家なんです」

一平は資料をペラつかせながら、こまかく説明をすすめていく。

半年前の事件というのは、こんなことだ。

宝石商として著名な、銀座の目抜きの電車通りにある『光銀堂』の、ショウウインドウに特別出品してあった、ダイヤが盗まれた事件のことだ。

印度のヒンズー教のながれをくむ、ジャイパール王室から千年も伝わったという、由緒のある名石だった。

その子孫の名門から、なにかさまざまな各国のブローカーがはいり、買主をさがして、『光銀堂』にも話があったものである。

どうせ日本人では買手もあるまいと、アメリカに近日、送られる予定のところだった。

恐らく古く、印度のアラハバット附近の、砂鉱床から発見されたのだろうという。

質も逸品で、上質のダイヤの特徴である青白色にきらめき――銀ブラ族の眼を、ウインドウの中から奪ってい

たものだ。

——それを二人組の強盗が、閉店まぎわにおしいり、シャッターを下しかかっていた店員をピストルでホールドアップしておどし、ウインドウをあけて、あっさりと盗み去った事件だ。

いまだにダイヤは、発見されていない。

おそらくもう、海外に密輸されて、しまったものと考えられていた。

来栖谷探偵は、くわしく菅谷氏にはなしてから、さらに言葉をつづけた。

「……じつはこの盗賊の、チンピラの一人は、もう検挙されていました。事件の五日ほどのちに、盲腸をわずらって、入院中をつかまったのです」

「ほう、それはまた、あっさりと逮捕されましたな」

「執行猶予中の、前科がありましてね……『光銀堂』のガラスのウインドウに、のこっていた犯人の指紋から、かんたんにワレたわけです……本庁の指紋台帳に、のこっているのと照合しまして」

「なるほど……で、いまは、捕まっとるわけで」

「いいやそれが、もう昨日の夜中に、死んじまいました……刑務所から脱獄して、すぐおかしな死にかたをしました……栗山新一という、脱獄囚でしたがね。それが不思議な縁で、わたしとこの美佐子さんと、一緒にドライブしたものですよ」

好奇心をそそられて、菅谷も身をのりだして、探偵の体験談に耳をかたむけている。

この脱獄囚の変死だけは、まだニュースが昨日今日のことだけに、もの覚えの弱くなっているらしい中老の菅谷も、すぐそれと知った。

それだけに興味も、また一段とあろう。

「ふーん、ではあとの一人は、まだ捕まっとらんですな。そいつが親分としても、先に検挙された仲間から、すぐわかるでしょうが」

「いいや、駄目でした……白を切ったのでしょうが、死んだ栗山はもう一人と……金でやとわれて、ピストルも貸されたものだ……と係官に、いってたようですが」

「それもおかしいですね……やとわれるより、じかにダイヤを持ち逃げしたほうがいいでしょうに」

「そうはいきません……ケタ外れのダイヤですから、すぐ足がつきます。百カラット近い、大粒だそうですから……ピストルまでもたせ、成功すれば五十万円ずつ、ポンとくれる約束にのりましてね」

「またそいつは、安いもので……」

「現金には、かないませんよ……強盗の世界にも資本家は、いるわけです」

「いやあ、うちのみどりには、とってもはなせん話だ……さぞ羨ましがるでしょう」

菅谷氏が苦笑して、煙草に火をつけた。

ちょっと一平は、緊張した顔にもどって、

「とにかく調べてみますと、この他にも貴金属や宝石類の盗まれる事件がおおいのです……とても巧妙に、スリかえたり、チンピラをつかったり。栗山の調書によると、ボスの名は、『アダマス』というのだそうです」

「……覚えにくい、名前ですな」

「しゃれたものですよ……アダマス、というのは、ギリシャ語の――打チ勝チ難イ――の意味の言葉でして。『adamas』……と書いて、これからダイヤという宝石の名も、うまれたといいますね」

「ほほう、打チ勝チ難イ……するとうちのみどりの性格なんかアダマス、そのものですな」

「いやどうも……ま、それはそうと、こんな具合ですから、ご注意ください。泥棒だって、盗むだけでは、商売にはならない……売り口をさがしたり、また盗み先を、狙ったりするでしょう。売り込みばなしなんかには、とくに警戒してください。またもっとナメられて盗まれたりしないように、貴方からもみどりさんを、注意なさることですね」

「よくわかりました。なにぶんにも、よろしくお願いします……どうかくれぐれも、極秘でご協力くださいますよう」

「はい全力をつくします……また変ったことがあったら、すぐこの事務所に、ご連絡ください」

来栖谷も、私立探偵局をもつ身だ。

よい依頼主の客とみてか、応答のサービスがよい。

菅谷国雄老人がかえったあと、一平はまた入口のドアーにさした、人影の気配に、お客とみて眼で美佐子をうながす。

秘書とのチームワークよろしく、彼女が席をたって出迎えにでる。

「……なんだ、早乙女さんですのッ」

「早乙女で悪かったね……大先生いるかい」

こう警部補も、ふざけながら入ってきた。

そして空のテイカップをまえに、ソファにかけている、来栖谷に声をかけた。

「いそがしいとこ、すまんね。あの名越浩二郎の奴め、手を焼かせて、おうじょうしとるよ……いままで取り調べしても、ガンと口を割らないのさ」

「当りまえだ。医者は口がかたいさ……へたすると、免許状をめし上げられる瀬戸際だもの」

「……ちがいない。あんたの言うとおりだ。免許はすくなくとも、もう持たせとけんな」

「やっとわかったか……だから新聞でも、しらべれば直ぐ、わかるといったのさ！」

「不覚だった……逮捕するときは、たちあわなかったから……まさかあの医者が『光銀堂』のダイヤ盗難事件のときの犯人が、栗山がかかっていた病院の先生とは思わなかった」

つまりさっきの話からみると、あの名越という医師こそ、栗山新一が検挙されたときの、入院先らしい。

刑務所からの脱獄直後に、表から手引きしたらしい仲間とすぐ身をよせているのもおかしい。

美佐子がまたいれなおして、コーヒーをすすめた。

「いぜんにもモヒ患が出入りしたり、喧嘩で切られたヤクザを治療したり……堕胎の失敗で、訴えられたことまである。地元署のうけは、すごく悪いね」

「……そこまでは知らなかったが、名越という名が珍しいから半年まえの新聞の病院の名と同じで、こりゃあ変だとおもった」

ここまで喋りあっていたとき、卓上電話のベルが、ジリジリとコールしはじめた。

受話器をとった美佐子の声が、みるみるあわてはじめて、そして来栖谷を振返った。

「……菅谷さまで、ただいまは、失礼いたしました。えッ、いまそちらに、犯人らしい人から、電話がかかったンですって！　……ダイヤのことで、内証の相談をすすめたいから……って！　場所は、はあ、今夜の十二時に……隅田公園の川ぞいの、ベンチでございますねッ……」

宝石密売者

さっき帰ったばかりの菅谷国雄氏からの電話の急報に、来栖谷探偵と早乙女甚三警部補は、すぐ事務所から表へでた。

まだいったことはないが、バー『シボネ』はすぐわかった。『クラフト』からは反対のほうへ、すこし歩いた、銀座七丁目にある。

店のほうはもちろん、妾のみどりに勝手にやらせ、その二階をとって菅谷は、事務所にしていた。

きっとうら若い熱愛するミニーの、風紀を監視する気持もあって、こんなところに事務所をおいているのだろう。

まだ昼間だから、バーテンしかいなかったが、二階に案内されるときにぬけてみると、『シボネ』はたいした店だった。フロアーもひろく、贅をつくした造りだ。

中二階になったボックスもあり、ちょっとした小形の、キャバレーかナイトクラブのムードである。

応接室でまっていた菅谷氏は、入ってきた来栖谷に、

「いましがたはどうも、お邪魔しました……あれからすぐ、ここへ、きますと、電話がありましてね。どうしても名はいわずに、妙な用件をいいますので……お知らせしました」

と、先ほどの礼をのべて、あらためて奇妙な内容の、突然の電話のことを告げるのだった。

ふつうは相手のわからぬ電話などは、マネージャーにまかせて、出ぬことにしているという。ところが重大な問題で、直接おはなししたい――ときかぬので、ちょうど仕事も手があいていたので、受けてみたらしい。

「で、敵の申し出は、どうなんです」

「なんども本人のわしかどうか、確かめましてね……そのうえで、ダイヤはいらんか、と吐かしおるのです」

「やはり名はいわぬままですか」

「そうです……なにか脅えとるような、落つかん声でした。そして……じつは、高価な宝石を盗んでまわっとる、ある親分の身内の者だが……親分とモメたので、高飛びの金がほしい。ついてはお前さんの女から、手にいれたダイヤと、いまひとつ世界的なダイヤを引きとってくれ。二個で今夜現金でなら……三百万円でいいと、いうのですわい」

「ほう、それで、どう答えました」

「わしも慾ですから……さんざん値切って、八十万円まで、負けさせましてな。というのは、すごく相手が、売り急いどる様子なので」

「……ふーん、いざとなると、そんなものでしょうな。足がつくのと、そんな高価なものになると、買うほうも一応警戒するでしょうからね。しかしまた、値下げしたもンですなあ」

「わしも必死ですわい……もし世界的な、というのが、『光銀堂』のだったら、返すしかできませんしね。だいたいわしは、故売の品など、もてませんわい」

もっともな話である。

いずれにせよ。盗まれたほうの品を取り戻したい一心からなのだ。

「わしも気になって、どうやって盗んだのか尋ねてみたら……わしとみどりが、風呂に入っとるすきに、化粧棚の上に外しといたのを、石を嵌めかえた、と自慢しとりました。二、三カ月もまえから、しばしばこんなすきに、サイズをあわせおった！　用意の寸分も違わん上質のジルコン玉を造っておき、すり代えたといいますから、油断できませんわい……きっとバーテンかボーイの、誰かを買収して、やったことでしょうな」

「凄い腕まえですね……この頃の模造品は、専門家でも一目では、わからんといいますから」

「警察なんぞ呼んだら、命がない……しかも永遠に、ダイヤはもどらぬ！　と、おどしとりました」

「いや、よくわかりました……その調子なら、きっと現われます。一応は取引きをすませてから、手をうつことにしましょう」

こう探偵はいって、親友として、早乙女警部補を、紹介しておいた。三人ででかけ、まず萱谷氏だけで取引をすませ——直後に警察として、手をうつ打合わせもきまった。

——夜になった、十一時過ぎ。

来栖谷探偵は萱谷国雄と新橋駅前でまちあわせ、フォルクスワーゲンを疾走させて、約束の隅田公園にむかった。

あやしまれぬよう、早乙女警部補は浴衣がけの私服の部下と十一時半から公園のなかに、涼み客をよそおって、散歩しているはずだ。

公園のなかは暗く、隅田川の重油のように黒い水面が、向う岸のネオンを映して、キラキラと光る。

こんな時間なのに、アベック連れの姿が、ところどころに見える。

来栖谷はずっと離れて、わざと持参した扇子など使いながら萱谷氏を保護して歩いた。

二丁も手前のところに、ワーゲンを駐車させてのことだ——萱谷氏は約束の川ぞいのベンチを、いちいち確かめながら、相手を求めていく。

どうせあちらから、声を掛けてくるはずである。なかなか見当らない――と、そのうち、とあるベンチを、体をかがめて覗き込み、行きすぎてからまた、とって返してきた。

そして暫くためらうように佇んでいたが、やがて手をのべてその上に触れてみてから、

「うあーッ!」

と叫んで、バタ、バタ、バタと身を翻えして、こちらへ逃げ戻ってきた――

「ど、どうしましたッ」

「お、男が、殺されてます! ……いったい、どうしたわけでッ」

菅谷氏の声が、恐怖にひきつっている。

かけよってみると、確かに異様な、倒れかたをしていた。ベンチのうえから、頭を下にして、いまにもずり落ちそうに、男が横たわっているのだ!

脱いだ上衣を被っているが、寝ているにしては、ただの姿勢ではない。肌にさわってみると、ゾッとするような冷たさが伝わった。

いまの大声に、逆の方向の桜を植えた芝生から、浴衣の早乙女たちが、ばらばらと駈けよってきた。

懐中電燈で、パッと照らし出す。


心臓を拳銃で背中から撃ちぬかれていた。傷口は一発――胸部に貫通して、ワイシャツを血みどろに染めている。

そのポカリと口をひらいた顔に、来栖谷がおどろきの、声を放った。

「あっ、あの男だ! ほら、栗山と一緒に、名越病院まで、ぼくのワーゲンに乗った奴だよッ」

「なにッ! 栗山の、相棒だって」

早乙女も緊張して、あたりを調べはじめる。

いかに本庁の者とはいえ、うかつに変死体にはふれられない。部下の一人をはしらせ、緊急連絡を、上司ととるように命じた。

現場を鑑識課員に、しらせるためだ。

ベンチのしたの、夜露に濡れた土のうえに、ベークライトの小箱のケースが二つ、転がって落ちていた。

「指輪のケースだ……殺した奴が、なかを盗んだなッ」

フタをあけてみてもビロードの布地で張ってあるだけで、中味がない。

唖然として来栖谷たちは、しばしその場に、佇むばかりだった。

隅田公園から興奮のさめやらぬ菅谷氏をのせ、一平の

ワーゲンが帰路についたのは、もう夜半の時刻だった。

まだ解剖の結果をまたねばならぬが、だいたい殺害された推定時刻は、死体発見のやっと二時間以内ぐらいだろうという。

「先生なんとも、申しわけありませんなあ」

と菅谷氏が、さわぎを大きくした責任を、わがことのように詫びながら脂汗をぬぐう。

「……いいや菅谷さん。だいぶ面白くなってきました。奴等のボスである『アダマス』の首領が、乾分たちとゴテだして、こんなリンチを加えたのでしょう」

ほんとうに探偵は、楽しそうにみえる。

リンチといったのは、鑑察医務院の係官の検死によって死体の手首、足首に、ロープで結わかれていたと覚しい、擦過傷をみとめたからだ。

ますます小心者らしく、菅谷が恐縮する。

「するとこのお車には、殺された二人が、そろいもそろって、乗ったことがあるわけですか」

「そうです……脱獄した栗山と、その手びきをしたいまの男を病院まで乗せたわけです」

「栗山とかいいます男は、腹を刃物で切って、自殺したそうですが……車のなかでもう、自殺してたのですか」

「いいや、降りるときはまだ、歩いてゆきましたよ……もっともためらい傷があったといいますから、もう一突きや二突きは切りつけて、苦しさを堪えて、いたかも知れませんね……なにしろ夜のことだし、ぼくたちは運転していましたから、よくは見えませんでしたがね。その傷を仲間がとめて、治療させるために病院へむかうところだったかもしれない」

「気味のわるい、ことですなあ！　縁起でもない……ではこのわたしの、腰かけとるところに、乗っていたわけで……あっ、これは悪いこと、ゆうてしまった！　いやすみません……わたしはこれで、気にやむ質でしてね。どうでしょう……お詫びのためにも、この車を、新車ととりかえて、差しあげましょう。どんな高級車とでも、またおなじワーゲンとでも、お望みのままにしましょう……すぐいまからでも、自動車会社に、交渉してみませんかな」

「いやいやご好意は、まことに有難いですが……そんなにまでして頂いては、申しわけがありませんよ。もうこんな車は、中古品ですからね」

「なんのなんの、どうせ縁起の悪いお車でしょうから。

ポンコツ屋にでもたのんで、潰してしまわれては……これから先生にお願いして、宝石をさがしていただく、謝礼のつもりとして」

「まさかそれは、お受けいたしかねます」

ワーゲンは人影の跡絶えた、深夜の昭和通りを、フルスピードで走りはじめる。

銀座通りの裏まできて、どう行こうかと、ちょっと探偵がまよった。

「……どこまで、お送りしましょうか」

「いやあ、お手数かけて……では先生にも、ちょっとお立ち寄り、ねがいましょうかな。もう帰って、おるでしょうから」

こう菅谷はいって、銀座とは反対側の、中央区役所のほうにまがるように頼んだ。

そしてまた、新富町のほうにおれ、ビルの谷間のような袋小路に、ワーゲンをいれさせて、とめるようにいった。

「ここはこのビルの、私道でしてね……駐車させといても、違反にならんようです。いやあこの頃は、自家用車ラッシュで、駐車場にも往生しますな」

菅谷がこう、来栖谷に笑いかける。

ぜひ近くの、みどりが帰っている、別宅によってくれとすすめるのだ。

さきに客を降ろし、来栖谷は電源を切ったり、ゴトゴトとしばらく、車内の始末に時間をとってから——路地の入口でまっていた、菅谷の案内をうけて歩きはじめた。

妖花の誘い

もと置屋だった家を、転業後にみどりの名義で、手にいれた別宅だという。

敷地は小じんまりとしているが、赤松に庭石までおいた、三坪ほどの庭地まである。

粋な造りのところに、これはみどりの趣味のためか、二階はがらりと変って、洋室が三間ばかりとってあった。おそらく改造したものだろう。

「あらパパ……おそかったのねえ」

と、しどけない寝衣の、ミニーがとびだして、すがりついた。

イヤリングなどはとっているが、指には問題のジルコン玉の指輪を、いとも誇らし気に、嵌めたままだ。

「これこれ、お客さまだ……ちょっと仕事のことで、調査をお願いしてな。有名な名探偵の、来栖谷先生だよ」

「まあ……ようこそ！　よくお名前は、『クラフト』のリリーさんに、うかがっていますわ……ぜひ一度お会いしたいのにリリーさんてば、紹介して下さらないのよ」

と、身なりも気にせずに、なまめかしく寄り添ってくる。

「どうぞごゆっくり、お遊びになって、いってください……わたしはちょっと、事務所を整理してきます。よろしかったら、あしたのご出勤におらくでしょうから、お泊りになってください」

こう断って、意外にも菅谷氏は、ミニーにひきあわせてから席をたとうとする。

「あ、それでは、ぼくも失礼します」

「いいえ来栖谷さん、おつかれでなかったら……みどりも一人で、さびしがッとるのですから」

「そうよ、先生ッ……お話きかせて！　あたしスリルのあるおはなし、だいすきなの」

こういってミニーが手を握りしめてはなさぬ。

やむなく一平は、お邪魔することにした。

菅谷が出てゆくと、彼女は隣の居間にとおし、シックスナインを棚からおろして、グラスにつぎはじめた。

すごくアプレな女性で、自分はかたわらのベッドへ、身をよこたえて接待する。

「先生、とても、すばらしい方ね」

「なにがですか」

「なにッて……とっても、チャーミングだわ。あたしんちのパパみたいなお爺ちゃんみつけてるからグッとくるの」

「ご冗談を……おこられますよ」

「わかりやしない……あんなことといって、本当はご本宅に、ご帰還なさったのよ。お婆さんが怖くって、オドオドしてるの」

こういって婚びるように、ちらりと瞳をあげ、すきとおるような白い腕を、ぬっとのべて一平の髪に触れた。もう相手の息吹きさえ感じる。

なにかぐうっと、男の魂をそそる、妖花の女におもえた。

「電話は、どこにあります」

「下よ……お玄関のよこ」

探偵はたちあがって、ゆっくりとネクタイを外し、上衣をベッドに脱いでから、部屋をでようとした。

「あら、お電話……」

「うん、お袋が心配するから、帰らないッて……断ってきます」

「ほんとにママさん……リリーさんじゃなくって」

わざと一平は頭をかき、階段をおりて——電話のダイヤルをまわした。
一、一、〇——と、三度数字をひろい、そのまま受話器を外したままにして、ミニーの部屋へもどってゆく。
「あら、わからなかッたの」

「いいや、もう遅すぎるから、かけるのやめたのさ」

こうぶっ切らぼうにいい、やにわに一平が、ミニーの肢体をベッドにおしつけた。ミニーは瞳をとじ、予期していたもののような、ほほ笑みを口元にうかべた。

だがそのまま、探偵はなかなかつぎの行動にせまろうとしない。ミニーがじれたように、ふくよかなスプリングのうえで、静かに身悶えする。

——と、その彼女が、かすかに近づいてくる、サイレンの音に、はっと起き直ろうとした。疑うような、怒りと恐怖に燃えた、瞳を一平に向ける。

サイレンはみるみるおおきくせまり、この家のまえあたりで、速力をゆるめた。

「あんたが……呼んだのねッ」

「そうだよ……一一〇番で警察をよべば、外しっぱなしにしといたって、調べにきてくれるさ」

来栖谷はミニーをつきはなし、階段をころぶようにして、表へとび出していった。

パトカーがライトをつけ放して、とまっており——降りたった警官が軒並みに、表札をたしかめているところだった。

「ここだッ……二階にいる女を、逃がさんでくれッ。それに一人は、ぼくについて、直ぐそこまできてくれ！」

何事かと戸惑う警官に、一平は身分と名前をあかして、協力を求めた。またパトカーの無線電話で本庁をよんで、もし早乙女警部補がいたら、すぐここへくるように——とも、連絡をたのんでおいた。

「射ってくるかも知れない！　注意してくれ」

とささやき、先にたってさっきの路地へ、駐車しておいたフォルクスワーゲンにせまる。

暗い車体のなかにうろ、うろととまどう、人影がみえ——それがこちらに向って、車内でぐいと腕をのばした

——ダ、ダーン！　ダ、ダーン！　と、閃光が耳をつんざき、車中の影が、ばたりと下に崩れた。

「おおッ、これはいかん」

警官を促して、来栖谷が車にかけよった。

鍵をドアーにさして、あわててあける。

なかで肥満した男が、身をかがめて苦しそうに、喘いでいた。男は意外にも、さっき別れた菅谷国雄だった！

一平はそれをもう十分に、知っている様子だった。ワーゲンの前面のウインドウに、すごい亀裂が二個所——網の目のようにガラスをはって、生々しくのこっている。

来栖谷はそのひびをなでてみてからうめく菅谷を抱きあげて、車外に引きずりおろした。

「ばかな奴だなあ……防弾ガラスに向って、おれ等を狙って撃ったんで、はね返った弾丸で負傷したのさ……たいしたことはあるまい。手当をしてやらんとなあ」

こういいながら一平は、応援がくるのをまって、腕時計を夜空にすかしながら見た。

やがてつぎのパトカーに、便乗してきた早乙女警部補と、とくに早乙女が自宅に電話をかけ——くるように招いた美佐子がハイヤーをとばして現場に到着した。

来栖谷はフォルクスワーゲンを指さしながら、事の経過を説明していった。

「つまり『光銀堂』等つぎつぎに、襲った『アダマス』怪盗団の首領は、菅谷国雄だったんだよ……たくみに情婦のミニーにバーをやらせたり、商事会社みたいな事務所をもったりして、世間をたぶらかしていたのさ。そしてかねて『光銀堂』に、古い印度の名石がくると知って、盗む用意をしていた……栗山といま一人に命じて、強盗をはたらかせたのだ。ところがそのダイヤをあずかっていた栗山が、盲腸炎をおこして入院し、悪玉医師の名越に、腹を手術させているところを、意外にはやく警察の手がまわったので、ダイヤのかくし場にこまった。なにしろ千万円の宝だろう……窮地におちいって、その切開した傷のなかへ、隠し込んじまった……糸までぬってね。栗山は人間の宝石箱になって、そのまま刑務所入りしたのさ。ところがやはり、無理があって、手術後の経過が、おもわしくない……とうとう病室おくりとなり、どうせレントゲンもとるだろうし、発覚をおそれて、手薄な病室から脱獄したんだ……入獄中の成績はよくって、模範囚だったというから、病室の掃除役なんかにも使われ、自分が入室するまえに、木工場から盗みだしたた小刀を、ベッドにでもかくしといたのだろう……それで医務長なんかを脅喝して、部屋にとじ込め、表から手引きした仲間に、縄かなにかなげてもらい、脱出に成功した。ところがこうなると、みすみす命がけで腹まで痛めた、ダイヤをボスに召し上げられるのが、バカバカしくてならぬ……そこで手術してとり出すのをいやがり、反抗して納戸のなかに、監禁されてしまった。このままでいれば、いつかはとられる。そこで小刀で自分の腹を切って、血みどろのダイヤを、とり出したわけさ……ヤクザな男は、無茶をするよ。けっきょく出血多量で、みずから命をたってしまった……ところがあることのために、ダイヤが発見されない。ボスの菅谷は、栗山の相棒をつぎに疑って、リンチにかけて責めたてた。なにしろ盗むまえの、一年も以前から、カットしなおして、ミニーの指を飾る、予定だったダイヤだ。つまり誕生日の日から、もうジルコンのまがい玉さ。……それでいくら責めても、どこへいったか、わからないだろ。よわって依頼者顔して、ぼくの事務所へさぐりにきて、あるいはこのフォルクスワーゲンの中に、栗山が病院へゆくまえに、シートのあいだにでもかくしたか、と疑りはじめた……だからトリックに、リンチにかけた手下を隅田公園に行くまえに、すばやく射殺してベンチに転がしておく、芝居なんかした……かえり道に、いくら口説いても、ぼくが車を渡しそうもない……そこで事情を勘づいている妾のミニーに、このぼくを誘惑させといて、そのすきにワーゲンをさぐった。ところがぼくが、この車にしかけがしてあるので、内側からはドアーがあかない……袋のネズミになって、自分の弾で、負傷しちまったんだ」

こう説明してから、来栖谷名探偵はズボンのポケットから、布ぎれに包んだものをとりだして、大切そうにひらいてみせた。

蠟づけにした、小石ほどの固まりである。

「早乙女さん……この蠟ソクでかためた物が、きみに断った、秘密の品なのさ。小刀といっしょに、納戸にともっていた蠟ソクを千切って、かためて栗山が窓から投げた、努力の結晶だよ……こうすれば溝川にすてても、水に浮んでいる。あとで拾って、こうやって中味を、とるつもりだったのさ」

来栖谷一平はこういって、蠟のかたまりを指で、くだきはじめた。いくつもの瞳が重なって、固唾をのむうちに、印度の王室に伝わった東洋一といわれるダイヤが夜目にも燦然と、妖しい千年の光芒をはなって、見えてくるのだった。

消えた死体

水族館のワニ

「おはようございます。先生ッ」

と来栖谷一平探偵事務所の、ドアーをおして入ってきたのは、君津美佐子だった。

いわずと知れた、来栖谷名探偵の可憐なよきパートナーである。

「やあどうしたの、体でも悪いんじゃないかい」

こういって来栖谷は、本当に心配しながら、美佐子の顔をのぞき込んだ。

いつも彼より早く出勤している彼女が、今日に限って、珍しく遅刻してきたからだ。

「すみません……突然で、お電話する間もなかったものですから……羽田へお父さまの、お友達むかえにゆきましたの」

「外国へいってたひと?」

「そう、アメリカから今朝はやく、帰っていらッしゃったの……先生これ、飛行機に乗るまえに、あちらのターミナルでその方が、買ったんですって」

美佐子が渡してきたのは、真新しい英字新聞と、綺麗な印刷の雑誌の束だった。

「ふーん、すごくはやく、届いたもんだな」

一平が新聞の日附をみて、感心してみせた。なるほど旅客機に乗り込む寸前に、買ったものらしく、一日ぐらいしか遅れていない。

「電波でくるニュース以外には、一番はやく、日本についたはずですって」

「そりゃそうだろう……すごいスピード時代だな」

なんども頷いてから、来栖谷はすみずみまで、目をとおしてゆく。面白そうなところを、ひろい読みしているのだ。

「ねえ美佐子さん、こんなことが、書いてあるよ……鰐は、ヌードの美人がお好き……だってさ!……シカゴのグランド公園で、ヌードモデルの撮影会をしていたら、それに見とれて、ワニがあばれだした……んだってさ。同市のジェット水族館に運ぶ途中で、オーストラリア北部産の十二米を越す雄の大ワニがトラックの檻をこわし、悲鳴をあげて逃げる裸のヌードスターにせまった……さいわい陸上だったから助かったものの、あやうく死のキッスを、おくられるところ……だとさ……なおこの雄のワニはとても兇暴で、世界最大の種類であり、人を襲うものである……おどろいたねえ」

「えッ、助かったの……まあ先生って、そんなことばかり、読んでらっしゃるのね！」

一時は緊張した美佐子が、ヌードスターに被害はなかったと知ってから、こう来栖谷にふざけた。

「いいや、とんでもない、美佐子さん……政治面のニュースなんかは特約の電報できてるから、日本の新聞にも、もう出てるさ！　だからわざと、ゴシップ種を、見たんだよ」

「うそよ……そういう話が、先生お好きなんだわ。まるでシカゴの……」

「……ワニみたい、にか。こいつはどうも、ひどいことになったな」

あとは二人で大笑いになって、来栖谷探偵が十数頁もある、その新聞をとじたときだった。

コツコツと事務所のドアーをノックし、廊下に佇んでいる来客の影が、ガラス窓にうつりだした。

「どうぞ……」

とあわてて美佐子が、はしりよって招きいれると、それは女で、

「あのご高名な、来栖谷先生の私立探偵事務所は……こちらですの」

と甘えるような声で尋ね、こちらの返事もまたずに入ってきて、ソファーのうえに腰をおろした。

化粧の厚い、髪を赤く染めあげた、ファッションモデルみたいな女性だ。坐るとすぐ、コンパクトをとりだして、顔を直したりする。

ローネックのドレスから、ひろくのぞいた胸のなかほどに、黒子がひとつ、白い肌にういてみえる。

それが妙に悩ましく思えた。

美佐子があきれながら、コーヒーの用意に、とりかかった。

「わたしが来栖谷です……用件は、なんでございましょうか」

どうせパトロンの中年男の、彼女以外の女性との——

素行調査ぐらいだろう。

こう早くも推理をはたらかせながら、一平が会ってみると、ことは意外だった。

「この頃あたくし、おかしな男に、尾行されつづけですの……なにかすきがあったら、殺そうとでも、狙っているみたいなので……」

と、がぜん恐怖の色を浮べて、訴えはじめるのだった！

女は『沢野みずえ』という名刺を、わたしてきた。

「心当りのある、誰かに怨まれるような、動機をお持ちではありませんか……沢野さん、ご依頼をおうけします以上、なんでもお隠しにならず、お打ちあけください」

探偵はゆっくりと尋ね、メモをとりだす。

「まったくございません」

「ではおかしな話ですが沢野さん。どなたかが頼んだ……わたしと同業の、私立探偵なんかじゃ、ありませんかね」

「と、おっしゃいますと？」

「つまり逆に、貴女の素行を、調査しているような」

「まあたのしい！　そんなお熱な彼氏なら、いいんですけど」

「いいや、貴女でしたら、彼氏も気になりますよ」

誘われて苦笑する一平を、美佐子がジロリと睨んだ。

どうもご婦人客には、敏感すぎてこまる。

そ知らぬ振りをして、質問をつづける。

「で、どんな、風体の男ですか」

「顔をかくすようにしているので、よくは分りませんけど……なんだか大柄な、スポーツマンあがりみたいな、力の強そうな男のひとですの！　三国人かも知れない。とても怖い感じ……」

「今までにはお会いになったことは、ないのですね」

「ええ、もちろんです……この一月ほどまえから、あとを離れません」

身震いしながら、恐怖を甦らせてか、窓から表通りをのぞいた。

謎の尾行者を、恐れているのだ。

美佐子までもが、こわごわのぞく。

「とにかくわたくしを、お守りください！　今夜また、ゆっくりと、ご相談しますわ」

と女は哀願して、宝石をちりばめた、小型なプラチナの腕時計を気にした。

よんどころない用があるので、いまはご挨拶だけにして、今夜はまた来栖谷に会いたい――というのだ。

そしてハンドバッグから、無造作に札束をとり出して、調査費をはらおうとする。

「いや、そう、お急ぎにならんでも……あんがい簡単に、かたづくかも知れませんから。で、どこで沢野さん、今夜はお待ちしましょう」

こう来栖谷が、即金の支払いを断ると、

「……そうね、先生。『クラフト』ではいかが？」

と、美佐子が横あいから、口をいれた。

おかしなことを、いう娘だ。

さてはこの沢野みずえ、との話しあいを、『クラフト』のマダムに、監視させるためだな――と一平は直感して、いうなりにバー『クラフト』の、場所を教えはじめた。

美佐子にとっては、毒を以って毒を制する、作戦にでたわけだろう。

「……では八時に」

と、みずえは、約束の時間をいま一度探偵に念をおし、外へ出ていった。

「ちょっとイカレた、感じのご婦人だね」

「ああいう女のひとが、先生おすきじゃないの……派手な」

「じょうだんじゃない、ぼくはシカゴの……」

「ワニじゃない、んでしょ」

こんどは美佐子からいい返し、デスクにむかって、タイプをうちはじめた。

おかしな合言葉が、はやりはじめたものだ。

来栖谷探偵も、照れたように笑ってみせてから、問題の英字新聞をとじて、デスクにしまい込んだ。

英文学者として高名な、美佐子の父君津源四郎氏の友人という――アメリカ帰りの大学の教授も、とんだ罪作りなものをくれたものだ。

おかげで一平は美佐子に――シカゴのワニ――と呼ばれ始めてしまったのである。

依頼者の怪死

「あらお珍しい……軽井沢でテニスでも、してらっしゃったの」

まだ宵のうちだから、お客もすくない。

いざ稼がんかな、と、手ぐすねひいて来客をまっていた『クラフト』のマダム百合子が――これだけは商売気ぬきで、来栖谷探偵の姿をむかえた。

惚れたひとが、ひょっこり訪れたわけだ。

「よせやい……ぼくは、プリンスじゃねえや」

「そうね、まだ、独身ですもの、ね」

「おかしな、分類のしかただな」

「どういたしまして、それが大切なとこよ……もっとも許嫁（フィアンセ）の君は、事務所にいらッしゃるようだけど」

美佐子のことを、いっているのだ。

これはまた夏向きの、オレンジ色の麻をつかった、スリープレスの軽快な装いである。百合子マダムの衣裳道楽は、かねてのことながら、今夜はまた凝ったものだ。

おまけにこれを被るのと、ばかり、手編のストロー帽子が、カウンターの隅にかかっている。すりよってくる彼女の肌から、むっとゲランの、香水のかおりがした。

「おやもう八時だな……バーテンさん、ぼくを訪ねてきた、お客なかったかい」

「あッ先生、さきほど、お電話がございました……おいでになりましたら、ここでお待ちしてますって！　なんですか夜、お歩きになるのが、こわいからって……おっしゃいまして」

有楽町駅に、ほど近い日活ビルの、入口まえの路上に指定してある場所をバーテンが、書きとめたメモには、べつに名前はかいてなかった。が、相手はあの女性にきまっている。

「じゃ、またくるぜ」

「あらッ、ひどい……そのひと女、男ッ」

「いや、うちのお客さんだ……もしかしたら、あとで連れてくるよ」

百合子があわてて、バーテンに電話の主を尋ねている姿をあとに、来栖谷はさっと、ドアーからとび出していった。

どうも今朝から、ゴテごとつづきだ。

国電の有楽町駅なら、すぐ近くだ。どうせ駐車場がいっぱいで困るだろう、と、一平は自家用車のフォルクスワーゲンを、事務所のまえの路上において、すたすたと歩いていった。

「まあ、すみませんでした……夜分に」

これまた涼しい、ブルーのナイロンサッカーにお召しかえした沢野みずえが、すぐ一平に腕をくんできた。

百合子といい、このみずえといい、まるで夏の装いの、ショーみたいだ。これじゃあ美佐子にも、なにか作ってやらんとなア、と、ふと思ったりする。

女は新橋のほうへ、ガードぞいの路地をゆき、身狭な横丁をうねうねとまがった。

一平の知らない、店つづきだ。

その一軒の、『カンサス』とネオンのともった、ウエスタンミュージックのレコードが流れる、小さなバーへ入ってゆく。

ほんの二坪ほどしか、ないようなバーだ。

バーテン一人と、女一人しかいなくて、その女の子さえ、用があるらしく外へ出ていった。

「いらっしゃいませ、みずえさま」

白ワイシャツの袖をたくし上げ、黒い蝶ネクタイをかけたバーテンが、挨拶してグラスをならべる。

女があずけてあるらしく、「69」のウイスキー瓶を棚からおろす。常連の客がやる、やりかたである。

「このかたが、名探偵のかたよ」

「はっ……来栖谷先生でッ。こんなところへ、名士の方におでまし頂きまして」

ペコリとして、グラスについでくる。

言葉は慇懃だが、ニヤケたいやな感じの男だ。てめえもみずえにおねだりし、クルリと肘から手の平へ、コップを器用に転がしてみせてから、ビールを手酌で飲みはじめた。

キザなバーテン芸である。

「沢野さま、あいかわらず、おかしな野郎は、出没しますかね……へんですねえ、助平（エッチ）な奴じゃ、ありませんか」

「ほう君も知ってるのか」

バーテンの言葉に一平は瞳をあげた。

「ええ先生っ……こちらさんが、おみえになったあと、ぬっと入ってきて、ジロリ見渡したりします……返事もしやがらねえ！　奴はきっと、三国人の、日本語知らずかもしれねえ」

人相などの記憶を辿らしてみると、まったくみずえが、今日きていった通りだ。

細かく聞きほじりながら、ひょいとフロント側の壁をみると、コカコーラの夏のシーズン向きの広告ポスターが貼ってあり——なんとその図柄が、ワニと踊っている女の、カラー写真だった。

南洋群島あたりのムードで、レイをかけた半裸の美女が、コカコーラを手に、フラダンスを踊っている。そのかたわらの椰子のなぎさで、ワニが飲みたがってか、口をあけてモンタアジュしてある。

まさかあの新聞の、記事とは関係ない。

しかし関連がある光景におもえて、一平はしばし、微笑しながら見詰めていた。

「なにを先生みてらッしゃるの」

「ええアメリカの、シカゴのグランド公園でね、ヌードモデルが、ワニに襲われた事件があったもので……たしかにアフリカ産の、ワニだそうでね。水族館に運ばれる途中で、モデルの女にくるったんですってさ……ワニはヌードの、美女がお好きなんてゴシップに、書いてありましたよ」

「アメ公の女のヌードになら……ワニでなくたって、ワッシでも頭にきまさあ」

もう何本目かのビールをいただいて、バーテンの男も、だいぶ地金のでた口調だ。

来栖谷も酔って、頬がほてるので、上衣をとっていた。

「そう、じゃあたしは、ワニみたいなのに、あとを狙われてるわけね」

女もはしゃぎだし、だいぶ酔がまわって、その店をでた。

一平の上衣を抱きかかえてしまい、

「ぜひ送って、あたしの家も、覚えていただかないと困るわ」

という頼みに、やむなく『カンサス』を出た来栖谷は、その場にまってもらってワーゲンをまわし千駄カ谷のアパートへ、彼女を見送ることになった。

最高級のアパートで、エレヴェーターを自由に操縦して、部屋へのぼるようになっている。

「ここよ……よく覚えてね、先生ッ」

と四階でいい、錠をあけて、案内する。

豪華なベッドや家具が、ともしたライトの光に、カッと照らし出された。三室つづきの欧米のホテルのような素晴しい間どりだ。

女はよろめきながら、浴室の蛇口をひねった。ザッと湯がふき出し、みるみるうちに、満たされていく。

これからのみずえの行為を予期して、

「では失礼します……またあす、ご連絡下さい」

と、ひきとめるのをなだめ、用心のために内鍵をかけさせ、上衣をうけとって、エレヴェーターにもどった。

『沢野みずえ—58』と部屋のドアーのよこに、プレートしてあるのを確認し、こんどくるときの見定めをつけた。

深夜であるためか、他の客とも、顔をあわさなかった。

表へでて振り向くと、まるで城みたいな、巨大なアパートである。

とめてあったワーゲンに乗り、神宮外苑につづく、大通りのほうに出ようとすると、

「おい、てめえ……自動車泥棒かよーッ」

と、泥酔した声で、よろめきながら怒鳴る声がした。みれば浮浪者らしく菰を被っている。

焼酎でも、飲んでいるのだろう。

手拭を頸にまき、千鳥足だ。こんな者に、かまってはいられない。

「おおきな声を、だすなよッ……夜中じゃないか」

と注意して、ギヤーを入れると、

「なにおッ……てめえ、さてはこのアパートで、人殺しでもしやがッたなッ！　盗んだこの車の、ナンバー、警察にかけてやるぞ」

などと、めちゃくちゃな事を、喚きはじめた。あまり大声でさわぐから、ぱっとアパートの玄関のあたりの部屋に、灯りさえともった。

「まあ寝たまえ……とにかく静かにしたまえ」

ワーゲンはするすると、大通りへでて、心地よい深夜の外苑のさなかへ、速力を増していった。

トップ屋ひしめく！

翌朝やっと来栖谷一平私立探偵が目覚めたときは、もう時計は、十時をまわっていた。

「やあ今朝は、おれが遅刻の番か……」

と大あくびし、やっと起き直って顔を洗い、ワーゲンを銀座の事務所へむけたときは、もう十一時に近い頃だった。

どうせ遅れついでだ、と途中で馴染みの、ガソリンスタンドで満タンにした。

ゆうべの見送りで、だいぶキロが進んだからである。ついでに車洗(カーポリッシュ)もやらせた。

これでは美佐子に、また勘ぐられそうだ。

わざと口笛を吹いたりしながら、ここ銀座五丁目裏のビルの、彼の事務所に入ろうとドアーに手をかけると

——いきなり中から、

「先生ッ！　どうしてッ……」

と、果せるかな美佐子の、言葉にもならぬ言葉がして、

蒼ざめた顔が迎えた。

ただの気配ではない！　こんどは逆にこちらから、

「なんだ、美佐ちゃんッ」

と口にしながら、抱きかかえるように肩に手をかけ、押しもどしながら、部屋のなかをのぞいた。

不吉な予感に応えるように、そこのソファーに並んで、じっとこちらを、見詰めてくる視線が重なっていた。

こうした稼業の勘で、それが警察の連中であることを知るには、さして時間を要しなかった。

「なんですか、皆さんで」

「……」

たがいに顔を見あわせて、当惑した表情をかわす。やがてその内の、見覚えのある係官が、思い切ったように口をきった。

「来栖谷さん、つつまずおっしゃってください……あなたはいま、どこからきました？」

「どこからって、家からですよ」

「それにしちゃ、遅いですね。もうとうに、家を出られたでしょうが」

「うん……そう、ガソリンスタンドに、寄ってましたから」

「フォルクスワーゲン、で、ですね。黒塗りの、ゆうべ乗られた？」

どうも雰囲気がおかしい。

返事もかえさずに、何事かと疑っていると、たまりかねたように横あいから、

「先生ッ、本当のことを、おっしゃってちょうだいッ……ゆうべ、あの女のひと、殺したのッ……ねえ、あたしには、打ちあけて頂戴ッ。けっして、おこらなくてよ……」

と、激しく泣きじゃくりながら美佐子が、とほうもないことを、いい始めるのだった。

「なに、沢野みずえがッ……そんなばかな」

なんの容疑かと呆れていたものが、こうと知って、怒るまえにまず信じかねた。

「もちろん先生だ、などとは……わたし等も爪の垢ほどにも、考えちゃいません。しかし職務上、一応は調べさせていただいて……かえって身の潔白を、たてていただきたいものです。で、ゆうべは、その服装でしたか」

「もちろんです……しかしワイシャツは、とりかえました。上衣はこれですよ」

苦笑さえ浮かんで、わざと暑い日中でもあるし、一平

は上衣を脱いで、ちょっと所持品をあらためてから――刑事たちに見せるために、テーブルのうえに、乗せようとした。

と、そのアウトポケットに入れた指先が、異様な覚えもない触感をおぼえて、

「あッ……」

と小声に叫びながら、金属製のものを摑みだした――宝石をちりばめた、女持ちのプラチナの腕時計だ！ それが鎖までついたまま、ポケットの中から、出てきたではないか！ いやそれどころか、反対側のポケットには、握り潰したみたいな格好になって、重なった札束まで入っていたのだ！

「こ、こりゃなんだ……ぼくのじゃないッ」

「沢野みずえ……のでしょう」

面識のない、若い刑事がいった。

「そうです……しかしこんなところへ、入れた覚えなんかない！ こりゃあ誰かが、いれたものだろう」

失礼にもいまの若い刑事が、にゅっと手をのばして、得たりとばかりに没収した。

来栖谷探偵は口をはげまし、昨日から今日にかけての、みずえとの行動を説明していった。


もちろんその結果として、一平は重大な参考人として、調書をとられるにとどまり、身柄を拘束されるには及ばなかった。しかし誰一人として、まったく彼が無実の身であることを、逆に証明し得る者もないのだ。

不気味なことに、その殺人事件前後の情況は、確かに彼一平自身さえもが――疑われても止むを得ないと思うほどに、奇怪を極めた経過のうちにあった。

昨夜半にあの高級アパートの管理人は、表で大声にわめく、男の声に目を覚した。

自動車泥棒だ――とか人殺しだ――とか、いうことがどうも、ただごとでない。

責任上灯りをつけて飛び出すと、黒塗りの車が、逃げ去るところだったという。そして速力を増すまえに、乞食みたいな男といいあっていた――その運転していた者の服装まで、確認したというのだ。

「いまの車の、ナンバーは覚えてるぞッ……はやく警察へ、電話かけろいッ」

とその乞食みたいな男が、記憶していた車の番号を教え、念のためにアパートの中を調べてみろ、という。

「あいつはどうみても、ただの様子じゃなかった」

などといわれては、ひどく気になる。

まずその男と丹念にアパートの裏の駐車場をしらべ、それからまた玄関にもどって、男と別れてからも、各階の廊下をまわってみた。

すると四階の『58号』室の、ドアーがあけッ放しのまま、灯火が消えている。

呼んでみても、応答がない。

もしやッ！　と入室して、灯りをつけてみると、宿泊人の沢野みずえが――床のうえに絞殺されて倒れていたのだった！

仰天して警察に電話し、あとは蜂の巣を突ッついたような、騒ぎと化したのである。

「車のナンバーが貴方のもので、しかも管理人がみた、犯人の服装と一致します」

捜査本部の刑事は、こう来栖谷に説明してから、不審気にいうのだった。

「なるほど……それはそうでしょう。いまのお話からみても、確かにぼくに、相違ない話ですから。また事実そのおりに、浮浪者みたいな奴と、その通りいいあいました……」

「なんのために来栖谷さんは……アパートまで行かれました……」

「だから先刻も申し上げましたように、被害者の依頼をうけて、部屋まで見送ったまでです」

「では貴方は、酔っていませんでしたか……記憶を失うほど」

「とんでもない！　ぼくはいくら酔っても、意識はしっかりした男ですよッ」

「よくわかりました……しかしまだ、貴方を疑がうすじも多少はあるでしょう。このところ暫くは、行動をお慎みください」

こう慇懃無礼に捜査本部でいわれ、さすがの名探偵も、不快な心地に囚われざるを得なかった。

しかしこの言葉は、あとになってみれば、捜査本部の好意ある忠告だったわけだ。

疑がうすじ――というのは、警察関係のことではなくて、なんとジャーナリズム方面を、指してのことだったのだ。

いまはいかがわしいエロ週刊誌をまじえ、こんなショッキングな記事には、貪欲にネタを求めて、トップ記事の記者がひしめく時代だ！

いわゆるトップ屋と称する連中達が、わッと来栖谷探偵事務所を、襲いはじめた。

「名探偵が、殺人容疑」

とか、

「依頼者殺シニ、推理ヲ悪用？」

「希代の痴漢が、実は私立探偵」

などといった、悪質な人身攻撃のゴシップ種が、まず新聞紙面をにぎわせ始めたのだ。

まるで一平を真犯人あつかいにしている。

「おい、来栖谷はおらんか……参考人として、聞きたいことがある！」

と、まるで警察関係者のような、偽せ電話で取材してくる奴もいる。

助手の美佐子までがトップ屋の狙いの的になり、電話のベルが鳴りひびくごとに、泣きじゃくりそうに表情を硬ばらせ、うろうろと戸惑うほどの窮地に、追い込まれてゆくのだった。

婦人探偵登場

こうなると来栖谷探偵も、徒為徒食してはいられなくなった。

放置しておいたなら、世の疑惑をますばかりだ。

「とにかく連絡はする……すまないが、頑張ってくれ」

美佐子にいいのこして、一平はサングラスのフィルターを、眼鏡のうえにかけて出仕度をした。こうでも変装せねば、トップ屋たちにつけ狙われる。

ワーゲンも今日は、記者除けの囮に――事務所のまえに、駐車したままにして、タクシーをひろった。

行先はまず、千駄カ谷の高級アパートである。その前に公衆電話から、本庁の早乙女甚三警部補にかけて、きてくれるように頼んだ。

「えらいことになったな……もちろんおれは、信じてるよ。よし、直ぐゆく、待ってくれ。とにかく注意して、波をたてぬようにやれよ！」

と、早乙女の電話声は、好意にあふれていた。一平はほっと救われた想いがした。

パトカーに便乗してきた警部補と、駅前の体育館のまえで落ち合い、アパートに向った。

「あっ！　このひとはッ！」

と来栖谷の素顔をみて、一瞬たじろいだ管理人を、早乙女が警察手帳をみせておさえる。

「いろいろと誤解もあるだろうが、この来栖谷君は、絶対に犯人じゃない……だから安心して、協力してやってくれ」

こう本庁の係官に促され、やっと管理人も、口を切りはじめた。

こっちも事件記者の、襲撃にまいったくちらしい。一平は会釈してから、まとめておいた質問を、切り出しはじめた。

「あの泥酔していた浮浪者みたいな男は、貴方につきッきりのままで、事件後に四階にも上りましたか」

「いいえ、裏の駐車場を見廻っただけで……玄関からはきませんでした。なにしろ汚い男ですから、中にはお連れしません」

「なるほど。すると犯人は……あの沢野みずえ、以外にはない」

「えッ、君っ……ばかなこと吐かすな！　沢野みずえ、というのは、被害者のほうじゃないか……この管理人のひとだって、検死にたちあってるんだ」

早乙女が呆れて、まじまじと来栖谷をみた。

錯乱した言葉を、哀れむかの様子だ。

「理由は、あとでわかるさ……ぼくは決して、狂っちゃいない。とにかく解剖してあってもいいから、死体をみせてほしい」

「ふーん、なんだかわからんが……きみのいうとおりにしよう」

日頃不気味なほどの、来栖谷私立探偵の頭のさえぶりを、味あわされているだけに――こうひらき直られると、なにか圧倒されてくるのだ。

一応殺人現場である、れいの部屋にもはいり、くまなく調査してから、ますます一平は確信を高めていった。

早乙女は電話をかけ、死体鑑察医務院の了解をうけてから、タクシーを呼びとめた。

仄暗い鬼気せまる安置室に、フォルマリンの臭いもどぎつく被害者の死体はならべてあった。

致命傷を調べるためか、扼殺された咽喉部が切りひらかれた凄惨な姿である。

死体に一礼してから来栖谷は、医務官のどける、顔被いの白布の下を――まちかねたように覗き込んで、ギクリと驚きの表情を硬わばらせた。

そして躊躇もなく、手をのべて胸のあたりの、冷やかな肌に触れる。

「やっぱり……沢野みずえが、殺したんだ！　いや沢野みずえが、……殺されたわけかな」

「また妙なことを、いうじゃないか」

「うん、つまりだね……この死んでいるひとが、本当の沢野みずえ――のご本人なのさ。したがってぼくのところへ、やってきた女は、偽物の沢野みずえなんだよ」

「本当かッ、君！　しかしこの被害者は……」

「本人だというのだろう。ええい、おれまで、こんがらがるじゃないか。まだわからないのかな……よく似てる。ぼくも一瞬おどろいたくらいだものな！　ところがこの死体のひとには、胸に黒子がないじゃないか……つまり別人だ。カエ玉の沢野みずえが、ぼくの事務所にきて、まんまと探偵のぼくをだましてから、扼殺した本人と、すり変ったわけさ」

「ほほう、すると……犯人はその、カエ玉の女のわけか」

「まあそうなる……死体の古さから、殺人時間は推定できる。それにあやまりもなく、ぼくが部屋から出た時間に一致するとすれば、直後に死んだんだな……おそらく被害者はあの部屋のなかの、洋服ダンスの中にでも、生身でとじ込められていたのだろう」

「おどろいたな！　抵抗もせずに、おとなしく入れられてるかね」

「催眠剤をつかったって、二、三日は昏睡させられる……手荒くやるなら、猿轡（さるぐつわ）はめてゆわけばいいさ。あまり反抗した跡のないのが、そのいい証拠だ」

「ふーん、じゃあカエ玉の……犯人のほうの女は、どうやって逃げた」

「まだわからんかね。酔っぱらいの浮浪者が、管理人と裏の駐車場のあたりを……さまよっているうちに、玄関から逃げて、しまったのさ。つまり浮浪者と、女はグルだろうな」

早乙女甚三警部補は、もう二の句もつげなかった。

用意周到な、殺人計画である。

そういえば、浮浪者は、参考人にしようにもその後、姿をみせていない。

「事務所にきたときの、カエ玉のみずえは、胸のあいたドレスから、黒子が見えた。本物に似た女だ……そいつが殺人鬼の、とんだくわせ者だったわけさ。さてあの女の手がかりは、ある場所一つしか極め手がないことになる」

来栖谷はこう呟いて、陰鬱な感じの、死体鑑察医務院をでた。

――また連絡するから、と勤めの都合で、本庁に戻らねばならぬ警部補と別れ、一平は銀座のほうへタクシーをとばした。

日活ビルのまえでおり、おととい辿ったとおりに、横丁をまがってゆく。まだ黄昏れどきだが、もうウエスタンミュージックのレコードをかなで、『カンサス』はひらいていた。

カウンターの向うで、黒の蝶ネクタイのバーテンが、一平をみてギクリとした。

そして素知らぬ顔にもどり、グラスを拭いはじめる。ほかに女の子が一人、中年の客の、相手をしていた。

「やあ、えらい目に会ったぞ!」

一平はスタンドに腰をおろし、カウンターに肘をついた。

「えッ、あなたは、どなた様で」

呆けきった白々しい表情をむける。

「なにッ……嘘を吐かせ! おれは偽物の沢野みずえに、ひどい迷惑をかけられたぞッ」

「そんなご婦人は、ますます存じ上げませんなあ……きみ、このお客さんは、はじめていらした方だろ」

バーテンの尋ねに、女が首をかしげた。来栖谷はおこって、

「あたりまえだッ……この女の子は、表へでていて、ちょうど留守だったから、知るかいッ」

と、あびせかけた。

「いつのことなの」

と、女が一平にきく。

「おとといの、八時ごろからさ」

「あたしその頃から、割引きの映画みていたから居ないワ」

「ね、そうだろう……その留守に、ぼくは来たんだ……いや、その時刻にあわせて、みずえの偽物に、連れてこられたんだッ」

「ご冗談でしょう……なんでそんな、白っぱくれた、因縁つけるんだい! おれはどこの馬の骨か、おめえなんぞ知らねえ」

実のところ来栖谷探偵は、眼のまえがくらむ想いに、とり憑かれた。

法律にくわしい彼だけに、この重大な核心となる参考人に、偽証されることの恐ろしさは、身にしみて感じたのだ。

黒子のある無しなどは、末端の問題にすぎない。『クラフト』のボーイが、日活ビルのまえで会いたいといっ

た女の電話の伝言を、メモしていることなどは、とくに、証拠力が稀薄である。

　なぜならば女のほうは、とくに慎重を期して、名前もいっていない。これではそれが偽物のみずえだ！　と騒いだって、まったく抗弁としか、受けとられぬ場合もある。

　胸に黒子のある特徴などは、助手の美佐子さえ、勘づいてないかも知れぬ。

　また美佐子が証言をあわせても、探偵と、その助手——の関係にある身では、打ちあわせたものとも論駁されよう。

　この『カンサス』のバーテンのような、第三者の証言こそ、最大の、最強力の武器なのである。それをかくも無惨に、根底から覆えされたのでは、手も足もでない。

　おまえが殺したンだ！　うまいこと誑（たぶら）かすなッ——といわれたとて、どうにもならない、いまの来栖谷だった。

　とくに上衣に、盗品めいたものが、入っていたのがいけない。これは勿論、上着をあずかっていた女が、すきをみて入れたものだろうが、まんまと引っかかった。げんにこの怪事件をとりあげ、

「私立探偵ノ、強盗殺人鬼現ワル」

などとあおりたてる、悪質記事さえ、流れはじめているのだ。

「じゃア……またくるぜ。いつかおまえに、泥を吐かせてやるッ」

と一平は捨て台詞をのこし、

「なんですね……脅喝なんぞなさると、いい新聞種ですぜ」

と毒づくバーテンを背にして、『カンサス』のフロントを出た。

　来栖谷名探偵は、銀座五丁目の探偵事務所まで歩きながら、懸命になって対抗手段をねりはじめた。

　もうネオンがともりはじめ、銀座通りのペーブメントに、行きかう人の群があふれている。

　考えて、考えぬいた挙句に、

「よし、これだッ……」

と一平は手をうち、うって変った勢いで、事務所のドアーをあけた。

　連絡もないままに、まだ君津美佐子が、案じ顔に待ち焦れていた。

「やあ、すまなかッた！　これから君に、いよいよ登場して、もらわにゃあ、ならないんだ……失敗するか、

どうなるかわからん。しかしこれ以外に、方法はない」

「なんですの、先生ッ」

「君津名探偵に、ご出馬ねがうんだよ……このぼくでは、できない役柄なんだ」

なにを興奮しているのか、鍵をえらんで、ロッカーをあけはじめた。

二食弁当の箱ぐらいの、四角い携帯ラジオみたいなものを取り出して、美佐子にむかい、

「さあこれから、出動してもらいたい……それにはいいものを買ってあげるから、ついて来給え」

とまた、謎めいたことをいい、先にたって、表にでようとする。

「あの、事務所は……しめますの」

「そうだな、いや、いま一度君の……出動準備に、もどってこよう。打ちあわせは、その上のことだ。とにかくぼくのほうも、あの沢野みずえ、という、被害者の身元を、洗わなくちゃアならないんだ」

消えた死体

もう夜中の、一時にちかい時刻だ。

何本目かの煙草を吸いきって、来栖谷一平探偵はまた、佇んでいる路地の銀座よりのほうを見詰めた。

「まだ立ってらっしゃるの……ねえ、いくら待ったたって、彼女こないわよ」

などと、あたりの新橋烏森附近に巣くう、オカマボーイが誘ったりする。

知らぬ顔して、一平はねばっていた。

まるで蟻の穴を狙う、蝦蟇（がま）みたいな、辛抱づよさだ。

足元にちらばった煙草の吸殻の上に、ぽいと火のついた長いのを投げ、やがて来栖谷が、その場から離れはじめた。

むこうの闇のうちに、腕をくんだ男女の影が、ふらふらとよろめきながら、浮かんできたからである。

――そしてその口紅（ルージュ）のこい女のほうが、探偵が身をひいて隠れた電柱のまえを、通過するときに指を二本、ひらいて合図してみせた。

V字型の、勝利(ヴィクトリイ)——のサインである。

しめた！　でかしたぞッ、と胸をおどらせながら、探偵はそのあとを尾行して、暗い通りまで追いついていった。

あたりはガラリとかわって、連れ込み旅館の軒並みである。

「どこだい、顔のきく旅館(ドヤ)ってえのは」

「そこ、そこの……『みなと』っていうとこ。お風呂場がとても、綺麗なのよ」

女がサカサクラゲの、赤いネオンの家を指差し、ちょっと立ち止まって、靴下をなおしはじめた。

屈んだその女の、均勢のとれたヒップあたりの曲線ぶりを、男がジロリと、瞳を光らせてみる。

——これが女の、救援を求めるサインなのだ！

来栖谷はぬっと道の中央にでて、

「おいバーテン、はなしがある」

と、まるでヤクザ口調に、男に呼びかけて歩みよった。

「なんだ、てめえ……こ、こんなところでッ」

「しずかにしな……おれはご存じの来栖谷だ。さっさと泥を吐いて、あの人殺し女の住所(ヤサ)をおしえな」

「おれはしらねえ……だいいち、貴様の、いうことが、わからねえや」

「そうか、まだおとといの晩のことを、白をきるのか……じゃあ警察に、いっしょに来な！　いいかバーテン……おまえあの店のコカコーラのポスターをこのお嬢さんに、なんとかいわれて、おれがおとといの晩いったことを、得意になって、話したろう……ワニは美人が好きだ。アメリカのシカゴの公園で、写真とってたヌードモデルを、水族館のワニが襲った……なんて受け売り話をな。そいつはこのおれが、おとといの晩『カンサス』へ、いってた証拠にならあ」

その通りなのだろう。

はじめて連れの女が、探偵のグルだと知ったらしく、暫らくは声もでない。

「ち、畜生っ……この女(アマ)っ子め！　よくもこのおれを、騙しやがったなッ。だがよ、てめえ等もまだウブいな。どこにそうこのおれがいったと、証拠がのこってるんでえ」

「おっと、そうくると思っていたよ……さあ美佐子さん、ご苦労だった。こいつにてめえのドラ声を、よく聞かしてやり給え」

バーテン野郎の好みよろしく、赤やグリーンの原色を、毒々しくドビー織にした、派手なシャツドレススタイルの美佐子が——大型のハンドバッグから、れいの携帯ラジオみたいなものを取り出し、ネオンの灯りにすかして、ダイヤルをまわしてみせる。

身につけた洋装は、みんな今夜、ハイヒールまでそろえたものだった。
チ、チーッ、と電流音がし——やがておどろいたことに、男と女の会話が、かわされはじめた。
「……あらすごい！　どんなワニかしら……シカゴなんてギャングの町に、ワニなんかいるの」

美佐子の声だ。

バーテンのいい機嫌な、返事がつづく。

「水族館へ、トラックで運ぶ途中でね……あっちの警察は、いせいがいいから、機関銃バリバリぶッぱなして……ようやっとすっ裸のモデルを助けたんだよ。とにかくワニってえやつは、女が好きだ。ねえちゃんなんか、ワニにおっかけられるぜ……アフリカのワニは、世界でいちばん、でっけえんだ」

「おおこわい……でもあたし、あんたみたいなワニになら、襲われてみたいワ」

だいぶ話が、おおきくなっている。

しかし来栖谷が、おとといいったとおりだ。オーストラリア北部のワニを、アフリカ産と一平が間違ったところまで、まるうつしにそのまま喋っているではないか。

啞然として、立ち竦んでいるバーテンに向い、一平探偵は、

「このテープレコーダーは、電池でうごく、世界一小さい型の録音機さ……おまえがいま喋ったゴシップは、まだ早くも一日二日は、日本にはこない、アメリカの新聞のニュースだぜ。そのゴシップ種を、ワニの産地までまちがったまま話して……それでもおれが、おととい来なかったというかね！　さっき二度目に、夕方いったときには、勿論こんな話はしない……こいつは店の女の子も客も証人になってくれそうだね」

ここまで探偵が、いいおわるがはやいか『カンサス』のバーテンが突然、身をおどらせて、美佐子を襲おうとした。

いい鴨とねらった女に、裏切られた口惜しさと、テープレコーダーをうばうためだ！　と、つぎの刹那、まえにおどり出た来栖谷と、一、二度パンチをかわしあい——猛烈なストレートをくって、どうと路上に倒れた。

「う、うーっ」

と呻いたまま、バーテンはもう立ちあがることもできない。

それを抱き起して一平は、

「しっかりしろ……すこし休んでから、相談がある」

と大声できかせ、美佐子と手当てを加えはじめるのだった。

「ほら、あの女が、京子ですよ！　どうです旦那ッ。たしかにあの……女だったでしょう」

『カンサス』のバーテンが、そっと耳うちする。

指さすホテルの灯りのともった二階の窓に、まぎれもないあのカエ玉の顔がちらついて見えた。

「よし、有難う……きみには約束どおり、迷惑はかけない。とっ摑まえてくるから、ここでそっと待ってろ」

こう来栖谷一平は、味方にひきいれたバーテンにいい――めざす五十嵐京子のいるホテルのまえの深夜喫茶店から、美佐子とバーテンの二人をのこし、店をでていった。

新橋の烏森の外れの旅館街(ドヤ)で、バーテンをノバしてから、もう二晩目の夜だ。

そのあいだ痺れをきらせながら、目的の女の在室をみとめるまで、張りつづけていたのである。

ついに宿敵を、逮捕するときはきた！

女は五十嵐京子といって、殺された沢野みずえ、とは、従姉妹どうしの仲だという。

「みずえ、っていう親類さえ死ねば、あたしは百万長者だもの……だってあたしの他には、親類は、いないものね！」

と、『カンサス』にきてはいい、沢野みずえ、というその従姉妹が、郷里に山つづきの山林や製材工場を、親ゆずりの財産として、持っていることを羨やんでいたという。

またときには、

「年もそうかわらないし、小学校のころからよく間違えられるくらい、顔も似てる女なのよ……それだのにこっちは、ピイピイぐらしだものね……ああつまらない」

などと愚痴をこぼし、ヤケ酒をむやみにあおることもあったらしい。

それが十日ほどまえから――そのうちにこの店に、私立探偵の男を連れてくるから、そんな客はこなかった、とあくまで知らんふりしてくれ――という相談をもちかけ、ポンと現金(キャッシュ)をはらって、バーテンを買収したらしいのである。

京子は不良性のある女で、田舎からとっくに飛び出し——男をつくっては東京で、ゴロついていた高級パン助の女だという。

殺人の動機は、もうわかった！

来栖谷ははやる胸をおさえ、真一文字に暗い路を渡って京子のひそむ、正面のホテルの、玄関をくぐっていった。

ホテルの名は『千草ホテル』という。

帳場から中年の主人が、

「なにか、ご用ですか……」

と、ねぼけ顔を出して一平に尋ねる。商売の勘で、普通の客とは、違ってみえたのだろう。

「二階の右の窓のところに、ずっと泊っている、五十嵐さんに……会いたくてね」

「さようで、いらっしゃいますか……どうぞ」

主人はスリッパをそろえて、履くようにすすめた。

馴染みの男とみて、案内してもこない。

来栖谷は、だいたいの見当をつけ、階段をのぼって、廊下をそっと伝っていった。

——と、その時だった。

「キャーッ！　救けてーッ」

という、女の悲鳴が、身近くして——名状しがたい苦悶の呻きが、それにつづいた。

一平は無我夢中で、その声のほうにつっ走った。

あきらかに、目ざす、京子のいる部屋からである。

いくらドアーを叩いても、体当りしても、びくとも動かない。内側から、鍵がかかっているのだ。

「ど、どうしましたッ！」

階下からあわてて、主人がとびあがってくる。

「なにか京子に、起ったらしいぞッ」

「えッ、どうして……こんな騒ぎに」

いくらドアーの、ノッブをひねっても、駄目だ。主人と来栖谷は、やむなく応接間から、ソファーを運んで——ガラス窓から、なかをのぞき込んでみた。

眩ゆくともった夜の燈光のしたに、洋間のダブルベッドに倒れた、シュミーズ一枚の京子の肢体があった。

露わにはだけた、胸の隆起のはざまに、かすかながらも、紛れもない黒子さえみえる。

口から糸のような血を頬にたらし、苦悶の表情をみせて、身動きもしない。

「殺されている、電話はどこだ」

「はい、したの……お帳場にあります」

来栖谷はとぶようにして、階段をおり、気ぜわしくダイヤルを廻しはじめた。

警察に連絡し、それに救急車の、手配をたのむためだ。

後を追ってかけおりた主人が、ただおろおろと、あたりをうろたえている。

と、また二階で、バリ、バリッと、すごい物の裂ける音がし——ホテルの裏手のほうに、自動車のエンジンのひびきがした。

「ああッ……誰か、五十嵐さんを、背負ってゆくッ！じ、自動車で逃げたッ」

と裏庭にはしった主人が、驚きの声をあげて、指さしてみせる。

通話もそこそこに、一平がはしりよると、すでに無燈火の自動車が、フルエンジンをかけて、発車したところだった。

ふたたび二階へ急いでみると、通りに面したほうでないガラス窓が、桟までむちゃくちゃに破壊されており——奇怪にも京子の死体が消え去っていたではないか！

「うむ、これはッ」

と来栖谷一平は、考えをまとめるように腕ぐみして

——しばしは廊下に佇んだまま、その場を動こうともしないのだった。

なぜ運ばれたか

この不気味な、五十嵐京子の死体消失事件は、たちまちショッキングな夏の話題となって、全都に伝わっていった。

もはや来栖谷への容疑などは、まったく拭い去られたかたちである。捜査本部の必死の活動は、つぎつぎに新らしい事実を、嗅ぎつけてゆく。が、そのなかには、明らかに警察側の、ミスを証明するものもでてきた。

「ぬかったよ……殺された沢野みずえ名義の預金が、大倉銀行から八百五十万円も、犯行の翌日におろされてたんだ！……また担当の行員がさ、事件を知らなかったもので、応じちゃったらしいね」

と来栖谷探偵を、事務所に尋ねてきた早乙女甚三警部補が、口惜しそうにいった。

「いい度胸だな……京子がおろしたのかい」

「そうなんだ。顔も似ているし、印鑑も通帳もあって

いるから、沢野みずえ本人だとおもって……支払っちまったのさ。株を買いたいから、なんて、しゃあしゃあとしてたらしいぜ」

「みずえの部屋から、盗みだしたな……するとまだ、おなじケースが、ほかの銀行なんかからも、出るかもしれない」

「……」

一平はちょっと、頭をかしげてから、

「ほう、そうか……そいつはちょっと、面白いな。きみはいまぬかった……なんて、弱気なこといったけど、あるいはそれがヒントになって、犯人がわれるぜ」

と早乙女の、顔を見詰めた。

「というのは、どういうことかね」

「つまり五十嵐京子の死体が、なぜ『ホテル千草』から、運びだされたか……ということなんだよ。このまま当分死体が発見されなければ、とてもぼくには、殺して運びだした男の、あてはつかない。ところがだね、死体が発見されさえすれば、すぐその場で、犯人を当ててみせるよ」

「ほう、誰だと、いうのさ……まさか『カンサス』のバーテンなんかじゃ……」

「そいつはひどい……げんに奴は、美佐子さんとホテルのまん前の喫茶店に、坐りつづけていたもの……やあ、すみませんね有難う。恐縮です」

言葉が中途で、急に丁重になった。美佐子がコーヒーのカップを、二人にすすめてきたからだ。

彼女の働きが、身の潔白をあかす糸口にもなったわけで——このところ一平の美佐子に対する態度は、まことに慇懃を極め尽している。

「まあ先生ッ、いや……またふざけて」

こう顔を染めて、デスクに戻ったとき——ジリ、ジリと電話がなって、美佐子が受話器をとった。

「早乙女さん……本庁からです」

ソファーから腰をあげてうけた警部補の頰が、みるみる緊張に、硬わばってゆき、

「なにッ、芝の増上寺山内（さんない）で、京子の他殺死体が、発見されたって！……まて、ちょっとまってくれ、いまこちらから、電話するから」

と捜査本部からの、報告をうけはじめた。そして、のちほどの通話を約束し、一応は切って、来栖谷をふりかえった。

「おい君ッ、いま君のいった……京子の死体が発見さ

れたぜ！」

「そうかね……じゃあ犯人がわかった」

「誰だッ！」

「もちろん五十嵐京子を殺したのは、『千草』の親爺さ。沢野みずえ殺しは、いうまでもなく五十嵐京子だ……だがね。その京子を、いま発見されたという芝の増上寺とかで、あらためて殺したのは、ホテルの主人だ……なぜかって、考えてもみたまえ。どうして殺した死体を、わざわざ重い思いをして、運ぶ馬鹿があるかね……そこをよく、考えてみることだよ」

「わからん……どうしてだ」

早乙女がおもわず、身を乗りだしてきた。来栖谷はちょっと微笑んでから、

「つまり運んでなんか、いやしないのさ……あらかじめ打ちあわせておいて、もし隠れ家のホテルに手入れがあったら、ドアーをとざして、殺されたふりをする。京子と親爺との、とりきめが定っていたのさ……そしてあんな大げさな芝居をやり、もう京子は、この世にない者と、断定させる計画だったわけだ」

「すると自動車で、窓をやぶって逃げたのは京子一人だったんだなッ」

「もちろんだ、自分で運転してね……それをホテルの主人は、死体を背負って逃げた、いま一人の力の強い大男でも、いるみたいな大きな、嘘を吐かしたのさ……いつかのアパートの、汚ない浮浪者だって、奴の情婦をかばう、苦心の変装だろう……つまり京子は、千草の親爺の情婦だったんだよ。京子から、従姉妹に大金持がいて、それが死ねば遺産が入るのに……と聞いて、親爺は京子と共謀で、みずえを殺した……ところが人間は、誰だってもっと慾は出てくるよ。金はほしい。そこで秘かに、その後の情報をかわすためにか、芝の山内で密会したとき、本当にあらためて、相棒の京子を殺しちまった……殺したって、運んだものとしか、思われんものな。ざっとこんな悪党同志の、内輪モメがあったわけだよ……これが死体も発見されずじまいなら、生きているのか、死んでいるのかもわからず、またはべつの犯人がいるのかも知れず……手のつけようもないだろ。とにかく根本はホテルで、殺したものをわざわざ、運びだす必要なんか、まったくないことだよ……なにしろこうなっては、田舎のみずえの不動産なんぞには、手もつけられまい。だからさっきぼくは、大倉銀行から、京子がどっさり現金をおろした、と聞いて、これがヒントになって、犯人がわ

れるかも知れない……ッて、くさってる君を、慰めてあげたわけなんだぜ」

　こう推理の経過をうちあけた来栖谷一平私立探偵は、あわてて電話にはしる早乙女警部補の後ろ姿に――久しぶりの明るい笑顔を、むけるのだった。

海底の金塊

避暑にゆく話

ひどい埃のたつ乾ききった県道も、船橋の市街地をぬけた頃から、右手に遠浅の凪いだ海が、茫々とひらけはじめた。

「まア素晴しい……先生、小舟があんなに、浮かんでいるわ」

秘書の君津美佐子が、愛車フォルクスワーゲンをはしらせる、来栖谷一平探偵に、はしゃいだ声をかけた。

「あれは海苔をとる舟だよ。まだここいらは、海も浅いし、ゴミのおおい汚れた海さ……大腸菌がうんといて、泳げやしないね」

「そうかしら、でも、綺麗じゃないの」

「見かけだけだ。水洗便所のよごれなんか、みんな流れてきて、このあたりに溶け込んじゃう……そのうちに埋め立てて、工業都市をつくる、計画らしいね」

「先生どうして、そんなことばッかり、おっしゃるの」

「あ、悪かった……いや、これから行く海岸を、よりよく君がおもうように、つい宣伝のつもりさ……」

来栖谷は、頭を掻いた。

せっかく海が見えだして、喜んでいるのに、つまらぬ説明をしたものである。

まだ目的地の漁村までは、半分も走っていない。一平はアクセルを踏んで、潮風のそよぐ県道を、急ぎはじめた。

東京はいま、うだるような暑さである。

とくに西銀座のど真中にある、来栖谷が探偵事務所をかりているビルあたりは、殺人的な暑さだった。

車の警笛はひびくし、ビルや舗装道路は焼けて、息詰るようだ。

「ねえ美佐ちゃん、半月ばかり避暑にゆこうか……千葉のはずれに、すごく静かな、田舎の海岸があるんだ。友達にぜひきてくれ、って、仕事をかねて、招かれてるんだけどね」

と一平に、思いがけない相談をもち掛けられて、夢かと喜んだ美佐子だった。

「うれしい、連れてって！　いくらお仕事があったって、涼しいほうがいいわッ」

「ふーん、涼しいほうがねえ……そんならなお、打ってつけだ。涼しいどころか、スリル満点。ぞくぞくと肌寒いほどの、避暑になりそうだよ」

「先生それ、どんなことなの」

「いいやお楽しみに、あっちへ行ってから、教えてあげるよ」

なんだか意味あり気な話だけれど、なによりも辺鄙な漁村の海浜で、半月も真夏のうちを過せるとは、いいチャンスだ。

さっそく水着だの、日焼け止めのクリームだの、いろいろ買い込んで、翌朝出発したのだった。

列車の便はおろか、バスも通わないという。千葉県のうちとも思えぬ、片田舎らしい。そこで初めから、ワーゲンでドライブする、快適な旅行となったわけだ。

西瓜がゴロゴロ転がっている畠や、自動車におどろいて水田から飛び立つ白鷺の姿が、都会育ちの美佐子には、珍しいらしい。

いちいち来栖谷に、うるさいほど、指さしては声をかける。一平のほうは地図を手にしたっきりで、

「弱ったな……こりゃア行くだけいっても、帰りのガソリンが、無くなりそうだぞッ。うんと遠まわりしないと、車が通れないや」

などと、道の心配ばかりして、焦っていた。

確かに無理のおおい、難コースだった。

目的地の鬼ガ淵村――という、奇妙な名の漁村に辿りついたときには、はやあたりは、黄昏れはじめていた。

「まるで生物みたい……すごいわねッ」

と、さすがに疲れ果てた美佐子も、脅えたような視線を見開いて、夕闇の浜辺をみわたしはじめた。

なるほど前世紀の怪獣が、さまざまな恰好で、俯したり、咆哮したりするような――異様な磯の岩が、黒々と起伏している。

こうした磯と岩礁が、岬に抱かれたこの入江の浜に、えんえんと連っているのだ。そしてゆくての、闇にとざされたあたりは、とくに岩が断崖のように切り立ち、すそにゴウゴウと白い波飛沫をかませている。

「あそこが村の名になっている、鬼ガ淵っていう……渦をまいてるとこだ。うっかりはまりこんだら最後、ぜ

ったいに生きちゃあ、帰れないとこなんでね……」

電報を受けとってから、一日中道路に佇んで、車のくるのを待っていたという——かつての中学の学友である浅田久男が、こう説明して来栖谷を振りかえった。

「……そうかね、じゃとっても、泳げたもんじゃないね」

「当り前さ、すぐ呑まれちゃう。といって、海水浴はできるよ……あそこあたりは、かえって静かすぎるほど、波もないんだ。時化にあったりすると、ほかの村の舟まで、あそこを頼りに、逃げてくるもの」

なるほど反対側の磯のかなたに、砂浜がつづいて、漁船が何隻か、浜に引き揚げられている。

岩礁やにょきにょき連って露出している岩が、自然の防波堤になって、風波を凪さすのだろう。なにしろ交通も不便なことだし、避暑目的だけの客などは、東京の近県にもかかわらず、来栖谷達がはじめてらしい。

「ところで……あの事件だけどね」

といいかける浅田に、

「まア、明日からにしようや。こいつはいい所へきた……昼間くりゃあ、また、すごい景色だろう」

と一平は、美佐子が居るから、その話はするな——という、目瞬きの合図をして、空惚けた返事をした。

この村の大地主であり、近郷に親ゆずりの莫大な山林を持っている浅田から、私立探偵として名声を馳せている東京の旧友来栖谷一平に、よこした相談の手紙は、まことに奇怪な内容のものだった。

しばしばこの浜には——海底の金塊——ともいうべき、財宝の一部が、打ち寄せられるというのだ。

ほんのときおりの事ではあるが、浜辺で遊んでいた漁師の子供が、まばゆく光る小判を、拾ってきたりする。

すると親達は、その日を指おり数えて、

「こりゃ、おえねエこった！　あんでこんな物、ひろってきた……早う、浜さいって、海んなかに、かっ放ってこお」

といい、ほとんど小判を、また海の中へ、投げ棄てさせてしまうという。

それが浅田久男の住む、この鬼ガ淵村に百年も昔から伝わる妖異な伝説にもとづく、奇習であるというのだ。

——とにかく貴兄に、至急ご来地頂きたいものです。この伝説に定められた、古からの掟を破ったために、村の青年が一人、去年の夏も変死した事件が起った。とても文明の進んだ今どきに、信じられる話ではない。ぜひ名探偵の誇り高い来栖谷君に、ご出馬願って、ゆっくりご逗留のうえ、この謎をあかしてもらいたいのです——と終っている手紙に、これは面白そうだ、と、避暑かたがたの調査を、すすめることにした来栖谷私立探偵だった。

「疲れてるだろう……風呂でもあびて、ゆっくりしてくれ」

心よく招きに応じてくれた一平を、浅田もうれしがって、歓待してくれる。

宿には、千坪を越える庭の隅に、浅田の居間用として、新築した離れの一棟を、家具まで運び出してあてがってくれた。

下男が風呂水を汲んだり、庭に打ち水したりして、大変な接待ぶりだ。

東京もんの、お客さんがきた——というので、わざわざ垣根越しにのぞきにくる者もある。

とくに砂埃にまみれたワーゲンのまわりには、村中の子供達がわいわい集まって、車体を撫でまわす騒ぎだった。

「……とにかくここいらは、町でアイスクリームをなめたのが、話の種になるくらいだからね」

浅田が今朝とれた、まだ生きている大蛸を、どう料理して食べたいか尋ねにきて、笑いながらこう言ったほどに、ひらけぬ漁村らしい。

美佐子も俄然気に入りだして、

「ねえ先生ッ、あたしここなら……二、三年でも、いたいくらいだわ」

などと、疲れもすっ飛んだみたいに、一人で夜の浜辺に、出かけていったりした。

謎の代官屋敷

その翌朝、はやくから来栖谷と浅田の二人は、屏風のようにそそり立った断崖の下の、さか巻き渦をまく鬼ガ淵の潮を、磯の岩に佇んでみていた。

物凄いばかりの奇景である。

狂ったように逆流し、沸騰したゴウゴウとわきたつ海水に、まま根を千切られたイロロやホンダワラなどの海草が、落葉みたいに磯のすそにうち上げられ、また洗われて、蒼い海底にもまれ呑まれてゆく。

「すごい流れだな……これじゃたしかに、落ちたら救われまい」

一平も胆を冷やす、ばかりだった。

「ああ、魚もここじゃあ、まったく釣れない。寄りつきもしないさ。へたに迷い込むと、腸を吐き出して、ノビちまうんだ」

「ふーん、なにか、水圧の加減だな」

「そんなところだろう……ほら、そこに、碑が立ってるだろ。この淵の怨霊サマをまつった、れいの村の伝説の、主にあたるわけだ」

「なに、怨霊サマ……だって。そりゃ難破した舟の水死人かなにかか?」

「ところが逆なんだよ。嵐の夜なんかに舟を沖からこの淵にさそい込んで……難破させて盗みを働いた、何百年もまえの、悪代官をまつってある」

「どうしてそんな奴を、わざわざまつるのさ」

「怨霊がいつまでも、村人に祟るからだ……」

こう浅田久男はいって、怪奇な伝説について、くわしく教えはじめるのだった。

——昔このあたりは、幕府の御料——すなわち幕府の直轄領であって、いつの頃か、内藤主水正包清（もんどのしょうかねきよ）という悪徳の代官が、この村に代官役所を設けて、住んでいたのだ。

そして浜の漁師のうちで、手におえぬ博打うちであった、ヤクザ者の新五郎を手代として、非道な悪政をしき、住民を悩ましたわけである。

旗本の小身から抜擢され、年貢のとりたて、裁判による地方民の死活権などまでを、一手におさめた代官職に成り上ったわけで、

「なあ、そろそろ江戸吉原に、桜が咲く頃だな」

と内藤主水正がいえば、それは生娘を、さし出せということ。また謎めいて、

「酒にも肴にもあきたわ」

と仰せられれば、それは即ち、金子が欲しいこと。など、今だに伝わるほどの、暴虐をほしいままにしたらしい。とくに金銭への執着が強く、ついには陣屋を、海に臨むこの絶壁のうえにもうけ、時化で荒れくるう夜などに松明の火をうちふらせ、舟をさそい入れて難波させて、財をかすめるに到ったのだ。まるで海賊の、所業である。

みずから股立ちをとって、淵辺の磯にたち、自慢の濃州孫六兼元、二尺五寸余の大業物をふるい、生き残りの板子にすがる者たちが、漂着すれば斬りすてたという。

ところが天網恢々、ついに悪代官内藤主水正包清にも、最後のときがきた。

こともあろうにある嵐の夜に、東北の譜代藩に江戸表から海路運ぶ途中の、莫大な御用金を載せた船手頭管理の御用船を、ひっかけてしまったのだ。

それを恐る恐る訴えたひとりの漁師のために、みせしめとあって、とくにこの鬼ガ淵のみえる磯のはざまの砂地をえらび、斬罪に処せられたという。

ところが肝心の、何万両ともしれぬ金が、まったく発見できなかったのである。また手伝いとしていつも無理強いにかり集められては、協力していた何人かの漁師も、船を沈めた嵐の夜からなぜかかき消すように、失せ果ててしまっていた。

「覚えもないこと……なにかの誤りであろう。あるいはその逃げさった者どもが、ひそかに悪行を、おこなったものかも知れぬ」

などと白をきっていた代官も、暴風が凪いでから淵の波間に浮いた、用船の残骸を動かせぬ証拠として、斬罪ときまったわけだ。

つまり陣屋のある、断崖のうえから、松明でもふって船をさそわなければ、沖からこの淵に、嵐を避けてくるはずがない——というのだ。また、もしも知らぬとしても、料地の取り締り、まことに怠慢である——と日夜酒色におぼれ、公ごとにも、おおきな横領や収賄の数々があることも暴露し、いずれにもせよ斬罪は、まねがれ難くなった。

代官職にあるまじき所業とあって、砂地に首斬り穴をもうけ、縄付のまま据えられた。このときに及び、もはやのがれ得ぬものと乱心してか、

「いかにもあまたの金銀財宝は、それがし確かに、在り処を存じておりまする……月の満ちる夜に海底の、陣屋にしのばれれば、謎をとき得ることがござろう。しかしな、求めて触れたものは、ふたたびこの世には、戻り得ませぬぞ……いかが思召さる」

と、とくに検使に特派された隣領の郡代に、浅ましくもささやきかけて、グルになることを条件の、この期におよんでの、助命をはかったりした。

人の世は、金だけで動くものではない。

「うぬ、切れ!　はよう切れ！」

激怒した郡代の下知の前に蒼ざめ、すでに幽鬼のさまと化した内藤主水正の頭が、コロコロと血をふきながら砂にまみれた。

——鬼ガ淵にまつわる伝説は、このときに始まって、しかも現に、祟りをみせだしたのである。

「ふーん、この碑が首斬りを、やった跡かい」

来栖谷探偵は、浅田久男のながい物語からはなれ、砂地に立てられた自然石の碑をみた。

もはや海風に腐蝕して、チョロチョロとはしる船虫の巣となっている。碑文字もいまははや、判読することもできない。

一平はあたりに、ギラリ抜きはなった刀をかまえ、まさに悪代官を誅する、首斬り役人の幻影をみた。

「祟りというのは、どんなことかね」

いよいよ名探偵が、調査にとりかかった。

「いま話した、代官の言葉が、現実化されはじめたのさ……それから慾の深い奴等が、ときおり金塊財宝をさがして、くまなく海底や代官屋敷をさらってみた。けれども怨霊に祟られたり、とくに代官のいった、満月の日に屋敷にいった者は、そのまま帰ってこないんだ」

「えッ、帰ってこない?」

「そうだ。そんなことが何百年もつづいて、つい最近じゃあ、腕自慢の村の青年が……やっぱり満月の夜にしのび込んで、ゆくえ不明になった……四、五日もしてから、身体中傷だらけで、小判を握りしめた死体になって、沖を漂っていたんだ」

「小判を、握りしめてね」

「こんなことは、昔からちょいちょい、繰りかえされてる……だからとくに、満月の日の翌日なんかに、波で浜に打ちあげられた小判は、海に棄ててしまう習慣だよ。もう五日で、満月の夜になるだろ……だから君に、一刻もはやくきて、調査してもらいたかッたんだ」

不気味な話である。

来栖谷は浅田について、絶壁をまわって、代官屋敷に登りはじめた。

日頃人も寄りつかぬものか、蔓のからみついた夏草が、小道を覆って、急勾配にあがってゆく。

蟬がしみいるように鳴く、木々が黒々と繁るあいだを、掻きわけて登りつめた。大きな屋根をはった代官屋敷が、百年を越える崩れかかった不気味な姿を、みせはじめた。巨木と夏草に覆われたためか、こんな日中にも露をもって、じめじめと湿気がひどい。

ほんらいならば斬首のあとで、とり毀すべきものが——海の見張りに恰好の位置にあるために、残されたらしい。

ゴウゴウと波の音が眼下にとどろき、一望に沖の大洋を望める、すごい風景のところだ。

「こんなところで……かりたてた女を抱いて、酒飲んでりゃいい身分だ」

珍しく来栖谷が、こんな冗談をいう。そして屋敷の、朽ちかけた大戸にたって、

「こりゃあすごく……がんじょうに建ってる。柱なんか、こんなに太いじゃないか」

と、驚いてみせた。

「うん、ここいらの大工を動員して、ひどい労役をかけて、こきつかって建てた屋敷だとさ……費用はいっさい、あたりの網元や豪農から収賄して、まかなったわけだ。むごいものだよ……そのうえ、やれ手をぬいた！図引をあやまった！と、次々に人足の首を、孫六兼元の大刀で、ハネちゃったそうだ」

いまは取りこわされて跡形もないが、さらった生娘や女房を閉じ込めて責めあそぶ、座敷牢まであったという。

一平は呆れ果てて、浅田をみた。

「ははあ、サディズムがかった、エロ代官だったわけだな」

「そういうわけだ。おかげでこの屋敷では、いまでも真夜中に、女の啜り泣きが、きこえるそうだものね」

――と、ここまで、言ったときだった。

キャーッ、と若い女の、恐怖の悲鳴が、すぐ間近く、屋敷のなかで起った。

「おッ……」

と耳を疑い、ギョッとして視線をあわせてから二人は、大戸を突き倒して、仄暗い代官屋敷のなかへ、飛び込んでいった。

さまよう怨霊

なかは蜘蛛の巣が棟木にはりつめ、雪のように積った塵埃が、湿っぽく空気にも立ち込んで、むせかえるようだ。

篠になって射し込む、日の光をぬけて、一平たちは声のしたほうに、馳け込んでいった。

驚いたことは部屋の鴨居に、いまなお刺股や搦め道具のような、長い柄をつけた捕物道具が――ほこりを被って、よこたわっているありさまだ。

「だ、誰なのッ！」

と今度は、明瞭にとり乱した女の声がして、一枚戸のむこうに、人の身じろぐ気配がする。

ギーッ、と古い、錆びた蝶番が、軋りながらひらいて、何者かの瞳が、じっとこちらを窺っていたが、

「まあ先生ッ！　おどかしちゃいや……いま鎧着て歩いてたの……浅田さんなの？」

と、意外や秘書の君津美佐子が、とび出してきた。

プリント模様の、綺麗な洋装だ。

「どうして、こんな所へ。なんだいその、鎧っていうのは……浅田君なら、ここにいるぜ」

ハッと美佐子の、表情が変った。

「ほんとうに、鎧をきたひとに、会わなかったッ……じゃ、誰かしら！　やっぱり代官の、怨霊がでるのかしらッ」

もう蒼白である。

あわてて日射しのさす、表にのがれ出ようと、飛び出してゆく。

人の背ほどにものびた、白い花を無数につけたハナウドの繁る庭隅にでて、美佐子はまだ、胸の動悸がとまらぬらしい。

「どうしてここに、来てたんだい」

と一平が、また尋ねた。

「先生がきっと、いらっしゃると、思ったからなの……ゆうべ海岸にでて、浜のひとから、代官屋敷のことはきいたわ……満月の夜に、探険なんかするの、よしたほうがいいわね」

「なんでももう、知ってるんだな……で、その怨霊っていうのは、どんなだった？」

「あの奥に、建物が別にわかれて、窓もないとっても暗い、広間があるの……そこが取り調べなんかやった、代官のお役所の跡なんですって。そこからこっちの、建物につづく廊下のところに鎧を着た人影が立ちどまって、じっとあたしを、見詰めていたわ」

かき消すように、姿を見失ったという。

いつものことながら、一平は名秘書美佐子の、ときに当っての豪胆さに感心した。

しかし鎧武者の件はどうにも戴けない。

「なにか木像でも、置いてあったんじゃないか」

探偵が尋ねると、浅田が、

「いやそうとすれば、話が本当になるッ……いままで何度も、この屋敷でそんな亡霊を、みた者がいるんだ！　昔からずっと、この屋敷に、とり憑いているのさ……」

と、わなわなと身を震わすほどに、恐ろしがった。

白昼なお暗い、心地がする。

来栖谷探偵は、さすがに尻込みする美佐子と浅田を促して、ふたたび代官屋敷へと、はいっていった。

なるほど建物の構造は、代官役所と居宅とに棟がわかれていて、いわゆる陣屋は、とくに朽ち込みがひどくみえる。

踏む床の感じが違うので、ひざまずいて触れてみると、岩石を磨きだしてある。よほど人手をかけて、入念に工事した陣屋であろう。

さぞ昔は、立派な建物であったろうと思われる。

抱えるようなどの太い柱も、古色蒼然とした手斧で面をならした跡をのこし、むかしの大工たちの、労役のつらさを伝えていた。

なおも探偵は、床のあたりの埃のさまを調べたりしてから、

「どこで見かけたんだ……足跡ものこってない。もっともここは、ゴミがすくないから」

と呟いて、屋敷のなかを探索しはじめた。

どこにも鼠一匹いない。

ときおり部屋の位置によって、ゴウゴウと崖下からの潮騒の音が、木々のしじまをぬって、つたわってくるばかりだ。

「確かにきみは、見たんだね」

「ええ、みたわ……とっても暗くって、すかし見するぐらいだったの」

美佐子がおののきながら、漆喰の剝げおちた、通路の壁を指さす。

ちょうど射し込む光もない位置で、なるほどすかし見するほどにしか、わからない暗さだ。しかし美佐子は、甲冑の武士が、ゆっくりと歩いてゆく、足音まで耳にしたというのだ。

「錯覚じゃないかい」

「そんなことはない……だって黒塗りのマスクみたいなものをつけた顔が、こちらをじっと、見詰めたりするんですもの」

兜までつけた、武者姿である。

マスクみたいなもの、といったのは、まれに髭までつけたものもある、兜の下で顔を保護する面頰のことだ。

そのほか篠とよぶ細い鉄の打ち板を、つづって造った籠手のぐわい。また兜から垂れて項をかくす、錣（しころ）の形など——聞きほじるままに、はっきりと思いだして答えら

れる。

浅田久男は肝を冷やして、

「そいつはどうみても、伝説どおりの怨霊の恰好だッ……鎧の形まで、そのままだ……代官ともなれば具足もあって、鎧櫃をすえて、ふんぞり返っていたのさ……やはりなにか、ぼく達にはわからない、超自然な存在もあるのさ！　この屋敷には、昔から踏み込んではいけない、申し伝えもある。それを破ったから、内藤代官の、霊がまよったんだッ」

と、はや逃げ腰になって、帰宅をすすめる。

さまざまの怨霊サマの祟りを、知ってる土地育ちなだけに、恐怖も一入(ひとしお)なのだろう。

さっき登った道を辿りだすと、天をおおった枝のいりくんだ巨木の梢で、キ、キーッと鳥が、怪しく叫んだりした。

満月の夜の怪事

代官屋敷を探険してから、来栖谷一平はすごい情熱をかたむけて、謎と真向からとっくみはじめた。

まず村の集会所にあてている、お粗末な鬼ガ淵村漁業組合の建物に、附近の主だった連中をあつめて、話をききはじめた。

ほとんどの者が、ぜひ浜から忌わしい祟りを除いてほしい——と切望しながらも、積極的に探偵に協力することには躊躇したい気持である。

代官屋敷に、あがってみた者さえ、ほとんどいないのだ。

根強く培われた、恐怖なのだ。

「べつに皆さんに、あの怨霊サマの屋敷へ、ついて来てほしい……などとは、申しません。あそこはたしかに、死霊のとりついた陣屋のようだ……もし一目でも、このわたしが怨霊サマの姿をみたら、すぐその場で、調査は打ち切りにしましょう。たしかに皆さんが、信じておられるような……神秘な祟りごとだって、この世にはあり得ることですから」

えらく一平が、気の弱いことをいう。

これはまだ、村の人達には口にしていないが、彼の秘書の美佐子もあきらかに目撃し、また友人の浅田久男までもが恐れだした内藤主水正包清の死霊にたいして——名探偵もいささか、不気味におもいだしたせいかも知れぬ。

　集まった者のなかには、若い頃に弟の命をとられた老人や、父親が屋敷をさぐりにいったまま、帰らなかったという中年の漁師など、直接に身内の者が、被害をこうむった人達がおおい。

　その年月に差はあっても、聞いてみると変死の情況は、ほとんど同じだった。

　代官の金塊財宝を、ねらったからだ。

　とくに磯で斬首されるときに、

「……月の満ちる夜に、陣屋にしのばれれば……」

と代官がのこした謎の言葉に、憑かれたように、探索を試みた者達なのだ。

　きっと明るい月の光で、照しだされる所に、秘宝が隠されているのだろう——と、満月の夜をえらんで崖をのぼっては、姿を消してしまうのだった。

「死体は傷だらけで、ことに鈍器で殴られたように……頭に大きな裂傷がありました」

　集まりに加わった駐在所の巡査が、去年の夏の、青年の場合について説明する。

　変死体はその翌々日になって、地引網をしかけに出た漁船が沖の澄んだ海水のなかに漂っているのを発見した。

　まるで巨大な水母(くらげ)みたいに、白々と浮き沈みするのを、網にかけて引き揚げたのだ。いくら海水のなかとはいえ、屍硬がまわって、握りしめた指をほどくのには力がいった。

　燦然ときらめく小判を、摑んでいたのだ。

　怨霊サマからの贈り物であろう。

「ふーん、それは……崖から足を、踏みはずしたためじゃ、ありませんか」

「ごもっともな、お考えです……ところがあの鬼ガ淵には、あの高さからでは、飛び込めぬ浜辺の間隔があることが、わかりました。どんなにジャンプしても、せいぜい怨霊サマの碑があるあたりまでしか、飛べぬそうですよ」

「そうですか……それに盗み、いや探険にゆかれるほどに、度胸のあるひとが、自殺するはずも、まずありませんからな」

　来栖谷は親類の人をはばかって、中途であわてて、盗み——という言葉をあらためた。

「残念ながら、ほかに手掛りもとれませんので。いまでは自殺したもの……として、わたしどもは扱っております」

「……と、いわれますと？」

「つまり海に変死体がありましたことから、鬼ガ淵に身投げしたもの……と推定されたわけです。それに体中の傷には、べつに致命傷と、みられるほどの、深さのはない。解剖の結果は……」

「……溺死体だったわけですな」

一平があとを、受けとっていう。

そして巡査をはじめ、集まって席に並ぶ人達にむかい、

「どなたかこのうちに、昨年亡くなられた人について、ご参考にうかがえることを……話して下さる方は、おられませんか」

と、丁寧な口調で尋ねた。

たがいに顔を、見あわせてから、

「甚吉がよう、知っとるッペ……だけんども、怨霊サマのこと話すのは、おえなかンべなあ」

などと口にして、思案顔になるのだ。

すかさず来栖谷は、浅田にきいた。

「甚吉というひとは、どういう人物なんです」

「色々わけがあって……あんまり浜の連中とは、つきあってないのでね。昔からいわば、村八分みたいに、離れて暮らしてるので……そりゃア怨霊サマをおそれることと、あの男ぐらいの者は、まずないくらいだね」

一座の人達が、あまりその甚吉には、触れたがらない様子だ。

毎朝黎明の頃に、あかるみ始めた鬼ガ淵の磯辺で、碑のまわりにひれ伏して祈禱をささげているという。

海草をとったり、この地方の習いである、死人の土葬の手伝いなんかして、暮しているらしい。つまりまだ辺鄙な田舎などに、ありがちな特殊な仕事をする、男なのだ。

「よかったらその人にも、会いたいものだな……なぜ代官の碑を、おがんだりするのです」

「多少あたまに、きてるセイもある……が、なによりも、先祖が内藤代官に、つかえてた奴だからなんだ」

「そうか……すると手代役の、新五郎の子孫、ってわけかね。ヒドいことの手先なんかやったから、みなさんの先代の方々から、のけ者にされだしたんだろう」

苦笑して浅田が、頷いてみせた。

来栖谷の勘のよさには、舌をまいたらしい。

こんな昭和の時代にもなって、まだ特別な眼でみたりすることは、避けたいのだが――あちらもなにか白々しく、普段は村の人達と、つき会ってもいないという。

巡査が駐在所から乗ってきた自転車をかりて、若い者がむかえにゆき、甚吉を連れてくるのには、まだそれから相当の時間がかかった。

どうせ偏屈な男だから、説得に手まどったのだろう。

一平は甚吉をみて、ぞっと寒気がした。

醜悪な形相の男だ。

いくつとも、年のほどもさだかでない。

傴僂のようにふくれ、脂ぎってツルツルと光った扁平な額の下で、ギョロリとおかしな瞳が、あたりを追って動く。疑いぶかい、窺うような視線だ。

そして来栖谷の隣りに坐った美佐子に気づくと、ニタリと笑って、頭をさげてみせながら、

「このめえはどうも……ご馳走さん」

と。意外なのは、そればかりでない。

「あら、おじさん……こんにちワ！　綺麗な貝殻、ひろッてくださって」

などと、親し気に当の美佐子から、挨拶するのだ。

唖然として、声もでない。

どうやら美佐子が浜のひとに、とうに代官屋敷のことは、聞いて知っていた――その相手らしい。甚吉も根は、人のよい人物なのか、

「こんなのじゃ、気にいるのは、なかんべ……そんでもよ、こいつなんざなかなか、うち上ンねえ貝ッこだよ」

といいながら、短かくて太い畸型な指でふところを探って、にゅっとつき出してくる。

小さな、紅をさしたように美しい、赤いサクラ貝。西洋で――女神の櫛――とよんでいる。象牙色の細長い無数のトゲをつけたホネ貝。彩りうつくしい扇のような、ヒオウギ貝などいかにも美佐子の喜ぶ、アクセサリーにもなりそうな貝ばかり、砂にまみれてでてきた。

「ほう、素晴しいですねえ……こんなの集めるの、たいへんでしたでしょう」

と一平も感心してから、話題をかえて、代官屋敷のことに触れはじめた。

甚吉はみにくい顔をしかめて、

「当りめえだよおッ！　みんなして、舟沈ませて、分けめえもらッときながら……陣屋サマだけ身代りになりなさって、罪背負って、首っこ斬られたんだッ……そのうえうめえことしようとすりゃあ、罰があたって、おッ死ぬんだ」

と、すごい剣幕で、みなに食ってかかる。

まるでそのうちの一人が、内藤代官を裏切って、訴えたようないいかたである。

来栖谷探偵は困ったように、宥めながら、こう集まった人々に、いうのだった。

「わかってますよ……ともかくも、今もいってたんですが、超自然な霊力といった存在も、かならずしも否定は、できないと思うんです。ですからね、ちょうど満月の夜に、いま一度ぼくだけでも、代官屋敷を、探険してみたいと、考えています……これは決して、冒瀆するためじゃない！　あくまでも冷静に、ことを判断する、ためなのですから」

名探偵の失踪

妖しさをさそう満月の夜を、いよいよ今夜に迎えることとなった来栖谷一平私立探偵は、ここ連日、慌しい日々を送っていた。

暦をくって、月の満ちきる時刻を確かめたり、突然車体が熱くやけたワーゲンを走らせ、炎天の田舎道を、どこかへいったりする。

今日は井戸で冷しビールを、朝のうちから塩茹の枝豆を肴に、浅田と飲みかわしながら、

「わるいけど昼から、二、三日もうひとりお客を、お世話ねがうよ……町で速達だして、親しい警視庁の男を、よんどいたんだ」

と、頼みはじめた、一平だった。

「ああ、いいとも、どんな人さ」

「早乙女甚三っていう、腕ききの捜査担当の、主任警部補だがね。いつも東京で、事件を片づけてるんだ……彼だって年に何度かは、公休もとれるだろう。ぜひ避暑にこないか、って誘ってみたよ」

もちろん浅田久男に、不服のあろうはずがない。

下男にいって、いま一部屋とろうとする。

「浅田君、そう気にしないでくれ……どうせ浜で寝かしといたって、死ぬような奴じゃアない」

親しさのうえの、ひどい冗談をいう。

はるか離れた町の駅まで、迎えに出るまえに――さらに立ち寄る所がある、と、やけに一平は急がしがり腕時計を気にして、ビールのグラスをふせた。

「ほう、どこへ……」

「うーむ、こいつは、極秘なんだがね……このところ

ちょいちょい、白浜の水産試験所まで、いってるんだ。いろいろとその、教わるものや、借りるものがあってね」

「水産試験所まで？……そいつはたいへんだ。遠いだろう……なぜだい」

「こんなとこで、避暑さしてもらッてると、海の生物なんかを研究してみたくなってな……葉山の御用邸における、陛下のお気持が、よくわかりだしたぜ。なあにぼくのワーゲンでゆけば、すぐだ。道ももう、十分に馴れちまったから」

肝心なところはボカして、とぼけたままで、出かけてしまった。

浅田も狐に、つままれたみたいな心地で、とり残された美佐子に向い、

「どうしたんです奴は、なんだか張切って、やってますね」

と声をかけた。

「わたしも何だか、訳がわからないわ……こんなものどこかから持ってきて、大切そうにしてるの」

押入れをあけて、指さして見せる。

丈夫な登山用の綱が、とぐろを巻いて、置いてあるのだ。それに紙に包んだ、どうみても塵としか思えぬ、汚れた粉末もある。

しかも幾袋にも、分類してあった。

「へえー、このザイル……なにに使うのかね」

「さあ、なにでしょう」

満更知らないでも、ない気配だ。

どうせ相手は、名探偵の名秘書である。

聞きほじるのも無用とおもい、半ば期待しながら、浅田も沈黙した。

不可思議な来栖谷の蒐集品は、ワイシャツ姿の早乙女甚三を乗せて、ワーゲンを操縦して戻ってきた時に、最高潮に達していった。

太めの針金の束に、ペンチや重い鉄棒。

鉄棒などは、まるで鬼の振りまわす、金棒みたいに頑強で、しかもさらに長いやつだ。

車の屋根から外して、やっと担いでくる。

「こちらが早乙女君……張切って、やってきたそうだよ」

連れを浅田に紹介し、鉄棒をドサリと庭に投げおろして、肩で喘いだ。

遊んでいた鶏が、パッと散った。

つぎにフォルクスワーゲンに、

「だいぶエンジンが、焼けちまったな……スッ飛ばしたもの、無理もないや」

と早乙女に笑いながら、引きかえしてシートから――こんどは軽々と、風呂敷包みをかかえ出した。嵩張るわりに、ひどく軽いらしい。縁側にそっと置いて、

「これで今夜の、準備はすんだな……あとははやく、日が暮れるまでだ」

と、呟いてみせた。


鬼ガ淵村に、夜の帷がおりはじめた。

あたりは闇につつまれ、垣根に咲く大輪の夕顔の花ばかりが、白く浮かんでみえる。風もないのに揺らぐのは、花から花へうつる、蛾のような夜虫のためだろう。

来栖谷と早乙女甚三警部補は、その夜虫に習うかのように、黄昏れどきから、活潑に行動しはじめた。まず二度にわけて、何処ともなく用意の品々を、運んでゆく。

――そして最後に、早乙女にむかい、

「じゃあ……よろしくたのむよ。そろそろ出発してくれ。もういい頃だろう」

といって、庭先で別れた。


手を振りながら、打ちあわせを終った早乙女は、すたすたと一人手ぶらで、浜のほうへ向ってゆく。

なんとも解けぬ、行動である。

浅田久男は堪りかねて、おもわず来栖谷の、肩をたたいて尋ねた。

「これから君は、どうするのさッ」

「もちろん時間をみて、代官屋敷へいってみるのさ……もう十分に、勝算はあるんだ」

「なにッ、代官屋敷へ！　とっても君ひとりでなんか、行かせることは出来ない」

「心配しなさんな……今夜はぼく一人で行かんと、かえって失敗するかも知れない……美佐ちゃんも早乙女君も、承知のうえのことだ。失踪したまんまぼくが戻らなくっても、案じないでくれ。そうだ……美佐子さん！　あんまり心配かけてもいけないから、明日の朝正八時に、浅田君と舟をかりて、沖で釣でもして、待っててくれたまえ。失踪したぼくが、変り果てた姿で会いに行くだろうから」

ああ、気でも、狂ったのであろうか！

久男はぞっと総毛立って、まじまじと相手の、顔を見詰めた。

当の友人は、そ知らぬ表情で、腕時計の夜光盤を気にして、時刻をはかっている様子だったが、

「そうだ、いい忘れた……ぼくが失踪してから、早乙女君が多分、凄い獲物を、捕えてくるだろうから。いまのうちから駐在所に、連絡しといてくれないか」

とまた、トテツもないことを、頼みはじめた。

「ええっ！　な、なにを摑まえて、くるんだッ」

「怨霊サマ……だよ。満月の夜には、怨霊サマまで、うかれ出そうな気配がするじゃないか」

沖で会う約束

どうしても思い止まるように、忠告する浅田を袖にして、来栖谷は身仕度をかためて出かけた。

もう野草は、しっとりと露をもっている。

一平は腰にした大型の、懐中電燈をつけて、レンズの焦点をしぼった。

伏魔の代官屋敷へと、夏草の繁りを掻きわけて、暗い勾配をのぼってゆく。

先方の闇に、キラリと燃えるような、燐光の瞳が光ってみえた。ライトを向けると、それはくるりと反転し、ガサゴソと叢にもぐってゆく。

「おどかすない……鼬(いたち)の野郎めッ」

苦笑いして、道をいそいだ。

たしかに今夜は、月明りが強い。鬼ガ淵から断崖になってせり上った高みの、中腹を越えると、ゴウゴウと渦潮の音が、下からつたいはじめてきた。

東京にいれば、いま時は銀座のネオンの渦のさなかで、バー『クラフト』のマダム百合子あたりと、ハイボールをなめている頃だ。

「ねえ先生ッ……軽井沢あたりに、避暑にゆかなくって？」

と、甘え声で囁いてくるのに、

「ばかいえ、おれはいま……千葉の片田舎の浜辺で、どえらい冒険を、やるとこなんだッ。きみになんぞ、かまっていられるかい！」

と呶鳴り返したところで、はっと幻覚が消えた。

なかなかに、多情多恨な、一平ではある。

これでは美佐子も、どこまでついて行っても、なかなか油断がならぬ。くだらぬ妄想に耽ったためか、罰当りにか、藪ッ蚊がブンブンと刺しはじめた。

「ちくしょうッ」

と頬をたたいたり、肘をかいたりして、つらい道中である。

聳え立つ巨木の幹が、月の光に濡れたように大人びて光り——眼の下に鬼ガ淵の怒濤が、やはり月影をくだいてみせる、岸のうえの平坦へでた。

潮風がよこなぐりに、吹きあおってくる。

クツワ虫が、かしましい鳴き声をピタリと止めた、かたわらの野草の根元を、ライトの光芒でさぐりはじめる。

さっきまだ黄昏れ時のうちに、夕日に真紅にそまった海を背にして、隠し込んでおいたザイルが、照らしだされた。

その一端をとって腰にくくりつけ、ほかの端をザイルの束の底をかえしてつまみ、こちらは横の巨木の幹に、三まわりさせてから、慎重にゆわえつけた。

おおきく屋根が黒々と中天をおおう。代官屋敷のなかへ、その姿でくぐってゆく。

いま行く道の、道しるべのためであろうか。

来栖谷探偵は陣屋の、ひろい闇の中ほどにかがみ込んで、ライトを鴨居に、適当な角度をおいてとりつけた。

まるでスポットライトみたいに、しんと静まりかえった広間の、照明と化した。

とおく隔った、潮騒の音がきこえる。

なにか寂寞とした、孤独感がひしひしと、身にせまってくる刹那だ。

腕時計をかざして、時間をあらためた。

「もう……三分しかない」

満月の月が、みちきるまで、もうそんな間しか、余していなかった。

表の夏の夜空に、天の川がけむり——皓々たる満月の光に、天地の支配をゆずって、うすらいでゆくかにみえた。

——と、鬼ガ淵を眼下に臨む、代官屋敷の陣屋で、

「うおーッ！」

とさけぶ、来栖谷一平私立探偵の絶叫が、あたりの静寂をつっ走って、そして跡絶えた！

このときならぬ友人の叫びも、もちろん伝わらぬ浅田久男の邸内は、いま夢想だに許されない変事のために、大混乱を呈していた。

下男がはしり戸惑い、女中は物蔭にかくれて、息をひそめた。

「おーい、警察の者はおらんかッ」

昼間あたらしくついた、東京の刑事さんだというお客さんが、とんでもない人影を連行して、真夜中の道をもどってきたのだ。

兜を小脇にかかえ込んだ武者姿の怨霊サマではなかったか！　これで肝を潰さねば、人間ではあるまい。

「なんだ、逃げることはない……こいつは、偽せ者だからな。ほら、はやく、正体をみてみろ」

と笑いかけながら、励ましてくれる早乙女甚三の言葉に、母屋から浅田が、おそるおそる瞳を凝らしてみてから、

「あッ……甚吉じゃないかッ！」とふたたび、あらたな驚きの声をあげた。

手錠までしっかりと、嵌められている。

うつむいた甚吉にかわって、早乙女がその返事をして、

「その通り中味は、甚吉なんだ。美佐ちゃんをこのまえ、驚かせたり……ちょいちょい出てきた怨霊サマは、みんなこの野郎だッ……もっとも昔、出てきた亡霊は、こいつの祖先だがね。代々手代の新五郎ゆずりの、首を斬られた代官からうけついだ鎧を、着込んでフラつきやがったのさ」と、大声でいう。

あまりの奇怪さに、浅田も縁側から、おもわず跣足(はだし)で庭におりた。

「なんのために、そんなことを……」

「代官がかくした……海底にねむる金塊財宝を、人手に渡さぬためにね。狙う奴をかたっぱしから、脅かしたわけだ！　自分から内藤主水正の、宝倉の番人を、かって出ていたのさ」

「なるほど……で、なぜ、番だけ、してきたのだろう？」

「もちろん盗み出す気は、十分にあるさ……しかしこいつにも、どうしても簡単には、手のつけられぬ、とこに在るんだ。そこで機会を代々何百年もねらいつづけ、邪魔者はおどして、追っぱらってきたんだ」

「どこに、隠されて、いるのですか？　よほど沖の、海の底にでも……」

「いいやもっと、奇想天外なところだ……とくに代官の、腹心の手代だった新五郎のことだもの、在り場所ぐらいは、教わっていたのだろう……しかし代官も、抜け目がないや。とり出す方法なんかは、ぜんぜん伝えなかったんだろうからね」

ここまで早乙女が、浅田に打ちあけたときだった。

キッとなって、醜悪な顔をあげた甚吉が、あざ笑うよ

うにこう、たけり狂って喚きはじめたのだ。

「ふーん、東京もんの、探偵どもっこが……なんでおっ死におえもしねえで、今夜陣屋から、もどれっかね。もうお念仏さ、となえたがいいだに」

「ばか吐かせッ……来栖谷がむざむざ、悪代官なんかに、殺されてたまるか。ね、浅田さん……奴は帰ってくるって、あんたにも、約束してたでしょうが」

怒った早乙女が、途中から相手を、浅田久男にくら変えて尋ねた。

「あすの朝八時に、沖に舟をだして、待っていてくれと、いってましたがね」

不安さに、おののきながら答える。甚吉がこれをきいて、乱杭歯をむき出して、嘲ってみせる。

「死人を網で、しゃくったがええわ……どこのだれにも宝は、わたしてやんねえ」

いまだに激しい、財宝への執着をみせ、甚吉は妖しい勝利感に酔いしれて、涎をたらしながら、闇にニタニタと笑いつづけるのだった。

海底に眠る宝庫

恐怖の夜が明けそめる頃——灰色のツノマタや紫色の糊をとるマフノリなどの海藻が、波に打ちあがった浜辺に、人影がむらがっていた。来栖谷探偵との、不思議な約束をはたすために、集った人達である。沖で正八時に、会おうというのだ。

選ばれた屈強な漁師が、焼玉をかけて、ポン、ポンと大海原に、船をのりだしていった。透明な海水をすかして、魚鱗の影がかすめる、砂地の海底がのぞめる。それが次第に暗褐色にかわり、ついにはなにも見とおせぬ、濃いエメラルド色に変ってゆく。

「どこさ、出すだね」

当もない船出に、漁師がとまどう。サングラスの早乙女甚三警部補が、艫に麦ワラ帽をかぶって、腰かけている水着姿の美佐子に、

「ねえ、やっぱり……いつも死体が、浮かぶとこあたりがいいね」と声をかけた。

乗りあわせた他の連中が、このただならぬ発言に、ギ

ヨッとして海面を見詰める。

一睡もせぬ夜を過したために、真赤に瞳を充血させた浅田久男。駐在所の巡査がつきそった、とくに傍証固めのために、つれ出した甚吉——の三人に船頭と早乙女と美佐子をくわえた、六人連れのメンバーである。

海はますますエメラルド色を深め、油をしきつめたような、凪いだ朝である。沖にでると、へだたった鬼ガ淵の磯に、白波がくだけてみえ、向いの岸に切りたった岩石の断崖のうえに、緑の木々のしじまから、代官屋敷の屋根がちらほらと望めた。

刹那の沈黙がながれる。と、落ち込みそうに、手錠を嵌められた身を乗りだして、海の底を凝視していた甚吉が、

「ほれ、あそこだッ……おッ死んでさ、ながれとるが」

と悪鬼のように、水の下をすかし見しながら、わめきはじめた。

「なに、死体が！」

異口同音にうめいて、その指差す側によったので、船がグラリと傾く。

「どれだ……あッ、なにか見える！」

仄白い鮫の腹みたいなおおきな物体が、たしかに八、九尋の深みに、ぼんやりと霞んでみえた。やがてすーっ、と漂いながら、手、足のある人間のかたちをして、水面に浮かびはじめる。

ポッカリと握りしめた右手からさきに、水面に現われてきた。濡れた頭髪を額にたらし、眼鏡も外した顔は、あきらかに来栖谷だ！　そしてその腕が、にゅうっとこちらへのびて、キラリときらめく、小判をふってみせた！

「あ、あっ……生きとるぞッ」

浅田がわなわなと、震えながら叫んだ。海中でこんなに、生きながらえ得る者が、亡霊のほかにあろうか。

「まだ驚くにははやい……もちろん代官屋敷から、時間を見計らって、鬼ガ淵の底をもぐってきたんだ。試験所でどんな渦潮のところも、ぴったり水底を這ってゆけば、抵抗がすくないと、きいたからだ。それでももの凄い、海流の強さだった。魚も棲めんね……おかげでほら、こんなとこ、擦り剝いちまった。

そう、驚くなよ！　ああ冷えちまった……はやく船に、あげてくれや」

こう笑いながら、クロールをきって船縁に泳ぎより、小判を胴の間にチャリンとたたきつけて、手をかせとの

ばす。引きあげられてから、足首にくくりつけた、細い紐をたぐって、水底から銀色に光る、円筒形のおおきな器具をひきよせてゆく。

アクアラングだった――

軽金属の酸素ボンベに、調節や吸入用のアタッチメントを複雑に装着した、背中にしょって水中を、潜行する器具である。

「なあ浅田君、水産試験所でかりてきたのは、これなんだよ……さいわい大学の先輩が、主任の技師でつとめてるのを、官庁の名簿をしらべて、おがみ倒したんだ。わざと君をおどかすために、石を錘につけて、外して浮かんできたのさ」

「いや、まったく、驚いたよ……で、どこからもぐったのさ」

膝のところに生血が滲んでいる。美佐子が心配して、タオルでぬぐおうとする。

「こんな傷、だいじょうぶだよ……綺麗な海水で、よく消毒してあるから。そんなことより、はやく代官屋敷の、秘密を見とどけ給え」

こう笑いかけた来栖谷に、甚吉が、うぬッ！　と獣みたいにうめき、躍りかかろうとして、巡査にくみつかれた。

それから二時間ほど、経過してから――

駐在所に連行された甚吉をのぞく、全員が代官屋敷の、謎の陣屋の入口に佇んでいた。一人として、ものをいう者もいない。

この空前絶後の、奇々怪々たる代官内藤主水正包清による妖異の創造物に――圧倒されつくして、瞳を見張るばかりだったのだ！　陣屋の床全体が、パクリと下にむかって、二枚にひらき、何丈ともしれぬその暗黒のしたに、ゴウゴウと波飛沫をたてる、黒い海面がうねっていた。

「あれが鬼ガ淵につづく、海水のおもてなんだ……岩山を平たくみがきあげた石の床が、高潮の水位が極大にたっしたときに、さまざまな巧妙な組み立てによって、閂が外れて、ドカン！　と口をあけるのさ。満月が南中して最大限の満潮がおこるまでは、高潮間隙といって、少しは間がある。宝さがしに熱中している奴を、陥し込むには、ちょうどいいあんばいだ……ぼくも恥かしながら、突然おとし込まれて悲鳴をあげちまったものな」

ザイルで腰を、くくっておいたから、死の陥穽の中途に、宙ぶらりに下って、助かったのだという。高潮がおさまるにつれ、ギリ、ギリと歯軋りをかみながら、頭上で復元してゆく岩石の床を、ザイルをよじのぼり鉄棒を運びこんで、巨大な蝶番に嵌めて、閉じるのをくい止めたというのだ。

「さあ……ザイルをつかって、床下を見学してみたまえ。怨霊サマの財宝が、とっくりと拝観できるからね」と探偵は、皆にすすめて、まず浅田からおろしていった。

濡れた海苔に似た海草に、ぬるぬると足元をうばわれる、暗黒の岩の密室に引潮にあらわれながら、朽ちた木箱からこぼれた小判や金塊が、他のさまざまな財宝とともに、眩く懐中電灯の光芒に照らしだされる。黄金造りの太刀や、錆びた火縄銃まである。しかもあたりには、無数の白骨や髑髏が、不気味に散乱して、海水に洗われていた。

「難破船の犠牲者か、なぐさみの果てに殺された……女たちだろうね。あるいはこの陣屋をつくった、石工や大工たちの、呪いをこめた、死体かもしれない。とにかくこれじゃ、陣屋からおち込んで小判を手にしても、高潮にさらわれ、沖へ流されて、溺死するばかりだ。しかも途中で、鬼ガ淵の渦にまかれて磯に引き裂かれて、傷だらけになるさ……巧妙な、世にも、ものの凄い建造物だね。こいつはきっと、この地方で昔、すばらしい井戸掘りの技術を考案して、上総（かずさ）掘り——といわれた、石工たちの労役のあとだろう……その技術は、つい大正の頃まで、石油の油田掘りなんかに使われていた、世界的にも進んだ、すばらしい方式だったそうだからね」

こう説明する名探偵来栖谷一平の声が、ガンガンと海底の宝庫にひびき、怪しく反響してきこえつづけるのだった。

よごれた天使

基地の街

「殺されたのは、あいつ等の仲間の……女なんだろう」

駅前の駐車場にフォルクスワーゲンをとめ、だいぶ離れた米軍の空軍基地のほうへ、立川の市内地を歩きながら——来栖谷一平探偵が早乙女警部補に、指さして尋ねかけた。

酒、女、麻薬の基地立川市に起った、夜の女の怪死体事件についてである。

「うん、そうだ……とにかくこのあたりは、えらくG・I相手の、パン助がおおいよ」

「都内に米軍の施設が少くなったから、すこしは減ってるのかと思ってたのに……ここいらではちっとも、変らないね」

「かえってほかの土地から、米兵をおっかけて、集まってくる感じさ。ここや海軍(ネイビイ)基地の横須賀なんぞは、どえらく柄が悪くなってるさ」

案内役の早乙女甚三警部補は、こう説明しながら、あたりを見た。

黒人兵(ニグロ)をまじえたG・Iが、派手な毒々しい装いの洋パンたちと、人目もはばからぬ、ひどいふざけかたをしている。

それをまたとり囲んで、アロハ姿の客引(バイラー)の若い男達がさわいでいる。兵隊と女の間にはいって、とりもち役をつとめているわけだ。

鉛色に曇った頭上の空を、着陸寸前の巨大な軍用機の影が、ゴウゴウと低くかすめて、町の軒並のかなたへ降りていく。

馴れきっているのか、誰も仰ごうともしない。

中型軍用車(ウェポン・キャリア)やジープが、鋪装された基地への道を、ひっきりなしに往来していた。

来栖谷も、この基地の町の光景には、

「これじゃまるで、こっちが外国の軍隊町を歩いてるみたいだ。それも場外れの植民地かなんかの」

と、呆れ顔だった。

宏大な地域にまたがる『オフ・リミット』の有刺線をからんだ空軍基地に近づくにつれ、あたりはますます、その感じを深めていく。

色とりどりのペンキを塗りたくった、横文字をつらねた米兵相手の店ばかりである。

いまは東京都内のグレン隊仲間で、

「オハジキがいりゃあ、立川にいきな」

と、ピストル入手の、ルートにまでしている立川だ。

米国物のブローニング、コルト。欧州物ではドイツのモーゼル、ウォルサー。ベルギー製ベヤード。スペインのローヤルなど、およそありとあらゆる種類が、空づたいの米軍関係からながれてくる。

とくに軍用のコルト四五口径、カービン銃M1（ワン）、M2（ツー）式、まれには機関銃までが、ときおり基地内の兵器庫から、米兵に持ちだされて、土地のグレン隊を通じ、全国の暗黒街に取り引される。

麻薬もここなら、きれる日はない。

密輸のさかんなことは国際空港なみなのだ。

「……で、あのパン助達の、友達が殺されたのだろ」

来栖谷が、早乙女にむかって、また同じことをいう。

「いろんな奴等の組があって、すくなくともおおきく二派にわかれて、はりあってるのさ……だからどっちの奴達か、おれには判らないな」

「ほう、グループがあるのか」

「いろんな稼ぎのある土地は、縄張りを争って、ねんじゅう衝突してやがるよ」

女とパイラーの男が、ちょっとこっちを睨んでから、G・Iをうながして背をむけた。

こちらを警察関係者と、疑ってのことだろう。ニグロ兵が気配を読んで、わけもわからずにこっちに向い、パンチをくれる真似をしてみせ——あわてた客引きの男に、なだめられたりした。

「ふーん、いやな兵隊だな。ナメたまねを、しやがるッ」

一平さすがに、ムッとした顔つきになる。

「ニグロが女のてまえ、凄んでみせたのさ……いざとなると、おなじアメ公のG・Iでも、白人と黒人ははりあうからね。遊ぶ町や店までも、区別がついてる」

「日本人の、グレン隊なみだね」

「そうさ……この町のグレン隊が、二派にわかれてるッていったのも、おおまかにいえば、白人側とニグロ派の別みたいだ」

こんなことをいっているうちに、早乙女警部補は市内の主要道路を連れてまわり――いよいよ洋パン殺しの捜査本部が特設された、立川署の捜査主任室へと来栖谷を案内していった。めずらしい基地の町の殺しだから、研究してみちゃアどうだ、と誘ってくれたものだ。

二日前の晩に、ナミ子というパン助が、射殺された事件である。しかも夜にカービン銃で撃たれ、一発で即死した、たしかに珍しいケースだった。

しかも撃ったところが、通過した列車かららしいというからおどろいたものだ。

闇夜に鉄砲というが、これではあんまり、うま過ぎるというのである。こんなわけで、謎めいた怪事件として、もう週刊誌などがおお騒ぎだという。

けれど殺人現場が、米軍基地からは遠く離れているし、情況からみて犯人は、G・Iなどではないらしい。

いつかカービン銃を入手した、地元のやくざ達が、モメごとからそれを使って――まずナミ子を、いやがらせに撃って、敵側を脅えさす作戦だろうという。

あたりのパンパン達が、なにかその晩から、一斉に恐怖の動揺ぶりをみせているそうだ。

複雑な基地の町の、裏面の事情かららしい。

「そいつは面白そうだ……ぜひ頼むから、研究させてくれたまえ」

と早乙女の話に、すぐ乗りだした、来栖谷一平私立探偵だった。

「いやねえ……外人の兵隊さん相手の、パンパンのことなんか」

といやがる秘書の君津美佐子に、

「いいや、そう頭から、不潔がっちゃいけない……なかには真実に、外国兵ときよらかな愛情を、かわしてる娘もいるかもしれんし、それこそ日本女性の代表として、国際的におし出せるうるわしい語学の達者な人も、いる可能性もある……」

とおかしな失言をして、かえって眉をひそめさせてしまったほどだ。

「そ、そんな上玉が、いるものですかッ……みんな腐った女たちさ」

早乙女があわてていうのに、

「いいわ先生ッ！　どうぞミス・ユニバースでも、選出してらッしゃい……あたしは事務所で、お留守してますから」

と美佐子は、もうツンとした表情だった。

こんなわけで、二人だけできたのだ。

本庁からの捜査班もきており、その幹部の紹介で、来栖谷はすぐ地元署員の好意で、現場におもむくことができた。

「遠いですよ……ずっとこの町から、外れたところです」

と説明されながら、ワーゲンをとばせて、浅川のほうに道を辿りはじめた。

ゴウゴウと車のうえの空を、いろいろの機種の軍用機が、通過していく。

その翼の星のマークや、文字まではっきりと読みとれるほどの、低さばかりだった。

深夜の狙撃者

「被害者の死体は、ここに倒れていました……犯人はあの、鉄橋のうえを通過する列車のうえから、狙い撃ちにしたのです。車輛のなかに使いあとの薬莢が一個みつかっております……」

ひろい溝川(どぶがわ)をわたるコンクリートの橋のたもとの、白チョークで殺人現場をマークした場所に案内して、地元署の鑑識課員が説明しはじめる。

とても丁寧な口調だった。

その橋にそって、列車の鉄橋がならんで、溝川をわたっていた。

流れは塵埃をうかべ、どんよりと黒い。

「ふーン、で、何時頃の汽車ですか」

来栖谷が、じっと嚙みしめるように、質問を返した。

「零時半よりあとの、最終のものです」

「しかしスピードのある、列車のうえからなんて、よく狙えたものですな……このあたりに、少しも灯りなんぞ、ないじゃないですか」

「ええ、まったくです……ですが、いまはありませんが、このすこし先は、焼鳥屋の屋台がでています……まあ灯りといえばそんなとこでしょう。列車のひびきがすると、一発やられて、女が叫びながら、倒れたそうです」

「だいぶ無理な話だな……殺されたナミ子とかいう女が、その夜その時間にこの場所にいるという、予定がなぜたつのです……それを目標にして列車からうつのは、ひどく無理がありますね」

「わたし達もまず、その点をおかしく思いました……ところが焼鳥屋の老人によると、この頃毎晩みたいにその時刻には、ナミ子はこの橋へきて、男と会っていたそうです」

「……その男が、トニーっていう、チンピラだな」

かたわらから、早乙女が口を入れた。

「そうです。本名は井上実という奴ですが……焼鳥で一杯のんじゃあ、約束の女をまってたようです」

井上は流れ星一家という、地元のグレン隊一派の幹部だという。

ここで最近は、流れ星に属する洋パン達の、歩合のピンはねや、G・Iを斡旋する情報なんかを、かわしていたらしい。

「流れ星一家ですね」

一平は手帳をとり出して、メモをとった。

「洒落て仲間じゃあシューティング・スター一家なんて、英訳でいってるときもある。この空軍（エアー・ホース）基地の空軍が、アメリカの第五空軍でして、流れ星に5とマークをいれた、記章を制服につけてるもので……」

「なるほど、イキなものですね」

「どうせアメ公相手の奴等ですから、あっちにも通りがよいほうが、商売がらいいらしい」

「いずこもPR時代ですな……」

来栖谷はちょっと笑ってから、

「……で、銃は、カービンでしたね」

「それは確実です……うまく心臓をつらぬいて、盲貫銃創になって、弾が胸にとまっていました。今朝病院から、解剖してとりだした弾を送ってきましたが、口径〇・三吋（インチ）のカービン自動小銃弾でした」

「それはG・Iが、背中にしょってる、あの小銃でしょう」

「ええ、あれです……列車から発見した薬莢とも、ぴったり合います。それにもうそれらしい銃が、あの鉄橋の外れの、溝川の向い岸から、みつかりました……撃ってからすぐ、投げすてたらしい。いまその銃を、調べております」

「ほう、それは好調ですね……まさか犯人は、アメ公じゃ、ないでしょうね」

ふと来栖谷は、こう尋ねた。

基地に近いことから、当然の疑惑だ。

「いや今度は、まったく直接には、関係はないようです……基地側とはＭＰ本部と連絡がとれていますが、このところカービン銃の紛失は、まったくないのです……脱走兵もいまはないようですし、ピストルとちがって、カービン銃は特殊ですから」

「というと……」

「あまり売れゆきも、よくないでしょうし、長さもありますから、そうＧ・Ｉも持ちださないんですね……一年ほどまえに、二挺倉庫から盗まれた連絡がありましたが、それが最後なんですよ」

カービン銃ならば、普通の猟銃用のライフル銃のほうが、所持許可証もとれるし、無理して買う必要もない。

闇市の取引きが、まず成り立たぬ代物らしい。その二挺がどうやら日本人ブローカーに流れたまましいのを最後に、もう持ち出された、記録もないというのだ。

「買い手もつかぬままに、地元のグレン隊一家に、のこってるのかな……とにかく、犯人は射撃の名人だ」

探偵は舌をまいた。

「まったくです……列車はこの橋にかかると、いく分は速度をおとすそうです。といっても、わずかでしょう……それに乗じて、窓に銃身をあてて、狙い撃ちにしたのですね」

ここまで聞いて、一平はふと黙って、考え込みはじめた。

トニーと呼ぶ、その井上実という男は、いま地元署に、ほかの米ドル不法所持の件にかこつけて、拘留してあるという。

終列車の最後部の車輛から、一発で心臓を貫いているのだ。

――そのカービン銃は、今朝はやく、こんな汚ならしい溝川にもいるらしい小魚をすくいに、川辺へおりた子供たちに、発見されたのだそうだ。向い側の、列車が鉄橋を渡りきったところの、鉄橋の脚のふもとになる。

メタンの泡を浮かべる、泥水へ銃身を、突ッさして捨てられていた。

「よくわかりました……では署にもどって、お話をうかがいましょう」

あたりを見渡すと、溝川はかなりの広さである。こちら側は田圃まである土手で、ずっとはるか離れた上流の向う岸のほうに、小さく家並がならび、なにか工事中らしいクレーンがみえる。それだけの寂れ果てた光景だ。

「これじゃア夜なんぞは、鼻をつままれてもわからない、暗さだろうな……闇夜にここを狙い打ちするとは、キャットみてえな奴だ」

早乙女が駐留軍の基地に近いせいか、猫といわずに、キャットなどといいだす。

面白い心理である。

たしかにこれでは、闇夜に鉄砲だ。

「その焼鳥屋の屋台というのは、まさかライトなんか照らした大がかりなものじゃないでしょうね」

冗談めいて、一平が尋ねる。

「もちろんですよ……せいぜいがローソクか、カーバイト燈ぐらいでしょう」

あたりに街燈なども、まったくない所だ。

ここでパン助を射殺するとは、奇蹟的ないい腕をもった、犯人ともおもえる。

「まさかトニーっていう男が、銃口をつきつけて、女を撃ったんじゃありますまいな」

「それじゃああんな場所へ、カービン銃を捨てる間もありません。女が悲鳴をあげたので、焼鳥屋の主人は、すぐ店から、とび出しています。するとあわてた井上が抱きあげており、女が胸から血をたらしていたので、二人で車が通過するのをまち、やっとトラックを呼びとめて、町の病院に運んだといいますから」

もはや手のくだしようもない、即死体と、化していたという。

ナミ子がきたので、焼鳥屋で飲みながらまっていたトニーがちょっと店からでた、その直後の事件らしい。

「なぜ店を、外して話すのかな」

「毎晩のことらしいですよ。いろんな女達がくるのを……そのたびにちょっと屋台からでて、ゴソゴソ話してから、また戻ってくるそうです。つまり内容を店の主人に、聞かれたくないからでしょう。こんな場所を連絡につかってるのも、そのためですね」

「ははあ……そいつは麻薬のやりとりなんかが、あるからでしょう！」

来栖谷のこの言葉に、地元署の係官が、勘のよさに驚いた表情をした。

「そうらしいンですよッ……わたし達も、そう睨んでた、とこなんですがね」

地元署にもどってみると、さらに色々の情報が、集まっていた。

来栖谷探偵のメモは、みるみるこまごまとしたメモで、うめられていくのだった。

まず本庁の銃機鑑定室の報告により、パンパンのナミ子の死体から摘出された弾丸と、河岸でみつけられた銃、列車の車輌から発見された薬莢——の三つが、まったく同じカービン銃のものであることが、断定されたことである。

「進行中の列車から、投げおとしたので銃身がゆがんでいて、発射試験はできなかった。鉄橋に強烈な力でぶつかって曲ったらしく、くの字になって、ゆがんでいるからです……これによっても、犯行直後に、列車から捨てたものでしょう……しかし薬莢を突いて発火さす、撃針による薬莢の尻の疵が、確かに同じ銃で撃ったものと、確認されました」

こう係官が左手の指をまげて、まるく薬莢のかたちをつくり、その尻を突いてみせながら説明する。

同じ種類の銃でも、精密な顕微鏡検査をしてみると、一挺ごとにかすかな撃針の突き傷跡の個癖があり、その薬莢尻の傷の違いかたで、こんな推定もなりたってくる。

来栖谷は、緊張して耳を、かたむけていた。

「ご苦労さまでした……つまり銃身はくの字に曲っちまって、射撃試験は、できなかった。けれど、撃針による薬莢の突き傷の個癖は、たしかに同じ銃で撃ったものである、と確認されたわけですね」

「そうなります……指紋はざんねんながら、泥水につかったためか、検出できませんでした。あったのは子供のばかりで」

「やむをえませんね、それは……で、カービン銃という奴は、M1式、M2式とあっても、どちらも引鉄（ひきがね）さえひけば、自動式に次の弾丸が、こめられていくわけでしょう」

「そうです、自動引きライフルですから。ガス圧で次の弾丸が、せり上がってきます。引鉄さえひけば弾倉のなかの弾丸を使いきるまで、十五発入りと、三十発入りのとある差込み式の弾倉のを使いきるまで、何発でも連射できる……それからまた空の弾倉をとり換えて、撃ちつづけるわけです……この場合はM1式でしたが、M2式になると、引鉄をひきつづけるとまるで軽機関銃みたいに、全弾をうちきるまで、つるべ撃ちにうてるわけです」

こうした細かい説明のやりとりがあってから、来栖谷探偵は煙草に火をつけて考え込んだ様子だった。

そして暫く首をかしげてから、

「ではよろしかったら、被害者の死体を、みせていただけませんか」

と途方もないものの見学を、たのみはじめた。

早乙女甚三警部補がそれをきいて、

「えっ死体だって！　ただ射たれてるだけだぜ……よせよ気味のわるい。こんな夕方になって、なんだいッ」

と柄にもないことを、いうのだった。

「おくびょうだなア……では僕だけでいく」

「冗談じゃない……いつも死体と寝てるような、商売のぼくだぜ。だがね、そんなことしてさ、美佐子君がまた、気味悪がっても、いかんからだよ」

生きている美佐子のことが、よほど気になる様子だ。

案内役をかって、連れだした手前だろう。

小一時間ほどして大学病院についてみると、もうあたりは、まっ暗だった。防腐剤の臭いのプンとする廊下をすすみ、白衣の係り員について死体の収容されている部屋に入ったときは、さすがによい心地の、ものではなかった。

身柄引取人があるのかないのか、線香のかおりなどもして、鬼気せまるばかりだ。

「ははア、胸に一発……みごとですね」

一平は大学の係り員が、銀色に煌めく消息子をつかって、傷口をひらいて説明するのに、いちいちうなずいていた。

ゆたかな乳房のあいだに、ぽつんと穴を射ぬかれた、即死体だった。

赤く染めた髪が、まるで外国の女性におもえる。ルージュのあとも、そのままの生々しさだ。両肘のところに、凄い痣跡がある。

そしてロウのように白い指先を握って、じっと電光に照らしてみつめたりしはじめた。

まるで指輪の跡でも、気にしているようだ。

ライトを借りて、ポッカリと苦悶にひらいた口を、まるで接吻でもするほどに、頬をすりよせて、丹念に歯をのぞいたりする。

いつもながらの、熱心な態度だった。

「やあ早乙女君、なかなかグラマーな、魅力のある人だよ。おしかったなア……こんなひとが」

「おい、ちょっと……悪趣味じゃないか」

早乙女が、笑いごとにも、思えなかったほどの、執着ぶりにみえた。

確かに外人にもてそうな、豊満な肢体の、女性だった。

来栖谷探偵はやがて、自分でナミ子の顔に白布をかけてやり一礼して安置室を、あとにしたのだった。

今日はこれだけにして、あすは朝から事件の関係者に会おう――ということになり、甲州街道をフォルクスワーゲンでつっ走って、一応二人は、東京にもどることにした。


翌朝は快晴にめぐまれていた。

秋晴れの雲ひとつない、すみ渡った大空の下を、助手台に早乙女警部補をのせて、立川にむかっていく。

右手の紅葉をまじえた丘陵のうえに、三鷹の天文台の丸いドームをみたりして、調布をぬけ、府中を通過した。

立川署の捜査主任室には、おりよく通称トニーの井上実が、取調べのために、留置場からだされたところだった。

派手なアロハ姿に、ゴロ寝のシワがついて、あまりイカス恰好ではない。

片腕の袖から、流れ星をいれた、刺青がのぞいている。

「この野郎は、とんでもない奴でしてね……女からピンはねて米兵に売りつけたりしやがる。それにペイまで、流してやがるんだ！」

「よしてくださいよ、旦那……ミーはべつに、薬には関係ねえや」

「いまに覚えてろ……女にペイを覚えさせて、はなれられなくして、稼がせたりしやがる。パン助の血をすう、蛭みてえな奴だッ」

捜査主任が、まるで喧嘩腰の、語勢をあびせる。

よほど憎悪が、身に染みてるのだろう。――ともかくもやがて、殺人事件当夜についての、尋問になりはじめた。

「あっしがメリーと、焼鳥屋から出やすとね」

「なんだその、メリーってえのは？」

「ナミ子の、ネームでさあ」

「兵隊相手のときのか……すると貴様とナミ子で、トニーとメリーか。ふん、日本人らしくもない……それでどうした」

主任はおこっているらしく、いちいち口をはさんで、文句をいう。

「でるとあたりは、まっ暗でしょう……メリーが立ちどまってよりかかってこっちを向いたので、あっしも橋の手すりにもたれて……話してたんでさあ」

「カスリをおまえがとる話か、ペイのことだな……それはそうとして、どうなったんだ」

「すこし話してると、列車がきはじめた音がしやした……するとメリーが、気にしたみたいに話をやめて、鉄橋に背をむけて煙草をすい出したんでさあ。風がすごく強くて、ライターのジュポーが、なかなかつかねえ。何度もやって、やっとつけやしたが、汽車がうるさく、ゴロゴロひびきだしたときに、メリーがアッと叫んで……洋モクをもったまんま、ガクンと手すりに、ぶつかってから、ぶっ倒れやした！……たおれる前にまえへよろっと、歩いたみてえにも、見えやしたがね」

「銃声はきいたか……」

「なにしろ汽車が、うるさくてね……でも確かに、一発きこえやしたぜ」

焼鳥屋の親爺が、すぐ飛び出してきて、あとは参考人となったその親爺の証言とまったく一致する、経過だったらしい。来栖谷はしきりととっていたメモをやめて、

「でトニー……君ナミ子さん、いやメリーさんは、だいぶペイは、ひどくやってたようだね」

と、丁寧に尋ねた。

「いやおれは、知らねえね」

「そうかい。きのう死体をみたが……肘のところに、すごい注射の、跡がのこってたよ」

「あたりめえだ！　やい井上ッ……おまえ等が麻薬で、女をしばってねえことがあるかッ」

かたわらの捜査主任が、来栖谷の言葉をうけて、またトニーを呶鳴りかえした。

「そりゃあ勝手に、あいつ等がはじめたことさ……おれ達に、かかりあいはねえこッた」

アロハ姿の蛭は、金輪際そのことには、口を割ろうともしなかった。

よごれた天使

外国兵相手の洋パンの世界は、浮き沈みがはげしい。

この立川基地をめぐる女達も、いつとはなく消え、また何処からともなくニューフェースが舞い込んできて、つねに何百名ともなく、肉体をはっているのだ。

彼女等は土地(シマ)に巣食う、パイラー役のグレン隊一家の、ひとつを求めて庇護をもとめずには——とても商売などは、成りたたない団結にぶつかる。

縄張りを荒したからと、リンチをくうのだ。

勝手にG・Iをとった——と、たまりにしているホテルなどに連れ込まれ、よってたかって、半殺しの焼を入れられる。

毛をむしりとられたり、ライターで恥部を灸られたり、ナイフで切られるなどは、日常茶飯事なことだ。

客をとれなくするのだ。

ショーと称して、馴染みのG・Iを招待し、全裸にしてリンチを加えるところを、見物させたりもする。

こんな風だから、歩合をとられ、弄ばれるのを覚悟のうえで、どれか地元のグレン隊一家の、パイラー達を情夫(ひも)にたてねばならぬ。

稼ぎが悪ければ、痛めつけられる。

またG・Iのよくつく上玉の女は、ペイをあてがわれて、逃げきれない患者に仕立てられる。

終戦直後の大アネゴ達は、ほとんどその頃はヒロポン中毒になって、狂い死んだり、どこかの病院に老醜の身をさらしたりしているという。

ペイが身についた洋パンたちは、四分の一(シブイチ)——つまり〇・〇二五グラムの麻薬包みを、一人に一日四、五袋ずつは、欠かすこともできぬ。

一包み注射してやるごとに、約四百円ずつのもうけがあがる。五、六人のこうした女を抱えていれば、一万円近い金が、毎日ころがりこむ計算になる。

そのうえ体の稼ぎもピンをはねれば、ぬくぬく遊び暮らして、金に不自由はない。

だからその種になる、美人(ハク)い女(スケ)の争奪戦に、パイラーやくざ達は、命をはる。

メリーという女も、ちょっとした売れっ子として、エースに狙われつづけたらしい。

流れ星の井上がにぎり、妻君分(バシタ)あつかいにして稼がせているのを――いまひとつの勢力である疫病神(プレイグ)一家が、つけねらっていたのだ。

だいたい流れ星が、白人相手なのにたいし、プレイグ一派はニグロ兵相手の勢力である。

白人兵とニグロ兵は、夕方基地のゲイトをでると、もういく先の、彼等のナワ張りが二分される。

とくにゲイトまえから左側におれた、いわゆるシネマ通りとよぶ歓楽街、高松町のあたりは、白人兵の遊び場であり、ニグロ兵は富士見町へいく。

うっかりまちがえると、米兵どうしで、袋だたきにあうほどだ。女も二つの地区にわかれ、流れ星は白人をとり、プレイグの女は、富士見町でニグロを争う。

――それを近頃は、プレイグ派が勢力をもたげて、高松町界隈にも、進出をこころみだした気配なのだ。

といってまさか、ニグロ向けに使ってきた女では、白人兵は殺しても遊ばぬ。

そこで目ぼしい女をスカウトし、次第におし切っていく、方針をきめたらしい。

プレイグのほうが、本能的にペイの密輸がうまいニグロ兵をバックに抱えているから、金はきれる。表面は土建にまで手をだして、人手にはこと欠かない。

親分格に趙業愛という、三国人を頭にした、パイラー一家だった。

「プレイグじゃあ、コルトが一丁、一万二千円で新品がはいる……弾は一発二百円で、まとまれば半分にもなるとよ」

と、ピストルブローカー仲間でさえ、一目おいている商売上手なのだ。

「うちのオハジキは、修理の保証つきだ」

などと、とんだサービスの噂が流れたほど、軍用機をつかっての密輸は、結束がかたいものだったらしい。

メリーこと牛島ナミ子が、射殺された裏面には、その勢力争いの暗闇が、秘められている――という聞き込みが、ひんぱんと地元署に、伝わるようにさえなってきたのだ。

「えらいお客さんが、はいりましたよッ……ナミ子をあの晩に撃ち殺したのは、プレイグ一家の、伊豆畑靖徳(やすのり)っていう奴ですとさ」

興奮した捜査主任の言葉に、今日も立川署を訪れた来栖谷一平私立探偵は、

「ほう、どうしてわかりました!」

とデスクに、身を乗りだして尋ねた。

犯人の名まで判明したとは、トップニュースである。

「いいやまだ、なんという実証も、固まってませんがね……とにかくお客さんが二人はいったものですからね……」

「……と、いわれますと」

「錦町の外科病院の先生から、密告があったんで……入院患者を洗ってみたんです。喧嘩(デイリ)をやって、折ったらしい肋骨骨折の男だというものですから」

「なるほど……」

「するとそいつが、流れ星の若い者で、石崎という奴でしょう……いろいろ威したり、すかしたりして調べてみると、女(スケ)といっしょに……プレイグのリンチを、くったらしいのですね」

「なんで骨なんか、折られたんです？」

「まあまって下さい……やっとわかったのは、ミニーという石崎の女(スケ)が、つい間違って、混血のG・Iと遊んだ。それをナワ張りを荒したと、因縁をつけて石崎といっしょに、監禁して暴力を加えたわけだ」

「黒ん坊と白人の混血を……白人とまちがって客にとった、というわけですか」

「その通りですね……アメ公はすこしでも、ニグロが混っていりゃあ、肌も顔も白人な奴でも……黒人(ニグロ)あつかいにして、真向からいやがるものですってね」

それの逆をとって、ニグロ兵を横取りしたと、二人をとっ捕まえて、責め倒したものらしい。

車に連れ込まれ、地下室みたいなところへ運び入れられて、ワイワイ三国人まで混じって、慰みものにされたようだ。

やがて捜査主任室へ連れ出された、小柄な女が、

「二人ともなわで背中で、手をゆわかれてさ！　あのひとは殴られたり蹴られたりして、胸の骨を折っちゃったのさッ……あたいには殴りゃしないけど、おれの女(スケ)になれッて、酔っぱらった伊豆畑が、吐かしやがるんだよ……ネバーハップンだ、ニグロなんかいやだ！　っていったら、これからは白人もOKになる、っていうから、バタフライがごめんなんだ……ってほざいてやったら……水飲ませやがったのさ！　バケツに水いれて、あたいの頭を、突っ込むんだよ。殺すのはわけねえ……てめえんとこの、メリーを撃ち殺したみてえに、この俺にバラして、もらいてえか、ッてさ」

と一息に、ベラベラと訴えてくる。

ミニーという、女だった。

ある意味で外人好みな、背のひくい痩せがたな娘である。

こんな肉体の日本娘はかえって巨人型の外国人に、凄くねらわれる存在である。

その価値を踏んでか、スカウトするために、因縁をつけてからんだのだろう。

バケツの水で苦悶さすのは、顔に傷つけぬための、女に対する責め方だそうだ。昔アメリカの南部の酒場などで、女が逃げかかったときに使い、こらしめたという。

なるほどこれなら、直ぐにでも働けるだろう。

「伊豆畑がなあ……来栖谷さん、こんなぐわいなんですよ。とにかく洗いたてて、パクることです！」

捜査主任は喜びを押えた顔で、こう口にしていい、在署中の部下を呼び集めはじめるのだった。

万事無事故

まずはミニーと、とくに石崎への傷害容疑で、プレイグ一家の伊豆畑靖徳を緊急逮捕するために、でかける刑事について、来栖谷探偵も立川署をあとにした。

下宿先を襲ってみると、意外にも一月もまえから、工事現場へでているという。

「プレイグの奴等は、こんなふうに人夫の、元締めみたいなことも、してやがるンです……密輪のヨロクをまぎらわすために土建業の看板や外人相手の、土産物売場（スーヴニイル・ショップ）までやってるのですよ……ここが三国人の、趙のうめえとこですねッ」

と刑事が、舌打ちしてみせた。

いったん署に報告にもどり、車でかけてみると、河川工事の現場だった。

溝川にそった「吉野製薬」の倉庫に荷あげの船がつきやすいために、防波堤のようなものを、溝川に突き出さす工事である。

それでもかなり大がかりで、巨大なミキサーが、ざくざくと音をたてて、コンクリートをこねている。クレーンも立っていて、伊豆畑を人夫頭にした雑役夫等は――B班という夜勤明けの組だったので、すぐそばの飯場に引きあげ、寝呆けた顔で、時間外れの味噌汁をすすっていた。

「おい靖兄貴……お客さんだよ」

こう案内の、製薬会社の事務員に呼ばれ、

「あっしが伊豆畑でさア……」

といいながら、皮ジャンパーにリーゼント頭の男が、うす笑いを浮かべてでてきた。金台のルビーの指輪なんぞはめて、キザな感じの男だった。

なんといわれても、あわてもしない。

「貴様ゆうべは、流れ星の石崎や女に……だいぶヒドク焼を入れたなッ」

「……とんでもねえ、覚えもねえこった」

「ばか吐かせッ！……もう訴えがきてるぞ！」

「そいつはそいつ等の、デタラメ話ですぜ……なんとかこのおれに、ケチをつけようとしてさ。ケガでもしたんですかい……きっとG・Iの、枕さがしでもして、殴られたんでしょうね……いったいどこです。あっしがどこで、焼を入れたと、嘘ついていやした……こっちはゆうべは、ここの丸太の飯場で万事無事故（エブリシングオーケー）でさあ」

巧妙なものである。

たしかに車のシートに連れ込まれて、リンチされた場所は、二人とも覚えていないはずだった。

これでは下手すると、起訴してもシラの、きり通しになるかも知れぬ。


とにかく一応は拘留することにし、刑事一人と巡査をつけて先に署にいかせた。

もちろん目的は、他にあるのだ。

来栖谷は捜査の係長である、巡査部長の刑事について、吉野製薬の庶務課にまわった。

殺人のあった日の夜半に、飯場に伊豆畑が不在であった事実――ねがえればその前後に、挙動に不審な点がなかったかを、探るためだった。

「さアなにしろ……夜はいませんからね。では守衛室へ、おまわりください」

と案内され、身分と事情をうちあけた上での……恐縮した当夜宿直した守衛の言葉は意外だった。

夜間はぜんぜん顔をみせぬ伊豆畑も、その夜にかぎって、夕方からぶッ通しで――夜中はおろか明け方まで飯場にいたというのだ。

「これは会社には内々ですが、そんな事件のためなら、ぶちあけて申し上げましょう……じつはあたしもまじって、金をかけるともなく、コレを一晩中やっていました」

頭を掻きながら、花札を引く、かっこうをしてみせる。

伊豆畑にさそわれて、はじめてその夜はポーカーまで教わって、やったという。

「あの人が胴元にすわって、カムオン、カムオンなんて……寝もしねえで、朝までやったものです。申しわけありません」

「儲かったでしょう」

来栖谷がきく。

「そりあ……お許しください。だいぶ生まれてはじめてのカケにしちゃ、入りました」

「気になさらんでも、いいです……で、確実に、奴は中座してませんね。あんたはずっと、居あわせたんですか」

「一晩中やらせて、もらいました。正直なことを、申し上げときます」

「といったって、トイレにいく間ぐらいは、あったでしょう」

「そりゃそうですよ……でも町までいくほどには、絶対に座を立ってないはずですよ」

「この工事現場は、その夜は静かでしたか」

「いえ大変な、うるささでした。クレーンを組むために、機関銃みたいな、リベット打ちでしょう……それで寝られないから花札がお開帳に、なったわけでした」

一平は施主側の製薬会社の守衛に、礼をのべてから、飯場のあたりをみに、表へでた。

いまの守衛をのぞいては、花札で夜を明かした連中は、ぜんぶプレイグ一家の、盃をもらった人夫みたいな奴等ばかりらしい。

どうせ尋問したって、意味はなさそうだ。

工事場には測量器や、土砂の運搬車。さてはくもの巣のような配線など、足の踏み場もないほどの有様だった。

突貫工事の性質上、急硬セメントをおおくうつので、少しも手をぬいて、時間をあかせぬらしい。

ミキサーでこねて、すぐうち込みを、かけていくわけだ。

すぐ硬化して、しまうのである。

こんな騒ぎをして、川に突き出させた防波堤みたいな船つき場は、やっと一人が、上を歩けるほどの狭さだった。

先にいくほど、細くなっている。

「いやに寒いなあ……この上は」

と溝川をなでてくる風に吹かれてみると——はるかに遠くあの橋と、列車の鉄橋が並んで、細木細工みたいに、うすく霞んで望める場所だった。

来栖谷は捜査係長に、

「ほう殺人現場から、とおくにみえたクレーンは、このですよ」

と話しかけた。

「なるほど……だいぶ離れてるな。これじゃあ花札をひいててトイレにたつ時間ぐらいでは、とっても行けた道じゃない」

「もちろんですね……それに夜中だったら、真暗でぜんぜん見通せるところでもない……ここから撃ったんじゃあ、鉄橋の列車を狙っても、手元が狂うぐらいでしょうしね。人間の腕なんか、どうしてもグラつきますもの……ここからでかけて、汽車に乗り込んで撃つのには、少なくとも片道だけで、一時間以上はかかるでしょう」

「すると奴は、完全な白ですなあ」

来栖谷は捜査側の人々の努力を、気の毒におもってか、言葉を返さなかった。

そして防波堤に危なっかしく身をかがめて、幅のせまい冷ややかなコンクリートのうえを、指先で撫でてみていた。

そして河川工事のこの現場をでるとき、ちょっとセメント袋に手をいれて、一握りほどの急硬セメントを、すくってみたりしていた。

見当違いの殺人（ころし）

なかば失望顔に、河川工事の現場をでかかった来栖谷は、

「どうもお邪魔しました……で、工事をやってる連中は、真夜中には道具なんかは、片付けるんですか。たとえば測量機なんぞは、大切なものでしょうが」

とさっきの、製薬会社の守衛に、あいさつがわりに尋ねてみた。

「いいえ……雨でも降らなきゃあ、すぐ使えるようになってますね。ここは後ろが溝川ですから、盗まれたりも、しませんもの」

「そうですか。色々とどうも、有難うございました」

丁寧にそういって、会社の表に駐車しておいた、ワーゲンのほうに向かう。

捜査係長がいかにも残念そうに、

「すっきりしませんなア……これでは伊豆畑の奴が、女を殺すひまもないし」

と、声をかけた。

「まったくです。しかしまだ諦めるのには、はやいですな……とにかく貴方を、署にお送りしましょう。ぼくはもう少し、列車のほうなんかを、ネバってみますから」

こう答えて係長等を署にとどけ、すぐアクセルを踏んで、立川駅に車をまわしていく。

すごいファイトである。

いつもの来栖谷私立探偵の、最後のときにおよんでの——猛然とふるいたつ、闘志のいたせるわざだ。

すぐ駅長室へ案内をうけ、名刺を渡して挨拶してから、殺人当夜の列車の情況につき、捜査の協力をねがいはじめた。

「あの件についてなら、もうあの日の翌日に、お調べいただいております……必要があれば、何度でもご研究なさってください」

と、快く電話をほうぼうに掛けて連絡してくれ、先日も立ち会ったという公安官や、列車の車掌だった担当者まで、集めてくれた。

車掌は探偵にむかって、首をかしげた。

「おしいことにわたしは、犯人とあう機会が、ありませんでした……あの最終列車には、ほとんど乗客は、なかったんですが」

「どこに隠れて、いたのでしょう」

「トイレへでも、もぐっていましたかな……しかし銃なんか担いで、乗車してきたら目立つはずですがね」

「わたしも、不審におもっています……もっともカービン銃というやつは、銃身と機関部、肩にあてて狙う銃床の部分……といったふうに、小さく分解することも、できるには出来ますがね」

とはいうものの、それを車中で組みあわせ、あらためて射撃するのには、たいした度胸と、時間がかかるわけだ。

警察から緊急連絡で、八王子駅で停車したときから、鉄道公安官が乗り込んで、車輛をくまなく、点検してみた。

すると空いた座席の下に、使用ずみの薬莢が一個、発見されたのだという。乗務員室に入っていたためか、車掌はまったく、銃声を耳にしていないらしい。

こんどは公安官にむかい、

「極端ないいかたですが、じつは犯人は、初めから乗車などしていず……立川駅でも発車するときに、ホームから窓越しに、薬莢だけ投げこんでおくという偽装の方法も、なりたちますね」

と一平から、尋ねはじめた。

これには相手も、とっぴさに驚いたらしい。

暫く考えて、言葉をまとめてから、

「なるほどねえ……そんなことなら、至極かんたんなことですよ。見送り客か、人を探してるような顔をして、列車ホームから、とくに人の乗っていない車輛に窓からぽいとほおり込めばいいことですから。小さいものですし、夜汽車でいちいち、座席の下まではみませんもの」

「こいつはどうやら、乗っちゃあ、いませんね。投げ込む役ぐらいは、女や子供に頼んだって、すぐやれることだ……十円はらえば、国電の切符だって入場券だって、誰でも買えて、ホームまではでられますからな」

来栖谷は自信あり気にいって、駅長にも礼を述べて、駅の構外へもどった。

そして車はそのままに、赤やグリーンのネオンがともりはじめた、高松町のシネマ通りのほうへ、歩きはじめる。

早乙女警部補が、本庁の仕事で帰ってしまい、今日はまったくの単独行動である。

百軒に近いキャバレーやバーが、迷路のような横丁をはさんで、軒並にならぶ。もう米軍基地の外出時間後になれば、あたりには町の日本人の姿も、ほとんど消えてしまう。

酒と女を求めてあふれる米兵たちが、酔っていつ何時に、暴力をふるうかわからぬからだ。

カンシャク玉をぶつけてきたり、ゴー・アウトと、追い出したりする。

五分おきにMPのジープは通るが、問題にならない。まるでジャパニーズの、オフ・リミットな町（タウン）ぐらいに、思ってるらしい。

――が、もちろん、女は例外である。

「ヘイ。ユー！　ボーイ」

などと、呶鳴りつけてきた酔ったG・Iに、来栖谷はなにか、巧みな英語をあびせて、かえって握手を求められたりする。そして町角に佇んでいた洋パンの一人に、また英語ではなしかけて、腰を叩いたりした。

みごとな、演技ぶりである。

女はてっきり、相手を二世ボーイの、将校（オフサー）の中尉（ルテナント）ぐらいに勘違いしたらしい。

これぞいいカモとばかりに、ウインクして腕ぐみし、下手な英語ではなしかけてくる。

「ナイス、オジョーさん……ドウゾ、日本語で、はなしてクダさい」

てなことをいって、付近の高級そうなバーをえらび、女を先にたてて、ドアーをくぐっていく。

その鷹揚な態度は、まるで中尉（ルテナント）どころか、大佐級（カーネル）にもみえるほどだ。

だいぶ豪勢に飲んだり話したりしてから、来栖谷は米ドルをチェンジしたという千円札を、何枚も女にあたえて、次週の金曜日の夜（ネックスト・ウイーク・フライデイ・ナイト）――を約束し、よろめきながら、バーをでて別れた。

女はキャンプまで、見送り（シー・オフ）するという。

それを断わって、サヨナラしたのだ。

コロンビヤ大学出身の、いまは沖縄の空軍に配属されている大尉（キャプテン）、ジョージ・クルスヤマーというふれ込みである。

これで洋パンが、惚れぬ道理がない。

フレンドの噂では、グッドガールのメリーが殺されたというが、なぜ誰に撃たれたのだ――という調子で、仲間の洋パンからみた、情報なり風評なりを探る目的からだった。

ところが意外にも、

「メリーはね、あたい達のフレンドをサヨナラして、プレイグのクラブに、いくはずだったのよ！　それでマネーたくさんになる、ッて……自慢してたのがわかって、そのうちにパンチくうとこだったの……」

と今夜の女が、彼にきかせたのだ。

どうもパンチをくらわせて、私刑（リンチ）にかける――と怒ったのは、トニーのことらしい。

プレイグ一家とはもう契約がついており、つまり見当違いな殺人を、うけたことになる情況なのだ。

これには来栖谷も、面喰らった！

といってトニーが射殺したわけでもなく、また流れ星の一家の者が、列車から狙撃したとするには、身内のトニーのてまえ、危険きわまりない行為となる。

空軍（エアー・フォース）のテンプラ大尉（キャプテン）から、もとの名探偵にまいもどった来栖谷一平は、キャンプならぬ駅のほうに歩きながら、しきりと頭をひねって、考えこむばかりだった。

意外なトリック

その翌朝のことだった。

今日は本庁のほうの仕事もおわって、気になる立川署へ姿をみせていた、早乙女甚三警部補のまえに、突然あらわれた来栖谷は、いつになくはしゃいでみえた。

秘書の君津美佐子と、ご同伴である。

「おいどうした……本庁にもここにも、ぜんぜん連絡なしで、消えちゃッたりしてさッ」

「やあ心配かけた。じつは夜の天使と飲んだりして……それからあの殺人現場の橋までいって、とうとう犯人を、突きとめてきたよ」

「なに、犯人がわかった」

夜の天使となどというのに、かたわらで美佐子は、ほほ笑んでいるばかりだ。いうことにどうも、とりとめがない。

疑ぐるような瞳をこらす早乙女に、

「やっぱり撃ったのは、いま留置してる……プレイグの伊豆畑靖徳の野郎だよ！　こいつはぼくにとって、犯人探しの、問題じゃないさ。なんというか、意外なトリックを、見破る苦心だったわけだね」

と、誇らし気にいうのだ。

君津美佐子には、今朝寝もせぬままに、わざわざ銀座の事務所へたちより、事件の解決を報告して、連れてきたのだ。なんでももう、打ち明けてある。

「ふーん、伊豆畑ねえ……しかしそれは、まるきり白かったって、いうじゃないか」

来栖谷と同行した、係長からきいたらしい。

「たしかに騙されたよ……けれどもう、証拠はあがっている。まあついて来いよ」

いわれるままに、捜査主任と係長も美佐子等と同乗して、探偵のフォルクスワーゲンは、あの橋の殺人現場へと急行した。

ドアーをあけて車外にでると、すぐ来栖谷は身をかがめて、メリーこと牛島ナミ子が、射殺された地点を指差した。

もたれていたという、コンクリートの、厚い手すりのやや上めの一点だった。

「ほら、ヒビがはいってるだろう……ゆうべぼくが、夜中にノミをつかって、うえに塗りつけてあった、セメントを剝がした跡さ……まえに穴のあいた跡を、新しくセメントで塗りつぶして、わからなくしたわけだ」

「……というと」

「まだわからないのかね……つまり何度も遠くから、カービン銃を試射して、ちょうどうまく当たった穴さ……その時の銃口の向きかたで、銃身を固定して動かさなければ、あとは何発撃っても、弾丸はこのポイントに当たるわけじゃないか。それがまっ暗な真夜中だってさ」

さすがに早乙女は、はっと頰をこわばらせた。

「なるほど！　で、銃は、どこで固定して、ここを狙いつづけにしたンだ！」

「もちろんあの遠い工事現場からだ」

来栖谷はふりかえって、遠く溝川のかなたに霞んだ、河川工事場のクレーンを指さしてみせた。

「あとでみせるが……あそこから何発撃っても、引鉄さえひけばここに当たるように、弾道を修正して、固定したわけだ。そうしておいて、うまくアリバイをつくりながら、花札をやっているすきに、そっと真暗い表へでる……列車の通過する時間に、あわせてだ。その頃こっちでは、共謀してヒモのトニーを殺すはずのナミ子が、うまく誘って、トニー……つまり流れ星の井上実を、弾丸のとんでくるポイントのまえの手すりに、おびき出しておく……そして煙草をすって、その火で、発砲の合図をしたわけだ」

「待てよ！　それはおかしい……理論的にはわかったが、二つ根本的にいかんな。どうしてトニーでなく、当のナミ子が死んだ！　それと煙草の火が、あそこまで見えるかね」

名探偵は、にやりと笑ってみせた。

「そうくると思った……まず煙草の火は、夜中も工事現場にほうり出してある、測量機の望遠鏡で、のぞいて見ているのさ。あのレンズは、とても倍率のいい、望遠レンズだからね！……それまではよかったが、伊豆畑はあの晩が、すごく突風の吹く夜だったことを、計算にいれなかった。これが大失敗を招いたのさ！　ライフル銃の弾丸の弾道は、風速十米（メートル）をこえるとあれだけの距離で、二メートルから風に流れちまうんだ……その誤差のために、かえってはなれて佇んでいた女の、心臓を撃ち抜いちまったんだ」

メリーとプレイグ一家との契約に、気づきだしたらしい流れ星の実力者トニーを、射殺する凝った計画が——

かえって女をこの世から抹殺してしまったわけだ。

　おそらく誤解の弁明をするような顔をして、焼鳥屋で待っていた井上を、誘い出してのことなのだろう。

　ここまで説明して来栖谷一平は、啞然とした表情の早乙女をふたたび車にのせ、橋を渡ってとおく迂回し、河川工事の現場へと連れていくのだった。そして胡散臭そうにみる人夫に、

「おい、なにか……コンクリートを毀せるような、ノミかなんか貸しな」

と命じて、俗に牛ころしという、長くてしなる木の枝を柄につけた石槌で、

「ここだ……この白い、あたらしい急硬セメントで塗り直したとこを、穿ってくれ」

と、溝川に突きだしたコンクリート堤の、せまくなった部分をしらべて、砕かせはじめた。

　パッ、パッとコッパが散り、やがて見ていた人達の視線がはっと驚愕の色にかわった。

「あっ、銃身だッ！」

「……そうです。だいぶまえに基地から流れたものを、手にいれたカービン銃なのでしょう……つまり伊豆畑は、その二挺のカービン銃の銃身を、使いわけたのです。一挺のほうは銃身をこういうふうに固定させて、橋の射撃用につかった……そしていま一挺のほうは、まるで汽車から撃ったみたいにみせるために、銃身をまげて試射もできないようにし、鉄橋の下になんか投げ棄てといたわけですよ。ところが、これでは、まだ足らなくて、まるでその銃でしか、撃たなかったもののように、銃の『受器部分』……つまり銃床や引鉄、撃鉄、引鉄架構框、弾倉……といった、要するに発射にいる機関部だけは、射撃後にこのコンクリート堤に固めた銃身から外して、わざと曲げた、いま一挺のと組みあわせてから……あとで鉄橋の下に投げ込んだわけですよ。だから皆さんが……本庁にいま一挺のを送って鑑識すると、ピッタリ汽車に投げ入れた薬莢、弾丸、なんぞが一致して、ますますまんまと、警察まで列車から撃ったみたいに騙されきっちゃったんです」

「いやア……まい度ながら、恐れいったよ。で、どうして君はこのトリックのヒントを、摑んだんだい……今後の参考に、ぜひ教えてくれないか」

　早乙女甚三警部補が、みなを代表して、感嘆の声をあげるのだった。

「……それはね、あんたが臆病風をふかせたからさ」

「な、なんだいそれは？」

「つまりだね……死んだナミ子の死体を、あんまり病院に、みにいきたがらなかッたろ。そこでぼくは、意地になって、丁寧に死体を検査してみたんだ。するとね……ちっとも歯が、よごれていないんだ……つまり煙草のみじゃない。それが撃たれた夜に、煙草をふかした……ということに、疑惑を抱きだしたわけなんだよ……ともあれ、あの死体の肘の痣を覚えているかい。メリーという女は、すごい麻薬患者だったな……その注射の跡さ。汚れた天使が、薬の条件がいいプレイグの話につられてこんな身を亡ぼす事件に、まき込まれていったわけだね」

25時の妖精

白日の浜辺

すごい暑さだった。

白日のまばゆい太陽に、浜辺の砂は、歩けぬほどに熱(や)けきっていた。

「幸ちゃんたら……またあのコチコチに、モーションかけてるのよ！　あんまり巫山戯(ふざけ)ると、あの男、頭にきちゃわないかしら」

サングラスをかけ、真赤なビキニスタイルの水着をきた坂本光子が、こう花村健に笑って、指さしてみせた。

「へん、ほッときな……それで男がタレ込んでくりゃ、また面白れえや」

花村はにやりとして、煙草をふかした。頬に刃傷のある、凄味のきいた男だ。

海辺には七色に色彩りも美しく、海水浴の客の、ビーチパラソルが咲きみだれていた。

葦簾張りの脱衣所や売店が、ずらりと軒をつらねてならび、スピーカーでジャズをながしたりしている。キャーキャーとはしゃぎながら、泳ぐ人々で、波打ちぎわはいっぱいだった。

「まさか幸ちゃん……ほんとに惚れたんじゃないかしら」

「それほど、パーじゃ、ねえだろ。あんな野郎に、熱あげるぐれえウブけりゃ、このおれのことなんか、見てるだけで、妊娠(オランガミ)さ」

「ふん、しょッてるわねえ！　あんたに妬いてんじゃないのッ」

光子はこう言って、男の煙草をとって、ふーっとふかした。

花村健は、東京のS町の市街地で、ちょっとは顔の売れた、グレン隊の兄貴分である。

このところ東京は、むすように暑い。

そこで情婦(マブ)の光子や、その友達の原幸子をつれて、この海水浴場に、避暑としゃれ込んだのだ。

S町のナイトクラブやキャバレーなんかの、バンドマンたちが夏のうちは、ここのホテルのホールに、手伝いにきたりしている。

そいつ等に顔をきかせて、ホテルに部屋をとらせ、けっこう無銭旅行が、できる身分なのだ。

髪をブロンドに染め、肌もあらわな海水着をきた――派手な装いの光子達に、けっこう暑さにのぼせた男どもが、モーションをかけては、誘ってくることがおおい。

そいつを健坊が、

「おう、おれの女(スケ)に、なに巫山戯やがるんでえ！　ちょッと顔をかしな」

なんて威し、蒼くなった奴から金をまきあげたりするのだ。

こんなときには、頬傷がすごく役立つ。

海辺にすむ、ダニみたいなものだ。

――ところがこの、グレた三人組のまえに、けったいな素姓のわからぬ若い男が、現われはじめたのである。

度の強い近眼のメガネをかけ、むっつりと黙った、瘦せた青年だった。

この暑い浜辺を、いつも白ワイシャツに、黒ズボンで、地味なネクタイまでしめて、歩いてくる。

腰にさげた手拭いで、顔の汗をふいたり、扇子をつかったりしながら――半日灼熱の浜辺をきょろきょろ彷徨(さまよ)ってゆく。

健坊たちははじめ、地元の警察の、刑事(デカ)かとおもった。

それにしても、おかしい。

注意して行動を観察してみると、海水浴している、女の子ばかり見詰めているのだ。

「変態じゃねえか……ケツなんか切りやがる。近眼の奴ッてえものは、女でもスキなのが、おおいっていうからなあ」

なんて健坊が笑っているうちに、おどろいたことに、幸子に眼をつけだした。

幸子はS町の、元赤線区域だったあたりの、ヌードスタジオのモデルなんかをしているだけあって、凄くグラマーな、肉づきのよい娘だ。

健坊も妻分(バシタ)の光子のてまえ、まだ手を出したことはないが、ちょっとした玉だ。

そんな幸子と、あのコチコチ――と光子が呼びはじめた硬い表情の青年とでは、まるで月とスッポンみたいな、奇妙な組合わせにみえる。

青年の視線を意識しはじめてから、幸子がわざと近づ

いて、相手の顔をのぞき込んでやると、

「あっ、この人だッ……ぼくの話を、きいてください！」

と、脂汗を拭きながら、呟くようにいい、きちんと頭をさげて、哀願の瞳をみせた。

「変ってるけど、真面目らしいわ……あたえちょっと、付合ってみようかしら」

幸子が健坊や光子に、こう言いだしたのは、意外だった。

「なんでえ、イカ物食いはすんな……で、話ってえのは、なんだ」

健坊もいささか、呆れ果てた。

「……ご相談したいことがありますので、ぜひわたくしの家へおいで頂けませんか……って、言うの。とっても叮寧よ、よっぽどあたえを、見込んじゃッたらしいわ」

「へん、バッカじゃねえか！　どうせロハでヌード写真でも撮ろおってえのがオチさ」

「違うわよ、あたえには……わかるの」

「なにがわかる……嫁にでも、きてくれって、お袋や親父に会わすのか。笑わすねえ……まあ、好きなようにしろい……いずれおれが乗りだして、助けてやるから」

こんな風の吹きまわしになって、とやかくしているうちに、今日になったのである。

やがて、幸子はコチコチ野郎について、話がどうついたものか、ビーチパラソルの間をぬい——岬のほうへ浜を、波打ちぎわを伝っていった。

貸しボート屋や、自動車のタイヤをふくらませた浮袋屋の、かげに隠れて、二人の影は砂浜から消えていった

——


その夜になっても、翌朝になっても、幸子はホテルへ戻ってはこなかった。

豪華なスプリングのきいた、ダブルベッドのうえで、健坊は光子の肢体に、足をからませたまま、

「どうしたんだ、いい玉じゃねえか……まさか初回から、安く値切られちゃいめえな」

などと煙草を、ふかしだした。

海辺の町に、陽の訪れははやい。

あたりが明るみはじめると、すぐ汗ばむほどに、かっと夏の太陽が、まぶしく窓から射し込みだした。

もう寝ても、いられない暑さだ。

光子も眠そうな、瞳をあげた。

「浜へ、いってみない……気があっちゃって、一晩中、話してんじゃないの」

「ふん、そう、喋るネタがあるかい……話すよりはさ、夜中(よるじゅう)モタついてやがる奴等じゃねえかね」

「きっと、お金(シン)……はずまれたのねッ」

「ミー坊っ、おめえ、羨ましいのか……そんならあのコチコチに、今夜は抱かれてきなッ」

健坊はばかばかしくなって、光子の股のあたりを、蹴っとばしてやった。

浜のほうで、売店のスピーカーが、ジャズを奏ではじめる。

モーターボートのオートバイみたいな、海原をつっ走る号音も聞こえだした。

避暑地の海辺に、また白日の賑わいが、訪れてきたのだった。

「なんだッて！　レンガ屋敷の、男、だって……いってえそれは、どんな野郎なんだッ」

健坊は耳を疑るおもいで、地曳網をひいていた漁師たちの、顔をつぎつぎにみた。


昼すぎになっても、幸子が現われぬことから、腹が立ちはじめて、探しに浜に出てみたのだ。

それこそ芋を洗うような、渚の人の群を、いくら丹念にしらべてみても、幸子も男もいない。

海辺を遠く、辿ってみた。

きのう二人の影が、はるかな岬のほうへ、歩いていった記憶があったからだ。

そしてとっくに、海水浴場を離れ、磯のゴツゴツとした岩を渡って、また向かいの平らな浜に出たとき、

「そおーら、よおッ……そおーら、よおッ」

と掛声をかけて、地曳網をひく漁師達にあった。

「すまねえがね……こんな二人連れを、みなかったかい」

言葉つきの乱暴な健坊にも、東京者への敬意をみせながら、若い漁師がこたえた。

その眼鏡のひとは、煉瓦屋敷の、住人だというのである。

海水浴場のあるほうと違って、こっちの浜は、漁師のかせぎ場所だ。

沖に漁舟を出したり、タコ壺を仕掛けたりするのに、向いた処らしい。

おそらく海底に、魚のすむ岩礁を、ひかえているのだろう。

だから泳ぎの客も、ここまではこない。

——したがって健坊のいう、二人に似た人物がきのう通ったことは、すぐわかった。

そして男の住む家だという、煉瓦屋敷のある場所まで、網を引く手を休めて、教えてくれた。

「危ねえとこだからに、気をつけて、ゆかッしゃい……怪我なすっちゃ、おえねえだよ」

こう注意して、なぜか不安そうな表情を、露骨にみせるのだった。


確かにぶッ魂消た、光景である。

さっきの磯にもまして、渡るのにも難儀する、岩伝いになった。それが進むにつれ、まるで前世紀の怪獣みたいな、さまざまな恰好の巨岩になって、俯したり、咆哮したりして、えんえんと起伏している。

こんな異様な磯と岩礁が、入江をなしてカーブした浜にだかれ、さきは断崖みたいに、切りたった岬でおわっていた。

岬のすそを、怒濤が洗って、ゴウゴウと白い、波しぶきを逆か巻かせている。

なんとも云えぬ、怖ろしい眺めだ。

近よると海面は渦をまき、わきたつ海水は、ち切れたホンダワラやヒジキのような、海草を刹那に浮かべ、また海底へと呑込んでゆく。

海草の根までもむしる、凄まじい海流の動きなのだ。

「……なるほど、危(ヤバ)いじゃねえかッ。まさか幸公め、コチコチ野郎と、おっこちて……溺れちゃいめえなッ！」

健坊はこう呟きながら、岬のうえにあがる、絶壁のほそ道をたどりだした。

すぐ息が切れた。

ほとんど人も寄りつかぬものか、夏草の蔓がからみあい、道を覆って、急勾配にそそりたっている。
キ、キーッと妖しい鳥の影が、羽をのべて、黒々と繁る木々の枝を、ぬうように飛去る。
都会育ちの、グレン隊風情である花村健には、こんな森林を掻きわけてゆく経験は、もちろん生まれて、はじめてのことだ。

喘ぎながら、やっと登りつめると、今度は肩を越すような藪つづきで、ブーンと蚊が、襲いかかってきた。

巨木と野草におおわれ、足元はこんな快晴の日なのに、じめじめと湿気がひどい。

方向も見失って我武者羅に掻きわけてゆくと、ひょいと嘘みたいに、視界がひらけていった。

「あっ、レンガ屋敷じゃねえかッ」

と健坊にも、すぐわかった。

蔦を一面に這わせ、蒼々と繁らせた古い煉瓦の建物が——ごうごうと波の音を眼下にとどろかせ、一望に沖の大洋を見渡せる、すばらしい展望をバックに、建っていたのだ。

窓もほとんどなく、そして小さい。

何階とも見当がつかぬ建物だが、まるで大工場の倉庫みたいな、がっしりと大きな規模のものだ。

「お、おーい！　幸ちゃーん……お迎えに、きてさしあげたぜえ」

壮大な屋敷の構えに、気圧されてか、彼にしては珍らしい、上品な無理した口調でさけぶ。

その声も、空しく潮風に消えて、木霊（こだま）さえかえらなかった。

花村はまえに進んだ。

とにかく煉瓦屋敷の、住人に会うまではねばる覚悟だった。

鋼鉄の古いドアーがあって、その軒から、中世紀の欧州の寺院にでもありそうな、小さな鐘が吊されている。呼鈴のかわりらしく、振ると澄んだ音が、あたりの大気にながれた。

なんの応答もない。

やけになって、振りつづけると、ふとその肩を、背後からたたく者があった。

「誰でえ……」

ふり向いた健は相手を見詰めるやいなや、ぞおっと全身が総毛立つおもいがした！　ひどい傴僂（せむし）の、醜い男が、叢を背景にして、ペコリと頭をさげていたのだ。

年の頃も、わからぬ男だ。

禿あがった頭——そして項（うなじ）のあたりに、わずかに残った髪の白さから、老人であろうと、やっとわかるほどだ。

袖のこすれた着物は、何年となく洗わぬものか、垢に汚れて光ってさえいる。

偏平な額のしたに、大きな瞳が微笑かけていることから、敵意のないことだけは、やっとわかった。

「なんでえ……おめえさんはッ」

「はじめて、お眼にかかります」

「あたりめえだ……おれも、はじめてだもんな。それはそうと、おめえはこの家の、どういう人なんだい」

「……お世話になっております、鈴木、勘助という下男でございますが。今後とも、よろしく、お願いいいたします」

「そうかね……今後はどうでも、いいけんどもよ、とにかくマスターに、会わせてくんな」

ふと、キャバレーなどを、威す口調がでた。

みずから下男だと、名乗った傴僂はマスターという言葉が理解できなかったらしく、ちょっと考えをまとめるように、首をかたむけてから、

「旦那さまなら、いまお留守で、ございますが……」

と、断わり文句を、ならべはじめた。

「ふざけちゃいけねえ！　おれの女を連れてきてやがるはずだ。とにかく会わしてもらわにゃあ、帰らねえぜッ……やい、眼鏡の青二才、どこへゆきやがッた！」

勘助という下男が、ふ、ふふっと、さもおかしさを、堪えるように――含み笑いを浮かべ健坊をみた。

厚い唇がめくれ、汚れた乱杭歯がのぞいて、嘲りわらうようだ。

そして呆気にとられている花村に、

「あれは若先生の、江波さんじゃよ……旦那さまは、あんな若い、ひとじゃないです。江波先生もなあ……いまお留守で、おらんがねえ」

と、いうのだ。

「この野郎っ……おれをこんな遠くまで、わざわざこさせやがッて、追いかえそうたア、いい度胸じゃねえかッ。のめのめと、言うなりに帰るおれじゃねえ。江波とかいう、あの野郎に、挨拶してもらいてえな」

「そんなに騒がれんでも……よく旦那さまがご承知じゃから。とにかくこれを、花村さまには、差しあげてくれ……と、おあずかりしてるでのう」

勘助はこういって、垢だらけの襟から……手を胸にさし込んでなにかとり出すのだった。

花村さま――と、名さえ相手は、知っているではないか！

ズッシリと重みのある、純白の角封筒にはいったものを、手渡してくる。

その場でひらいてみる健坊の、表情がおどろきに、硬張っていった。

「こいつを、おれに……よこしやがるのかよッ」

「すくなくは、ないじゃろうが……そのかわり、もう

一切、どんなことが起こっても、この家にきてはならないのじゃよ……娘さんたちはな、とても幸福がって、喜んどるのじゃから。おまえさんなどとはな、付合いを絶ッてもらいたいと、いうとるのでな」

下男の口調ががらり変って――そのこと承知なら、受けとれ――といわんばかりだ。

「そうかよ……わかったぜッ……じゃあ女に、言っといてくんな。世の中に女は、いくらでもいらあ……健兄貴はそんなに、スケ旱じゃねえとよ」

ばかなヤクザ男の、強がりをいって、はや崖道をおりるために、叢を掻きわけはじめた、花村だった。

相手の気が、変らないうちにと、周章てたからだ！

イノコズチの実や、名も知らぬ野草の実が、シャツ一面に、まといついてくる。

平たい草の葉で、肌から血を滲ませもした。

しかしいまの、気も転倒した健坊には、そんなことは、どうでもよかった――

手の切れるような、真新しい札束が、封筒もはち切れんばかりに、ぎっしりと詰められていたのだった。

岩礁の狭間に

情夫の花村健から、一部始終をきかされた坂本光子は、

「まあ、こんなにッ……凄いじゃないの！　あんたイカスわねっ」

と札を摑んで、熱いキスの嵐を、ところきらわずプレゼントしてきた。

満更悪い、心地ではない。

だいぶ話に、尾鰭、背鰭をつけて、煉瓦屋敷という化物の巣に、ナグリコミをかけたように誇張したせいもある。

もっとも恵まれた金は、ベッドのマットの下に隠して、十分の一も渡していない。

それでも光子が、眼をまるくしたぐらい、彼等にとっては、途方もない大金だった。

女なんて、勝手なものだ。

いざ気持が落着いてくると、

「幸ちゃん……うまいこと、やったじゃないの。そのうちに、綺麗いキャデラックかなんかで、ミンクのコー

ト着て、しゃなりしゃなり現われるわよッ。女は男しだい……ずいぶん身分が違っちゃったわねえ」

なんて、余計な空想を逞ましくして、羨みだしたりする。

「ふん、てめえも、いい玉だな……あんな青二才とさ、生涯こんな場末で、チンチンモガモガ暮してえのか。とっても冬なんぞは、住めるとこじゃねえぞ」

「そうなりゃそうなるで……東京のど真中に、ぎゃくに別荘、建てちまうわよ！　いくら映画の俳優なんかとさ、浮気（バタフライ）したって、健さんだけは、離さないの」

「ありがてえこッた……恩にきるぜ」

とんだ冗談になったが、ねがヤクザな、花村のことだ。まして泡金が、身につこうはずがない。

――その日の宵から、もう土地（シマ）の芸者をあげて、乱痴気騒ぎに、現（うつつ）をぬかしはじめた。

いつもはタカリつづけの、バンドマン達を、ぞろぞろ連れて歩いて、兄貴、親分などと呼ばせながら、界隈で飲みあかしたり、博奕をひらいたりする。

――それにしても、幸子の奴どんな暮しをしてやがるかと好奇心も湧いた。

今夜はこの海水浴の、町をあげての、避暑客優待納涼の夕べ――だという日の黄昏れどき、酔った健坊は、ふらふらと夜の渚を辿っていった。

バンドマン達も、今夜はホテルのホールに、徹夜のダンスパーティが催されるとかで、遊び仲間もなく、つい気が向いたのだった。

遠い岬のしたの磯に、妖しい岩々が赤い夕陽に焼けて、群像のように聳えてみえる。

それが近づく頃には、はや夕靄の底に沈んで、黒い潮をうねらせていた。

ごうごうと飛沫が、夜目にも鮮やかに、白く砕ける。

その波間を、点々と夜光虫が染め、星を流したような美しさだ。

足にふれる水が、ぞっと冷たい。

花村はいく度めかの、黒い磯の岩を攀（よ）じ、さらに岬のほうへ進もうとして、目前の岩を見詰め、そしてギョッと、身を竦ませた。

満ちはじめた潮にむかい、いま一人の、異様な風体の人影が、ぴったりと黒く岩に吸着して、海水にはいってゆくところだった。

まるで渓流に棲む、カジカ蛙のような姿だ。

瞳を凝らすうちに、ようやく闇になれてきた視線に

――それがあの、眼鏡の青年――と知れた。

江波とかいう男だ。

大きな防水帽をとり、そのしたの眼鏡を外して、曇りをぬぐう仕種などをするのだ。

――そして足につけた、ゴム製の水掻(クリッパー)をバタつかせながら、アクアラングを痩せこけた体に背負って、黒い海中に潜ってゆく。

やがて深い、岩礁の狭間の水底に、水中燈の明りが淡くゆらぎ――小魚の群れが、その上を泳ぐのがみえた。

おおよそ十分ほどごとに、すうーっと水中燈を消して、浮かんできては、岩に這いあがって憩う。

そのたびに花村は、手前の岩石に身をかくし――あたりをきょろきょろと見まわす、江波の視線を避けるのだった。

十分ほどごとの間隔をおいて、浮かびあがってくるのは、人に気付かれぬためとわかった。

つまりそれほどの間をとって、見張りをすれば、浜を伝ってくる者があったとしても、近づかぬうちに、逃れられるからだ。

なにか秘密の、作業をしている。

――こう勘付くと、なんとしてでも、それを確かめたくなった。

また江波は、海水に潜った。

こんどはだいぶ、間をとってから、なにか大きなものを、小脇にかかえて、ゆっくりと浮かんでくる。

岩に手をかけ、そして何度も摩落(すりお)ちたりしながら、懸命に岩角に足をふんまえ、かかえてきた物体を、磯に引きずりあげる。

それは水を離れ、重量をますと、江波の痩せた、虚弱な体には、すごい重荷になるらしく、容易に動かなかった。

やっと半分ほど押しあげ、そこで江波は、ふたたび海中にもどってゆく。

この機をのがしては！　と、花村は大胆にも、素早く岩を乗越えて磯を渡って、その物体を見詰めた。

ああッ！　とわめき、健の顔が、極度の恐怖に脅え、電流に触れたように、棒立ちに竦んでしまった。

おお、それが、みるも無惨に変り果てた、幸子の屍体であろうとは。

全裸の幸子が、いまは惨たらしい肉塊と化して、白く海水にふやけ、まだ半身を海中にひたしたままだ！

その胸から、腹いっぱいにかけて、ぺろりと肉が切りとられ、異様な臓腑が、さらけ出されている。

夜目にも人間のものともおもえぬ、青白く燐光色に濡れた、臓腑なのだ。

しかも鋭く、切断された腹部の肉のへりには、こまかい金属片が、無数に脂肪を縫って嚙みあっている。

悪鬼の仕業としか、形容の言葉もない！

腋の下のあたりは、両側ともふかく抉りとられ、なにか粘膜質のものを移殖して、整形がほどこされているらしい。

喉から胸部にかけても、ふくよかな乳房などの、外見はそのままながら――内部は空洞に抉りぬかれ、またしてもそこに、異様な臓器が、あふれ出ているのだ。

気の強い健も、これには顔を被った！

ブロンドに染めた幸子の顔が、波間にゆらいで、海草のように漂ってみえる。

ぽかりと空を見詰めた瞳は、無限の怨みをこめて、苦痛に喘ぐかにみえた。海底には、また淡い水中燈のあかりが、深い岩礁の狭間を、さぐっている。

失った臓物でも、求めているのか！

さきほどからの、水底の作業は、幸子の屍体を、水中で腑分けするためのようだ。


「う、うッ……」

と恐怖に呻き、花村は磯で、足を傷つけながら、冷やかな海水を、ひたひたと逃げはしった。

いく度も藻に、足をぬるりと滑らせ――浜の砂地にでて、波打ちぎわをつっ走ってゆく。

胸の動悸もやまぬままに、裸足でホテルの廊下をかけ、部屋におどり込んだ。

「おい、ミー公ッ、て、てえへんだッ！……」

こうわめいたが、光子はいなかった。

そして花村は、狂ったように――バンドが流れ、避暑客が踊っているホテルのホールや、バーのカウンターなど、およそ光子がいそうなところは、くまなく探しまわった。

だが杳として、求める情婦の光子の姿は見当らぬまま、憔悴の時がながれてゆくのだった。

いくら探しても、光子は姿を、晦ましたままだった。

部屋にのこした彼女のバッグに、現金までのこっている。花村に無断で、東京へ帰ったわけでもあるまい。

健坊には行方が、もうわかっていた。

怖ろしいことだ！

きっとあの煉瓦屋敷に、騙まされて連れてゆかれたに相違ないとおもった。

あの時、傴僂の下男、鈴木勘助は、

「……そのかわり、もう一切、どんなことが起こっても、この家にきてはならないのじゃよ……娘さんたちはな、とても幸福がって、喜んどるのじゃから」

と言って、その条件を承知のうえでかわりに金をよこした。

健坊はあの言葉のうちの娘さんたち――という語句を、覚えていた。

つまり幸子のほかに、光子までも含めた、娘さんたち、だったのであろう。

――女を二人、売ったわけだ――

いくら騙されたとはいえ、結果としては、そんなことになる。

とはいえ日頃から、警察なんぞには、勉めてご厄介にならぬのが主義の、グレン隊仲間の花村健だ。――人にはなにも漏らさぬまま、この世にも恐ろしい事件に、戦きながらも、まき込まれてゆく感じとなった。

健坊なりの、内偵もすすめた。

海水浴場外れの、浜の漁師たちから――高橋栄太という老船頭の娘の、やす子という女が、とうに煉瓦屋敷に奉公にあがったまま、帰ってこない――噂さなどもきいた。

「女中しとるうちに、東京へさ、家出したらしいがの……お屋敷の先生が悪がって、うんとこ栄太どんに、金さくれたらしいが……」

と、漁師たちはかえって、羨むさまさえみせた。

熱玉（チャカ）エンジンのかかる、舟まで造れたぐらいに、莫大な金を見舞われたらしい。

浜の土地者は、みな屋敷の主を、先生と呼んで、敬ってさえいるのだ。

町の古顔にきいてみると、蛭峰幽四郎という、年老いた生理学畠の、碩学の博士であるという。

とうに東京の大学の、えらい先生をやめ、魚類などの研究にむいた、この地をえらんで、古風な煉瓦の、研究所を建てたものらしいのだ。

何年もまえまでは、外国から白人の学者までが、蛭峰博士の名を慕って、やってきたほどだともいう。

「……えらい先生さまじゃから、ひとさまには、会いたがりなさらん。若先生と、下男と、三人だけでお暮しだがの」

知る人はすべて、敬意さえはらう。

しかし一人として、研究の内容を知るはおろか、屋敷にさえ踏込んだ者は、まったく存在しないのである。

――女ばかりを、狙っている――

しかも年若い、女性ばかりだ。健はこれが蛭峰とかいう学者と江波助手による、なにかある種の研究につかう――生体実験のための、犠牲者であることを知った。

また一面には、謎の研究所の主たちは、稀代の変態どもであって、女の肉体を、ああも妖しく、さいなみ弄ぶのかともおもった。

とにかくこのままでは、引きさがれない――

花村もねが、ヤクザな男だから、おかしな意地が燃えはじめ、脅えてばかりも、いられぬ心地がした。

学者とあれば、出ようも穏やかなはず。

臑に傷のある相手だから、度胸をすえてセビれば、また金にもなろう。なんとしても金には、不自由がない屋敷のようだ。金庫のなかには、札束が唸っていることだろう。

こう自らを励まし、内情を偵察するために、深夜にあの岬の急勾配の小道を、月光をたよりに、記憶を辿ってあがりはじめた。

ながい時間をかけて、やっと屋敷のあたりの闇に――たどりついた健坊の装いは、夜露に濡れ、灌木の刺などに引裂かれて、やっと身に纏っているだけのような惨めさに変っていた。

黒々と中空をおおうように、聳え建っている屋敷の、ひとつの窓から、この夜半に明るい燈火がもれる。

花村は覗きたい、衝動にかられた。

ずっと上の、二階ほどの高さの窓だ。

まるで守宮（やもり）みたいに健坊は、その窓のあたりまで枝をのべた、太い椎の木の幹を、攀（よじ）のぼりはじめた。

いやに大人びて、鱗だった樹肌は、手や足をかけるのは、都合がよい。ふき出たべとつく脂のあたりに、夜行性の昆虫がむらがっていて、ちょろちょろと逃げ散ったりした。

いくら月夜でも、あかるい燈光を点した室内からは、見とられぬはずだ。

また微かな音をたてても、このあたりの森林に棲む、リスかムササビとおもうだろう。

白衣をつけた、蛭峰博士とおぼしい老人が、大きなアーク燈をともして、なにか懸命に、仕種をみせているところだった。

奇怪な室内の光景に、まず魂消た！

ペトンで固めた四囲の壁を、いっぱいにうずめて、妖しい標本が影をうつしている。

人骨、魚類、海蛇など――鬼気迫るばかりに、無数の標本がおかれていた。とくにその臓腑を、毒毒しく染色して、分類してあるようだ。

あとはキラリと煌く器具が、さまざまなかたちをみせて、ガラスケースの中に、並べてある。

液体を満すらしい、巨大なフレエムの容器が、蛭峰博士のかたわらに、でんと据付けてあった。

老博士の額には、脂汗が光ってみえた。なにか荘厳な面持ちで、深夜の研究に、没頭している姿である。

――その窓のへりにかくれた、手先をみとどけようとして、さらに枝を這った。

思わず大声で、恐怖の叫びを、はなつところだった！かすかに予期したところとはいえ、あまりにも凄惨な地獄図が、その場に展開していた！

手術台のうえに横たわり、石のように身動きもせぬ裸形が、光子であると気付くのには、さして時間を要しなかった。

白布をかけた腹部は、すでにあの幸子の屍体のように、世にも奇怪な整形手術をうけて、切裂き、抉られているのに、相違ないではないか。

かたわらによせられた、鉄製の車がついた台のうえには、いかなる獣とも、魚とも、水棲動物のものとも知れぬ肉塊や腸が、キラめく金属の用具に整理され、あるいは薬品にひたされて置かれている。

――それがアーク燈の、強い照射をうけて、凄惨、残酷の地獄絵を、色彩っているのだった。

「……江波君、ポンプをかけろ……」

蛭峰幽四郎博士が、こう厳かに、隣室に声をかけた。

モーターの回転するひびきがして、白衣の蛭峰博士のかたわらに据られた、あの巨大なフレエムのなかに、がぶっ、がぶっと波うちながら、液体が満されてゆく。

水量からみて、どうも海水のようだ。

やがて緊張した面差しの、やはり白衣を纏った、江波貞雄助手が入ってきた。

「……よかろう。今夜は、成功したようだッ」

こう喜びにもえて、言いきかせる博士に、江波は一礼してから、手術台に近づき――いろいろと光子の屍体を点検し、そして頭部をかかえ、両脚は蛭峰が手をかけて、よろめきながら、水槽の海水にしずめはじめた。

しずかに水底によこたえ、さらに電流を通じて、始動しはじめさせた器具から、その屍体の各部へと、柔軟な管などの部品を連結させ、複雑な処置と操作を加えてゆく。

海水のそこで、ながい時刻が経過してから、ひくり、ひくりと光子の屍体が、甦えったように痙攣し、そしてゆるく、手や足をのびちぢみさせて、蠢きはじめた。

「うまくいった……それ、呼吸しはじめたなッ」

眼鏡を光らせて、水槽の底を凝視する江波助手に、蛭峰博士の喜びにあふれた声が、同意を求めるようにかかった。

そして手をのばし、水槽のガラスを叩くと、光子の頭が条件反射をみせ、髪を海水にゆらいで、ヒョイとこちらにかたむく。

花村ははや、失神するおもいで、椎の木の幹をすべり降り、さらに実験がつづけられている――深夜の煉瓦屋敷をあとに、急勾配の岬の小道を、転げ喘ぎながら、走りくだってゆくのだった。

海底の裸女

――数日後の、灼熱の太陽が、さんさんと照りかがやく日の昼過ぎのことだ。

寒暖計の水銀は、沸騰していた。風も吹かず、海原は油をひいたように凪ぎ、波ひとつない。じっと坐っているだけで、脳髄が狂ってくるような、はげしい暑さだ。

そうしたあの、岬のしたの磯から、エメラルド色の深い水を潜って、蛭峰幽四郎博士が海底を探索していた。

いつも忠実な助手である、江波貞雄にまかせて、自ら水底にくぐったことはない。しかし今日という今日は、絶好の潜水日和をむかえ、アクアラングをつけた博士だ。研究の成果を、その眼で見極めたかったのだ。

あさい岩礁のあいだには、色彩も目覚めるばかりの、ベラの群や、夏だけ近海に現われる、チョウチョウ魚がたわむれていた。海草は褐色のフクロフノリや、緑のアオサなどが、岩に付着している。

深さを増すにつれ、ホグロやウミトラノオ、ゴブ科の藻とおもわれる長いものなどが、ゆらめき繁りはじめた。

岩礁はひどく起伏を強め、海蛇ににたウツボが、そのあいだから、歯をむいて威嚇してみせたりする。

博士は水中槍銃を手に、背にしたボンベからくる空気を、嚙みしめたゴムの呼吸口からすって、水底の砂地をたどった。

もう足にはいた水搔を、ばたつかせながら、泳いでゆく必要はない。もうすぐのあたりに、研究の結晶が横たわっていることは、確かなのだ。

砂を鰭でかきたて、ヒラメが足元で身をかくそうとあせる。

ヒョロヒョロとよたつきながら泳ぐ。頭でっかちは、コバンイタダキだろうか。珍らしいことだ。きっと吸い付いていた、サメにでもはぐれて、困っているのだろう。

こうして歩むにつれ、ここだなっ——と江波の言葉を、おもいうかべるような、平坦な海底の砂原へでた。

まるで茶室の石庭のように、配置よく岩石が、さまざまな形をみせて、ここかしこにならんでいる。

潜水帽の防水グラスのまえに、やがて白い塊が岩礁のあいだにみえ、近づくにつれてピントがしぼられて、裸女の姿にかたまっていった。

「……おう、おったか……会いにきたぞッ」

顔も腕も、乳房もそのままの光子が、じっと砂地によこたわり、髪を藻のようにゆらいで、海水を呼吸していた。

博士が近づくと、しずかに、手足を動かす！

しかしこれは、まだ痙攣する程度の、不規則な動きだった。

「もうすこし、我慢するがいい……そのうちに癒着がかたまってくると……泳ぐことも、餌を捕えることも、自由にできだすからな！」

まるで我が娘にでも、会ったみたいに、頰ずりしながら、呼吸口に囁きかける。そして腋の下に、粘膜質を移植してつくった、鰓穴に手をあててみた。

呼吸するごとに、排斥する水を感じる。

ほの白いロウのような肌に触れると、キョロリと瞳を、こちらに向けた。

その瞳孔の動きも、まだ緩慢で、完全な動きをみせない。

博士は油脂性の注射液を、用意したアンプルで、体内につぎつぎとそそいだ。

「……いいか、いまのおまえは、過去の記憶はまったくない、別の生物として、この世に誕生しているのだよ……ただむかしの、そうだ、ヤクザ者の女だったとかいう、光子とかいう女の、肉体をつかっただけで、内臓も組織も、命も、みんなべつの水棲動物になって、いるのだからな……誇らしい、こんな光栄なことはない、初めての誕生なんだ。今までにも、何人か生まれかかったが、みんな失敗してしまった。話しても、言葉がわからんから無理だが、おまえの友達だったとかいう、あの女だけは刹那的に、生命を宿したけれどね……とりつけた臓器が嵩張りすぎて、縫合が裂けてしまった……おまえからが、ずっと生きながらえてゆける、人魚としての、完成品なわけだな……」

蛭峰は光子――いや人魚を、こくめいに観察してから、腰の重りをおとした。

ぐっと浮力を増して、水面に体があがる。

別れをおしみながら、じっと横たわったままの人魚肢体から、遠のいてゆく。

どれほどに生命を保ち得るか、まだ確信もない、研究途上の水棲動物である。

蛭峰幽四郎博士は、ほんとうに久し振りの運動に、疲労した体で、磯の岩をよじはじめた。

水面を離れるのが、またひと難儀だった――

やっと這いあがり、磯のうえの、白日のしたに身を晒したとき、

「野郎っ！　くたばりやがれッ」

とわめきながら、真向からよどみかかってきた人影が、おおきく視界に被さり、手にした銛で、博士の胸を突いた！

う、うーっと呻き、蛭峰は岩のうえに、昏倒した。

「ざまあみやがれッ……この悪魔めが！」

いま一度鋭い銛で、喉仏のあたりを抉ったのは、花村健だった。

血走ったその瞳は、女達の復讐を果した悦びに、焔のように燃えさかっていた。

地元署の捜査主任は、花村健と名のる、グレン隊風の男の、殺人を犯したという自首におどろいて、すぐ部下を手配してみた。

ところが、被害者である岬のうえの、蛭峰幽四郎博士の屍体は、自供にある磯のあたりには、発見できなかった。

さらに事情を調べてみると、

「……おれの女を、手術して水のなかでも、生きてい

られる、化物にしゃがったんだ！」

などと、途方もない内容のことを、まことしやかに述べるのである。

確かに岬のうえの、煉瓦屋敷と呼ばれる邸宅には、蛭峰博士はおろか、助手の江波も、下男の姿も見当らなかった。

だからといって、江波貞雄等が博士の屍体を、どこかに処分して、逃れたもの——とすぐに、断定しうるものであろうか。

「なにしてやがるンだッ……はやく高飛びしねえうちに、とっ捕まえろい！　おれの言うことが信じられねえなら、磯んとこの海に、もぐってみなッ……きっと光ちゃんがよお、魚みてえになって、泳いでやがるぜッ」

色を変えて、くってかかる花村健に、もう地元署の刑事達はとり合おうとしなかった。

「おまえ、女に逃げられて……それにこの暑さで、頭にきたんじゃないのかね」

捜査主任は、薄笑いを浮かべて花村に言い、さもあわれむように、煙草をすすめるのだった。

海辺の町に、秋の訪れははやい。

にぎわう浜にならんでいた七色のビーチパラソルも、ジャズをスピーカーで奏でまくっていた売店も、八月も末に近づいて土用波がたちはじめると——数えるほどに疎らになり、避暑客はへっていった。

「だいぶ楽になったな……もう半月もしたら、骨抜きにやすめるわい」

ホテルや売店がさびれてゆくにつれ、地元の警察署の係員たちは、こう言いあって、愁眉をひらく想いだった。

とにかく忙しい、毎日だった。

避暑客がうんとはいる夏季は、こうした海水浴場を管内に持つ警察は、天手古舞のあわただしさである。

自治警察では、いつも人手がとぼしい。

そこへどっと人間がくり込むのだから、勤務が過重になって、夏バテしてしまうのだ。

東京から、グレン隊まで、避暑気どりで現われてくる。因縁をつけたり、暴力をふるったり、また性犯罪、猥褻行為もぐっと件数をます。

そのうえに観光地のことだから、

「ねえ、お巡りさん……どっか景気のいい、安いホテルない。夜中でも、お風呂にはいれると、いいんだけど……」

なんていう、派出所を交通公社の、窓口みたいにあつかう、イカれたアベックまででてくる。

グレン隊もウデ卵やトウモロコシを、法外な高い値で、おどしつけて売るチンピラから、ホテルをゆすったり、売店の地割に因縁をつけたりする、高級族まではびこりだす。

パン助や、エロ映画のグループも挙る。

――白日のまばゆい太陽のしたで、熱けた砂浜を踏んで、制服で勤務するのは、まさに灼熱地獄のつらさだった。

そうした苦労も、どうやらヤマを越えて、手がぬけだした感じである。

地元署のせめても涼しい、柔道場にあぐらをかいて捜査主任は、

「だいぶお客さんが、へってきたな……あと入ってるのは、花村ぐらいなものだね」

と、扇子をつかいながら、部下の刑事と、留置人の噂をしていた。

「ええ、送検はいまのところ、花村健だけです……あとは雑魚が、四、五人はいってますが」

「あいかわらず花村、頭にきたようなこと……言ってるかい」

「この頃はだいぶ、おとなしくなりましたね。それでもブツブツ、吐かしてますけど」

「涼しくなったから、なおってきたんだろ……手のやける奴も、あったものだ」

捜査主任は、こういいながらも、ちょっと気がりな表情をみせた。

花村は東京のS町で、わりと顔の売れた、グレン隊の兄貴分らしい。

そいつが突然、岬のうえにある――煉瓦屋敷――と浜の漁師たちが呼ぶ生物研究所の、蛭峰幽四郎博士を刺し殺した！　などと、自首してから、一月ちかくにもなる。

――おれの女を手術して、海のなかでも生きていられる、化物にしやがったんだ！

などと、暑さで頭にきたとしか、おもえぬ訴えをいうのだった。

花村の妻分だという坂本光子や、そのまた友達の、ヌードスタジオのモデルという原幸子、などという娘たちが、蛭峰博士にかどわかされ――臓腑をいれかえられ、生体をめちゃくちゃに解剖されて、人魚につくられてしまう――怪奇な研究実験の、犠牲にされたというのだか

ら、警察もあきれ果てた。

あまりに夏向きの怪談ばなしである。

「……腋のしたに、魚みたいな鰓穴なんかつけられて、かわいそうに光子のやつ、水のなかで、パクパクしてやしたッ……」

なんていう訴えを、とりあげている暇はなかった。

仇討ちに悪魔みてえな蛭峰幽四郎博士を、銛で突殺してやッた！　と、かえって自慢そうに、報告めいて述べるのだが、捜査してみると、出鱈目だった。

花村の自供にある、現場の磯のあたりに、蛭峰博士の屍体などは、杳として発見されなかった。

「それじゃあ、助手の、江波っていう野郎が、仏を処分して、ズラかりやがったんだ！　……旦那ッ、そこいらの、海の底をさぐってみろいッ。お光ちゃんがさあ、魚みてえにされて、ふわふわ泳いでやがるよッ」

刑事たちは、気の毒そうに笑った。

そして煙草なんかのませて、

「女に逃げられて、頭がノボセたんだろ……ゆっくり休んで、いったらどうだ」

と金ダライに、水なんかくんでやって、日射病の手当さえしようとした。


はじめは保護処分していたのが、花村健が警察にいると噂さがたち、

「……よく、逮捕して、くださいました。あの男には、ヒドい目にあいました……」

などという訴えが、ぞくぞくと集まってきて——飛んで火に入る、夏の虫——といったぐあいに、被害届をまとめて、そのまま留置することに、なってしまったのだ。

ホテルや浜の売店に、脅喝や無銭飲食を、常習としていたからである。

弱り目に祟り目、とはこのこと。

はじめは、人権問題だッ、などとわめいていた花村も、留置場の暑さにバテて、おとなしくなってしまった。

ときおり夜中に、

「うわあっ……光ちゃん！　おれは水のなかじゃあ、溺れちまう……そう、ひっぱって、くんねえでくれーッ」

なんて、魘（うな）されたりするので、ますます笑い者に、されていたのだった。

「女と海の底で、いちゃついてる、夢をみとるな……いい身分だなあ」

看守巡査も、もう相手にしない。

ただ捜査主任だけは、

「悪いことを散々しやがって、捕まるまえに、こんなデタラメな自首をして……おれ達をたぶらかすつもりか。しかしなあ……どうも芝居が、凝りすぎとる」

と、不審気な表情でもあった。

気になってか、いく度か部下の刑事を、わざわざ急斜面の、岬のうえの煉瓦屋敷におもむかせ、蛭峰博士の研究所を、調べさせてもみた。

しかしその報告は、

「べつに変ったことも、ないようです……まだ博士も助手の江波も、もどらぬまま、不在ではありますが」

と、判をおしたように、同じだった。

「ふーん、それで、研究室のなかは、どんなぐわいなんだ」

「花村のいうように、なにか海蛇だとか、髑髏だとか……気味のわるい、アルコールづけの標本なんかは、無数に並んでいます……しかし世界的に有名な、生理学の大学者の研究室ですもの、それも当りまえかも知れませんし」

「なるほどなあ……では、花村の奴、博士の留守宅をねらって、窃盗（ノビ）でもかけそこねて、おっかない標本なんかに、ノボせちまったのかな」

捜査主任は、こんなふうにも解釈してみた。

おそらく碩学の誉高き、蛭峰博士であれば、学術研究のために出張する機会もおおいであろう。

長期の不在も、ときにはあろうかと――いま暫くは、経過を静観する方針をとったのだった。

猛獣サーカスの変事

――この頃にもなって、避暑地であるこの町の、市街地の外れに、テント張りの猛獣サーカス一座が、地元署に特設興行の許可を申請して、ジンタの音を奏ではじめた。

漁業組合よこの、草ッ原の空地だった。

「だいぶ避暑客は、帰ったようだぜ……いまから興行して、おそくはないのかね」

と係官がきくのに、

「いえ、わたしどもは、一夏ずっと、海水浴場を廻ってきたあとです……こちらでやらしていただいて、ここを最後に、東京にもどるんですから」

という返事だった。

それでも地元に、この夏中の稼ぎがおちたあとだから、けっこう町の人々のいりが多く、サーカスは連日賑わっていた。

ドサ廻りの一座にしては大掛りで、ライオンが二匹、虎、オットセイ、チンパンジイなんかがいる。

都会ではかえって、サーカスをみる機会などすくないものか、サングラスをして、派手な水着にサンダルをつっかけた避暑客の残党たちが、

「まあ、イカすわねッ……あんた、あんな、度胸ないでしょ!」

なんて、檻のなかで咆哮する虎を、ムチで追いつめ、焔をあけて燃える輪をジャンプしてくぐらせたりする猛獣使いに、見とれたりしていた。

浜にちかく、そよ風が吹く。

けっこう満員になった客席も、さして暑くは、感じられない。

暇になりだした署の刑事や巡査のうちにも、おくられた招待券をつかって、久しぶりに家族連れで、見にゆく者もおおい。

まあ上々の、興行成績にみえた。


「どうです、主任も、いってらしたら……子供さんが、よろこびますよ」

と、捜査主任までが、部下にすすめられて、見にゆく気になっていた。

「面白けりゃあ、いってみよう」

「よくあんな猛獣を、ああまで馴らして……芸を仕込めるもんですねえ。たいした努力でしょう、ありゃあ」

「きみ等もおおいに研究さしてもらっとくことだな……猛獣さえそうなのを、われわれが檻に入れた人間ぐらいに、手を焼くことはないものな」

「恐れいりました、主任……しかしですね、獣は、たとえば花村みたいに、とんでもない嘘は、吐かしませんからね」

夏休みがおわるまえに、主任は、子供を連れて、行ってやろうと考えていた。

忙しくて、家をあけてばかりいた彼だ。

たまには家の者にも、サービスしてやらねば、かわいそうだと思うゆとりがとれ出していた。

――明日にでも、早いとこゆくか――

とまで予定して、主任は宿直勤務の日なので、道場裏の風呂場で入浴をおえた。

それからやはり宿直番の巡査と、碁を打ったり、書類に眼を通したりしてから、毛布にまるまって寝についたときは、はや十一時をまわっていた。

――と、どのくらい、まどろんでからだろうか――突然主任は、激しくゆり起こされた。

「ど、どえらい、事件が、おこりましたッ！　……お疲れでしょうが、お願いしますッ」

と若い巡査の、緊急の報告をうけた。

ただならぬ、気配である。

捜査主任は、まだ説明も耳にせぬうちに、パッとおどりあがって、壁の官服をつけ、拳銃の帯革を締めた。

「なにが、起こった！」

「はっ、ただいま、避暑客の女が……磯で襲われて、瀕死の重傷でありますッ」

「なに、磯でっ……相手は何者だッ」

「どうもサーカスの、猛獣が逃げて、襲ったように思われます……ただいま、手配中でありますがッ」

と、すれば、ライオンであろうか、虎であろうか！

とにかく危険、極まりない。

町中の旅館業、寮、消防署など、主な施設には、すぐ深夜の電話連絡をおこない、交通を遮断して、非常事態にそなえた。

意外なことは、さらにつづいた。

急を告げられた猛獣サーカス一座から、

「いま見廻ってみましたが、べつに動物には、かわりがありません」

と返事があった。

よく呑込めない、奇怪な事件である。

捜査主任は、部下のあいまいな報告を咎め、どうしたわけなんだ、と、さらに詳細な、調査をもとめた。

「被害者は、どこに居るんだッ」

「駅前の藤田病院に、運ばれております……瀕死の重傷であり、まずダメだと、医師がもうしておりました」

「うむ、で、発見したのは」

「連れの、男がありまして……磯で、夜釣りしているところを、襲われたといいます」

「男は、どこにおるのだッ」

「病院で被害者に、付添っております」

「なぜそれを、先に言わんのだ！　もっと情況を、確認してから、行動せねば……ならんじゃないかッ」

もはやサーカスの猛獣が、脱出して危害を加えた、と、交通を遮断してまで、市民の協力を求めたあとだ。

警防団も、くり出しているだろう。

威信にかかわる問題として、捜査主任は、すごく怒った。ところが部下の報告は、

「いえ藤田医師が、傷跡を診察いたしまして……そう、申したので……」

といかにも、腑におちない様子である。

それではと主任は、すぐ自転車に乗って、月も星もない、墨をながしたような曇天の市街地を、駅前に急いで、藤田病院にはいった。

ベッドを取りかこんで、医師と看護婦が、酸素吸入のボンベを立て、まばゆい反射燈の焦点のもとで、被害者の手当にあたっていた。

あびるような、輸血をつづけているという。

いく針も縫合した。ザクロのような傷口をしめしながら、

「どうみても、猛獣に襲われたとしか、考えられません……狂犬などでは、こうはヒドい、傷にはなりますまい」

と藤田医師がいう。

なるほど、まだ少女のようにあどけない面差しの被害者の肌に、瞳を被いたくなるような凄惨な傷跡がみえた。あきらかに鋭い歯牙にかけ、生血をすすったとおもわれる、噛傷がある。さらに生爪にかけ、骨膜に達するほどの深さで、掻きむしり、肉を裂いたあともあった。

医師は主任にむかい、

「わたしは、動物のほうには、ヨワいですけれど……どうみてもこれは、猛獣じゃあ、ありませんか！　それも、ほら、とてつもなく、大きな獣ですよ」

といいながら、手の平をひらいて、傷跡にあててみせる――ずっとうわまわる、大きさの動物とわかった。

「しかしサーカスでは、逃げておらんと、言っとるのですが」

「トボけているのでは、ありませんか……動物は塒（ねぐら）に、もどる習性がありますから、襲ってから帰ったのを……知らん顔してるのかも知れない。やはり興行側として、重大な責任問題になりますからな」

「なるほど……過失で外していた鍵を、また檻に追いもどして、掛けておいたりしてね」

当然、厳重に、追求せねばならぬ。

ここで捜査主任は、この少女の連れだという、事件の目撃者から参考人調書をとるために、ひかえているという隣室へむかった。

手術室から、廊下を渡った応接室のソファーに、その青年は腰かけていて、ドアーをあける主任の気配にハッと面をあげた。

いかにも純真そうな、青年だった。

犯罪者じみた連中ばかり、日頃見馴れている捜査主任には、とくにその印象が強かった。

不安から、涙さえ浮かべている。

被害者の少女の、従兄弟に当る、高校生だという。

さっそく情況の、聴取にかかった。

青年の言葉は、まま甦る恐怖に、止絶えがちである。

顔は蒼ざめ、唇は震えていた。

「釣りに、磯へいったそうだね」

「ええ、もう二、三日で、東京にかえることになっていたので……夜釣りに行ってみました。天気は悪かったけれど、ゆうべしか、暇がとれそうもないので、君子ちゃんと、イソメを用意してゆきました」

「あそこいらは、夜中に、よく釣れるからね……なにが釣れたね」

主任は証人を落着かすために、まずこんな話題から、口を切った。

黒鯛とキスを四、五匹、釣ったらしいけれど、魚籠を流したという。

君子は宿の主人に教わって、ついてきたものの、初めから磯のあたりの光景に、脅えてしまったらしい。

夜ならばなお、怖ろしい光景なはずだ。

ゆうべの月も星もない、黒い潮のうねりが、前世紀の怪獣みたいな、さまざまな巨岩にくだけて、ゴウゴウと咆哮するさまは、なんとも云えぬ凄い眺めだった。

「こわいわ……こわいわ」

とすがりついて、岩伝いに磯を辿っていった君子も、わきたつ海水に、錘をきかせて釣糸をたれる頃には、

「おおきなお魚が、つれそうねえ」

と好奇心で、恐ろしさを、忘れはじめていた。

グッ、グッとすぐアタリがあって、まず君子が、よく育ったキスをあげた。こうなると若い者どうしの、競争心が頭をもたげる。

「ほらっ、こん度のは、おおきいぞッ」

とテグスを引きながら、誇らし気に中腰になって、君子を見返した刹那だった！

なにかゴーッ、と、さか巻く潮騒にも似た、そしてそれとも違う、怪しい音を、身近に感じたのだった。

はっ、として振向こうとしたとき、キャーッ！　と君子が、悲鳴をあげ、足場にしていた、海水から露出した岩礁のうえで、あお向けに転倒した！

波に足を、さらわれたのか——と思った。

——が、それは、瞳をみひらいてみると、あきらかに巨大な、黒い怪獣に襲われ、からみ合い、もつれて、転がりまわる、悪夢のような光景だった！

あの荒い岩礁のうえを、ゴロゴロとのたうち、君子の腕が、空を掻いた——

ゴーッ、という呻きは、その怪獣が、たてる吠え声ではないか！

無我夢中で、釣糸をはなし、走りよると、その黒い影は、君子をふり棄てて、あとずさりした。

またしても今度は、こちらを襲おうとして、四つん這いに、身構えるのがわかった。

あのゴーッという、潮の渦巻くような呻きをあげ、燐光色に瞳を燃やして、ジッと窺うのだ。

——と、そのとき、大きな波が、ザブッと岩を洗い、くだけ散って、怪獣の体を、いいに濡らした。

ゴオーッ！　と怒りにもえ、身振いして、体を一転させ——岸の砂浜のほうに向かって、のがれはじめた。

途中で、打ちあがった海藻に、足をとられてか、半身を海水に、滑らせたりしながら、逃げ去ってゆく。

ワンピースを掻裂かれた君子の肌から、鮮血がほとばしり出ては、黒い海水に、洗われつづけていた。もう生命を失ったように、ピクリとも動かぬ、肢体だった。

「ぼくが、虫が知らせたように、恐がっている君ちゃんを……無理に連れていったのが、いけなかったんだ！　ほんとうに、ぼくが……殺したようなものです」

青年は顔を被って、泣きじゃくるばかりだった。

——世にも奇怪な、訴えである。

捜査主任も、耳を疑る想いで、聞きいるばかりとなった。

とにかく昨夜の、あの暗さだ。

まして、せめてもの微光がさす、海原を背にして、黒一色された海浜のほうを望んだので、怪獣の正体は、見極め得なかった、というのである。

ともあれ巨大な、不気味な威嚇の呻きをあげる——なんとも名状しがたい、動物であるらしい。

「ライオンや、虎だとは、思わないかね」

「そうかも知れません、そうで、無いかもしれません……とにかく、はっきりとは、わからない動物でした」

「ふむ、そうか」

なにかぞっと、総毛立つ心地である。

この時になって、ふと、捜査主任は、署に留置中の、ヤクザ者の花村健をおもい浮かべるのだった。

確か彼の、妖異な自供に述べられた現場も、おなじ磯のあたりだ。

さても不気味な、妖怪のあそぶ海辺もあるものだと、魂の凍える想（おもい）に憑かれる。

主任は瞼をとじて、あの磯地の、風光を追憶してみた。

ただなくも怪獣が、俯したり、横たわったりするような、奇岩がえんえんと起伏する、妖異な眺めである。

そのひと岩、いや一匹が、生命を蘇らせ、何万年の太古から波に洗われ、風雪に責（さいな）まれてきた怒りを、爆発させたというのか！

捜査主任は、その時、そっとドアーをあけて、呼びにきた看護婦の気配に、また肩をふるわす青年をあとに、手術室へもどった。

不吉な予感が、つめたく肌にしみた。

はたして佇んでいた頰を硬張らせた藤田医師が、無言で頷いてみせ、少女の顔を白布で被った。

若い被害者の魂が、いま肉体をはなれて、昇天したばかりだったのである。

食うか食われるか！

もはや市内も海辺も、収拾のつかないような、恐怖の渦に巻込まれていた。

昨夜の夜半に、またも驚天動地の怪事件が、勃発したのである。

襲われたのは、やはり女性だった。

先日の磯釣りをしていた少女の惨死いらい、ぱったりと地元の住民も、夜歩きはしなくなった。

まして夜の浜辺に、でかける者などは、ほとんど姿を、見ることがなかった。

――が、一部の地元民のうちには、

「サーカスのライオンが、逃げて、悪さしただよ、もう、おっかながることは、なかんべえに」

と、被害者が東京者なだけに、身近かに切迫感を覚えず、平気で行動する者もあった。

あらたな犠牲者も、その一人だった。

駅前にある、夏の海水浴のシーズンには氷屋もやり、季節を過ぎると、もとの一パイ飲屋にもどる――そんな店の女、アツ子という女だった。

この頃は避暑客も、めっきりへったことから、漁師の若い衆相手の、飲屋に看板換えしたばかりだ。

久しぶりに、ホームグラウンドを取戻したように、

「おめえ、東京の客とさ……何度寝ただい」

とか、

「はやく腹の子、オロさねえと……来年の夏また会うまでに、生まれちまうがに」

などと遠ざかっていた、漁師の若い者が、カウンターに集まってきて、嫉妬まじりに、女の子達を、ひやかすのだった。

避暑客と馴染みが、できたろうというのである。

また地元の青年たちのほうも、浮袋屋や貸ボートに雇われて、多少の金はにぎっている。

飲みっぷりも、悪くはない。

「あに、こくだよ……それは、おめえさまのこッた。東京のお嬢さんのおヒップさ追いかけて、いいことしたッペ！」

女の子のほうも、負けてはいない。

田舎訛まる出しに、きゃあとはしゃぐ。

そんなして飲み過ぎ、

「おんら、コーちゃんに、会ってくんだ……浜へかえったべ、さがしてくら」

と、アツ子という娘が、さっき店を出た男を追いかけて、ふらふらと店から浜にむかったという。

「あいつら、いまごろ……うまいこと、グーしてるだろ」

なんて、残った女の子や男は、笑いながら夜遅くまで、コップ酒をあおっていたのだ。

アツ子の惨たらしい屍体が、渚に漂っているのが発見されたのは、翌朝の朝まだきであった。

土用波に打ちあげられ、早朝にはこの頃、浜で食用になる、海草がひろえる。それをカゴをさげて、取りに出ていた、漁師の主婦がみつけたのだ。

はじめは腹をむけた、サメか鮪ぐらいに思った。

波に洗われ、水際の砂にまみれていたのが、女の屍体とわかり、あたりの静寂は破られていった。

赤い朝顔を散らした浴衣が、ズタズタに引裂かれ、腹はザクロみたいに、傷口をむき出している。

乳房と喉元に、すさまじい肉を嚙千切った、えぐられたような穴があった。

――あとはあの、野獣の爪跡が、むちゃくちゃに残されている。血は海水に洗われ、傷口は白くふやけて、生々しい娘の脂肪を感じさせた。

「うぬッ……また殺られたッ！」

現場におもむいた捜査主任は、朝の斜光のなかに佇んで、歯軋りをかんだ。

もちろんサーカス小屋には、自ら赴いて、飼育獣の管理状態を、当ってみる覚悟だった。ところがその結果は、またしても夢想だにせぬ事態に、遭遇する羽目となった。

部下の刑事と、鑑識係員を同行してみると、

「あっ旦那ッ……じつは今から、おとどけに、上がろうとしていたところですッ」

と座主に、迎えられた。

ひどく興奮して、充血した瞳をみせる。

「ゆうべ獣を、逸がしたんだろう！」

「飛んでもない！　話が逆でさあ……うちの虎が、なにか強いやつに、怪我させられちまッたんですぜッ」

「なに、怪我したって……」

「そうですとも。この頃は、ヘンな眼でうちの動物が、みられてるらしいが……ゆうべの事件が、なによりの、証というもんでさあ」

猛獣サーカスの親爺は、こう弁明しながら、テントの裏手へと案内した。

下に車をつけた檻があり、人影に脅えて、火のついたように呻き、寝藁を掻きみだして、狂いまわる猛獣の姿がみえた。

牙をむき出した、敵意に燃えた虎だ。

近よると身狭な檻の隅に、吠えながらしりぞき恐怖の瞳を光らす。

「ほら、こわがってるでしょう……やっと手当てを、したばかりでさあ。ヒドい損害で、へたするともう、使いものに、なりませんものなあ……」

「ほう、どうして」

「旦那、いやだねえ……尾をみてやって、くださいよ。半分ぐらいのとこで、千切られちまいましてさあ」

なるほど血をにじませて、尾のなかばに、布切れがグルグル巻かれている。

ゆうべ深更に、物凄い咆哮がして、あとは天幕をゆらし、この虎の檻をゆさぶる地響がした！

野良犬にからかわれて、怒ったのか――と、おもったりした。

するとゴオーッ、という、おかしな呻きがきこえ、あ

とは耳をつん裂くような獣の怒号がめちゃくちゃに交錯し、乱闘する気配だったという。

「……すぐいって、懐中電燈で照らしてみると、このざまでしょう！　いくら檻にはいっていたって、相手はどえらい獣だ、虎をやっつけるんですからね……尾を食いちぎって、逃げやがった！　ねえ旦那っ、まさかここいらの山から、町へ熊が、おりてきやがるんじゃ、ねえでしょうね」

「ふーん、熊がねえ」

「もっとも、吠えようが妙なんですがね……まるで嵐の日か、津浪みてえなゴーッていう声でね」

「まったく磯で、女の子が、殺られたときも同じだッ……いったいその化物は、なになんだろう」

捜査主任も、腕組みして、いまさらのように、怪獣の暴力ぶりに肝をひやした。

いったい何物の、化身であろうか！

まだこのサーカスの座主は、知らぬらしいが、怪獣がアツ子を殺害する前後に、ここにきて虎をも襲ったことは、明らかな事実である。

どこを塒（ねぐら）として、いかなる目的をもって、人命にまで危害を加えんとするのか。

捜査主任はなおも脅えて、呻きつづける虎を身近にみながら、なにか妖異な心地のうちに、するすると引込まれてゆく、自分を感じるのだった。

「たいへんな客が、みえましたが……どこで、お会いになりますッ」

と、書類に眼を通していた捜査主任に、慌しく声がかかり、庶務の巡査が敬礼を送ってきた。

よほど意外な、訪問客らしい。

その気配を読んで、主任は書類の綴りをとじ、飲みさしの湯飲み茶碗をほして、

「誰かね」

と訊ねた。

「はっ……蛭峰、幽四郎先生であります」

「なに蛭峰博士だとッ……署長にもお話しして、お会い願え」

ぎょっとする想いで、署の玄関まで出て、表ての路上を窺ってみた。素晴しい外車が日にきらめいており、麻の背広に、パナマ帽をかぶった老紳士が、廊下のソファーに坐っている。

かたわらの、度の強い眼鏡をかけた瘦せた男が、助手

の江波貞雄であろうことは、すぐに直感した。

やがて博士は、先ほどの庶務の巡査に導かれ、帽子をとって慇懃に会釈しながら、二階の応接室へと階段をのぼっていった。

署長もすぐ、捜査主任の、同席を求めているという。

博士のあとを追って、一礼しながら、応接室へはいった。

「こん後ともよろしく」

と初会見の署長が、名刺をかわして、丁重にあつかっている。

主任も警察官の習いとして、滅多には渡さぬ名刺を、博士にさしだして、署長の紹介をまった。白髪の頭を、深く頷くようにして、主任へも挨拶をかえす。

江波助手も、いかにも理知的な、学者肌のタイプにおもえた。

「どちらに、お出かけで、いらっしゃいました」

まず、最も気掛りな点を、卒直に訊ねた。

「ローレンス財団から、わしに会いに、使いの方がきておられたので……東京にまいって、大使館へいったり、打合わせしたり、しておりました。いま車で、送ってもらった、ところですわい」

なるほど乗用車は、治外法権の、在日大使館ナンバーである。

極東地区の稀少生物について、研究に博士の、協力を求める件であったようだ。

身近くみる蛭峰幽四郎博士は、まことに気品のある、碩学の大学者にふさわしい、人物だった。

なにか侵し難い、威厳をたたえている。

そして話題がすすむにつれ、

「じつは本日、あがりましたのは……近頃このあたりに、出没するという、獣についてでありますが」

と、突然こちらの、関心の核心を突いた言葉を、あちらから口にし始めた。

「はっ、先生も……それを、ご存知でしたかッ」

「いや存じて、おりますどころか……いま研究所に、久しぶりで帰りますと、ごく懇意にしております者が、それに襲われましたそうで」

「どなたですかッ……いつのことです！」

「昨日の、夕刻だったそうです……わたしどもの、研究所の崖から、突落されて、あやうく死ぬところを、怪我だけで助かったそうで」

化物に煉瓦屋敷のある、岬の断崖のうえから、不意に背中を突きとばされて、崖の中腹にあった灌木の根に引っかかり、一命をとりとめたと言う。

襲われたのは、地元の浜の者で、高橋栄太という老船頭だった。蛭峰博士のところに、もう三十年近くもまえから、研究用の魚類蒐集などを手伝って、出入りしているそうだ。

蛭峰博士は、沈鬱な表情をみせて、

「いったいいかなる者なのですか……狂人でしょうか、それとも、動物でありますのか……わたしとしても、学術的な興味はあります。しかし話によると、相当、凶暴なようで……もし今後現われました場合は、どのような処置を、とってもよろしいものですかな」

かえって蛭峰博士から、警察の意向を、尋ねてくる。

そして更に、謎の怪獣が、すでに二名の、人命を毒牙にかけて、葬っていると経過をきき、

「それはただの、動物ではない！　年老いて、まともに餌をとることができず、たやすく人間を襲うことを覚えた……熊などでは、ありませんか。とにかくひとまずは、射殺する他に、手はありますまい……そうだ、山狩りをして、即座に、射殺することですな！　なにも生捕らなくても、わたしどもの研究には、屍体だけでも、貴重でありますから」

と博士としての、意見を述べた。

何よりも優先して、生命を脅やかす存在は、うむを言わせず、射殺することだと言明する。

野獣の本能として、一度人間を襲いだしたものは、不連続にそれを繰返す、習性を持つにいたるらしい。

署長は相手によって、平易に説得的な話しかたを運ぶ蛭峰博士の態度に、感銘を覚えたようだ。

そして岬のうえから、裏山につづく自然林の一帯を、猟師を動員してでも、山狩りする方針を確約した。

博士は配慮を謝してから、

「どうもこの頃は、避暑客がふえる夏になりますと、土地の風紀が悪くなりますな……以前は絶えてなかったことですが、こんど留守しておりますうちに、だいぶ家財が、荒らされておりますようです」

と、かえって地元署の労苦を、いたわるように、口にだすのだった。

署長が申し訳なさそうに、詫を述べた。

あらためて盗難届けの、提出をすすめたりする。捜査主任は、ハッとして、

「蛭峰先生、先生は花村健という……東京からきてい

る、ヤクザ者をご存知ですか」

と短刀直入に、訊ねてみた。

「なんですか、花村……存じませんな。おまえ、そんな者に、面識があるかね」

江波も頭をかしげ、不審な表情をした。

この話題は、ここまでで跡切れた。

やはり蛭峰博士と、留置中の花村健のあいだには、なんの関係も、絶無だったのである。

いずれ研究所への、窃盗の件でも追及し、その結果をもって、博士に報告するつもりになった。

蛭峰博士は江波とともに、かさねて不気味な怪獣の出没に関しては、射殺すべきことを強調して、岬の煉瓦屋敷へと戻っていった。

「なるほどなあ……立派な先生だ」

署長は外人が運転する、大使館の車を見送ってからも、そう呟いたりして、感じ入った様子をみせつづけていた。

地底の獣人

署長みずから陣頭指揮にたって、山狩りの準備は、進捗していった。

付近の猟友会に檄をとばし、世紀の怪獣の、討伐行を希望する有志がつのられた。

使用銃の、口径が大きく限られたことも、当然である。

いよいよ今日から、岬一帯の原始林を捜索する運びとなり、ポインター、セッター、コッカスパニール種などの、猟犬がキャン、キャンと、署のまえに、頭をそろえた。

「……では、お願いします。とにかく相手は、獰猛を極めた、人食い獣でありますから」

——と署長も、極めて低姿勢に、協力を感謝するのだった。

——いよいよ午後六時から、黄昏れを待って、現地に出発することに決った。

と、その寸前のことだ！

まず電話で、署の捜査本部へ——いま重大な問題で、お話にあがります！　とにかく出発は、そのあとにして、頂きたいという誰からとも判らぬ、申し入れがあり、やがてハイヤーで訪れてきたのは、屈強な若者二人に、肩をかりた老人だった。

赤銅色に日焼けした老人で、みずから蛭峰博士の、研究所に出入りしている、高橋栄太であることを告げた。

「お取込みのところにさ、こんなお話にあがってのう——すまなく、存じとります。が、わしはもう、我慢ならねえのじゃ！　申しあげんと、気が狂うてしまう……ま、聞いてくんろ！」

と、必死の色を、浮かべて言うのだ。

「どうしたコッてす！　高橋さん……先生にうかがいましたが、いまから撃ちにゆく、怪獣に襲われなさったそうで……」

主任は栄太老人が、意外に容態が悪く、両脚を骨折していると知って、一驚を喫した。

まるで胴だけの人間みたいに、青年達に、ソファーに寝かしつけられて話す。

「恥ずかしい、お許しも、願えんこッちゃ！　……どうかわたしを、捕えてくだされ……いまから皆さんが、撃ち殺しにゆきなさる化物は、わしの血をわけた、息子なのじゃッ」

「な、なんですとッ……それは！」

居並ぶ面々も、これには、魂消はてた。

こやつ耄碌して、気がふれているのではないか、と疑りもした。

なおも老船頭は、あふれ出る涙をおさえて、説明するのだった。

「わしはもう何十年も、あの気狂い先生につかえて……研究をたすけてきやした。そして先生を信じてのう、女房が死んでから、娘のやす子をいうなりに、東京のお屋敷にお世話ねがえると思うて、奉公に出してしもうた……それがどこかに、行方をくらましたまんま、そのうち戻る、帰ってくると騙されつづけて……どうやらあの様子では、命をぬかれて、実験に使われてしもうたのじゃろう……それにもっと以前に、そうじゃ二十年も昔のこと、わしがつい女房に黙って、町の女郎に生ましてしまった男の子を、先生にあげて、しもうたことがあった……やはり信じとる先生じゃもの、なんでも打明けて相談するとな、ちょうど東京の華族さんに、跡とりが無くて、困っとる人がある……そっとその名門のお屋敷に、あげるが赤ん坊の、幸福じゃと言われて、まかせてしもうた……わしも悪うて、つい忘れる、ほどじゃッた。あの男の赤ん坊がさ……まさか研究所の、極秘の地下室で、獣の人間にされて、育てられていたとは、わしも知らなんだ！　……ああ因果なことじゃ。なんと皆さんに、お詫びしたらええか、わからん」

さらに声をあけて、泣きはじめる。

悲痛な老人の嗚咽が、止まることなく、取調べ室の壁に、つたわるのだった。

「なにあんたの……子供だった赤ん坊を、獣人に育てあげたのかッ」

なにが恐ろしいといって、こんな不気味な研究は、またとあるまい！

あの夜高橋老人は、毎回の習いで煉瓦屋敷に、まだ蛭峰博士は帰ってこないか——と、慕わしい一心で、岬を攀じて、待求めていたのだ。

そして突如として、ゴオーッという、妖しい呻きを背後にきき、あッと叫ぶ間もなく、断崖を二、三転し、空を切りながら、落下して失神してしまった。

何時間ほども、経過したのだろう。

栄太老人は耳元で、いつしか戻ってきた蛭峰幽四郎博士と、江波貞雄助手が呟く——困惑気な、語らいを洩れぎきしたのだ。

「どうします……先生ッ」

「ふむ、江波君！　やむを得ない……わし等が東京へ、ヤクザ者に刺された傷をなおしに、行ってるうちに、餌がつきて……逃げだしおったのだからな……」

「野放にしては、危険このうえない……警察にもこっちからいって、うむをいわさず、射殺することを、勧めておきましょう……しかし先生、この高橋も、まさか自分が、二十年まえに、先生に売った伜に、突きおとされたとは、気付きますまいなッ」

「江波君！　バカを言うな……もう人間じゃない。獣に育った、自然人じゃ。怒るときには、地底の地下室できいとった、嵐や、波の荒れ狂う音しか真似せん……機嫌のよいときは、れいの、頭上の土のうえでさえずる、小鳥の鳴声をやりおる。力ばかり、オランウータンをしのぐ、獣類の最高に進化して育ちながら頭脳の程度は、ほれ、君が測定したとおり、せいぜい、二、三歳の、人間の幼児ぐらいじゃからな」

高橋老人は、瞳をとじたまま、血の逆流する想いにとり憑かれ、骨折の苦痛にもまさる——悔恨の苦悩に、悶えつづけるのだった。

「あれから……応急手当を受けた体で、ひとまず江波と、傴僂男の下男鈴木勘助におくられて、家に戻りやした……が、どうしても、このことを、わしの胸に畳んでおくことは、できのうなった！　気が狂うてしまう……どうか旦那さま、ご慈悲じゃ！　あの獣になった、わしの伜を、鉄砲で撃たんで……許してやっては、くれませぬかッ……」

出発を前にしての、この驚くべき高橋栄太老人の告白に怪獣の討伐隊は、妖異な心境に、とり憑かれきって、岬へと向かっていった。

キャン、キャンと勇みたった猟犬の群れが、先にたって渚を、波にたわむれながら、浜辺を走ってゆく。

黙々として隊伍は、夕陽に燃えた岬を渡り、奇岩を越えて、岬の絶壁のしたへ、辿りついた。これから野草の蔓が繁り、絡みあった急傾面を、攀登ってゆかねばならぬ。

「それッ……それッ！」

と猟師たちが、自慢のおのおのの犬を、岬のうえの闇にむかって、けしかけてみた。ところがである！

ポインターや、コッカスパニールの、純血を誇る猟犬たちは、一勢になにか、躊躇の色をみせ、耳をそばだてて——かえって岬の突端のあたりの闇を、窺いはじめた。

「おやッ、まさかあそこに、化物がひそんで、いるのではないでしょうな！」

と誰かが、囁いたときだった。

サッとスタート・ラインを、離れたように、猟犬どもが先を競って、狭い石ころの渚を、疾風のように、駆けはじめた！

「なんだッ……これはッ」

と、恐怖して、前方に銃を身構えたとき、赤い夕日に焼けた沖の海原に向かい、ダ、ダ、ダーッとエンジンの始動音も高く、一隻のモーター・ボートが、矢のように滑りはじめた。

「待てっ……停船しろっ……とまらぬと、撃つぞっ」

と捜査主任が、まず拳銃を空に撃ち、つづいて銃の威嚇射撃が、怪艇のまわりに、白く点々と、水柱をあげた。

しかしモーター・ボートは、たちまち沖に出て、そして艇首をターンさせ、みるみる岬のかなたへと、姿を消してしまった。

「うぬッ！　蛭峰が逃げたっ……さっそく沿岸の警察に、緊急手配をとれっ」

いまは博士の、妖異なる悪業の数々を知って、激怒する署長が、こう声をからして、部下に命じるのだった。

もはやすでに遅く、蛭峰幽四郎博士はおろか、乗棄てて漂流するモーター・ボートさえも、発見、探知することはできなかった。

またこの避暑地の町を、恐怖の坩堝へと陥いれた獣人さえもが、二度とこの世へは、出没しなくなった。

学究の極限を求めたものとしても、蛭峰博士の行為は、天人ともに、許し得る処ではない。

――では博士は、江波貞雄助手や、下男の傴僂男鈴木勘助、さらにはかの、獣人さえもを伴って、果してどこの地へのがれ、そしてこの上に、何をなそうというのか。


この頃の東京は、夜更けともなると、ひどく冷えこんでくる。

とくに今夜は、肌寒さが、骨に沁みいるようだ。宿直日だったために、やむなくこの変死体が発見された現場にきた、地元署の宮島刑事は、

「事件なら張切るが……どうもマグロじゃなあ。なにも死ぬとしたって、こんなやり方を、することもないだろ」

とぐちっぽく呟きながら、かけてあった菰をめくって、轢死した男の、屍体をのぞき込んでみた。

「ひどいもんですよ」

と若い巡査が、懐中電燈でてらしてみせようとして、ふとその前に、あたりを睨みつけた。

すこし離れて、闇のなかに群っていた野次馬たちが、ゾロゾロと屍体に、近づこうとしたからだ。

「はやく、お帰りなさいッ……見ちゃ、いけませんよ。もう遅いでしょう！」

言葉を叮寧に、こう巡査が注意すると、なかには酔っているのか、

「なんで見学しちゃ、いけねえんだい……そういうのはなあ、交通事故の、恐ろしさの見本に、晒しものにして都民に、公開すべきじゃないか」

だとか、

「女かい男かい……男なら、帰るぜ」

などと、声をかける者もいる。

都心の市街地のど真中を、通過する鉄路なために、野次馬もおおいのだ。高くせりあがった高架線に、わざわざ上がってきて、見ている連中である。

さいわい国電はもう終って、夜半の貨物列車に飛込んだ身投げだからよいようなものの――これが昼間なら、野次馬のほうが危険にもなる。

「……とにかく、降りてください。また汽車がきますよっ」

と巡査は、やっと追っぱらった。

「……ご苦労さん。うるさい奴等だ」

宮島はこうねぎらってから、あらためて菰をめくり、変屍体をのぞいた。ヒドいものだった。手足はバラバラに千切れ、臓腑が裂けた腹部からはみ出している。

そんな血みどろに潰された無残な肢体の、ところどころから白く、骨片まで露出してみえる。

すぐ菰をもどして、宮島は立ちあがり、

「こりゃあ、凄い、やられかただ……汽車も速かったんでしょうね」

と今度は、とうに検死をおわったらしく、離れた安全燈の下でゴム手袋をとりながら、屍体運搬の作業車をまっている、白衣の監察医たちに近づいていった。

「いいや線路のうえに、寝転がった汽車を、待っとった自殺姿勢ですよ……だから手や足が、ぶつ切りにとれてる。首も胸のうえから、綺麗に切れてたでしょう」

「なるほど……度胸のいい、往生ぶりですな。汽車がせまってきたら、怖ろしいでしょうが」

「レールが、ガア、ガア、鳴りますからね……たいてい念仏なんかとなえて、俯せに待ってるのが、普通のようです」

検屍係官の、物馴れた説明ぶりだ。

あまり気味のよい、話ではない。

いく度も殺しの場は踏んでいる宮島だが、惨たらしさでは、この飛込み自殺みたいなのはすくない。

ふーっと息をついて、煙草をとり出そうとしたとき
——ふと、宮島刑事は、奇妙なことに気付いた。

「その生首は、もうしまつしたのですか」

「作業車がまだ来ないんで、そのままです……いまご覧に、なったでしょうが」

「いや、無かった、ようでしたね」

「冗談でしょう……見たければ、拝んでやってください」

係官はこう答えて、刑事に自殺者の轢断した首をみせるために——今しがた宮島がのぞき見した、菰をめくって、指差そうとした。

そして、意外そうに、

「おや、どこへ、転がったかな……」

と呟きながら、巡査から懐中電燈をうけとって、あたりを照らしはじめた。やはり首が、見当らないのである。

黒光りするレールにそって、あちこちと身近かを探し、はては屍体の臓腑まで掻きわけて、調べはじめた。

付近に首は、ついに無かった――

あたりの、この夜半になっても、点滅するネオンの灯に照されながら、探し求める係官の横顔が、次第に硬張っていく。そして地元署の、宮島刑事にむかい、

「また、首が、消えましたなッ……これで、もう、二度目ですよ！」

と声を、険しくした。

「なんです、そりゃあ！」

宮島も驚いて、検死官をみた。

「この秋になってから、やっぱり鉄道自殺した、キャバレーの女給の首が……どうしても見つからなかったケースが、あったものでね」

「どうしてですッ」

「あの時は遺書もあって、身元は、わかりましたがね……つまり汽車の、車輪の軸にでも、ついて運ばれたもの……と推定したものです。髪がからみついて、通過した車輛が、運んじまったんだろう……と、いうわけでした」

「それならどこか、車庫に入る途中で、落ちるなり、発見されるなり……」

「ですからね、消えたままなので……中途の鉄橋を越えるときにでも、河に沈んだものと、考えてみたりしました。あるいは沿線の叢に、転げ落ちたままとも、思ったりして……」

聞いてみれば、無理もない話だ。

生首なんか拾って、持って帰る物好きな野次馬などは、この世にいるべくもない。それが近々に二度もつづき――しかも今夜などは、明らかに先刻、検死をおえたばかりのものが、紛失したとあっては、事態は容易でない。

さすがの物に動ぜぬ警察関係者達も、妖異な心地にとり憑かれて、暫くは声もなかった。

「犬じゃないか」

「いえ、野良犬なんか、おりませんでしたッ……何ともわけがわかりません」

巡査が自分の勤務ぶりの怠慢を、突かれたように、うろたえて言った。立哨中に、つかのま、本署に電話するために、場を離れたこともあるという。

野次馬のうちの、変質者の仕業に、相違ないと断定された。

「するとさっきの、女給の首が消えたとかいうお話も

……関連がありますかな」

こう呻いて宮島刑事は、瞳を疑るような想いで、その場に佇みつづけるのだった。

笛吹くピエロ

この奇怪をきわめた出来事は、格好の猟奇事件として、新聞記者の嗅ぎつけるところとなった。

翌日の毎朝新聞などは、三段抜きで——自殺男の首盗まる、深夜の怪事——などと、警察の手落ちを責めるかのように、デカデカと報じはじめた。

週刊誌のトップ屋までもが、これを逃がしては——とばかりに、犇(ひしめ)きだす騒ぎである。

とくに地元署の、宮島誠一刑事などは、

「あんたが居るときに、盗まれたんですかね……それとも前ですか、はっきり言ってください。変なはなしだなあ」

などと、柄の悪い記者たちに、記者クラブで取巻かれて、激怒する始末となった。

あまりにさわぎが、大きくなったので、捜査も相当に人手をふやして、綿密に行う方針が決まった。

くまなく付近を調査し、念のために時間表までくって、その時刻前後に通過した夜行車を調べてみたが、ただ自殺男を、ひき殺した貨車しかないのである。

運転手は警察に出頭して、

「えらいことに、なりましたね……おかげでわたしの家まで、記者の方がうんとみえて、弱ってます。ひいた時の模様を、手記にしてくれ、なんて言うのですよ」

と当惑顔にのべた。

いくら止むを得ぬ情況だったとはいえ、運転手としても、マグロをひくのは、よい心地ではない。それをこう感想まで問われては、もう運転する気も、なくなるだろう。

そして、また刑事達に訊ねられ、

「……あそこは線路が、カーブしてますもので、あっ！　とおもったときには、もうブレーキも、間にあいませんでした。ライトのなかで、俯してレールに乗ってたのが、手をあわせる、ところまで見ちゃいましたよ……こっちが迫ったんで、南無阿弥陀仏……と、おがんだんですな……いやな気持でさあ」

と顔をしかめてみせる。

やっと三百メートル以上も先でとめ、汽笛を鳴らして、次の国電駅の、駅員を呼んだというのだ。

すでに捜査の結果、自殺した男は、本領政吉という二十四才の工員で、胸を煩っている身を苦にして、死をえらんだものと、所持品から確認されていた。

また先日の、キャバレーの女給というのは、古田友江、二十二才で、勤め先のキャバレー「ハムレ銀座」の朋輩に、男をとられて失恋したことから、自殺したことが調書に記録してあった。

「……どっちも若い身そらで、バカなことをしたものだ……それに首までそろわなくちゃ、仏も浮かばれまい」

と世間は、同情しながらも、生首を盗んだ者については、好奇の眼で、結果をたのしむさまである。

——死体、遺骨、遺髪マタハ棺内ニ蔵置シタル物ヲ損壊、遺棄マタハ領得シタル者ハ三年以下ノ懲役ニ処ス——

と刑法第一九〇条の、条文を引用して、解説した新聞まである。

そのうちに加えて、またも警察陣に、黒星となる事件が、勃発してしまったのだ！

それは一流週刊誌、「週刊世相」が——関係者は何処に！　と大見出しで、スクープ記事を、特集したことに端緒を切った変事だった。

つまり「週刊世相」の特派記者が、二名の自殺者の関係者をあらいたて、手記や感想を掲載しようとしたところ、重要な関係者二名が、そろいもそろって、謎の失踪をとげている、という報道だったのである。

本領政吉の場合は、勤め先の工場で、旋盤を並べている工員の谷口進。また古田友江のほうは、失恋の相手である、ある貿易会社の渉外係長、高原伊佐雄、四十三才だった。

どちらも自殺後に、下宿や自宅から、午前零時頃の夜中に、何者かに呼出されて——そのまま外出したっきり、帰宅していない、というのである。

とくに高原伊佐雄のほうなどは、もうだいぶ事件のあった頃から、経過しているのに、会社にも連絡がなく、行方をくらましたままで、放置されていたことになる。

会社では高原のことを、

「だいぶでたらめな、金の使い方を、していたようです……それが女に自殺させたりして、ばつが悪くなって、逃げたのでしょう。もう先月末日付けで、譴責退社させてあります」

と苦い顔をみせ、また二児まである妻までが、夫のことを、

「女出入りがおおくて、世間にも、恥ずかしい毎日でした……きっとほかの女と、家を持ったのでは、ないでしょうか。子供のためにも、親と相談しまして、離婚を考えております」

と記者に、訴えたらしい。

こんなそろいもそろった、関係者の失踪に、疑惑を抱かぬとは、なんたることと——言わぬばかりの、記事だったのである。

捜査陣には、手痛い盲点だった。

いずれもが覚悟の自殺であることが、明瞭であったために、そこまでは捜査を、必要としなかったのである。

「ふーん、これは、ただ事でない！　まさか二人とも、生首を盗んで、逃げたとも思えぬになあ」

刑事たちは、自分等の首までひねって、訝かったり、慌てたりするばかりとなった。ともあれ警察庁を通じて、全国的に二名につき、指名手配をまわした。

テレビもろくに、見ていられぬ。

ダイヤルを通すと、一晩のうちに何度も、

「なにしろ、セチガライ、世の中でございますなあ……うっかり汽車に飛込んでも、首まで盗まれちゃう、時代でして」

という風に、落語家の話のマクラに、事件が使われていたりするのだ。

ただせめてものことに、この騒ぎいらい、全都に自殺者の数が、めっきりとへったようだ。としても、これが警察当局の、功績とはとても、受けとられる情勢ではない。

「まず失踪した両名を、威信にかけても、さがし出すことだ——つぎに各管轄地区内の、変質者を一斉に、あらってみろ」

と本庁の首脳部は、都内各署に、訓令をくだした。

不気味な、奇怪さにおいて、まさに空前の事件である。とくに本領青年が、自殺した現場の地元署では、なんとかこれを、解決せねば！　と、宮島をはじめ、ようやく焦躁の色を漂わせはじめるのだった。

「なにッ！　また交通事故者の、首がとられたとっ……よしっ、すぐ緊急手配しろ……とくに現場付近の、諸車と、人通りの、訊問を徹底的にやれ」

こう命じた担当上司の伝達が、夜半の警視庁無線司令室から、短波にのって、都内のパトカーにつたえられ、また各署に、電話通報された。

さきほど深夜の市街地で、乗用車のひき逃げがあり、付近をパトロール中の「警視第四〇三号車」に、司令して現場に、急行させたばかりだった。

その「警視第四〇三号」パトカーから――ただ今現場に到着したところ、被害者の首が、切断されて、持運ばれておりますッ――という、驚くべき報告が、とどいたところだった。

目撃者の住民が、一一〇番で、警察に知らせているすきに、何者かによって即死屍体の首が、切りとられて、いたのである。

あいつぐ深夜の、怪事件だ。

たちまち最寄署の巡査が動員され、蟻の這出るすきもない、警戒網が張りめぐらされた。

本庁からも、宿直の鑑識課員が、現場に急いだ。そして夜露に濡れた路上に、転がったままの事故屍体をみて、うぬ、と呻かざるを得なかった。

世にも怖ろしい、男の変屍体である。

首を喉元から、鋭利な凶器で切断され、両手で虚空をかいた、惨たらしい姿だった。これではもはや、人間として扱えない。人間というよりは、人のかたちをした、肉塊にもおもえる恰好である。

血が傷口から、下水に路上を、流れるほどに湧きだしていた。

「こりゃあ、鬼のしわざだッ……なんで首なんぞ、掻きとりやがる」

検屍官たちも、唖然とした。

さいわい手配が、急速にしかれたために、目撃者の証言した、新車の黒塗りのルノーは、直ぐ検挙された。

乗ってたのは、若い男女で、

「……もうしわけありません。ぼく等がひきました。酔っていたのか、あのひとが、ふらふらっと車道に、とび出して……横断してくるのですもの、あれじゃ無茶ですッ」

と、蒼い顔をした学生らしい青年が、訊問した巡査に、詫びながら弁解する。

「なぜ逃げたのだ……とんでもないぞッ」

と怒鳴りつけ、その挙句として、この青年が最近免許をとったことから、親にせがんで、新車を入れたばかりと知れた。だから運転もまずく、急場にノボせてしまい、ブレーキのかわりに、アクセルを踏んで、即死させたらしい。

「お父さんに怒られると思って、無我夢中で、にげちまったんです……許してください！　このひとには、べつに責任はありません……帰してあげて、もらいたいです」

青年はこんな時にも、ガール・フレンドをかばって、仲のよいアプレぶりをみせた。

「まさかおまえ……被害者の首を、隠したり、しとらんだろうなッ」

「えッ、く、くびですッて！」

事情をきかされ、女が失神しかかって、男に抱かれたりする。

いずれも家庭は、上々らしい。

とにかく調書をとるために、そろって地元署へと、連行されてしまった。一応車体も点検してみたが、目撃者が場を外したすきに、引きかえして切りとった、首などは乗せていない。

またそこまで犯すような、悪質、変態的な、青年達にも受けとれなんだ。

諸車の交通は遮断され、深夜の歩行者たちは、一斉に訊問をうけた。もちろん所持品はくまなく調べられて、容疑者の捜査は進められたのである。

——その頃、警戒に当っていた、一巡査は、奇怪な路上の人影に遭遇して、ぎょっと瞳を凝らした。

なんというおかしな、風体の人物であろう！

ピエロの装いをし、顔にドーランをべた塗りした、傴僂の男だったのである。それがおおきな音で、笛をピイピイと小鳥の囀りのように吹鳴らしながら、深夜の夜露にとけて、彷徨っていたのだ。

人影も疎らな、夜更けとはいえ、これはまたなんという、狂態であろう！

手にしているプラカードのようなものから、サンドイッチマンだとは知れたが、妖気が漂うばかりだ。

「おい、どこへゆくんだッ」

と呼びかけても、素知らぬ顔で、立去ろうとする。追いすがって、前をさえぎって見詰めてみると、乱杭歯の、相当年のいった、皺だらけの顔の男である。頭は禿げて、つるりと光っている。

それがなにを憤ってか、醜くせり上がった肩を喘(あえ)がして、

「なんじゃねッ……邪魔するでねえ。こっちは、商売

の……仕事中だのにな！」

と手で、巡査をのけようとした。

相手が片輪者のことであるし、紙を板に貼りつけた、パチンコ屋の宣伝文句をしたためたプラカードしか、所持品を持っていぬこと故——そう手荒くあつかうことも出来ず、巡査は戸惑うばかりとなった。

「こんな夜遅く、笛を吹くのはよせ！」

「なんでだね……商売だもの、止められないじゃろ」

「安眠妨害じゃないかッ」

「おまえさん、何を言いなさる……ここいらに寝とる者があるかの。よく見たがええ、どこに家があるかい」

こうしわがれ声に言って、川蟬のように、ひっ、ひっ、ひ、と笑うのだった。

なるほどシャッターをおろした商店や会社のビルばかりが、巨大な黒い影の、軒をつらねて建並ぶばかりである。住民もこのあたりでは、ビルの守衛ぐらいしかおるまい。

「じゃあこんな処で、なぜ笛なんか吹く……無駄じゃないか」

「わしは頼んでくれた店から、一日中こうして働くのを、約束してやっとるのじゃよ……人が見ていまいと……聞くまいと……言われたとおりに、働かねば飯がくえぬ。なんでも言うことをきくところを、みせなかったらさ……どこの誰が、わしみたいな、化物を雇うてくれるかの」

巡査ははっと、息をのんだ。

これはたしかに、屁理屈とばかりに、片付けられぬ問題ではないか。

もはや言渡す文句に、つまってしまった。

醜いピエロは、さも勝誇ったように、ふたたび笛を吹鳴らしながら、ひろい街路を、よちよちと辿りはじめる。

そしてまがる街角では、とくに立ちどまって、音高く、強く吹鳴らして、乳色の霧のさなかへと融け込んでゆくのだった。

午前零時の怪事

いかに警戒を固めても、ついに犯人は、検挙にいたらなかった。

妖異なる変質者は、玩弄する生首にこと欠き、とうとう交通事故に倒れた、即死屍体の首まで、狙うに至ったのだ。

　恐怖の坩堝におちた都民たちは、寄るとさわると、この噂にふけるさまとなった。

「葬式のときも、焼くまで棺を、あけて確かめんとならんな」

「首を切りとられちゃあ成仏もできんよ……いったい目的は、なんだろうな」

「髑髏をあつめて、なにか呪うのさ。ニューギニヤで、パプア族にまじって、戦争中に苦労した復員兵が、いまになって、覚えた祈禱をためしたりしてね」

「現地仕込みか……そんなのは、かなわん。それほどでなくても、新興の邪教かも知れんよ。日本でも江戸時代には、商人なんかが、倉に頭の骨を、祭ったそうだ。つまり曝首（しゃれこうべ）というものは……人間が死んで、名も、地位も、財も失ってから……まだあとに残るものだから、尊い目出度いものとする思想だね。そいつも古くて、乾涸びた、素姓もわからぬものよりか……生々しいのを晒して、自分で造った物のほうが、祭っても気持がよかろう、と思うよ」

　こんなとんでもない話題が、いたるところで、語られるのである。

　新聞も読者層を反映して、人食人種の特集読物を、シリーズで掲載したりするありさま。なんともはや、狂った季節を、迎えたものというの他ない。

　――そうするうちに、都民の耳目を、驚倒させるに足る、変事がまたも勃発した。

　ああも世を騒がせ、謎の失踪をとげたままの高原伊佐雄が、忽然として銀座のど真中に、黎明の寒風に吹かれながら、現われたのだった。

　どこからどう、姿をみせたものか、想像もできない、出現ぶりである。

　しかも完全に、過去の記憶を喪失し去って、狂人となって彷徨っていた。

　さらに奇怪ということには、保護に当った、係官たちに向かい、

「友ちゃん……あっ、そう見詰めないでくれッ。なにっ君は、そんな体で、おれの名が、呼べるのかい！」

と、脅えた狂人の瞳をみせ、椅子を蹴りたおし、室内を逃げまどうのである。

　彼が戦きわめく、友ちゃん――という名が、高原の非情を恨み、自殺した古田友江であることは、容易に推察ができる。どうしてこうも、幻覚に脅えるものか、滑稽

にみえるほどだ。

まったく狂いきっており、質問に応じるどころか、完全に知人の顔さえ判別できぬ凄まじさである。

「ねえ、お父さんッ！」

とあれほど、夫の伊佐雄をにくんでいた高原夫人も、こう子供連れで対面を求め、涙をながして呼びかけた。

しかし振向いて、じっと見詰めてくる高原の視線には、妻子に久しぶりで会った何の感動もなく、むしろ未知の人の訝かる、不審の色さえみえるほどだ。

子供はこんな父をおそれて、逃げだそうとさえする。

いくら家庭を顧みなかった男とはいえ、これでは余りに、悲惨という他はない。

夫人も色を失って、机に崩れ、

「これはうちの人では、ありません！　うちの人の恰好をしてるだけで……心は空っぽに、なっている脱殻ですッ」

と泣き叫ぶばかりだった。

あまりの放蕩による、脳梅毒がもたらした、悲劇にもおもえた。と、したところで、その出現ぶりが、余りにも奇怪なのである。

まるで天から降ったか、地から湧出しでもしたみたいに、魚河岸へ急ぐ魚屋のオートバイのまえに、

「こらッ、また友ちゃんの首を、運んでゆくのか！……もう見せられたって、驚きはせんぞ……首に睨まれたって、なつかしがられたって……恐がるおれでは、ないのだ……さ、ほしければ、おれの首も、切りとったらどうだね……」

と立ちはだかって、涎をたらしながら、わめいたという。

まったくどこから、どう出てきたものか、見当がつかないのである。ただその時、威勢のよい魚屋の兄いを、この狂人の出現よりも、ギョッとさせた光景があった。

それは車道でオートバイをとめ、わあわあと大声をあげる高原の狂ったさまを、歩道のペーブメントの並木の幹にすがって、にたにたと笑いながらみている——禿頭の傴僂のピエロの姿だった。

サンドイッチマンの、プラカードこそ持ってはいるが、この早朝から、宣伝にまわることもあるまい。

そして朝靄のなかで、ピイ、ヒョロ、ピイと、笛を厚ぼったくめくれた唇に当てて、小鳥のように、囀らしたりするのだ。

地元署に、参考人と呼ばれ、事情を聴取された魚屋の

兄いは、

「……旦那そりゃあ……おっ魂消やしたよ！　気違いと化物が、二匹いやがるんでしょう……まだ人通りのねえ、都電も通らない朝のうちだ。あっしはなんというか、こっちとらまで、気が狂ったみたいに、思いやしたぜ」

と取調べに当った、刑事にいうのだった。

「……それで、傴僂は、どうしたね」

「奴は笛を、ピイヒョロやりながら、よちよち車道におりて、歩いてゆきましたぜ……有楽町駅前、大当りパチンコ屋、アザミへどうぞ……なんてえ、広告の板を、担いでいましたねえ」

「なに、駅前の、アザミという……パチンコ屋のプラカードだってッ」

「さようです……あっしはパチンコが好きなんで、すぐ眼につきやした。でもあんな化物が、宣伝しているような店にゃあ、うす気味悪くって……行く気がしませんよ、旦那っ」

刑事は緊張して、メモをとり、すぐ駅前の界隈を、捜査してみた。

しかしそのあたりには、アザミなどというパチンコ屋は、これから開店する見込みの店さえ、存在しなかったのである。

「ふーん、するとその傴僂も、どうやら気がふれて……おるらしいな」

こう呟いて刑事は、ともかくも外勤の巡査にも連絡し、怪しいピエロ姿のサンドイッチマンがいたら、すぐ任意出頭さすように、依頼しておいた。

すると隣接の署にも、この通達がもれたものか、意外な事実が、さらにこちらの署へ、照会されてきたのだった。

「……そのサンドイッチマンなら、先日交通事故の被害者が、首をとられたときに、付近をさまよっていた形跡がある……こちらの巡査で、職質をおこなった者がいるが、容疑がかたまらぬので、放してしまった、と報告があった……」

というのである。

こうなると、棄てておける、事態ではない！

生首の紛失事件に何等かのかたちで、関連のある傴僂男であることは、ほぼ疑いの無い情況におもえた。

「よし、まず、そのサンドイッチマンから、洗ってゆけ！　……このことは部内秘にして、隠密に捜査をすすめろ」

と捜査本部は、ようやく活気を、帯びはじめた感があった。やっと捜査の、かすかながらも、糸口をとらえた心地がしたのである。

とくに今夜は、寒さのきびしい、凍てつくような宵だった。

温まろうとして、もう何ばいめかの、コップ酒をあおった花村健は、

「おう親爺っ！　世話になったなあ」

と、いつもの習いで、金もはらわずに、オデン屋の暖簾を出た。

この界隈をおさえている、グレン隊の幹部として、このぐらいのことは、役得ぐらいに、思っているのだ。

酔いがまわれば、そう寒さも感じぬ。

いい気持で、からっ風の吹きとおす、町の繁華な商店街を、ぶらつきはじめた。そして巨大な黒い影を、夜空にそびえさせている、デパートのあたりまできて、

「おッ、あの野郎は！　……煉瓦屋敷の、助手じゃあねえかなッ」

と、驚きの瞳をみはって、その場に立竦み、身動きもできぬ、恐怖の金縛りにあってしまった！

暗い絶壁の下の、波打ち際のように、夜光虫に似たカーバイトの燈火をつらねて、靴みがきなどの露店が、デパートのすそに群っている。

――そのあたりを、足早やに歩いてゆく度の強い眼鏡の男が、まごうかたなき、江波貞雄におもえたのだ。

みるみるヤクザ者の花村には、今年の夏の、避暑地の海岸の恐怖が、甦ってくるのだった。

情婦の光子や、その友達のヌードモデルの原幸子の体を、奇怪な水棲動物にする実験の、犠牲者にした蛭峰幽四郎博士の助手が、いままた健の眼前を、歩いているのだ。

煉瓦屋敷と浜の漁師たちが呼び、おそれていたあの岬の断崖のうえの研究所から――妖異の生理学者、蛭峰博士やその助手の江波たちが、警察の捜査をのがれて、モーターボートで海上にのがれ去ったことは、花村の記憶にも、生々しいところである。

「……野郎っ……もう、逃がさねえぞっ！」

こう呟くと健は、みえ隠れするその跡を追って、執拗な尾行を、つづけはじめた。

ここがグレン隊の男などの、愚なところである。すぐ警察に通告すればよいものを、日頃の癖がでて、つい警

察を頼らず、自分等の内輪で、解決してしまおうとするのだ。

「……運ちゃん……あの車を追いなっ！　もたもたしてねえで、早くしろい」

タクシイをひろった江波をつけ、すぐ花村も車をよんで、めずらしく札を、先渡しに握らせて、運転手に命じた。

相手の風体から、ヤクザ者の喧嘩ごととでも恐れたのか、かかりあいにならぬよう、黙って運転手は、スピードをフルにたかめた。

暗い町筋を、あらこちと通過して、相手の車は、銀座裏の並木通りでとまり――降りた江波は、そこからまた歩きはじめた。

もうどれほども、後をつけたであろう。

あたりはこんな街中ともおもえぬ、ひっそりと静まり返った、溝河（どぶがわ）沿いの闇につつまれた寂れ果てた地域にでた。

冷凍工場のおおきな倉庫や、艀（はしけ）から積み荷をあげる船着場がつづく、メタン臭い、黒い煤煙によごれた溝河の岸を辿ってゆく。

やがて立ちどまって、あたりを見通し、人目を気にしてから、大きな窓もない建物に、すうっとはいっていった。

まわりを枯れた野草が茂る、空地がとりかこんで、相当の敷地である。有刺線を張りめぐらした江波がいま閉めた柵を、踏み越えて花村も、江波のあとを追った。

まったく窓のない、おかしな構造の建築物である。窓もほとんどなく、なにか硫酸臭いいやな臭気が、鼻を突いてくる。

おおかたなにか、化学工場の廃墟跡であろうか。

ながい間、まわりをうろついてから、花村は意を決して、建物の裏手の叢から、朽て錆だらけの長いパイプを運び、金属の板を張りつけたものらしい、建物に立てかけて、攀（よじ）のぼりはじめた。

パイプの上端に足をかけ、せのびすると、一段低い窓枠に、手をかけることができた。

機械体操の懸垂の動作のように、肘をまげて身をあげ、中に忍び込んだ。建物の内部は、まるで昔の国技館のなかのように、ガランどうで広く、その隅のほうに、わずかに部屋を区切って、ドアーからちらちらと明りの漏れるのがのぞめた。

そっと守宮のように、花村は埃りっぽい闇の底を這って、その明りに近づき、内部を窺って――ぞっと総毛立つ、恐怖の光景をみた。

ああまるで、今年の夏に、あの海岸の岬を攀登り、深夜の煉瓦屋敷の、研究室を盗み見したときと同じな――悪夢の如き戦慄の研究が、そこに進められて、いたではないか！

青白く点る、アーク燈の眩ゆい光芒に照らしだされ、蛭峰幽四郎博士の、幽鬼のような顔が、浮かんでいた。いま戻った江波助手が、もう白衣に着換えて、博士のかたわらに、佇んでいる。

緊張した、息づまるような、態度にみえた。やがて蛭峰博士が、厳かな口調で、助手の江波にむかい、

「……はじめよう。測定計器の、感度はよいかな」

と言い渡した。

頷いて江波助手が、あたりの壁や床をうずめた複雑な器具のなかをぬって、正面の鋼鉄の台に乗せた、四角いかたちの容器から、白布をとり外した。

花村はギョッとして、身を竦めた！

しかし蛭峰たちの、怪奇な実験は、これで二度目の目撃であるし、すでに予想した場面でもある。

必死に心をしずめて、経過を見詰めるだけの、ゆとりは保てた。

ガラスの容器のなかに、まるで白蠟のような、男の生首が瞳をあけて瞬もせずに、じっと空を見詰めていた！

その喉咽部に、白金色の管が、からみあって連結しており、切断された傷口の部分は、ほそく縫合され、なにか茶褐色の液体にひたって固定してあるのだった。

江波助手がスイッチを入れ、電流を通じると、室内の機械が、いっせいに微音をたてて、動きはじめた。

ポンプに送られた液が、ぐるぐるとガラス管をめぐり、生首をいれた容器におくられて――数分の時間が経過すると、男の首がなにか、ひくりと口元を痙攣させた。

江波助手が手の平を、首の眼の前で動かしてみせると、眼球をピクリと動かし、ゆっくりと瞬きした。

「……ようし……こら、右手をあげてみろ！　……よし、つぎは左手だ……どうだね、左手はあげにくいかね……」

博士がこう、マイクに向かっていい、生首に聞かせると、右手というときは、首の右側にある計器の、指針がピクピクと反応した。左といえば、左側の計器が――これは微かで、感度が弱いながらも、わずかに振れて、命令に応じるのがわかった。

「江波君……やはりこの男は、自動車にはねられたときに……脳部の側面を打っておるな。随意筋肉への、左への指揮系統の働きが、薄弱じゃないか……」

と蛭峰博士が呟く。

その時壁の柱時計が、ポン、ポンとながく、韻にこもって午前零時を打ちはじめた。

博士は時計の、鳴りおわるのをまち、マイクに向かって、声をおおきくして、

「数をかぞえろッ！　いいか、数をかぞえるのだぞ……3、3のつぎは、3のつぎはッ」

と呼びかけた。生首は物憂げにしばらく、そのままだったが、やがて消えいるような、微かな声で、

「……よ、4ツ……」

と唇を痙攣させながら、言葉を口にして答えた。白髪の博士の頬が、よろこびを湛えて、また声をかける。

「……そのつぎは、何か！　何かね」

「……5……」

もう花村健は、恐怖の余りに、凝視をつづけられなくなった。

脂汗が、したたるほどに額に滲み、足はガクガクと震え——しばしはその場を、逃れ去ることさえ、出来ぬほど怯えきっていた。

驚異の秘宝

この頃ちょうど、生首紛失事件の捜査本部は、午前零時半を越えた真夜中というのに、大混乱を呈していた。

かねて謎の失踪をとげていた工員の谷口進が、市街地外れの公園に、屍体となって発見されたからである。

しかも奇怪なことに、目撃者のアベックの証言によると、その屍体は、なにかゴリラのような巨大な類人猿にかつがれ——ひょいと闇のなかに現われて、夜露に濡れた芝生のうえに、投棄てていったものという。

二人は震えながら、

「わたしたちは、叢に寝転んで話していたので……危うく気付かれなかったのです。たしかに人でなくて、ゴリラみたいな、毛むくじゃらな獣でした！　そいつがドサッと、あの死んだひとを投げだすと……どこかでピイピイと、笛が鳴って、獣をよんでいるようでした。あぁして合図して、動かすように、飼馴してあるのでしょう」

と戦慄の記憶を、辿って述べるのだった。

笛を吹いている者が、あの傴僂男であることは、疑う余地もない。これだけでも捜査本部が、沸立っているところへ、つづいて交番に飛込んだという、花村健の訴えがもたらされる騒ぎとなった。

もう酔いもさめ果てた花村は、蒼ざめた顔で、巡査に案内されて捜査本部に現われ——今夜の妖異の体験を、吃りながらも、早口に捜査主任に伝えた。

「ふーむ、これは容易ならぬことだ！　夏のうちに警察庁から手配されておった、蛭峰幽四郎博士の仕業だったのかっ……」

「そうなんでさあ……あっしはこの眼で、二度も奴等の、鬼みてえな実験をみやした！　はやくしねえと、またずらかりやすぜッ」

「すると君は、傴僂の男も、知っているかね」

「知ってるどころじゃないや！　奴には、ひでえ目に会わされてらあ……あの野郎や、江波っていう痩せっこけな助手や……それにごていねいに、獣物みたいに育てた、漁師の伜までお供にしてやがるぜ」

全都を戦慄に喘がせた、怪事件の全貌が、ここに蛭峰幽四郎博士一味の、秘密の生体実験のなせるわざと判明し——ただちに捜査本部は、全員逮捕の布陣をかためた。

高原伊佐雄や谷口進といった、首を盗みさられた轢死自殺者の、身近い関係者たちが謎の失踪をとげた理由も、ここに推定をくだすことができた。

——つまりこれも、妖異なる学術研究上の必要から、蘇生せしめた生首に、知人を会わせ、鈍っている犠牲者の脳髄が、いかなる反応を示すかを、研究したものであろう。

「恐ろしい連中だ！　しかしなんだね……その蛭峰博士という人物は、卓越した、大学者でもあるな……そんな全世界の、至宝とあおがれる生理学の碩学を、逮捕したあとでは、いったい我々は、どう処置すれば、よいのだろうな」

警察の首脳部も、もういまから、頭をなやます始末である。罪を憎んで、人を憎まずというが、このような大学者の、狂気の研究の成果にたいしては、やはり深甚なる敬意をも、はらうべきではなかろうかと戸惑ったのである。

秘密研究所への払暁の攻撃は——各方面本部の、機動隊のトラックまでもを連ね、倉庫をとりまいて、空前の規模の編成をもって開始された。

凶暴な獣人の反撃に備え、拳銃をもって決死隊が、有刺線の柵を乗越え、ワーッと喚声をあげて突っ込んでいった。

――しかし倉庫のなかは、いまのいままで、寝ていたとおもわれる、温もりののこったベッドが、毛布を床に散らして、もぬけの空に、なっている有様だった。まわりは厳重にかためた、水の漏れでる隙さえ無いばかりである。

どこへか気配に気付いて、逃亡した直後の散乱ぶりだ。

「にがすなッ……犬に追わせろ」

連れてきた警察犬に、まずベッドの枕元に、読みさしのまま置かれていた、博士の部厚い医学の原書を嗅がせ、その臭覚にしたがって、跡をおわせた。

クン、クンと床をかぎながら、闇の裏庭にでて、ある一点で歩みをとめ、係員を見上げて、ワン、ワンと吠える。そこに大きな、マンホールの蓋が、地面に閉じてあった。

「ここから逃げたなっ！　……はやく、あとを、追わんとならんぞッ」

懐中電燈で照らしながら、マンホールから地底にさがると、それはおおきな、暗渠に通じていた。

人間ぐらいは、楽に屈んで進める。

すごい汚水の臭気が、むっと鼻をついた。

都心の各ビルや官庁からの、水洗便所がはきだす汚物を、海へと流されてゆく地下の幹線である。

右に左に、枝をはって、迷路がはしり、白く無数の水母（くらげ）のように汚水に浮くのは、尾籠（びろう）な話であるが、トイレから流された、ゴムの衛生具の残骸なのだ。

ところどころには、――水道やガスの太い管が、露出してうねっている、個所もあった。

「傴僂男め、この中を、盗んだ生首を獣人に持たせて……上の路から笛を吹きながら歩いて、あの倉庫の棲家へ、辿りつかせたなッ」

臭気に咽びながら、捜査主任が、こう呻いた。

だから街角では、とくに大きな音で笛を吹いて、迷わぬように誘導したものだろう。

先頭にたった係員が、抱きかかえていたセパードが、突然上を向いて吠えはじめた。

頭上にマンホールの、口があった。

「ここだ！」

と蛭峰博士の一行が、外界に逃れ出た口を見つけて、警官隊は、一斉にマンホールを押しひらき、表に飛びだしてゆく。

そしてその、真先にたった巡査が、

「しまったッ……遅かった！」

と叫び、拳銃の威嚇射撃を、ダン、ダン！　釣瓶打ちに放った。

はるかかなたの、前方の闇を、大型の乗用車が、追跡者を嘲笑するかのように、赤い尾灯をポツリと点し、何処ともなく消え去ってゆくところだったのであった。


「なんと仰言ろうと……そのことだけは、お断わりする！　あきらめて、戴きたいッ」

バレン石油会長の宇津木順治は、こう握りしめていた電話の受話器に、激しく呶鳴りつけ、叩きつけるように通話を切った。

時計がボーンと、深夜の一時を打つ。

財界人の雄として、人も知る宇津木の邸宅の寝室だった。

髪こそ白いものをまじえているが、骨の太い、みるからに恰幅のよい老紳士だ。脂ぎって、いかにも精力的な顔立ちである。

「ふーん、しつこい奴も、あるものだな……何と吐かそうと、譲ってはやれんわい」

宇津木は呟いて、勝誇った快感に酔うように、頬にえみを漂わすのだった。

そしてグラスに、スコッチを注ぎ、ぐいとあおって、またベッドにもぐり込んだ。しかし興奮がおさまらず、なかなか眠りに、おち入れないさまだ。

「おかしな男だ……いったい、何者だろう」

何度もいまの、電話の主について、考えをめぐらすのだった。

――ここ四、五日まえから、名前もはっきり告げず、

「ほかの宝物は、まったく欲しいとは、おもっておらぬ……ただ、ゼール王妃のミイラだけは、ぜひとも譲ってくれ。どのような高価な条件にも、喜んで応じるから」

と、バレン石油の本社はおろか、こうして自宅にまで、宇津木を追うように、電話をかけてくるのだ。

もう意地にも、渡す気はない。

せっかく巨億の金をつんで、国際的な入札に成功し、手にいれた世界の秘宝だ。日本一の財宝、古美術品の蒐集家として、博物館をのぞいては、個人では右に出る者

なし——と世にいわれている宇津木の、財力にまかせての、面目をかけた古代エジプトの文化財なのだ。

それはまさに、驚異の宝物群だった。

カイロにおいてある、バレン石油の駐在支社から、連絡に日本に戻ってきた社員に、

「どえらい宝が、一括して売りに出るようです……先日発掘されたばかりの、ゼール王妃の墓からの、出土品で……ある意味では、有名なツタンカアモンの宝庫を、凌駕する内容だそうでして」

と現地の話題のはしに、耳に入れられた宇津木が、

「よし！　そいつはわしが、買うことにしよう……金はいくらでも出す、何としても、日本のものにしろッ」

と乗出したものだ。

「会長っ、そりゃあ、本当でございますかッ」

口にした社員も、度胆をぬかれた。

空前の巨額をあらそい、すでにパリー・リュクサンブルグ美術館や、大英博物館、ローマ博物館——などが鎬(しのぎ)をけずっているという秘宝を、宇津木が買いしめる！　と言明したのだから、驚きはおおきかった。

「わしの会社は、外貨もぞんぶんに、ダブついておる……またそんな宝を、日本のために買うのに、政府も文句はいえまい。かまわぬ、バレン石油の社名にかけて、かならずぶんどってこいッ」

言い出したら、挺子でも動かぬ。

大風呂敷と、負けん気のハッタリで有名な、宇津木会長からの直接命令だ。石油商社ともおもえぬ、宝物購入のための、学術調査団まで編成されて、現地へ飛んだ。

——その結果いく多の困難をおし切り、入手に成功した、ゼール王妃の宝である。

はたしてこのニュースは、外電を通じて、すでに日本中を、沸かしていた。そのほとんどが、宇津木のこの努力を、賞讃する声として、噂されている。

本人も得意になって、テレビや新聞で、

「わしのバレン石油が、涸れて破算しても……日本に運ばれてくるこのエジプト文化の粋は、永久に残りますからな」

などと、怪気焔をあげていた。

まだ現地にあるうちに、日本向けの積出しをまえにして——ニューヨークのメトロポリタン芸術博物館と、モスクワ博物館が、また争って、ぜひ渡してくれ、と、倍額の金をおしまず交渉してきた。これがさらに、自信を高めた。

ゼール王妃の名は、一九〇〇年に英国の考古学者が、片腕だけが王家の墓の壁の穴に、隠されていたものを、発見したことによって有名である。

　麻紐に巻かれたミイラの腕を、解いてみると、古代の宝石であるチュルコワズやアメイスなどの、高貴な指輪を、いっぱい指にしていた。

　のこりの遺体のミイラは、他の宝物とともに、すでに何千年の昔に、別の墓泥棒に盗み去られたもの――と、考えられていた。片腕はなにかに驚いた泥棒が、壁に隠して逃げたので残った、と推定されていたのである。

　ところがこの王妃の、眠るようなミイラを収めた柩や、絢爛たる古代の埋葬品の数々が、砂中深く没した別室から、奇蹟のように発掘されたのだった！

　考古学上の、今世紀最大の収穫という。

　世界の学界の話題をさらったのは、その驚くべき、王妃のミイラの現状だった。

「いまにも目覚めて、起きなおるかと、思えるほどです！　生きているとしか、見えないのです。美しい、年若い王妃で、これが何千年のあいだ、柩のなかにあったミイラとは、信じられぬばかりだ」

　N大考古学教授である、調査団長の都城康隆博士は、こうエア・フランス航空機でさきに帰朝して、宇津木に報告していた。

　一世紀まえに、発見された片腕のほうは、何千年前に墓荒しをうけて外気に触れていたために、ひどく破損していた。

　しかし柩のなかのミイラは、いまにも甦らんばかりの、豊麗さだという。都城博士は、このことについて、宇津木に説明するのだった。

「きっと王家の谷の、墓泥棒たちが……ミイラから指輪の宝石を盗もうとして、まず片腕をとったのですな」

「……なるほど」

「ところが王妃のミイラが、あまりに生きているように、見えるでしょう！　そこで恐怖して、カアの復讐を恐れて、宝の山もそのままに、逃げたのだとおもわれます」

「待ってくれ……その、カア――とはなんだね」

「つまり死者の、永遠に地上にのこる……いま一人の自分、とでもいいますか。古代のエジプト人が、自分の死体をミイラにして残したり、王はそれを、巨大なピラミッドに、おさめさせたりした理由も、カアのためです。いま一人の自分カアが、死後にも安らかに、生活できることを希った……死骸を保存し、財宝や生活するための道具を、より豪華なものにして、墓におさめたのも、このためですよ」

「つまり、霊魂だな」

「いえ、それに似ていて、だいぶ違う……いわば、いま一人の自分、の存在と信じていたようです」

宇津木もちょっと、理解できぬ心地になった。

都城博士はさらに、厳粛な表情で、言葉をつづけるのだった。

「カアは永遠に生きて墓を守り……ミイラといっしょに、死後の安らかな生活をおくる。だから墓を、発いたりした者は、その呪いで、死ぬといわれてます。だから三千年の間、眠っていたツタンカアモン王のミイラを、一九二三年二月に、柩をあけてみた人達は、ほとんどが狂死や、事故死しているではありませんか！　じつに二十名の、選ばれて立会った考古学者や貴族、官吏たちのうち……十九人までが、えたいの知れない病い、事故、自殺で命を断っているのですよ。墓発掘のパトロンだった、英国の金持貴族の、ロード・カルナーヴォンなどは、蚊にさされたのがもとで、二十日余りも悶え苦しみ……王の墓をあばいた罪だッ！……と叫びながら、死んだほどですから」

来栖谷私立探偵の登場

寝られぬ夜を明かしてから、宇津木順治は運転手に命じて、乗用車を銀座にまわした。

銀座五丁目裏の、一方交通の身ぜまな車道に駐車させ、とあるビルにあがって、ドアーをノックするのだった。

もう電話で、話は通じてある。

「来栖谷私立探偵事務所」と、金文字のはいったガラスのドアーがあき、眼鏡をキラリと光らせた年若い長身の男が、宇津木を出迎えて部屋にいれた。

ソファーをすすめ、客が煙草を手にすると、すばやくライターを出し、焰をむけてきたりする。

すごく如才無い、男である。

よもやその青年が、名探偵の誉たかい来栖谷一平自身とは、思われなかったほどだ。

名刺をとり交してから、

「……失礼しました……貴男が有名な、来栖谷さんですか。ぜひご協力ねがいたくて、上がりましたのじゃ」

と宇津木は、初対面の挨拶をおくって、すぐ要談にはいった。

「ご存知のように、わしは今度、エジプトの文化財を、手に入れましてな……」

「……はあ、たいへん貴重な、世界的なものだそうで、で、もう一、二週間のうちに、ギリシャ船で、日本に運ばれてくるそうで……」

「よく、お知りですな。もう、カイロを出とります
……じつはその件で、あがりました。奇妙なことが多くて、弱っとるのですよ」

「……と、申されますと」

「ミイラをぜひよこせ、と、脅迫めいて……言ってくる者がおるのです！　どうも話が、おかしい。金はいくらでも、言うなりに積む、と言ったりして」

「ははあ、ミイラだけをですか」

「変なことに、ミイラだけ、欲しがるのです……他の宝は、まったく望まない、と、ばかに強調しましてな」

「悪ふざけに、言ってるのじゃ、ないのですか」

「それにしては、執念ぶかい奴です。どうしても、手に入れる……もしわしが応じなければ、その結果生じる事態には、責任がもてぬ……などと言うて」

「明らかに、脅迫ですな！　それにしても、どうして他の宝物には、興味をもたぬのでしょう」

聖なる王妃の、生ける如きミイラときいて、異常な関心をそそられた、変質者の仕業かとも思えた。

けれども宇津木自身は、そんななまやさしい解釈では、納得のゆかぬ心地だった。

やや怯えたように、頬を硬張らせて、

「気になってゆうべも、眠られませんでなあ……その電話がまた、ぶきみなひくい声でしてね。わしにはゼール王妃を、奪い返そうとする……カアの囁きかとさえ思えましたよ」

と、今度は来栖谷探偵にむかって、カアの講釈を、するのだった。

探偵が、さも同情にたえぬ表情をする。

そして慰め顔に、

「余りそんなふうに、気になさらんことです……古代エジプトの、死者のカア、なんていうものが、東京に現われるなんて、夢物語りですからね」

と宇津木に言った。

「とにかく、そんなわけで……ぜひあんたに、相手の素姓を、さぐってもらいたいのじゃ」

「承知しました……なんとかご期待に、そいたいものです……」

ここまで来栖谷が、口にしたとき——事務所のドアーの磨ガラスが、ガン、ガンと乱暴に、たたかれた。ハッとして、振返ってみると、黒い影がふたつ、外に並んでいる。

ひどく無礼な、やり方である。

酔った客にしては、時間がおかしい。

「誰だッ」

と一平は喚ばわって、腰をソファーからあげ、ドアーに近づいた。おかしなことに、二つの影のうち、一人がすっと離れて、バタバタと階段を、馳け降りてゆく。

明瞭に室内の探偵が、席を立ったことを、意識してのことだ。

急いでドアーをあけ、思わずギョッとして、瞳を凝る想いとなった。

そこに見知らぬ男が、ぬっと放心した顔で、つっ立っていたのだ。

おおなんという、不気味な表情だろう！

瞳は吊りあがり、白眼をむいている。しかもまるで、幽鬼のように、蒼ざめているではないか。

脂汗を滲ませ、死人を立てかけたように、ドアーをあけると、倒れかかってきた。

「おいッ……貴様は、誰だッ」

抱きとめて、来栖谷が怒鳴りつけると、かわって宇津木が、

「わしの、運転手ですッ……おい加曾利ッ！　おまえ、どうしたのだ！」

と驚いて、わめいた。

乗用車の運転手だという、その男は、ソファーに横たえられて、唇をふるわせ、ブツブツと呟きはじめる。

よく聞きとれぬ声が、やがてわかるようになって、怪しい言葉を、口にしはじめる。

「……王妃のミイラを……求める者に渡せ……聖なるカアに代って……命じておく……」

「なにッ……カアに代って！」

宇津木が恐怖の、叫びをあげた。

「……カアに代って……命じておく……そうせぬと、この男のように、死ぬ……」

こう神霊の、のり移った巫女のように呻き、つづいて肢体を、激しく痙攣しはじめ、硬直してゆく。

「しっかりしろ！　気を確かに持てッ」

と一平が、懸命にゆさぶるうちに——ぶるぶると身を震わせ、そしてピタリと、動きをやめた。

男の上衣を剝ぎとり、ワイシャツを引裂いて、探偵は胸に耳をあてた。

「ああ、心臓が、止まっている！」

「えっ、し、死にましたかッ……すると、やはり、ミイラの崇りですな！」

もはや蒼白に顔色をかえ、宇津木順治は恐ろしさのあまり、よろよろと床に、崩れるように跪ずいてしまった。

その翌々日の、宵のことだった。

豪華な宴会場として、著名な帝都会館のホールで、アオイ・ファッションモデルクラブ主催の、新作発表会が開かれていた。

名の知れ渡った一流モデルを、きら星のように所属させたアオイ・クラブの会だから、広いホールも、息づまるほどの賑わいだった。

——それにこのパーティは、日頃スタイルブックなどで馴染みの、モデル達が有名なデザイナーと組み、独創的な装いをみせるので、話題の的になっている。

「……つぎは、松浦ドレメの、松浦歌子先生による、カクテルドレス……出演は、ヘンリー・与志子さん……白と黒の優雅なアクセントを、ご鑑賞ください……」

などとアナウスがながれ、次々に胡蝶のようなモデルが、微笑みながら、ステイジに現われてくる。

そのごとに、場内の蒸れかえるような脂粉のかおりが、ざわめいては、嘆息の呟きをかわす。客はやはり、女性が大部分をしめていた。

そしてショーが、大詰にせまるにつれ、出演する顔ぶれも粒揃いになってきて、興奮はますます高められてゆく。

「いよいよお待ちかねの……君橋すみ子さんの、ご登場です。イブニングドレス……ナイルの王妃、を発表されます。デザイナーは、三原先生ご苦心の作……ファンタジイな、夢のモードに、お酔いくださいませ」

パチパチと、拍手がおこった。

本年度ミスワールド入賞の、君橋すみ子が、ステイジにたつのだ。

ライトが砂漠の夕日を想わすような、赤い照明にかわり、幻想的なメロディが流れはじめる。そのうちを金の王冠をいただき、宝石をちりばめた腕輪や、指輪を飾った君橋すみ子が——まず黒く、垂れ幕にシルエットをうつし、つぎに優美な手つきでそれを払って、ステイジにでてきた。

「まあ……すばらしいッ」

「まるで、ほんものの王妃のようね！」

騒然とホールが、沸きかえってゆく。

五色の原色も鮮かな、赤を基調とした、すばらしい王妃の装いである。

若さと、美しさと、高貴な気品を漂わす、あたりを圧するばかりの、演出の妙だ。それにモデルが、ミスワールドに輝く、君橋嬢ではないか。

やがてあたりは、シーンと静まり返るような、感動にうち沈んでいった。

その無数の、うっとりと重なる視線のなかを、君橋すみ子は美しく微笑みながら、しずかに足を運んで、ステイジをまわりはじめる。

——と、その時だった！

なにか白い、細長いものが、ヒューッと空を飛んで、彼女の胸に、突刺さった！

君橋がその根元を、両手でおさえて、よろよろと前によろめいた。

すると廊下から、黒衣のすそを、フロアーに引きずりながら、一人の影が客席の通路を馳抜け、ヒョイとステイジに飛びあがって——崩れかかるすみ子を、軽々と抱きかかえた。

ウワアーッと喚声と拍手が、あたりに渦巻いて、賞めそやした。

黒衣の姿が、それに応えるように、君橋の扮した王妃を、高く頭上にあげ——またステイジを飛びおり、駆抜けてゆく。

美事な、演出ぶりだ。

さざ波のような拍手がつづき、そしてそれは、つぎのアナウンスの周章てふためいた男の声に、ハッと我にかえって止んだ。

「……み、皆さん！　いまのは、芝居では、ありません！　……は、はやく犯人を、追わなくてはッ」

ドッと笑い声があがり、パチパチと拍子までして、またシーンと、静けさを取戻した。

どうも本当の、事件らしい雰囲気だからだ！

「……これで、ショーは、中止しますッ……き、危険ですからどうか、その場を、離れないでくださいッ……」

主催者側らしい、うろたえたアナウンスがつづく。キャーッ、と恐怖の、悲鳴があがった。

何者かに、君橋すみ子が白い羽根の矢で射られて、運び去られたのである。帝都会館のホールは、もはや名状し難い、大混乱に陥ち入っていった。

「うぬッ……やりやがったな！」

夕刻で事務所をおえ、自宅で寛ろいでいた来栖谷私立探偵は、Sテレビでこの中継を見届け、おもわずこう叫んだ。

日頃の習いで、こうしたお色気のある番組は、家にいるときは、テレビのダイヤルを廻すことにしているのだ。

そして呻くように、

「……やっぱり、やる気だなッ」

と、謎のように言い、すばやく服を着て、表に飛出していった。凍てつく、骨に泌みるような夜気のなかを、大通りまでつっ走って、タクシイを止めた。

駆けつけたところは、宇津木順治の、まるで城のように石塀のつづく、山の手にある邸宅だった。

シェパードが、ひどく吠える。

一平は呼鈴を押し、下男の案内をうけて、ペルシャ絨氈を敷きつめた、応接間に通された。

大きな青磁の壺、ブーゲンビルの剣。中世ヨーロッパの、騎士の槍などが、壁をうずめて、飾りたててある。

やがてガウン姿の宇津木が、葉巻をくゆらせながら、廊下を渡ってきた。

「やあ来栖谷くん……どうか、したかね」

「さっきテレビの……ファッションショーをご覧になりませんでしたか」

「見なかったなあ……綺麗な女の子でも、スカウトしたのかい」

「とんでもないッ……それどころの、騒ぎじゃありませんよ！　ナイルの王妃が、殺されたのですッ。もっとも君橋すみ子という、モデルですけど」

「君はまさか、酔っとるのじゃ、ないだろうな！　なんだい、その話はッ」

宇津木の驚きも、無理のないことだ。

ものに動ぜぬ来栖谷私立探偵にしては、まことに珍しい、うろたえ振りである。

葉巻を古代ペルシャの、鵞鳥を並べて焼いた灰皿がわりの焼物のうえで、もみ消して宇津木は、

「なにか女の、殺人事件が、あったのだね！　……それと加曾利のことに、関係があるのか」

と言い加える。

加曾利というのは、二日前に、来栖谷の事務所で、謎の死をとげた、運転手の名だ。

「そうです……どちらも、ゼール王妃のミイラを、狙う者の仕業だと思います！　今夜のファッションショーに、君橋というモデルは、王妃の装いで出場しました。つまりこれは、宇津木さんが手に入れられた神宝からくる、古代エジプトブームの、影響でしょうが……それを狙って、まるでカアの犠牲者みたいに殺し、屍体まで奪い去った奴が、いるのですよ！」

見世物小屋の秘室

ここはF下町の市街地外れにある、神社の暗い境内につづく空地だった。

一面の枯れた雑草の上に、夜露がしっとりとおりて、青白い燐光のような月の光に、海原を見渡すみたいに見える。

その一劃に、巨大な岩を仰ぐように、黒くテント張りの見世物小屋が、先日の祭礼の日から、建ったままになっていた。

付近の子供達が、

「なんだい、まだお化屋敷が、あるよ……どうして毀して、持ってかないのかなあ」

「こんどのお祭りまで、このままに、しとくんだろう……だんだん古くなると、本当にお化けが出だすね」

「おっかねえなあ、あっちで遊ぼうぜ」

などと、昼間もキャッチボールに、近寄らなくなったほどだ。

毒々しい泥絵具で、地獄の責めのさまや、幽霊の不気味な姿が、看板に画かれて、寒風にゆらいでいる。

どだいがこんな見世物は、夏のもので、季節外れの感がある。

もちろん木戸をしめて、客も呼ばなければ、人影もみえぬ。まったく無人の、怪しい寂れかたで、棄てられたように建っているだけだ。

八幡の藪知らず――を真似て、つくった迷路のまわりの竹藪の竹が、もう茶色に枯れ切って、粗朶の垣根のようだ。

そのところどころに、古井戸から顔を出した亡霊や、ボロ切れをまとった、一つ目小僧の人形などが、わびしく転がっている。

かえって寂れ果てた、異様な恐ろしさを誘ってくる光景である。

生木の葉が腐って、むっと匂う。

土左衛門を浮かべた沼の、水が涸れきって、半裸の女のロウ人形が、泥まみれで横たわって、白眼をむいていた。

——その奥の、天幕で仕切り、さらに板で厳重にかこった処から、チョロチョロと燈火が、もれて見えるのだった。

「よくやったな……ほうびをやるぞ」

という嗄れた声にこたえて、ウウ、ウウ、ウーッと獣のような呻きが、うれしそうに聞こえ、なにか餌をほおばる気配だ。

こんな場所の奥に、この時刻に、蠢く影は、いったい何者であろうか。

「では、はじめるかな……江波君」

と、今度は、ほかの人物に向かって呼びかけた声は、まぎれもない、あの蛭峰幽四郎博士の声だった！

「はい先生、やってみましょう」

江波助手が返事し、なにか器具を運んでゆく物音がする。

「よし、おまえ……あっちへ行け！　はやくおとなしく、寝るがいいぞ！　なに、そうか……この美しい、女性の体に気をとられたか……ふ、ふふッ……かわいそうだが、これだけはオアズケだぞ。これからわしの、貴重な研究を加える。モルモットだからな」

蛭峰博士の、獣人をなだめる、声がきこえた。

いま獣人と、下男の傴僂男鈴木勘助や江波が、車で運んできたばかりの、ファッションモデル君橋すみ子の屍体を、手術台に乗せて——なにやら実験に、とりかかるところだった。

白衣にゴム手袋の博士が、まず燈火にきらめく鋏を使い、女の、目を覚めるような、原色に彩られたイブニングを切外しはじめる。

そして露われた、雪のように白い豊かな乳房のあいだに、根元を深く突きたてている矢を、メスを肉にいれて、抜きとりはじめた。

切込まれたなめらかな皮膚のしたから、若さをしめす、厚い脂肪が、はちきれるようにのぞける。

ガラスの容器にみたした、各種の薬液をそそぎながら、臓腑をとり除いてゆく、戦慄作業がつづけられてゆく。

「……いやがることはないぞ、お嬢さん。あんたのこの若さも美しさも、そう久しい、ものではない……いたずらに生き永らえて老醜の姿をみせるよりは……数千年の歴史に、美貌を伝えたほうがよろしかろう……さ、これから、脳髄をとってあげよう。それがあると、永遠の保存には、邪魔になるからだよ。わしの研究によって、奇蹟のミイラとなって、世に崇められるのだ……今夜はただ、腐敗せぬように、処置するだけにして……ゼール王妃のミイラがきたら、まったく同じにして、身代りにしてあげるからな」

　おお、なんという恐怖の言葉だ！

　まるで生ある者に、説き聞かせるように、頑是無い幼児を、なだめるように――こう呟きながら、屍体を処置してゆくではないか！

　そして最後に、かたわらに緊張して、師を手伝っている江波貞雄助手に向かい、

「……たしか王妃のミイラの、欠けている腕は、こっち側だったな……」

　と念をおしながら、メスと銀色に光る細いノコを使って、屍体の片腕を切断してゆく。

　ゴリラのように、前かがみに床に座って、じっと見詰めていた獣人が、また低く唸った。

「なんじゃ、また、怒って……恋人のかたちがかわってゆくのが、そんなに惜しいか……そうだ、おい鈴木ッ……この腕を、わし等の研究の真価を、理解もできぬ宇津木に、くれてやるがよいわ！」

　蛭峰幽四郎博士の瞳が、こう言いながら、楽し気に光ってみえた。傴僂男がこの秘室の、一方の天幕をまくって、蟇蛙のように醜い姿をあらわす。

　そして博士にペコリと頭をさげ、ニタニタと厚い唇をめくらせて、誘われ笑いを浮かべてみせた。

「いいかな……決して、見つかってはならぬぞ。うまく逃げてこい。この研究所は、わざとこんな、化物の見世物小屋をえらんであるから……わかりにくいはずだ！人間の感覚などというものは、かえってこんな処が、盲点になって疑られぬものだからな……」

　博士はこう念をおして、また下男を、奇怪な使いへと出すのだった。

　もう東の窓が、白じみはじめる頃の時刻にまわっている。

　アオイ・ファッションクラブの変事を、テレビでみて宇津木邸に駆けつけてから、来栖谷一平探偵は、夜の明

けるのもいとわず、応接間で語りつづけていた。

「……こんなわけで、運転手の加曾利さんが、あんな変死をとげられた理由も、推定が成りたっているのです」

「ふーん、すると……みんな蛭峰とかいう、この間から世間を騒がせている、生理学者の仕業だというのだな！」

宇津木は胸の恐怖を、それで紛わそうとするのか、もう何杯めかの、スコッチグラスをあけた。

「絶対に、確信があります。加曾利さんの場合は……いま何分かで、死亡する薬物を強引に注射してから、一種の催眠術の暗示をほどこして……あんな言葉を、我々のまえで、復誦させたのだと思います。もちろん王妃のミイラの、カアが言わせたものなどでは、ありますまい」

「驚いた、連中だな！　君はそんなことを、出来る者は蛭峰とかいう、その博士をのぞいては、あるまいと言うわけだね」

「そうです……毒物の検出さえいまだにモタついているではありませんか……あんなすばらしい、生理学的な演出をおこなえる者は、この世に蛭峰博士しか考えられない」

「ミイラを、手に入れたがるのは……」

「……やはり博士独特の、怪異な実験のためでしょう。あらゆる今までの研究では……確かめ得なかった、人体の可能限界をつきとめようとして」

「……よくわからん。どうしよう、というのだ」

「何千年をへた、古代エジプトのミイラの謎を、解明して、その製作過程を、さぐろうという試みらしい……ファッションモデルを、殺して拉し去ったのも、美しい同じようなミイラを、創造するためでしょうね」

宇津木はブルッと、身震いした。

そして必然の言葉として、こう探偵に尋ねるのだった。

「わしとしては、断じて、許すことはできない！　……とするとどう相手は、行動に出るだろうなッ」

「手段を選ばずに、獲得に、奔走するでしょうね。そのためには、殺戮をもものとせぬ、非情残酷な連中なんですから……なにか至高の、医学の真理を追求するためには、すべての犠牲が許されるように狂信している蛭峰博士ですもの」

ギリシャの貨物船、ディストリアス号をチャーターし、海路輸送中のゼール王妃の秘宝群が、横浜港につく日はすでに間近い。

とくにその要に当る、王妃のミイラを防衛するために、万全の警備が必要なことが、あらためて確認された。

「宇津木さんも、充分に身辺に注意してください……敵はきっと、貴方をまず恐迫して、ミイラの提出を、求めてくるでしょうから」

「わかった！　わしはもう、無断で外出することなどは避ける……加曾利なんかも、あんな駐車中の瞬間に、襲われているほどだから」

こう蒼ざめて、宇津木がいい、ひそかに護身用に所持しているという、ベアード拳銃を、みせたりしている時だった――

突如として庭に向かった、応接間の窓の一枚ガラスが、ガチャン！　と割れ、破片が床に散った！

「あっ！」

と異口同音に叫び、立ちあがった二人の足元に、仄白いゴムのような長い物体が、ゴロリと、転がり込んだ。

「あ、あっ！　……う、腕だッ。人間の、もいだ腕じゃないかッ」

「蛭峰博士の、一味ですぞッ」

うろたえた宇津木が、表の闇にむかって、破れたガラス窓から、ダ、ダーン！　ダ、ダーンと、釣瓶撃ちに、拳銃をはなった。

冷やかな夜気が、どっと室内に吹込んで、熱した頰を、なで過ぎてゆく。

すぐ邸をめぐる、コンクリートの塀の表で、エンジンの始動音もたかく、自動車が発車して去る気配がした。

それはまさに一瞬の、通り魔にみまわれたような、黎明の出来ごとだったのである。


波ひとつ無く、凪ぎ渡った港内の光景である。

あかるい日射しが、ギラギラと海面を光らし、桟橋に横づけになったディストリアス号の、純白な船腹を鮮やかに浮かべていた。平和な国際港横浜の、一刻である。

だがそれは、外見だけで、あたりに異常な緊迫感が、流れ出ていることは、すぐわかった。クレーンで吊りあげられる、厳重な梱包の積荷が降りるごとに、準備したトラックがそれをうけ、桟橋のうえで、隊列をくみはじめる。

あたりは、水ももらさぬ警戒ぶりだ。

編成されてゆく、トラックの列の前後には、すでに何台かの白バイが、エンジンをかけて、進発をまっている。

ゼール王妃の秘宝を、守るためだ。

サイレンを鳴らし、京浜国道を、世界的な文化財の破損をおそれて、蟻の進むように除行してゆく予定である。

「ひとまず日本銀行の、地下室におさめる方針が……文化財保護委員会と政府のあいだで……決定している。とくに警戒に、あたるように望んでおく」

と事前の通告を避けていた、運び先の発表までが、慎重にこの時になって、警官に伝達されるありさまだ。

おおくの瞳が、注目するうちを、クレーンがゆっくりと動いて、いよいよ王妃の眠る問題の柩が、ディストリアス号の甲板からハーフエンド・ハーフ中型トラックへと、移されてゆく。

トラックがわずかに、タイヤを弾ませて、梱包した箱を、桟橋の車上におろした。

無事に異国日本の地を、踏んだ刹那である。

凝視する人々の瞳が、わずかに安堵の色を、ふと浮かべた。

――と、その時だった。さっきから上空を、何台も飛んでいた、新聞社などの小型飛行機のうちから、――ヘリコプターが一機バリバリと耳をつん裂く轟音をあげ、積荷をおわったトラックの上に、低く高度をおとしてきた。

カメラに歴史的な、一瞬をとらえる、ためかと思えたが――それは、意外だった。

するするとワイヤーをおろし、それを伝わって、人影がおりたち、鉤を柩の梱包のベルトにかけて、また上昇をはじめた。

「あっ、な、なにをするッ」

輸送の警戒の指揮に当っていた、東京警視庁の警備係長が、驚きの声をあげた。まったく通達にない、事態である。

「待てーッ」とわめきながら、バラバラと警察官が駆けより、空を仰いで拳銃を乱射した。

ヘリコプターの上からも、何発かの銃声が応戦し、桟橋のうえに、人影が倒れる。空からの怪盗の奇襲に、あたりは名状しがたい、混乱に陥入ってゆくのだった。

スカラべの死への導き

「なにッ、本当ですか！　ゼール王妃の柩が、博物館のまえに届けられたのですねッ」

あの横浜港の桟橋の変事から、すでに一月余りをへた、ある日のことだった。

来栖谷一平探偵は、事務所に、顔見知りの毎朝新聞社の事件記者に、本庁の記者クラブから、電話をかけられ、

「すぐ行ってみます！　宇津木さんにも、お連絡を願いますッ」

と大声でいい、車をはしらせて、上野公園内の現場へと急いだ。

すでにおおくの人影が、厳重に梱包したままの、王妃の柩をとりまき、犇きあってざわめいている。

昨夜半から夜露に濡れて、放置してあったのだそうだ。

直ちに考古学資料室に搬入され、かけつけた宇津木順治の立会いのもとに——梱包の解体にかかったのは、さらに三日を経たのちのことになった。

さきに学術調査団をくみ、カイロに派遣された学者たちが、のこらず召集されるまで、と、慎重を期するのだった。

「……では内容を、改めることにします。どうなっても、卒直に意見を、述べていただきたい」

宇津木がこう、血の気の引いた表情でいい、謎の返還をうけた梱包を、解いてみる運びとなった。

——まず聖なる牛アピスを刻み、燦然と輝く、黄金張りの外観があらわれた。その何千年前の封印を、宇津木が切って蓋をとると、さらに厚い金箔を張った、まわりをセルキット、ネイト、イジスの三体の女神の、無垢の金像にとり巻かれた棺があった。その蓋を、さらに封印を剝がし、かんぬきを外してみると、死者の魂である翼をつけたバア、いま一人の存在である、カアなどを頭に形取った、四つの金の柱に角をとった内棺が、またつづいて、現われてくる。

やっとその中に古代エジプト人が、すべての神を飾った、神の祖父であると、崇めることの深かったケペラの神——と、なにやら大きな、青虫のような昆虫を刻んだ、最後の石棺がでてきたのだった。

「……これは、石英の棺です！　このなかに王妃の、ミイラをおさめた柩があります」

都城康隆教授が、こう口にしながらも、不安そうな瞳をみせた。そして人夫に命じ、なかを気遣いながら、柩をあけさせた。

金と宝石と、五色の漆喰でうつされた、年若き、美しき生前の王妃を浮彫した、人型の柩がおさまっている。

それをあけ、彩りも鮮かな麻の葬着を、何枚ものける。

すると茎や花弁が金で、雌弁、雄弁の先を、宝石でちりばめた蓮の造花を手に、胸から上を金面で被った聖なる王妃のミイラが白日のもとに晒された。

「……では、優美なるお顔を、拝させていただきましょう」

都城博士が、合掌してから、みずから静かに、王妃の金面をとった。

「おおッ!」

と居並ぶ人々のあいだに、驚異の囁きが、どよめいていった。

なんという、奇蹟の形骸であろうか!

いまにも甦って、何千年の眠りから、目覚めるばかりの、王妃の気品高き姿が、そこに横たわってみえた。

いままでの、ミイラという言葉では、とうてい想像も許されないほどの、生けるミイラがそこに在った。

固唾をのみ、夢みるように、魅入られたまま、しばしは声もなく、佇みつづける人々ばかりとなった。

「どうです、この王妃の、お姿はッ……眼には黒曜石をいれ、睫には昆虫の、幼虫の足を丹念にそろえて、うえておられるようです……この胸にかけておられる、宝石をちりばめた、金の首飾りは、幸福のシンボルである、スカラベという虫を形取ったものであります」

「スカラベ……これは、石棺のうえにも、刻んでありましたな」

宇津木氏が、柩のかたわらに跼いて、こう興奮して尋ねる。

「珍重された、聖なる昆虫です……さきほどの、ケペラの祖神の、使いとも考察されている。幸福を導く……幸福なスカラベに導びかれる……そんな信仰なのでしょうな。どうです！　このスカラベに導かれて、永遠の眠りに、おつきになっている、お顔の安らかさは……」

王妃の遺骸に礼を尽す態度をみせながら、都城康隆博士の、敬虔な言葉がつづいてゆく。

——と、その中途で、あたりの人垣を押しのけ、柩のまえに進みよって、

「さ、よく、気を落着けて、確かめてくれたまえ!……どうだい、本当にこれは、王妃だろうかッ」

と意外なことを、言い聞かせながら、一人の年若い女性を、引きたててきた男があった。

来栖谷一平探偵と、アオイ・ファッションクラブのモデル、ヘンリー・与志子だった。

与志子の、不気味そうな顔が、たちまち恐怖にひきつ

り、こう戦慄の叫びをあげた。

「ま、まちがいなく、君橋すみ子さんだわッ！ ……ど、どうして、すみ子さん！ こんなことに、おなりになったのよッ」

親しい仲だったらしい。ミイラの頬に手をあてて、その場に泣崩れた。

「よおし覚えていろ！ 蛭峰幽四郎めッ……よくもこんな、悪魔の弄びを、試しやがったなッ」

呆然と佇むばかりの、都城博士や立合いの人々をまえに、来栖谷一平探偵は悔し気に呻いて、その美しき犠牲者の復讐を誓うのだった。


博物館の考古学資料室は、名状し難い混乱のうちに、ざわめきたっていった。

エジプトからはるばるこの日本に、海路運ばれてきた世界の秘宝、ゼール王妃のミイラが、ファッションモデルの君橋すみ子の屍体と、すり替えられていたのだ！

何という、怪事であろう。

そして何という、妖怪蛭峰幽四郎博士の、戦慄すべき魔力の冴えであろう。

つい先日まで、美しい容姿を花のように、ステイジに咲かせていた高名な君橋すみ子が、いまは生けるが如き、ミイラと化しているではないか。

「な、なんですとッ……このミイラは、偽物ですって！」

N大学考古学教授の、都城康隆博士は、こう耳を疑る想いに憑かれて、来栖谷一平私立探偵をのぞき込むようにした。

「残念ながら、取りかえられています！ ……このミイラは、古代エジプトの王妃のものでなく、殺された君橋すみ子に違いありません」

「……と、言われますと」

「このあいだファッションモデルの、君橋すみ子君は、所属しているアオイ・クラブ主催の……発表会のステイジで、何者かに矢でうち殺されました……いや、蛭峰博士の、手下の仕業に相違ありませんが」

「そ、そして」

「屍体はその場から、まるでショーの演出ででもあるように、黒衣の怪漢に運び……いや、盗み去られてしまいました……」

「……そして、ミイラを造って、王妃のものと、すり替るためですなッ」

まだ都城博士は、いかにも学者らしく、ああも世間を騒がせている——一流モデルの失踪事件を、知らなかったらしい。

来栖谷の説明に、はじめてそうと知って、驚きの瞳を見はるばかりとなった。

スカラべを刻んだ、柩のふちに手をついて、唖然とした表情で、優美なミイラの顔を見詰めつづける。

そして都城博士は、

「信じられぬほどだ！　わたしがカイロで点検した、封印もそのままにみえる……王棺なのに」

と呻いた。

古代エジプトの、幸福のシンボルであったスカラべ虫が、ミイラの首飾りにまで、金で形取られて連なっている。

博士はその、ちりばめた宝石に煌めく首飾りを、静かに一礼してから、外しはじめた。

さらにミイラを、綿密に調査するためだ。

乾いて硬化した、見た目には生命が宿る者のようになまなましい肌を、肢体の各部にわたって、触れながら確かめてゆく。

しまいには助手の技官に、ミイラの皮膚を一部分剝離させて、別室で電子顕微鏡にまでかけて調べを進めさせる。

「ふむ、そおか……完全にミイラ化されて、いるというのだな……ではカーボン14テストをやって、測定してみてくれ」

博士はさらに、他の技官に命じて、とくに皮膚や睫につかわれている、昆虫の足などに対する、カーボン14テストを加えてみることにした。

この測定は、有機体は生命のあるうちは、大気中から炭素をとっているが、死滅すると摂取しなくなることから、もとのカーボン14の保有量が次第にへってゆく——その量を測定して、死滅したのち何千、何百年ほど経過しているかをつきとめる、最も新しい年代測定の方法なのだ。

全員が固唾をのんで、報告を待つうちに、技官は研究室から、白衣の姿をあわただしくみせて現われてきた。

その表情が、極度の緊張に、蒼ざめてみえる。なにかただごとで、ない様子ではないか。

「ど、どうだった！」

「……まったく、年月がたっていません……真新しい、同量の反応しか、感じられませんので」

「そ、そうか！　やっぱりこれは、造られたばかりのミイラだッ。来栖谷さん……さっきの娘さんに、会わせてください。このミイラにされた方の、お友達のようでしたね！」

都城康隆博士が、うろたえながら、こう探偵に声をかけた。

ついさきほど、一平が連れてきて、ミイラが変り果てた君橋すみ子であることを首実検させ、確認したうら若い女性があったことを、思い出したからである。

「そうです！……この人と同じアオイ・ファッションクラブにいて、とても親しい仲だった、ヘンリー・与志子さんです……おや、どこへ行ったかな。きっと廊下あたりで、まだ泣いてるんじゃないかな」

きょろきょろと与志子を探したが、あたりには見当らない。といって、いくら気が転倒しても、断わりも無く、帰宅してしまう人にも思えぬ。

廊下まで出てみると、はや窓の外は、黄昏れ時を過ぎて、宵の闇に包まれはじめていた。

来栖谷探偵は、不吉なものを覚えた。

都城博士に向かい、

「まさかまた、攫われたのでは……ないでしょうな」

と訊ねた。

厳重な柩の梱包をとき、さらに王棺の解体に手間どったりした上に――この騒ぎが勃発したりして、こんな時刻を迎えてしまったのである。

この探偵の勘は、的中した！

「おや、あそこに……女の人が、休んでいますよ」

博物館の警備員が、あたりを見廻ってから、仄暗い庭先をさし示して告げるところに、ベンチに身を崩している、与志子の洋服姿が目に入ったのである。

「……気分が、悪いのですか……」

と宥め声に、肩に手を当ててから、来栖谷ははっとして、思わず後ずさりせずには、いられなかった。

ヘンリー・与志子の、長身な均勢のとれた肢体が、なんの抵抗もなく、ベンチの上から棒倒しにたおれたのだ。

まるでマネキン人形でも、横倒しに、転がした感じである。空を摑んだ指先が、ただならぬ印象を、覚えさせた。顔はまるで、いまにも恐怖の悲鳴をたてそうに、ぽっかりと口を、ひらいたままだ。

瞬（まばたき）さえしない。

視線が空ろに、月もない曇天の夜空を、見詰めたままである。

「あッ！　死んでいるッ……殺されているぞ」

抱えあげようとする与志子の体は、もう屍硬がまわりはじめて、鉛のように重く、そして冷たかった。

いつもは見学者の、急病人などを休ませるという、博物館の宿直室へ、運び込まれた。

ミイラの変事について、連絡をうけた監察医務院からの係官が、すぐ検死に、とりかかって、

「こいつは妙な、傷口ですなあ！　ほう、まるで毒蛇にでも、嚙まれた跡のようだッ」

と装いをとった、半裸の被害者の体をしらべて、驚きの声をあげる。

喉元と胸の乳房のなかほどに、小さな紫斑となった腫れが、浮かんでみえる。凶器でつけられた致命傷とは、まったく思えないというのだ。

「毒物を、注射されたようです……といって、針跡にしては、肉をえぐられている。なにか動物の牙に、かけられたみたいですな」

どうにも判断を下しかねる、傷であるらしい。

説明しながら、不審気な表情をみせる。

来栖谷一平私立探偵は、顔見知りの本庁からの係員に、こう呟いて腕組するのだった。

「……どうです。ヒドいことを、するものですねッ……また蛭峰の奴が、なにか飛んでもない実験を、始めたんじゃありませんか！」

仮面の吸血鬼

はやくも来栖谷が、考えたとおりに——二、三日もたたぬ夜から、また新たな怪事件が、つぎつぎに起こりはじめた。

きまって夜陰の訪れとともに、大東京の処々で、ヘンリー・与志子につづく犠牲者が、謎の死を遂げてゆくのである。

「どれもこれも、同じあの傷跡をのこしているんだ！……ゆうべをいれて、もう四人も、やられている……もっともそのうちの一人は、未遂だったがね」

これも商売柄昵懇の仲である、毎朝新聞の社会部記者をしている田中和彦から、いま記者クラブにいるという、電話がかかってきた。

もちろんこう伝えながら、こちらの情報も、探る下心からだろう。

お互にためにならぬ、相手ではない。

「なに、未遂だって！　そりゃあ、いつだ」

「いやだなあ……本当にあんた、知らないのかね。もっともまだ、記事にはなってないけど……ゆうべまえに、蛭峰がマグロの首を盗みやがった処の……すぐそばの国電のガードのへんで、バー帰りの女の子が襲われたのさ」

若いくせに言葉つきは、ぶっきらぼうだ。

これも商売のせいだろうが、口にも似合わぬ、お人好しなところもある。

一平がまだ知らぬと聞くと、田中は昨夜あったというその事件について、体がいくつあっても忙がしいほどの勤務の身だろうに、電話ながら叮寧に話してくれはじめた。

「まだ終電車に間があって……人通りがあったもので、助かったんだね。もっともあのあたりは、街なかだのに暗がりだから、はっきりしないところが、あるんだけど」

「女は、怪我したのかい！」

「いいや、すんでのところで、カスリ傷ひとつ……してやしない。もっとも恐ろしさで、頭にきてるけども」

「相手は、どんな奴だッ」

「どんな奴って、おかしな男だよ……こいつは四、五人以上も、通りがかった連中で、見た者がだいぶいるんだ……まあ電話じゃ、ながくなるな。よかったら案内して、被害者にも会わしてあげるよ」

来栖谷はその場で、ぜひ頼む、と田中にいって、コートをひっかけて、探偵事務所から廊下へでた。

銀座五丁目裏のこのビルからは、さしてその現場は、遠いところではない。ちょうど本庁の記者クラブから、田中がくる間ぐらいとみて、歩いてゆくことにした。

もと土橋などがあって、いまは高速度道路のために埋立てられた溝河ぞいの路をゆき、国電が頭上を通過する。高架線下のガードをくぐりはじめた。

ここが電話できいた、現場である。

来てみてそこが、夜はまるでトンネルをゆくように、寂れた暗い場所であることを、一平は思い出した。

繁華街のネオンが、たかい崖のような高架線にさえぎられ、おまけにあたりは、商店街を外れている。商事会社などのビルしか無いから、夜は窓を洩れる燈火も、照らさぬわけだ。

ソフトを横かぶりにのせ、グレイのトレンチコートを、

肩にひっかけた田中が、

「やあ、お待ちどお」

と声をかけて、放送局のほうの道から、歩いてきて出会った。

「このガードをね、資生堂裏のバーをおえて、烏森のお好み焼屋で待ってる女友達を誘ってから、終電車で帰ろうとして、近道してゆくところだったそうだ……」

「その、襲われたという、女の子がね」

「うん。すると、そこの荷車のところに、おかしな男が、いるのに気付いたそうでね」

またおかしな男を、連発する。

黒い裾の長いマントのようなものを着て、体を包むみたいにして、うずくまっていたという。

黒い帽子まで、まぶかく被っていた。

荷車と田中がいったのは、甘酸(あまずっぱ)い匂いのする塵芥を、あふれるほどに積んだままの、区の清掃課の引車だった。

その車の陰にかくれるように、黒い影がコンクリートの壁にもたれていて、横を通り過ぎると――まるで壁から剝れ出るように、すっと立上がったというのだ。

あきらかに男は、尾行してくる。

はっ、として、足を速めた刹那！　なにかおおきな鳥に似たものが、バサッと羽撃(はばた)きながら、眼のまえを被ったのだ。

頰をかすめる、あおり風と、ギイーッという鳴声まで、瞬間に肌に感じた――と、ずしりと、重いものが、喉にからみついて、体をまえによろめかせた。腥い獣毛の触感やその体温まで、はっきりと知覚できる一瞬だった！

体の重心を失って、ガードの下の、濡れた路上に叩きつけられた。顔のうえに、いや頭いっぱいにピタリとへばりついて、呼吸もできぬように、きりきりと締めあげてくる。

息はまったくできない。

口も鼻も、ゴムを張られたように、とざされてゆく。窒息して、胸が裂けるばかりだ。

ぼーっと五体の感覚が、痺れてくる。

もがいてももがいても顔に吸着したまま、はらいのけることのできない、物凄い力だ。

叫び声ももれぬ！

暗い泥沼の底に、引きずり込まれるように、おちてゆく失神の寸前に、そのわけのわからぬ生物が、パッと離れた。

ばたばたと羽撃きながら、その黒い影はガードの闇の壁や天井を、あちこちと飛びかってから、月も星もない夜空のさなかへ、くぐり抜けて逃げ去っていった。

「ゴロゴロと、雷が鳴るような……地響までしたそうだよ……どうも話がとっぴょうしもないのさ。おれはきっと、恐ろしさに逆上して、おかしな男に襲われたのを……そんな風に勘違いしたように、思うんだがね」

「ふーん、すると、君がさっき言った……他の目撃者達は、その鳥みたいに飛ぶものを、見とどけていないのかい」

「誰もみてやしない……ガードに入ってゆくと、女をらんぼうに、投げ出して逃げてゆく男がいるのさ！　まるで人間の、あつかい方じゃない……見られたと気づくと、抱きかかえていたのを、棄てるみたいに、ほおり出したんだそうだ……」

通行人は、店帰りの若いバーテン達が、主だったという。

あまりに手荒い、女の扱いかたに、

「轢逃げしたのを……見にもどったんじゃねえかッ」

「野郎っ！　とっ摑まえろ」

と興奮して、大声によばわりながら、あとを追いかけたらしい。

男はヒラヒラとながいコートを、翻しながら、闇のビルの谷間を逃げ去ってゆく。

「女殺しっ！　まてえーッ」

酒のはいった、追跡してゆくバーテンたちの叫び声に、みるみるあとを追う通行人は、数をましていった。

パトロールしていた警官までが、

「そこのガードのとこで……女を襲った、痴漢らしいですよッ」

などと訴えられ、拳銃をおさえて、ともかくも逮捕しようと走った。しかし黒々とそびえる、とある商船会社のビルの裏手あたりで、杳としてその黒い人影は、闇のさなかへとかき消えてしまったのだった。

ともかくも、奇怪を極めた事件だ。

来栖谷私立探偵は、このゆうべの事件の取材にまわるという、毎朝新聞の田中和彦記者について、社旗をつけたセダンに同乗した。

田中が社の部長(デスク)である、古島明に電話して、ＯＫをとって車をまわさせたのだ。

「あんたが一緒だといったら……そいつはいける！　名探偵ト関係者ノインタアビュウ……てなカコミでゆこ

う、なんて、乗気になってね……こんどはお願いだ、薄謝もでるから、よろしく頼みますぜ」

こう和彦が、ニヤリと笑う。

車に乗ってきたスピグラを手にした写真部員が、もうまえの助手席から、一平のアップを撮影した。

まず地元署からいれたという、住所のメモをたよりに、参考人になった二、三の目撃者のヤサを、当ってゆくことにした。

外出していて、留守だったり、でたらめの住所だったりして、やっと汚い裏町のアパートで、バーテンの男を一人とらえた。

それさえも、二階の北向きの四畳半ほどの部屋で、シュミーズ一枚のパン助みたいな娘と、せんべい布団にもぐって寝ているところだった。

「へえー、写真ものるのかい……じゃ、おめえ、はやく顔を洗って、化粧しろよ」

「なに言ってんの……あたいは、ミソッカスに、きまってるじゃないの。だいたい新聞に、あんたととったら……ヤバイじゃないのさ」

こんな馬鹿気たことを言いあってから、バーテンは一平や和彦にむかい、

「貴方がたも、ぼくが察で言ったことを……変におもいますか。本当にぼくは、この目でみたんですからね」

と前置をつけて、つぎのような意外なことを、聞かせはじめるのだった。

「……ぼくは足が、速いからさ、あの黒マントの男に、もう少しのとこまで、追いついたんだよ……ぶっ魂消たねえ！　あの野郎が、ヒョイと逃げながら、振向いたのみたらよ……銀色みたいな、うす気味の悪い面を、被ってやがるじゃねえか」

「へえー、面をねえ！　くわしくそこを、話してくれ」

こいつはいける——と部長(デスク)なみに、田中がメモをとりながら、身を乗りだしてくる。

ほそい三日月のような口が、耳のあたりまで裂け、眼もうすくひらいた、冷笑しかける感じの一瞬の印象だったという。

バーテンはさも口惜しそうに、

「いくら刑事に、確かに見たといっても……月に照らされて、そう感じたんでしょう、なんて吐かしやがる……ねえ、ゆうべはあんな、曇った夜だったじゃ、ありませんか。おれは街燈の明りで、ちゃんとみてるんだからね」

「ふーん、面を被っている……なにかね、能面みたいな、芝居に使うような、面かね」

「顔がぜんぜん、うす気味が悪いさ……それに恰好が、普通のとはてんでちがう。ほら、うんと昔の、外国のサムライが、ながい槍や楯をかかえて、馬に乗って決闘なんかする絵があるでしょう。頭をつつむみたいに、すっぽり被っちゃって……ピカピカ光る金物で、できてますね。あんなふうに、耳から顎のしたのあたりまで、すっかり隠してしまう、型のやつなんですよ……おまけに手が、とても白くみえる。あれはきっと、白すぎるから、鞣皮（なめしがわ）かなんかの、手袋でもぴったりはめてたんだろう。そうとでも考えなかったら、まるっきり人間でなくて、ロボットか化物だものなあ」

中世のヨーロッパの騎士などが、身につけていた甲冑の兜のような、頭からかぶる面らしいのである。しかも顔は面になっていて、燻銀（いぶし）色に妖しく、闇に浮かんでみえたわけだ。

来栖谷は頷いてみせてから、田中にかわって、

「その面のどこかや、指の先なんかに、鋭い爪みたいなものは、みえませんでしたかね……つまりですね、このところ同じように、二、三人通り魔に会ったように殺されている被害者の屍体に……ぜんぶ牙のあとのような、おかしな深い傷があるのですよ」

と訊ねた。

「さあ別に、そんなことは、気づきませんでしたね」

監察医務院と、大学の法医学教室にわけて、行政解剖されたほかの犠牲者たちの、検死の結果はぜんぶ同じありさまを示していた。

ヘンリー・与志子と死因をともにして、窒息死に加えて、著しい体内の、血液の減量がみられるのである。

とくに悲惨をきわめたのは、なかに小学校六年生の、稚い少年まで、まじっていたことだ。

——あとは老婆と会社員の青年で、いずれも決って黄昏れ時を過ぎてから、鎌鼬（かまいたち）に襲われたように、暗い町中の路上に倒れていたものである。

目撃者がとれたのは、ゆうべのバー勤めの女性の場合が、はじめてだった。

そのバーテンの話が、このありさまである。

あらためて来栖谷は、田中和彦と顔を、見あわせるばかりだった。

雲を摑むような話だ。

一平はちょっと考えてから、

「ほかの被害者の家にも、当ってみないか……もっともゆうべの、危うく助かった、娘に会えれば一番いいが」

と田中に、小声で囁いてみた。

「ゆうべの女は、無理なんだよ……察が大切にしやがって、警察病院に閉込めたままなのさ。おれ達は完全に、ノーコメントをくらって、取材できねえのさ」

「そりゃそうだろ……君たちがあんまり、取締りの無能を、たたくからだぜ。どうだい。意地にも警察の、鼻をあかしてやったら」

「願うところさ！　じゃあ、そろそろ……よそへまわるとするか」

名探偵の誉れ高い来栖谷が、乗気になり出したとあれば、思う壺というの他ない。

和彦はもう腰をあげて、

「お邪魔さんでした……じゃ、落ちついた目撃者談……なんて、もち上げときますから、よろしくお願いしますよ」

と若いバーテンを煽ててから、勤務先のバーの名をメモしたりして、先に立ってアパートを出た。

「ま昼っ間から、女と寝やがって……いい身分だねえ。おれ達なんざあ、こんな事件があれば、女房子供も、三日とみられねえのに」

車にもどるとすぐ、田中はもう、こんな毒づいた冗談をいいはじめる。記事に向くから、と、二人は相談して、変死した子供の家を、訪れてみることにした。

だいぶ離れた、下町のF町外れである。

あたりは商店街の裏手で、こんもりと樹木の繁った神社に近い。

一戸建ちの簡素な住宅で、中学の国語の教員をしているという父親が、昨日葬儀をおえた面窶れのした顔で出てきて、叮寧に応答してくれた。

「この度はなんとも、お悔みの言葉もございません……じつはこの方が、高名な私立探偵の、来栖谷先生でいらっしゃいますので、なにかとご協力もおし上げられればと、ご同行をねがいました……なにか特に、お気づきのことは、ありませんか」

来栖谷があきれたほど、田中が態度を豹変させて、身分証明のパスをみせながら、こんな風に挨拶する。

相手によりけりらしい。

事件記者なんていうものは、いつかの事件のときなど――どうしても死亡した、被害者の写真が集まらず、モーニング姿で焼香にいって、家人のすきをみて、仏壇の写真をアラタめたほどだという。

父親は喜んで、謝意をのべた。

そして座敷にとおし、茶や菓子をすすめてから、話のすえに、どえらいことを口にしだしたのである。

きちんと膝にのせて、話をきく二人の拳が、みるみる汗ばんでゆくほどの、すごい情報だった。

まだ警察にも、訴えてないことだという。

「なにしろ子供たちの、言うことですから……本気になって、聞いてもいられませんが」

父親がこう断わってから、述べはじめた言葉が、意外である。

「……息子は近所の友達たちと、夕方になっても、野球をやっていたようです。そこの神社に、草っ原がありますもので、……そりゃあもう、毎日のように、野球でしてね……」

夜になってもなかなか帰宅せず、探しに出たときはや、冷たい軀(むくろ)と化して、枯草の夜露に濡れていたのだった。

それについて、やはり付近の、理髪店の幼稚園にいっている幼い子供が、

「兄ちゃんは、ボールなくして……みんなが帰ってからも、原っぱをさがしてたよ。そしたらね、まっ暗なそらを、黒いおおきなカラスが飛んできて……兄ちゃんを、転がしちゃった！　お化屋敷から飛びだしてきたんだ……」

と今朝会うと、まわらぬ口で、告げてきたというのである。

「ふむ！　黒いカラスですとッ……いったいその、お化屋敷というのは、どこにあります！」

「神社の境内の、その子供たちが野球をする、草っ原のすみです……このまえのお祭りのあと、お化けの見世物なんか、季節外れのためか、テントを張ったまんま……人も住まないで、ほったらかして、あるようですが」

「そこだッ……そこを根城にして、蛭峰がいやがるぞ！」

空前の特ダネをとらえ、田中和彦が、小躍りして叫んだ。

「えっ、どなたの……根城なので」

「坊ちゃんを、殺したりした、蛭峰幽四郎博士の一味が……かくれているかも知れない！　ほら、新聞でさわ

がれている、気違い博士のことを、ご存知でしょうが」

八幡の藪知らず

あたりは音もなく、しんと静まり返っている。

もうあらゆる生物が、安らかな眠りに陥いっている夜半の時刻だ。そうした太古のような静寂のうちで、今しも怪奇の人、蛭峰幽四郎博士が、まるで夜行動物でもあるかのように、妖異な研究に没頭しているところだった。

「……どうだね、江波君。飼育用の人体は、もう手に入ったかね」

「はい、勘助がうまく、連れてまいりました。先生がおっしゃられましたように……血液の条件を適合させます必要から、資料（マティリアルズ）第九号の、ファッションモデルの妹を、求めさせせまして……」

「色々とご苦労だな……まちがいなく、実の妹なことも、確かめたろうな」

江波貞雄助手の報告をうけて、蛭峰博士が、うれしそうに微笑してみせる。

――が、その笑いには、みる人の魂を凍えさすような、なにか妖気に満ちたものが漂よっていた。

白髪をゆらいで、また懸命に、メスを動かしはじめる。えたいの知れぬ肉塊の小片を、切りひらきながら、丹念に染色をくわえてゆく。

顕微鏡で複雑をきわめた生理の神秘を肉片の微細な組織のうえに、探究するのに、便利なためであろう。

日本の生理学会の権威を、世界的な高さにまでたかめた過去に輝く老碩学の、いまは狂いきった研究室の姿である。

学問のためには、人間の生命の貴さも、法律の存在をも忘却し果てた、狂気の信念にとり憑かれた所業の数々ではないか。

瞳の光りさえ、尋常ともおもえぬ。

ふと顔をあげて、また江波にむかい、

「死んでしまった……吸血蝙蝠（バンパイア）も、もってこさせたまえ。餌の血液型がちがって、死んだものか……誘導（インダクション）が悪い影響をあたえて死んだか、確かめてみたい」

と命じて、また視線をおとす。

江波が卓上のブザーをおし、なにか送話器に言うと、やがてドアーの外に、ざわざわと藪を掻きわける音がせまってきた。

化物屋敷——とあたりの子供達がよぶ、見世物小屋のなかの、枯れきった竹藪をぬけてくるのだ。

八幡の藪知らずを、テント小屋のなかにつくり、迷路を辿ってゆく見物客を、さまざまな化物や幽霊人形のしかけで、肝を潰させた名残りだ。

ドアーをノックして、入室の許可をもとめ、傴僂男の下男である鈴木勘助をさきに、あの獣人が、ウウーッ、ウ、ウーッと呻きながら、姿を現わしてくる。

肩に軽々と、気絶しているらしい少女を背負い、手には鶏ほどのおおきさの、不気味な吸血蝙蝠の死骸をぶらさげている。

長い黒い翼を、床にずるほど大きい。

南米アマゾン奥地の秘境で発見された、巨大な新種のバンパイアを捕獲したまま、ラテン・ケープタウン航空路の輸送機で、わざと熱帯をまわって北アフリカのアジスアベバに空輸させ——さらにアレキサンドリアで中継して、カイロからひそかに、ディストリアス号に運ばせたものだ。

ディストリアス号といえば、バレン石油会長の宇津木順治が、財力をかたむけてチャーターし、ゼール王妃の秘宝を、王柩もろともに輸送させたギリシャの貨物船である。

いまは長途の海路に疲れた、船腹の塗装に、いそがしいはずの船だ。

外国船員のうちの、おそらく高級幹部の何名かが、買収されていなければ、とうてい出来ぬ輸送ではある。

いやそれに驚く以前に、なにか国際的な、妖異な生理学術研究団の、鞏固な機構の協力のもとにおいてのみ——はじめて実現し得る、おおがらな研究の一端であることを、感じさせる。

ゼール王妃のミイラについての、研究資料なども、船が日本に到着するずっと以前から、蛭峰博士にはとっくに、届いているのかも知れない。

少女は獣人の肩から、ぐったりと四肢を、さげたままだ。

セーターの赤さが、いじらしく映る。

もう毎度のことで、慣れているものか、獣人が少女を、手術台のうえに横たえた。

そして白布を、胸のあたりまでかけてから、じっと失神したその表情に、見入っているのだった。

江波が怒ったように、はやく蝙蝠の死骸をよこせ！

と、手でせきたててみせる。

左手で翼を床にずったまま、ぶらさげた姿勢で、佇みつづけ、横たえた少女を見詰めているのだ。

それは原始人が、美しく咲く野草の花に、魂を奪われて見とれている——そんな感じだった。

あらたな犠牲者として、えらばれて攫われてきているのは、さきにミイラとされた、ファッションモデル君橋すみ子の妹、八重子だった。

八重子はいま、都内のある一流高校に進学したばかりの、少女である。

姉の君橋すみ子と二人姉妹で、山の手のS町にほど近い、高台の豪華な高級アパートに暮している。血縁にめぐまれぬすみ子は、妹の八重子を、すごく可愛いがっていた。

いまや収入は、莫大な額におよぶ。

惜みもなくそれを、八重子の世話にあてて、

「うちの妹は、とても頭がいいのよ！　大学までいって、教養のあるデザイナーに、なるんですって……将来はパリにも、ゆかせなくっちゃあ」

などと、いつも八重子の自慢ばかりしているのが、美談のひとつとして、よく婦人雑誌のゴシップにもでていたほどだ。

もちろん化粧など、まだしている年頃でもないが、やはり血筋は争えぬもので、花のように美しい少女である。

姉に似た、すらっと均整のとれたスタイル。愛くるしくて、スポーティなその性格や装いの趣味の良さから、もう彼女のいる大学の付属高校では、学友のあいだの、ヒロイン的存在におかれていた。

ファッションモデルの妹が、入学してきたことを、必ずしも初めは、喜ばなかった上流家庭の子弟のおおい一流校の学校当局も、いまではかえって、その人柄の良さを、父兄達に誉めそやすかにさえみえた。

その君橋八重子を、何故に蛭峰博士は、必要としたのであろうか！

「こら、どうしたッ」

と博士までが、獣人にむかって、窘めはじめる。が、その結果は、意外だった。
ウ、ウ、ウーッと呻き、露骨に反抗の色を、みせてくるのだ。まるでこの乙女だけは、いつもみたいに、バラバラに解剖したり、切裂いたりさせせぬぞ、と、逆らってみせる気配が読みとれた。
「ふ、ふふっ……こいつ、姉のほうをミイラ化した頃

から、どうも発情期に、はいっているらしい」

こう呟きながら、博士は江波助手にむかって——かまわぬから奪いとれ！　と、目配せしてみせた。

と、そうと知ってか、獣人が八重子をかばって、ウ、ウーッと呻きながら、まえに立ちはだかった。

「これ、どかぬかッ……研究の邪魔をすると、痛いめにあわすぞッ」

博士がこう怒って、かたわらのアルコールランプにマッチで火を点し、焔をたかめて振りかぶった。

獣人が火を恐れることを、承知のうえの仕種である。獣人は敵を攻撃するときに、いつもたてるあの嵐の音を真似た声を呻きながら、瞳を恐怖に光らせて、じりじりと後退りしてゆくのだった。


この騒ぎに、蛭峰博士たちは、とりまぎれて、とある身近の変事に、気付かぬままであった。

いまこの化物屋敷の、テントの一劃から、しずかに忍び込んでいる、人影の群れがあることを知らなかった。

来栖谷一平探偵と、毎朝新聞事件記者の田中和彦の訴えで、ひそかに内偵をすすめてきた、本庁と地元署からの撰抜きの刑事たちである。


とくに来栖谷と、田中も同行を許されていた。

一面の枯れた雑草を這ってきたので、肌にとおるほどに、夜露に濡れきっていた。テントのなかは、まさに化物屋敷の、一言に尽きる妖しさである。

破れた泥絵具の、地獄の責めをかいた看板が、夜風にひらひらと、ゆらいでいた。木戸口のあたりから、物凄いばかりの、竹藪の迷路つづきである。ひょいとひらいた、一坪ほどの空地に、レールがおかれていて、列車にひかれた老婆の、みるも無残な轢死体が転がっていたりする。それがロウ細工で、血の滴りまで生々しく、造られているのだ。かえって一つ目小僧や、亡霊の人形のほうが、恐ろしくも感じぬ。腐って肋骨をむきだした屍や、水が枯れきった沼に、腹をふくらませて、泥まみれに横たわっている土左衛門の姿など——リアルに生々しく、本物と容易には、区別がつかぬほどだ。もうだいぶ、時間が経過したはずだ。

刑事がひかえめに、懐中電燈を点滅しながら、いちいち杖にした棒切れで、人形を突いて確かめながら歩む。

「これじゃあ本物が、まじっていたって、わからん」

と、小声で囁きながら、進んでゆく。そしてさらに、何メートルか竹藪を掻きわけて進んでから、突然ウー、ウーと尾をひいて、鳴りはじめたブザーに、ギョッとして身を竦ませた！

「しまッた！　みつかったぞッ……」

誰かが足元の、警報器を、踏みつけてしまったらしい。

こうなっては、一刻の躊躇もならぬ。一斉に拳銃をサックから抜いて、身構えながら、足ばやに竹藪を掻きわける。

懐中電燈のライトも、もはや遠慮して、使っている事態ではない！

ちらちらと何本もの光芒が藪のさなかを、交叉しはじめた。

と、その時だった。

「ああッ！　こ、この野郎ッ」

とわめく警官の恐怖の叫びが、すぐ身近の、竹藪の向かいでおこった。

「な、なんだ……」

と竹垣をガサゴソと突破って、駈けよった同僚たちが、おもわずその場に、瞳をみひらいて、悪夢に憑かれたように、立竦んでしまった。
七、八坪ほどの、草っ原に空けられた敷地のうえを、制服の警官がのたうち、転げまわって身悶えしているのだ。
ライトをむけると、燐光のような、蒼白い小さな瞳が光って、パッと警官の頭のあたりから、翼をはばたかせて離れた。

チイ、チイと鳴きながら、その巨大な鳥に似た黒い影は、何匹ともなく、身ぜまなテントの小屋のなかを、襲いかかろうと狙いながら、頭上を飛びかうのだった。

顔にふれるほどに、かすめてゆく。

そのごとに冷たい風が、さっと頬を、撫でてゆくのだ。

「血を吸う蝙蝠だッ……あぶない、明りで照らして、追っぱらわぬと嚙まれる！」

来栖谷がこう叫んで、ライトをむけて、攻撃を避けさせた。
ダ、ダーン！　ダ、ダーン！　と、テントのなかに反響して、吸血蝙蝠を射殺する銃声が、何発かつづいた。
翼を射ぬかれた奴が、チイ、チイと鼠のように鳴叫びながら、空地の枯草のうえを、よろけながら、這いまわったりする。

それを靴で、踏みにじりながら、ふとライトをむけてみて、瞳を疑るおもいがした。

かたわらの竹藪のなかに、白木の十字架をたてて、全裸の女性がくくりつけられていたのだ。

近くもあり、またそのバラ色に輝く肌の色や、ふさふさと垂れた髪のさまから、これは人形ではない！　と直感したのである。

襲いかかる吸血蝙蝠をさけながら、一平ははしり寄って、その裸身に触れてみた。

まだ熟しきっていぬ、少女である。

あたたかい下腹部の触感に、まだ生きている、娘であることがわかった。

「こんなところに……どうしてゆわかれているんだ！　さては、蝙蝠の、餌食にして血を、吸わすためだなッ」

驚いた刑事たちが、駆けよって力をあわせ、十字架を地から、引っこ抜いて倒した。

鋼鉄のワイヤーで、肉にくい入るほどに、手足をゆわかれて、血さえにじんでいる。

来栖谷はその全裸の娘が、君橋八重子とも知らぬままに、胸に抱きかかえた。

かぐわしい乙女の、やわらかい体臭が、一平の鼻にかおった。

「おおっ！　火事だっ……奴達が火を、つけやがったぞッ」

たしかにきな臭い匂いが、あたりを漂よいはじめ、竹藪のなかに、ぱっと紅蓮の焔があがった。

パチパチと枯れた笹をなめ、草木を爆ぜさせながら、火の粉が舞いはじめる。

その火にたけり狂って、吸血蝙蝠は、地獄の使者のように鳴叫びながら、襲いかかってくる。

「だめだ……退避しろ」

誰かがわめいて、テントから一斉に、逃れ出る姿勢になった。来栖谷も少女を背負ったまま、頬をこがすほどの煙にむせびながら、この焦炎地獄のさなかを、退路を求めて彷徨いはじめるのだった。

新らたなる怪賊

すぐには信じられないような、社会部記者からの、連絡だった。

「なにっ、また大事件だとッ！　殺しがあったってッ……被害者（ガイシャ）は内原重工業の、内原浩次郎社長、……場所は銀座七丁目、資生堂まえの、路上の乗用車のなかでッ」

受話器をとりながら、右手で鉛筆をはしらせてメモしてゆく、毎朝新聞の部長（デスク）、古島明の顔が――みるみる頬を硬張らせて、緊張していった。そしておわりに、

「……よしっ、がんばッてくれ、田中君！　おれもゆけたら、すぐ行くからなッ」

と怒鳴って、ガチャリと通話を切った。

まわりから、部長の剣幕をみて、

「なんです、古島さん！」

「まさかまた、蛭峰博士じゃ、ないでしょうねッ」

などと、声がかかる。古島はドンと、机をたたいて、どえらい蛮声を張りあげ、部内をひびかせて答えた。

「よく聞け、他の記事は、極力おさえろ！　新らしい怪賊が、予告殺人をやりやがッたぜッ……被害者は、東京ロイヤルクラブ副会長の、内原だとさ！　はやく自宅に、手をまわしてみろ……」

さっと電気に打たれたような、緊迫した空気がながれる。

こいつはいける！　いや、いけるどころか、どえらい大事件だ。

たちまち蜂の巣を、突いたような騒ぎになる。三、四段記事をぶっとばさねば、間にあいそうもない。

みんなそう直感して、顔色をかえた。

「ふーん、こりゃあ、一体ぜんたい、何の必要があって……こう派手に、殺りやがるんだッ」

部長の命をうけ、地元署の記者クラブから、現場にいそいだ田中和彦は、こう呻いて立ちすくむばかりだった。

乗用車はリンカーンの高級車で、ピタリと歩道にそって、駐車している。被害者はその豪華なクッションのうえに、身をうずめるようにして、坐ったままの屍体となっていた。

まるで転寝（うたたね）の、姿だ。

渋いウーステッドの背広の、胸の白ワイシャツを血に染めて、鋭い兇器が、突きささっている。

鑑識課員が、それを改めながら、

「こんなもので、殺ってやがるッ」

と驚いたように、言った。

「どれ、みせて下さい」

「触っちゃいかん……君たちは、無茶だぞッ」

少しぐらい怒られたって、蛙に雨垂れだ。

他の社の奴をおしのけ、兇器をたしかめて、この時になってドキリとした。

金色に光る、細身のナイフだった。

いかにも鋭そうな、七、八センチの刃物である。が、田中が驚いたのは、その柄の部分だった。

キラキラとゴールドに煌く、毒蛇の王キングコブラの頭を象ってあるではないか。

その毒蛇の腹が、刃になる恰好だ。

敵を威嚇するために、もたげたその頭に、はっきりと「.j」の字が、刻まれてみえる。

ジョニーを示す「.j」の頭文字だ！

なんという、不敵な挑戦であろう。

このところ四、五日まえから、和彦たちは記者クラブで、各社の連中とこのジョニーという不可解な人物について、しばしば話題を、かわしていたところだった。

有力紙の社会部長宛に、今日の日時を予言して、しかも銀座のど真中で、殺人をおこなうと——通告してきた名だった。

あまりにやることが、度外れしている。

「ふざけた投書を、しやがるものだ……なに、ほかの社にも、きてるって。つぶれかかった、銀座のどっかの商店が、罰金ぐらい覚悟のうえで、ひと宣伝、ぶつんじゃねえか」

部長の古島も、こう笑って、ボツにしちまった印刷物だったのである。

それもまるで、バーやキャバレーの、クリスマスカードみたいに、金粉をちらして、ふちにとぐろを巻いた、コブラがあしらってあった。

文章はタイプした英文で、「東京ジョニー」と、きれいなサインで、おわっていた。

「古島さん、こいつはきっと、そういう名のキャバレーでも、開店するんでしょう……悪質さを、逆にたたいたらどうです」

という田中に、

「ばか言うな、記事に一行でもだせば……相手のおもう壺さ」

と部長は、苦笑していた。

地元署に特設された捜査本部は、ものすごいばかりの、混乱ぶりである。

財界にも顔のうれた、内原重工業社長の怪死とあっては、マスコミが狂乱するのも、無理からぬことだ。

和彦は紳士録に眼をとおして、内原家には娘があり、その麗子が——和彦の妹と、同級生であったことを突きとめた。

「たのむから、内原さんに電話でもかけて、おれに特別に、会ってくれるように……頼んでくれよ」

「いやねえ、兄さん……お友達だけど、卒業してから、ずっと会ってないの。こんなことで、お兄さん紹介するの、気がひけるなあ」

「このたびは……って、お悔みかたがた、うまくやるのさ」

「ヒドいひとッ……兄さん」

「これも出世のため……おれの出世は、ひいては、親孝行だぜ」

妹を口説きおとして、やっと内原家に、乗込むことができた——とてもチャーミングなひとよ。ノボセちゃ駄目だわ——と、妹が、でかける時注意しただけあって、素晴しく、女優みたいな、令嬢だった。

応接間にでてきた麗子は、旧友の兄として、このさわぎのなかで、とくに田中だけには、打ちとけた相談さえしてきた。

「どうしたら、いいのかしら……父はだいぶまえから、何か脅えきって、いるようでしたの。わたしたちにまで……とうぶんは外出したり、せんほうがいいぞ！　ある奴が、わしを怨んで、狙っとるらしいからな……なんて、心配そうに、言ったりしていましたわッ」

「そうですかッ……で、その怨んでいる、という人物について、心当りは、ありませんか」

「ございません。父は決して、人に怨まれるような、ひとではありませんでしたもの」

麗子はあふれる涙を、ぬぐって言った。

そして父が、あんなに案じていたことだからと、和彦に向かって、

「どなたか、わたくしどもの家に、お力添えねがえるような方は、ないでしょうか……女ばかりで、どうしてよいか、分らないのですもの」

と、恐怖に戦く内原家を代表して、頼りになる人物の斡旋を、ねがうのだった。

煙草をふかしながら、田中和彦が、

「どうだい。やりがいのある、アルバイトだろう……そのかわりリベートに、特ダネのニュースをよこせよ」

と笑いながら言うのに、来栖谷一平もにやりとして、

「君にはそりゃ、感謝しとるさ。あんなシャンぞろいの家に、紹介されるなんて、有難い話だ。だがね、おれも内原家に雇用された以上はさ……ご主人は麗子さんだ、

むざむざ君の言うなりには、男を売らんねえ」

「あれっ、契約違反だぞッ……仲介者がコミッションをとれるのは、商法にも、定まっとるだろうが」

「だめだね……ただし君が、これをいいことにして、何とでも便乗して取材することは自由だがね」

「モメんように、ここいらで止めとこ。ただし注意しとくが……取材とともに、恋愛も自由だろうな」

二人は顔をあわせて、大声に笑った。

来栖谷の私立探偵事務所だった。

先日麗子にたのまれた協力者として、すでに田中が推薦して、内原家に出入りしている。

えらく頼もしがられている様子だ。

妹までが、

「お兄さんの紹介したひと、イカすんですってねえ……内原さんがお礼いってたわ、あたしにも会わせて」

なんて、ねだられている。

うまい奴を、スカウトしたものだと、知人としても和彦は、誇らしい気持だった。

来栖谷一平の事務所は、銀座六丁目で、資生堂まえの現場には近い。それだけに一平も、この事件には関心が強く、張切って田中の、話に乗ってきたのである。


「先生っ、お電話です」

と秘書の女の子が、来栖谷をまねいて、受話器をわたしてきた。

「はい、わたしが、来栖谷です……え、内原さんの、お知りあいの方、それで……はあ、こちらに、おみえになるのですね。これから……じゃあ、お待ちしてます」

こう答えながら、一平が緊張しているのが、よくわかった。通話をおえてから、和彦にむかって、

「このぐらいなら、漏らしてやろう。ただし当分は、記事止めだぜ」

とウインクしてみせる。

客にくるのは、小酒井武という、未知の人間だそうだ。殺された内原浩次郎の知りあいという。ぜひ内密にお会いして、お話しせねばならぬ事がある――重大な問題なので、来栖谷私立探偵が内原家に協力することになったときき、そっと打明けたい――という、電話の内容だったらしい。

「こりゃあ面白くなったぞ……東京ジョニーってえ、得体の知れない犯人への、カギになりそうだな」

一平は、秘書にいって、すぐ来るという、客を迎えるために、部屋を片附けさせはじめた。

和彦はいま一度、客の名を訊ねて、

「まてよ、小酒井、武ってえのは……あれ、大物だぜ！　東欧セメントの、会長じゃないか……ふーん、本人から直接、電話があったんだね」

と驚き声にいう。

これまた財界人として、著名な人物だ。それが代理の秘書などを通じずに、電話口にでて約束するなどは、よくよくのことだろう。

二人は武者震いして、二階の窓辺によって、まえの路上を見ながら待ちはじめた。

さすがは銀座界隈、通行人の服装からしてちがう。この日中から、腕をくんだアベックや厚化粧の有閑マダムが、裏通りの舗装道路(ペエブメント)を、そぞろ歩きしている。

やがて窓から見下せるビルのまえに、黒塗りのキャデラックが、するすると滑り込んで止まった。

「あれだろう……すげえ車だなあ」

と囁きあいながら、いまにも運転手がおりてきて、脱帽してドアーをあけ、迎えだすとおもわれる小酒井の姿を、まって見ていた。

――なかなか降りてくる、気配がない。

と、意外にも、向かいの車道側の運転台のドアーをあけて、がっしりとした恰幅の男が、車道を横切って、あちらの歩道へと渡っていった。

ミルキーハットみたいな、麦藁帽をかぶり、濃いサングラスをした口髭の外人だった。

――人違いだな――

そう気をゆるめたとき、その外人が、あちらのビルの角に立ちどまって、ゆっくりとこちらへ、腕をのばした。

「あっ！　へんだぞッ」

来栖谷が和彦を、つき飛ばした。

その刹那だった――二人の覗いていた、鼻っ先の厚い窓ガラスが、ピシッ！　と鋭く鳴って、ヒビをはしらせ、銃弾のあとがあいた！

「撃ちやがった！　あぶねえ」

床に伏した一平が、こうわめいて、和彦の肩をおさえた。

ピシッ！　といま一弾、ガラスの破片と、天井の壁の剝れが、部屋に散った。

気丈夫な来栖谷が、頭をもたげて、表の賊をうかがう。

「ああっ、逃げやがる、あの車だっ」

怪しい外人は、狙撃したビルの角で、交叉する十字路にとまっていた小型の外車に、ひらりと乗って、クルリとターンし、たちまち消え去ってしまった。

まさに一瞬の、事件だった。

通行人のほとんどまでが、まだ気附かぬほどの、素早さである。

「消音拳銃を、使いやがったなッ……田中君、おりてみよう」

二人はキャデラックの、ドアーに手をかけた。鍵がかかっていて、あかない。やむなく怪人がおりた、車道側の運転台のドアにまわって、中をのぞいた。

「おッ！　殺られてるッ」

と異口同音に叫んだ。

カーテンをおろした、ひろい車内に、運転手と小酒井氏とおもわれる老紳士が、血にそまって、虚空をかいていたのだ。

いずれも胸に、あの金のコブラ蛇のナイフが、柄元まで突刺って、不気味な鎌首をもたげ、口をひらいて、ジッと見詰めている。

あいつぐ東京ジョニーの殺戮は、なにを目的として、つづくというのか。

深夜の観光客

東欧セメント会長、小酒井武氏が、殺された日から、三日たった夜更けだった。

来栖谷一平私立探偵は、ぐっすり寝入っているところを、田中の電話のベルで、起されてしまった。

「おい来栖谷君かっ……いま記者クラブに、へんてこな事件が、はいったんだ！　どうも東京ジョニー臭い、すぐいってみないか」

という、呼出しの電話だ。

あれから和彦は——本社社会部記者、ジョニーに狙撃さる。初の目撃者、賊は外人の模様——などと、でかでかと毎朝の記事にあつかわれて、時の人に祭られた感じだ。

部長の古島から激励され、いわば東京ジョニー担当の、専従記者にたてられてしまったのだ。

その当人から、こう連絡されて、一平は周章てて、顔を洗い、服を身につけた。

毎朝新聞の社旗をつけた車で、田中が迎えにくるまでは、さして時間は、要しなかった。

和彦はスピードをあげる、車のシートで、

「おかしな場所なんだ、東京港の外れの草っ原だとさ」

と来栖谷に教える。

「ほう、そんなとこで、誰が殺られたのか」

「いいや違うんだ……けったいな観光客が、団体バスで、おしかけたとさ」

「何を、見にきたんだ」

「それがねえ、とっぴょうしもなく、変ってるのさ……まあ取材の邪魔をせずに、かってに見学してくれ」

一本仇を、討たれた感じだ。

そうするうちにも、車は人影も疎らな、暗い都内を疾走して、冷やかな潮風がふきつける東京港外れへでた。

倉庫や冷凍工場の、巨大な窓のない建物がつづき、黒い海原のうねる岸壁をぬけて、ややすすむと——前方にランプの光芒が、まるく振られて、停車を求められた。

臨検のために、警官が立っていたのだ。

和彦がパスをみせると、現場にゆくことは許されたが、車からは降された。

みれば闇のなかに、何台もの新聞社の車やオートバイが、駐車している。

「いけねえ……だいぶ、タカってやがるッ」

舌打ちして田中は、急ぎ足になった。

「煙草はあぶないから、吸わんでください」

と巡査が、注意している。

がやがやと黒い人影が、懐中電燈のライトが、ちらちらとさす枯れた草っ原に、蠢いている。

そしてなかの二人の男を、中心に取囲んで、とやかくと質問していた。

一人は捜査に当っている刑事らしく、いま一人は膝のすれ切れた労働服を着た、無精髭をはやした背の低い男だった。

興奮して、おおきな身振りで、目撃した光景を説明している。

「……そりゃあいい身形(みなり)の、金持らしい、連中ばかりでしたね。あれじゃあ社長や、重役さんばかりだろう……へえ、毛唐も、何人かいやしたねえ。女のすげえ別嬪の、外人が案内役でさあ……ペラペラあいそよく言いやすと、通訳の野郎もいて、旦那がたに聞かせてやしたよ」

目撃者のこの男は、沖仲仕の、人夫だという。

亀井戸の宿(ドヤ)街から、いわゆる立ちん坊しては早朝のトラックにひろわれ、臨時の日雇い人夫として、ここの船荷を運びに、かよっているのだ。

　それが一パイ飲んでしまって、電車賃まですってしまい、どうせ夜が明ければ、ここにくるのだからと、菰をひろって、潮風に凍えながら転寝していたらしい。

　そこに真夜中に、とつぜんライトを消した団体バスが入ってきて、ダ、ダ、ダダッ！　とこともあろうに、小型の機関銃をつるべ撃ちはじめたのだから、肝を潰して、土管のなかへ、潜り込んでしまったのだ。

　並んだ空地のすみのドラム缶に、蜂の巣みたいに弾丸をあびせかけた。

　あたりをガソリンの海にしてしまった。

　——さっき巡査が、煙草を注意したのは、そのためという。

「それからですよ、夜中だのに黒眼鏡をかけた、親分らしい毛唐が……ドウゾ、ミナサン、ドウゾなんて、舌のまわらねえ日本語でぬかして、バスから何挺も小さな機関銃はこばせて、撃ってみろと、旦那さん方にすすめるんでさあ」

　頭を振って遠慮する者が、ほとんどだった。しまいにまだ二十七、八の若い紳士が進みでて、教えられながら、試射したという。

「……ところがでさあ、ありゃあよッぽど、ガクンと、くるんですねえ……ダ、ダッ！　と腰にあてて、二、三発もぶっ放したら、すっ転がっちまいやしたよ」

　人夫はこういって、おどけた転ぶ真似を、演じてみせるのだった。

　そして言い加えて、

「そうしやしたら、別嬪の毛唐の女が……オオ、ナイス、ボーイさん……って、あっしでもわかる英語でいって、抱きあげて、チュッとキスしやしたぜ」

と皆にきかせる。

　来栖谷も田中も、狐につままれた心地だ。

　さてもおかしな、話である。

　懐中電燈をかりて、照らしてみると、なるほどビシャビシャに、ガソリンが叢を濡らしており、どのドラム缶も、漏斗みたいに、無数の穴だらけである。

　出向いていた本庁の銃器係が、

「22口径と、25口径の機関銃（マシン・ガン）ですな……えらいものが、入ってきたものだ」

と、渋い顔をみせた。

　口径はそう大きくないながら、重なったドラム缶を、かるくぶち抜く、どえらい威力である。

一平はそこ彼処（かしこ）と、草っ原を見まわすうちに、ふと屈んで、素早くなにか拾った。

気附かれぬかと、あたりを窺う。

さいわい誰も知らない。

しかし、その動作をみたのは、和彦ただ一人だった。

声をひそめて、

「玉かい。ヒカリ物にしちゃあ……小さくて、値にならんだろ」

とふざけた。

「シッ……面白いものを、見つけた！　黙ってろ、役にたつかもしれん」

こう来栖谷は声を制し、また沖仲仕のほうに近づいてゆき、

「その若いひとが、銃の反動で転んだのは、どこらへんでです」

と訊ねた。

この結果が、とても愉快なことになった。

「……へい、そのことですよ……おやっ、これは、あっ……失礼しました」

「どうしたんです。驚いて」

「いや、そうおっしゃる旦那が……とても顔の恰好や体つきが、機関銃を射った若いお方に、似てらしたものでねえ」

「いやだなあ……ぼくじゃないよ」

一平が、こう笑いながらも、キッと緊張したのが、和彦にはよくわかった。人夫が指差したあたりは、丁度いま何か来栖谷私立探偵が、拾いあげた場所の近くだった。

「今夜はぼくのほうで、招待するよ……もちろん誰にも、口を割らんできたまえ。夜中の午前一時だ。場所はぼくの、事務所でないといかん」

また二、三日たった昼のうちに、こんどは来栖谷私立探偵のほうから、詰めていた本庁の記者クラブに、電話があった。

田中がいくら理由を訊ねても、

「まあ、きての、お楽しみさ。もしかすると、これが君との永遠のお別れに……なるかもしれんぜ」

などと、意味深長な口振りをして、とぼけるばかりである。

これには和彦も、焦り気味となった。しかも来栖谷は、どういうわけか、

「雷が鳴るような晩になったら諦めてくれな……うまく計画通りに、ゆかんかも知れんから」

と、謎めいたことさえ言う。

約束した夜半に、和彦は、メータクの運ちゃん相手の、終夜営業の食堂で肉ウドンを平らげ、来栖谷の探偵事務所へ、裏口の守衛室からあがっていった。

ちゃんと明りが、点っている。

先日ジョニーに、白昼狙撃されたガラス窓も、もう張りかえられて、綺麗にみがかれている。

来栖谷探偵の秘書の女の子が、居残っていて、夜食のサンドイッチを、パクついていた。

「田中さん……召しあがりません。先生がさし上げろと、仰言っておられました」

テーブルのうえの、皿に盛ったのを勧める。

「こんなら肉ウドンなんか、ガッついて、くるんじゃなかった」

魔法瓶に、熱い茶まで用意してある。

いたれり尽せりのサービスぶりに、和彦は秘書にむかって、

「まるでお芝居にでも、招待されたようですね……で、来栖谷さんは、もう来るんですか」

と訊ねた。

「いいえ今夜は、いらっしゃいません」

「……じゃ、ぼくは」

「先生がここで、深夜放送の特別ドラマを、聴いて下さるように、仰言っていました」

「ドラマだって！　そりゃ何ですッ」

怪訝そうに尋ねるのに、秘書までとぼけるみたいに、黙ってテーブルの下から――四角い変型の、ラジオのようなものを、取出して置いた。

カチ、カチ、カチ、と音をたてて、細い銀色のアンテナを、引きのばしてつけた。

そして小さな、電池を引出しから、何個かだしてきて、

「受信がもし弱くなったら、これを入れかえて、聴いて頂くように、言われました……ではドアーをしめて、誰にも盗聴されないように、なさってください」

と断わり、うちで心配するといけませんから、と言い残して、さっさと帰ってしまった。

あとは和彦、ただ独りである。

――ふん、来栖谷の奴、うまい演出をしやがる――

もうスイッチを、調節した受信器をまえに、こう唸って、茶をすすりはじめた。

超短波の、携帯電話である。

ヴォリウムをあげると、ガーッと雑音がはいり、それが進行中の自動車であることを知るには、相当の時間を要した。

――やがてドアーのあく音。カッ、カッと靴音などがして、なにか外人の、甘い女声が、微かに伝わりはじめる。

和彦はさっと頬を硬張らせ、さらにヴォリウムを極限に高めて、聴きとろうとした。

すると続いて、おどろくほど明瞭な日本語が、それを通訳して、耳にひびいてくる。

周章てて、適当に、音を低めた。

「……では先日の、マシン・ガンの活躍ぶりを、ご覧ください……みなさん、どんな光景がひらかれても騒わがないで頂きます……みなさんの御身分（ステイタス）と生命（ライフ）は、わが威大なるボス、ミスター・トオキョオ・ジョニーが絶対の保証を、約束いたしますから……」

極度の驚愕に、和彦は蒼ざめていった。

なんという、怪奇なるドラマであろう！

しかもそれが、現実の実況放送として、伝わっている気配である。おそらく東京ジョニーの一団に、なん等かの手段で、潜入した来栖谷探偵が、隠し持った送信器で、ひそかに送る短波であろう。

また甘えるような、媚るような女の英語が、含み笑いさえ感じさせてつづき、そしてまた通訳され、やや早口になって、

「……では攻撃（アタック）を、開始（コメンス）します！　窓側のひとは、伏せ（ライ・ダウン）してくださいッ」

なにやら名状し難い、金属音や、わめく人声や、悲鳴がきこえた――そしてガラ、ガラと、重いものを引きあげる軋り。乱れ走る靴音などが、数分のながさで、つづくのだった。

もう和彦は、べっとりと脂汗を、額に滲ませている。

――と、マイクが突然！

「ヘイッ！　警察官（ポリス・メン）！」

とわめき、ダ、ダ、ダッ！　ダ、ダ、ダッ！　と機関銃（マシン・ガン）が、耳をつん裂きはじめた――

うわーッという喚声、そしてみるみるひろがる、オートバイの爆音！　それがギーッと、ブレーキをきしませ、バリ、バリッとなにかに、突入して、つき破る炸裂音など！

ダ、ダダッ！　と釣瓶撃ちにつづく、機銃音にまじっ

て、さながら戦場のような凄まじさだ。

やがてそれは、ズシーン！　と地を圧するような、爆破音におわって、ハタと送信がとまった！

あとはいくら、ダイヤルをまわして焦っても、受信は跡絶えたままだ。

和彦はとびあがって、卓上電話のダイヤルを廻し、本社の部長（デスク）を呼んだ。

「……おう田中君かっ、どこにおるッ……なに、銀座だと！　バカ野郎っ、飲んどるのか……はやく兜町にゆけ！　銀行がやられて、市街戦だっ」

ほかの連絡に忙殺されてか、怒鳴るだけどなって、ガチャリと切られた。

無我夢中で、大通りに飛びだして、タクシーをひろおうとした。しかしこの深夜に、車が京橋のほうに向けては、目白押しにたまって、動けないのである。

交通が完全に、遮断されているのだ。

走りにはしり、いく度となく、警官の阻止をのがれ――橋を溝河にそって折れて、現場に近づき、あッと瞳（め）を疑（うたぐ）るおもいに憑かれた。

白い救急車が、何台もむらがっている。

凍てついた路上に、白バイが横倒しに転がり、そのうちの一台は、並木の樹木をへしおって、機関部を粉砕しているではないか！

「銀行を襲って、金庫をダイナマイトで、破りやがった！　……警官が何名殉職したか、いまのところ、皆目わからないさわぎだッ」

制帽を顎髭にとめた金筋の警部補が、こう、訊ねる新聞記者の田中に、たたきつけるように答えた。

賊は機銃を乱射しながら、車でいま、遁走中だという。

あたりには硝煙の匂いが、まるで夜霧みたいに立込めていた。

二匹の囮

兜町友和銀行本店の損害は、施設の補修分を除いて、現金、有価証券、約三千八百三十数万円と算出せられた。

――これは一瞬の強盗事件として、空前の金額であり、また襲撃手段からみても、アメリカ連邦の記録をもうわまる、悪質大規模なものと考えられた。

完全に国際的な、ギャング団の出没という他ない。

外電もこれを報じ、日本警察の無能ゆえの、跳梁ときめつけた。

警視庁もあせり、報道陣も焦った。

和彦もその後、姿を杳としてみせぬ、来栖谷一平を案じて苛立つのだった。

ただ事務所に、ときおり電話の、連絡だけはあるらしい。それにも、時間も不特定に、まれにある様子である。

いく度も懲りずに、探偵事務所に問いあわすうちに、

「……なんですか田中さんに……日比谷ミュージックホールの、エミー・梅原、暁ひかるさんなんていう女優の人達に……当ってみさせろ、って、先生からお電話がありましたわ」

と、おかしな伝言を、秘書からつたえられたのだった。

日比谷ミュージックホールといえば、はやく云うと、高級なストリップ劇場ではないか。

そこの女優とあれば、ストリッパーなわけである。和彦は文芸部のくわしい記者に、二人の名を訊ねてみた。

「なんでえ、常識がねえぞッ……そのお二方なら、あの小屋の、売れっ女の、トップスターじゃないか。縁談でもあったのか、しっかりしろい」

と笑われる始末である。

「とにかく用がある……じつは絶対に部外秘だが……東京ジョニーの件で、探らねばならないのさ」

「えっ、そうだったのか！　ふーん、あり得ることだ……あの二人は、外人客にも、えらい人気と、いう噂だったからね」

そこは同じ社の、釜の飯をくってる誼だ。まして社の興亡をかけるような、怪盗の件でとあっては、棄ててもおけまい。

早速ふつうの、インタービュウにかこつけて、社の特約の料亭に、離れをとって、招く手筈をかためてくれた。

大新聞毎朝社のお声だから、二つ返事で、そろって艶姿をみせた。こいつは不味いなとおもったが、社の伝票を切る都合から、つい部長の古島にも打ちあけたために、部長も勇んで、同席することになってしまった。

きっと来栖谷が、知ったら怒るだろう。

裏切ったような心地で、席についた。

馴れたもので、もうエミーやひかるは、酌をすすめる。

酒にだらしのない古島は、

「社会部はつまらんのう……わし等も文芸部に、鞍替したいなあ」

などと、飛んでもないことを言いだす。

田中は仕事第一に、杯をとりながらも、

「ご苦労さん……外人のひと相手で、大変だったって
ねえ」
とドーラン化粧もこい二人に向かって、おしつけるよ
うに、口を切った。エミーとひかるが、ハッとしたみた
いに、顔を見合わせた。
そして口紅(ルージュ)の燃えるような唇をよせて、
「いやねえ、もうあのこと、知ってらッしゃるの」
と逆に、訊ねてきた。
「もちろんさ。記者(ブンヤ)の早耳だもの」
「そんならいいけど、あたいたちから、人に話したら
……殺しちまうなんて、脅かされてるのよ」
「心配ないさ、誰でももう……分ってることだものね。
外人にモテるなんて、国際的な証拠じゃないか」
巧みな誘導に、コロリとかかってしまう。そんならとかえっ
ねは案外、子供っぽい連中らしい。そんならとかえっ
て、自慢気に聞棄てならぬことを、交々と打ちあけはじ
めた。
「だって一晩パーティに出るだけで、十万円くれるな
んて、夢みたいだったわ……」
「ふーん、二人でかい」
「ノー、オンリイ、一人ずつでよ……すごい御馳走だ
ッたわ……あんなのって、無いわね」
エミー・梅原が、暁ひかるにむかって、同意をもとめ
る。
本当にワインの、池をつくって、部屋のすみずみにわ
けて、世界各国の料理を並べたて——飲み放題、食いほ
うだいの、乱痴気騒ぎで夜を明かしたという。
ほかに外人の女性や、日本の芸者も動員されていて、
さすがに口にはせぬが、踊るもネッキングしながら寝る
も、自由だったようだ。
まさに酒池肉林の、宴である。
おそらく古代ローマの、伝説につたわる、宮廷内の宴
につぐ、現世、地上最大の宴であろうか。
「みんな目隠しして、顔がわからないように……遊ぶ
パーティなの。ねえエミー、うんとはしゃいじゃったわ
ねえ」
暁ひかるが、大柄な肢体をくねらせて、なまめかしく
梅原をみかえる。そしてウフッと、しのび笑いをこらし
た。
おそらく全ストで、ショーをみせたり、したのだろう。
お客さんたちも、こんな騒ぎかたをしながらも、えげつ
なくない、上品な物腰の集いだったという。

啞然として聞きいる、和彦達に勢いづき、

「まだ凄い、ショーがあったのよッ……おおきな金色のピカピカした金網を運んできて、ホールの真中において、世界一強いっていう毒蛇と、蛇を食べる鼠みたいな動物と……どっちが勝つか、どっちが食べちゃうか、戦わせてみせたわッ……とってもすばやく、鼠のおおきなのが動いて、スキを狙って、蛇の喉に、食いつこうとするの。そうすると蛇が、首をにゅっとあげて、フーッ！　フーッ！　て、息を吹いて怒ったわ……でも最後まで、見られなくしちまッたんだもの、あれじゃ、つまらないじゃないの」

　キング・コブラと、おそらく爬虫類を常食とするマングースであろうか。

　ところが彼女達の言うところによると、マングースが毒蛇の、喉に食いさがる好機をとらえ、飛びかからんとした刹那に——激怒した外人が金網にせまり、「地獄へ行け（ガッテーム）！」と、わめいて、拳銃で鼠みたいなほうを、一発で射殺したというのだ！

「うぬ、で、場所はどこだッ」

「わからないわ……自動車で迎えにきて、カーテンおろして、連れてゆかれたンだもん」

「間違いないッ……おい、田中君！　こりゃあ東京ジョニーの、祝賀パーティだぞッ」

　こうわめいた刹那、おどろくストリッパーたち二人を尻目に、はや古島部長は、料亭の廊下へと飛びだしていった。

　翌朝の毎朝新聞朝刊は、二版刷りから三面のトップをかえ——東京ジョニー、不敵の戦勝の宴と、さすがにストリッパーの名は秘してあったが、デカデカと、大見出しにうたってあった。

　特ダネ中の、特ダネである。

　新聞の街頭売りなどは、これを筆太にうつして、台にぶらさげて人目を引くありさま。

「どうだ田中君、こいつは金一封だな」

と記事にした部長は誉めるが、当の和彦は、すこしも喜べなかった。

　残忍無比な、東京ジョニーの反応を、恐怖したのである。まさかこれは、親友との仁義で、まだ部長にも、来栖谷一平の潜行については、漏らしていない。

　だから古島は、かえって訝かって、

「おい元気をだせ……まさか君は、この毎朝本社が、爆破されるとでも、心配しとるんかい」

と苦笑するしまつである。

果せるかな昼過ぎになって、和彦に、待ちにまった来栖谷からの直通電話がかかり、

「なんてえ焦った、ヘマをしてくれたね！　おかげで裏切者が、また出たといって、ジョニーすごく、激怒しとるじゃないかッ……まあおわったことは、しかたないさ！　おかげでおれは、危ういとこなんだぜ……」

と早口に、批難をあびせてきた。

「すまん、これには……わけがあるんだ」

「何といったって、君のせいだろ……それはよしとして、いま止むなく、あるところへ、電話をかけておいた。これも、自衛手段だ！　いいかね、夕方頃から、ぼくの事務所に、男がひとり、訪ねてゆくはずだ……」

「誰だい、そいつは」

「もう軽く口きくのは、コリゴリだよ……とにかくその男をぼく、つまり来栖谷一平に仕立てて……囮につかって、もらいたいのさ」

よほど警戒しているらしく、ここで来栖谷の電話は、フッと切れた。

こちらも部長に告げるのは、コリゴリである。黙って察廻りに出るとみせかけ、途中で同僚をまいて、黄昏どきの、銀座の人混みをぬっていった。

来栖谷私立探偵事務所へ、ゆくためである。

裏口からまた階段をのぼり、ドアーをノックして入室し、ギョッと瞳を疑って、釘付けに立竦んでしまった――

眼のまえのソファーに、来栖谷が、腰掛けて、葉巻をふかしているではないか！　いやよく見れば、それはまあ探偵に酷似した、まさに瓜二つの、青年である。

こちらを見て立ちあがり、

「田中さんでは、ありませんか……ぼく、来栖谷さんにお世話になっている、平和航空の、宮園です……どうぞ、よろしく」

と顔を赤らめながら、握手を求め、ちょっとキザな挨拶をしてきた。渡された名刺には、この若さのくせに、代表専務取締役――と、肩書があった。

平和航空の代表とあれば、どえらい財閥の御曹子であろう。

そして恥らいながらも、来栖谷との縁を、告白しはじめるのだった。

「まだはっきりは、危険があるからと、来栖谷さんか

らも、口止めされてるんです……しかしぼくが、つい先だってまで、うまく騙されて、ある国際秘密クラブの会員（メンバー）だったことは、白状しておきます」

「わかってますよ！　東京ジョニーの、秘密クラブだろう……するとあんたは、東京港の草っ原で、機関銃（マシン・ガン）の試射をやって、転んじゃったことなんか、あるだろッ」

「えッ、貴方までが、よくご存知ですねッ」

宮園はさっと、赤くなったり、蒼くなったりした。

探偵と顔恰好や姿までが、酷似していることなどからくる、ヒントからだった。

だがどうして、来栖谷と馴染みの仲なのかまでは、まだ推定できぬままである。

宮園譲二、と名刺にあるこの青年は、それから意外に、確かりとした口調になって、

「ぼくは今日、来栖谷さんから、電話をいただいて……あの人の身代りに、なるためにきたのです。どうかご指導ください……ジョニーはきっと、ぼくを探偵とおもいますから」

と真剣に、述べるのだった。

今夜からずっと、この事務所に、泊り込む計画だという。


「そいつは、ご苦労さん……こちらこそ、よろしく」

和彦もまだ考えをまとめる間もなく、おぼろげながらも、一平の意図するところが、察せられた。

宮園を身代りにたて、それにかわって、敵地への潜行をつづけるのだろう。確かにそれは、内偵のためには、欠くべからざる事にもおもえる。

急に親近感を覚えて、和彦は微笑みながら、青年に席をすすめて、

「じゃ来栖谷君、お疲れでしょうから……お茶でも、わかしましょうか」

とふざけかけた。

――とその時だった。卓上電話のベルが、けたたましく鳴り、受けた秘書の女の子が、

「はい、そうです。え、田中さん……おられますが、はい、直ぐかわります」

と和彦に、受話器を手渡してくる。

相手は意外にも、古島部長だった。

今朝ほどのご機嫌はどこへやら――すごく興奮し、ガンガンと、わめきたてる。

「なんだ君はっ！　大事なときには、雲隠（くもがくれ）しやがるッ……それでも記者かい、散々さわがせおって！」

「すみません、なんですッ」

「なんですたあ、なんだっ……おまえせっかくゆうべ、特ダネ、スクープした女の子たちが、さっき日比谷ミュージックの楽屋で……ジョニーの手先に、コブラの短刀で、刺殺されたの知んねえのかッ……もたもたしてやがると、散歩しながら、電光ニュースで、読めるぞ！」

あわてて返事もそこそこに、受話器を切り、青年にむかって、

「また事件だッ……じゃ、来栖谷先生――あとはよろしく、頼んだよ」

と身を翻がえし、やにわにドアーを、蹴りあけた。そしてその刹那――

「あッ！」

と驚きの叫びをあげ、たじろぐ眼の前の人影に、反射的な体当りをくらわせ、よろめくやつの、喉元に、アッパーカットをくれた！
ダ、ダン！　と相手の手から、拳銃の閃光が耳をつん裂き、廊下に反響して、ビルの五階まで、木霊してゆく。
怪しい敵は、廊下の向かい壁に、頭を打ちつけて崩れおちた。

背の低い、ちぢれ髪の黒人だった。探ってみたらその内ポケットから、あのキングコブラの柄のナイフが、キラリと燈光に煌いて床に落ちた。

月影を過って

もはや躊躇することは、許されない。

怪盗東京ジョニーのはなった、殺し屋である黒人が、捕えられたのである。ジョニーもまた、むざむざと時の経過を、空費することもあるまい。

なにより案じられるのは、来栖谷一平私立探偵の安否だ！

不吉な兆候は、すでに現われはじめたのである。身代りとなり、囮となって殺し屋をおびきよせた宮園譲二が、

「どうもおかしいですッ！　来栖谷さんから、なんの電話もない……こんな時は、なにか危険にさらされて、身動きのとれないときと、想像してくれ……と仰言ってましたがッ」

と翌日の昼過ぎになると、時計を気にして、不安に戦きはじめたのだ。

そう来栖谷と、昨日電話で、しかと約束したというの

である。

「うーん、こいつは容易ならぬことだッ……一刻もはやく、事情のいかんをとわず、救出せねばならぬ」

とくに本庁公安部第三課第一係長は、担当する国際警察機構からの、連絡事項の分析によって——東京ジョニーが、アメリカから逃亡出国中の、兇悪なること空前の大物といわれた、ギャング結社のボス、オレゴン州出身のハリー・F・M・デリンガーであることを、突きとめるにいたった。

残酷（ハリエール）のハリー、と、全米を恐怖の坩堝へと、たたき込んだ殺人鬼である。

金儲けのためには、手段をえらばず、人命は虫けらほども、感じぬ男らしい。恐喝（スレトン）、殺人（マーダー）、誘拐（キドナップ）、強姦（ヴァイオレイシャン）——などと、「Previous Conviction」（前科）の欄が、ありとあらゆる罪科で、びっしりとうまっている。

いつの間にやら、国外に逃亡して消息を断っていたのが、こともあろうに、東洋の日本のトオキョウに、密入国していたのである。

宮園譲二青年も、あわただしく取調べをうけて、ジョニーの実体を知り、

「そんな怖ろしい人物とは、とくに初めは……夢にもおもわなかッたのですッ。面白い外国人が主催する、趣味の秘密クラブがあっていろんな怪奇で、そして猟奇的ショーがみられる……と東京ロイヤルクラブの連中が、うまく誘われたのでした……」

と恐怖に戦きながら、証言したのだった。

東京ロイヤルクラブといえば、財界の超有力人達のあいだで、相互親睦の目的で、つくられたデラックスメンバーの集いである。

どうせ財力も暇も、もて余した連中だ。つい好奇心にかられ絶対の極秘を条件として、入会したのである。

ところが一度、入会するや、なかば恐喝的に、莫大な会員費をつのり、退会する者は直ちに射殺する！　と宣告されたのである。キング・コブラを紋章（クレスト）とし、会則違反者と裏切者は、死をえらべ！　という戦慄の毎日がつづいた。

「これでは、話がちがう……わしはこんな、バカな趣旨には、賛成できぬわい！」

と老人の一徹さから、ボスに反抗的な、言辞をたたきつけた内原重工業の創始者、内原浩次郎が——まずコブラの、毒牙に葬むられた。つづいて内原と親しかった、東欧セメントの小酒井会長も、恐怖のあまり来栖谷探偵

に連絡し、それを感付かれて、白昼に銀座のど真中で運転手もろともに、地獄へおくられたのであった。

宮園は唇を震わせながら、

「わざと予告殺人なんか、派手な場所でやって……センセーションをおこさせるのは、ほかの会員たちに、実力を誇示する、デモンストレイションだったのですよ！　……つまり逃れても、この地球からのがれるほかに手のないことを知らすためにねッ」

と訴え、そしてついに、来栖谷一平探偵との関係にも触れ、

「ぼくは来栖谷さんが……突然会社にみえて……ゆうべ東京港の草っ原で、面白いゲームを、なさいましたね……と、切出されたときには、観念して、しまいましたよ。あとでうかがいますと、転んでしまったときに、ぼくの背広の襟から、落ちてしまったらしい……ぼくんとこの、平和航空のバッチを、拾われたためですってねえ……でも、よかったですよ！　そう探られなくちゃあ、ぼくはいま頃、どうなっていたでしょう！」

と額の、脂汗をハンケチで、拭ってみせるのだった。

あとは逮捕した黒人の手先に、よってたかって、自白さすばかりである、それも一晩二日かかって、やっと成功し、頼む（プリーズ）！　殺さんでくれッ（セーブ・マイ・ライフ）——とわめくのを宥め、ついに東京ジョニーの本拠を突きとめることができたのだった。

第一、第二、第六、第七——と、各東京湾沿いの方面本部の協力をも求め決死の機動部隊を編成して、水上警察署と陸海の退路をかためた。

東京ジョニーの一味が、いま佃島にほどちかい、四階建てのビルに潜んでいることが、確認されたからである。夕闇とともに、あらゆる交通を遮断し、ひそかに住民を退避させて、

「ジョニー！　降伏しろッ」

とマイクで呼びかけ、ダ、ダダッ！　とかえしてきた、機関銃（マシン・ガン）の閃光の返答に、やむなく攻撃の火蓋を切った。

ヒュン、ヒュンと銃弾が交叉し、何名かが倒れ、一時間におよぶ応戦の結果、敵の機銃弾は、おとろえをみせた。

「ゆくぞおっ！」

防弾チョッキの警察官がビルの入口から、突入していった。

二階、三階と追いつめ、四階に肉迫してドアーを蹴破

り、なかに踏入ろうとして、アッとその場に、立竦んだ！

後手に手錠をはめられた、来栖谷探偵を楯に、赤毛の熊みたいなジョニー、いやデリンガーが大型の拳銃を突きつけて、仁王立ちに瞳を光らせていたのだ。

じりじりと警官を、私立探偵を射殺すると無言の態度で威嚇して階段のところまで、押戻してゆく。そして、大声に、

「ミーは、保証（プロミス）した会員（メンバー）……ノー、殺（キル）デス！　……ワカリマスカ……宮園サン、行ケ（レッ・ゴー）！」

とたどたどしい日本語でわめき、いまだに宮園譲二とおもっているらしい、来栖谷一平を、階段の中途に犇めいている、警官隊に向かって、突きおとした！

「待てッ！　そこ、動くなっ」

と警官たちが、身を翻えして屋上にのがれる怪盗ジョニーを追跡して、潮風の吹きつける、ビルの最上階にバラ、バラと駆けあがったが、すでに、時遅かったのである。

ダン、ダ、ダン！　と最後の、拳銃弾がそそがれ、なにかバリ、バリと、エンジンを始動する、耳をつん裂く、轟音がとどろいた。暗い屋上の、海よりの隅から、巨大な黒い物体が、ふわりと空に浮かんでゆく。

「親愛な巡査諸君（ディア・マイ・ポリース）……幸福（グッド・ラック）になッ」

と怪盗ジョニーが、宙にういたヘリコプターの操縦座からわめく。座席にならんだ金髪（ブロンド）の女性が投げキスをおくっている。

「うぬっ、逃げおったなッ」

と夜空をあおぎながら、拳銃を、乱射し、そして警官の群れが歯軋をかんだ。やがてヘリコプターはおおきく海上に弧を画いて——月影を過り、東京湾の黒くうねる海原のかなたへと、何処ともなく消え去ってゆくのだった。

ただちに空へ逃げたハリー・F・M・デリンガーに対する、必死の捜査はつづけられていった。

とくに航続距離の短いヘリコプターの、可動飛行範囲内にある東京を中心とした各地や、海上および沿岸の捜査は、全力をあげて昼夜をわかたず行われた。

——が、それは、文字通りに、天に翔けたか、地に潜んだか——杳として行方を晦ましたままである。

焦躁した特別捜査本部は、緊急手配をより強化するために努力するほか、事件の振出しに戻って、おもに参考

人の証言からの割出しにも、力をそそぐ体勢をとった。

この結果秘密クラブ「東京ジョニー」の、全貌がますます、明確に浮かびあがってきた。

会員がおおく勧誘され、秘密クラブに出席する者が多かったロイヤルクラブ所属の財界人たちは、一応全員出頭を求められ、徹底的に証言をとられる運びとはなった。

なかでも関東車輛製作所の代表専務である、堀田喜代一氏の場合などは、自ら積極的に捜査に協力する態度をとったために、詳細を極めた、重要な証言の数々を得ることができた。

堀田が秘密クラブへ入会したのは、おおむね東京ジョニーによる、第三回目の例会かと推定され、

「……まさかあんな、凄まじい性格のクラブとはおもわず……外国商社のバイヤー達かなにかの、社交クラブぐらいに考えて、勧誘にのってしまいました……」

といった入会動機を、説明するのだった。

そして会社宛の、託送便によって、極秘、親展——の例会通知をうけ、はじめて出席したのである。

キングコブラの紋章を浮出しにした、その豪華な例会通知書には、つぎのような案内が英文と和文で、印刷されていたという。


「……ツギノ例会ハ、来ル十三日（金曜日）午後一時半ヨリ、新宿歌舞伎町飲屋。ミドリ前広場ヲ左ニ折レ、五十米先ノ大丸質店隣リノ黒塀ノ家ニテ行イマス……ナオオ待チカネノ、会員章ガデキマシタカラ、オ届ケシマス……東京ジョニー」

としたためてあり、封筒の底から、そのバッジらしいものがでてきた。

古代エジプトの女神に組合わせて、金の毒蛇キングコブラをあしらった、優美なバッチだった。

——当日の夜、堀田喜代一氏は、夕刻から銀座の行きつけのバーを梯子飲みし、時間をつぶしてから、案内の新宿の場所へゆくことにした。

堀田にとっては、新宿はあまり立寄らぬ処であり、運転手に何度たずねても、迷うばかりだったという。

やっと辿りついてみて、まず堀田は、あたりの環境におどろいてしまった。

安手な、陰鬱な、色情にかわいた一劃なのだ。暗い迷路のような乾くこともない露地に、厚化粧の夜の女たちがあふれて、酔客たちを呼んでいた。

「おじさん……どこへ行くの。まがっちゃ駄目よ。そっちはいいとこ無くてよッ」

こう茶化し声を浴せられながら、堀田は赤線街をはずれて、あの例会案内にあった大丸質店の暖簾のまえに出ると、足をとめた。

もう閉店して明りを消しているが、倉や街燈のともった電柱の看板から、そうと知れた、その質屋に続いて、たしかに漆黒の板塀が長くのび、まッ四角な大きな建物が、中天をおおって、鎮まりかえっている。

夜目にはコンクリートともブロックともつかぬ、しかも廃墟のような疲れを見せた、得体の知れない建造物だった。

板塀は新規にかこったものらしく、近づくとタール塗料の臭気が鼻をついた。入口をもとめて行ききしていると、

「もし、どなたです。なんの御用ですか」

まるで地底から滲みだしたように、小柄な黒い人影が、懐中電燈のまばゆい光芒をチカチカと点滅させながら迫ってきた。囁くような、警戒をこめた声なのだ。

「東京ジョニーさんの、会員です」

思い切って答えると、男は頷いて、

「あらかたお客様も揃っておいでで……」

と、反対側の闇を指さした。その客たちのものらしい高級車が、あわく夜露にしずんで停車している。犬のくぐるほどの木戸をぬけて、建物にみちびきこまれた。

ショート刈りのチンピラに案内されて、湿気の強い廊下を歩み、不意に地下に階段をつたわって、桃色のライトも艶めかしいホールへおりた。ライトは一段せりあがった踊り場へ向けられ、客席はたがいに顔も見かわせぬほど、仄暗い。ざわめく気配、煙草の火、それらから判断して、客はざっと三十人か。通訳を通じて、

「グッドイーヴニング・エヴリボディ……今夜はショオと臨床医学の夕べです。十分御研究なすってください」

と気障な口調で、黒外套を裾長に着た主催者らしい肥満した外人が、前かがみに、肩をすぼめてウインクしてみせた。黒眼鏡に黒手袋、鼻の下の細いコールマン髭が、なんとはなしに凄味をおびてみえた。この男が、デリンガーである。

テープレコーディングらしいリズムに合わせて、強烈なストリップ・ショーが展開された。黒人女の踊り子も一人まじってる。それが「ルッキイね！　ルッキイね！」と、ほほえみながら、生まれたときと同じ状態の肉塊をブルンブルンゆすり、日本語まじりに卑猥な叫び

をあげるのだ。尻や内股を叩いてみせるコークス色の大きな手は、内側だけが妙に生ッ白い。紫がかった紅のマニキュアをした爪が、変に不気味な感じを与える。

紅い珊瑚をしまった戸棚——とフランスの詩人がしゃれた言葉で言い現わした、秘密の部分も、こうあからさまに見せつけられてはかなわない。猟奇の限界を越えた光景に、堀田喜代一は、嘔気をさえ催してきた。ショーはしだいにアパッシュ・ダンス風になってきて、黒人の女が、踊り狂って逃げまどう他のストリッパーに、皮の鞭を炸裂させたりする、白い肌に赤い蚯蚓の線が走り、顔に真ッ向からうけて、鼻血を両手に押さえる女もあった。

「ストリップ……ショーはこれでジ・エンド……」

ダンヒルらしいパイプを、大きな紫色のハンカチで拭いながら、主催者のF・M・デリンガーが進み出た。

ふたたび通訳を通じて、挨拶をしはじめる。

「これから今夜の特別研究コースに入りましょう。みなさんは最近、封切られた『情炎』という映画、御覧ですか。あの不貞の妻を演じた女優、日向八重子……あの女優がある事情で某病院に入院したのです。今夜これから手術をします。どんな手術かはやがておわかりでしょう。その状況をみなさんに見ていただけるよう手配するのに、ベリイベリイ苦労いたしました。とにかく彼女はいま隣室の移動ベッドの上で、麻酔の夢を見ております。眠ったまま病院から運ばれたので、この光栄ある資料に出場したことも、記憶には残らないことになっております。例によりまして、もしみなさまのあいだに日向嬢と御縁のある方、異議のある方は、お申し出でください。御異議なければ……さっそく手術を開始いたします。では……」

一人として阻止する者はなかった。

主催者は手を振って、合図を送る。

ガラガラと地下のホールに反響させながら、白衣にマスクの医師が、患者を横たえた鋼鉄のベッドを押し、白光色の焦点に位置をととのえて、静止した。

患者の顔を被った白布が、やきつき重なる視線のもとで、パッと外される。

まさしく、日向八重子！　堀田は愕然として、夢見る心地だった。

それから一時間近く、そこにくりひろげられたものは、まさに悪鬼の戯れだった。堀田喜代一はいくどか失神せんばかりの眩暈に耐えねばならなかった。

「この前の時のショーのほうが、見応えがあったな」

「そうでもないさ。あんなのはメロドラマだ。そこへ行くとこっちは現実そのものだ」

「なあに、いずれ監督かなんかとの火遊びの後始末さ。ざらにあるよ。そこへ行くと、三角関係の男と男との決闘なんてものは、滅多には見られやせんよ。この女優、素顔も裸もあんまりきれいじゃないな」

「まあ、こないだの刺された男の顔はちょっとよかったな。しかし、これだってそう棄てたものじゃない」

凄惨な堕胎手術の実況を目のあたりにしながら、隣席の二人は平然とこんな会話を取りかわしている。ああ、なんという、世にも恐ろしい秘密クラブであろう。

東京ロイヤルクラブで、ときおり顔をあわせることがおおい、この二人の名士の囁きには、あきれ返りもした。いつもは謹厳な表情で、政治談などに話題を運んでいる人達が――その一面に、このような頽廃した雰囲気をも好み、出席してうつつを抜かしていることは、まさに驚異として感じられる。

――とはいうものの、堀田喜代一自身も、この強烈なクラブの魔にとっ憑かれて、さらに次の例会通知にも、進んで出席するありさまとなった。

吸血蝙蝠の謎

――そして何日かあとの深夜には、彼はまたも、つぎに届いた案内書の文面にあった通り、私線の某駅の外れの暗で自家用車を帰し、一人で道を辿りはじめていた。五分ほど歩くと、あたりが嘘のように淋しくなった。堀田としては二度目の奇怪な経験をしに行くのだと思うと足の運びも早くなる。林の中のひとすじ道は、ポクポク乾いた土の足もとも、危なっかしいほど、暗いのだ。左手に月の明りで、白ッぽく見えるのが、八幡様の鳥居だろう。これも教えられた通りだった。

杉にかこまれた境内はいよいよ暗い。もうほとんど集まっていた。あたりをはばかって話もしないのが、化物でも寄集まったようで、不気味だった。

「オールメンバー、もうお集まりのようですな、時間も迫ったことですから……そろそろ御案内ということに」

と、丈長の黒外套もお馴染みの主催者デリンガーが、「第三の男」気取りに通訳を通じて言ってから進み出ると、懐中電燈の光の輪を、パッと地面にひろげた。その懐中電燈を受けとって、先に立つのは、若い外人の女性――。今夜は半外套の襟元に、セーターのタートルネックをのぞかして、スラックスという身軽な装いだ。

「どうぞこちらへ……足音は出来るだけ立てないでね。社務所の神主が目を覚まして、怪しみでもすると、あとが危(やば)い」

劇場の案内人みたいに、光の輪を後へ振って行くあとを、ゾロゾロと二列になって、社殿の左に裏参道へ進むと、いつの間にか細い道が竹藪の中へ入った。堀田は行列もしまいのほうにいたから、足もとがひどく暗い。木の根ッこにつまずきかけて、思わず、

「こいつは八幡の藪知らずだ」

と、舌打ちした。殿(しんが)りの主催者がまたダンヒルを例の紫の大ハンカチで磨いているのだろう。キシキシ音をさせながら、通訳を促して、

「テイキリージー、あいにく懐中電燈を一つしか用意して来なかった……大丈夫ですか」

と、低く言った。

竹藪が夜更けの風にそよぐ中を、何分ぐらい歩いたろう。みんなこれから起こることへの異様な期待に、胸をワクワクさせているらしい。堀田もそうなのだ。それにしても、なにを見に、どこへ連れて行かれることか？

八幡の藪知らずが尽きると、雑木林に囲まれて、ちょっとした原ッぱがある。向こうが爪先あがりの土手になって、その上の空に冷たく星あかりを受けているのが、電車の架線だった。さっき車で通った私鉄が、この土手の上を通っているものと見える。

「ここが今夜の会場です。いつものように、主催者の挨拶がありますから」

通訳の声に一同が原ッぱの隅に円陣を作ると、デリンガーは、黒手袋をはめたままの指先で、気障なコールマン髭のつけ髭を撫でながら、ゆっくりと通訳に言いきかせ、

「こんな遠方までおいで頂いて恐縮に思います。どうしてもこうした舞台装置が必要だったのです。お許しください。さて、今夜のショーは、死刑の執行。みなさんに法律の代行者として、ひとりの極悪人の死刑執行に立会って頂くわけです。先般、新聞紙上を賑わしましたモースト・センセイショナル・マーダーケース、麻布の花屋一家五人殺しを、みなさん、御記憶でございましょう。あの事件の犯人を、警察に先んじて私どもは捕えました。

僅か一、二万の金を盗むために、三歳の幼児の喉首までも掻きって、血の花をぶちまけた。憎みても憎みてもあきたりぬ人非人です。法律が死刑を宣するであろうことは、火を見るよりも明かです。

その死刑を今夜われわれが代行しようというのでありますあの土手の上には鉄道線路がレイジャス三〇〇アールの急カーブを描いております。唯今より十分後に電車がフルスピードで通過することになっている。その線路上に麻睡薬をもって眠らした死刑囚を横たえます。みなさんは雑木林のお好みの位置に身を隠して、正義の轍が邪悪の肉体を寸断する神の摂理をトックリと御覧ください。早速、死刑囚を引出させます」

デリンガーはパイプを握った右手をあげた。雑木林の中から、このあいだの夜もいたチンピラのジャンパア姿が、一人の男を抱えるようにして現われた。それに続いて、ショート刈のチンピラがアタフタと出てくると、主催者のそばに走り寄って、小声でなにか話しかけた。

黒眼鏡の上の太い眉をひそめて頷くと、主催者は死刑囚の右腕に、麻睡の注射針を刺そうとしてぐいと手をとった。

「ゆるしてくだせい……た、助けてくれッ！　お、おねがいだッ」

必死に哀願し、わめく顔に、強烈なデリンガーのパンチが、炸裂した！

男はその場に昏倒し、まったく意識を、失い果ててしまう。

そのうえにデリンガーは、男の腕に、まるで骨まで突き通すように、乱暴に注射針を、つっ立てて、麻睡薬をうった。

めざめて騒がぬように、相当の多量を、うち込んだものらしい。

男の処分がおわるのを、待ちかねたように、通訳が主催者に向かって、頷いてみせてから、出席の全員に向いて——こう驚くべき、発表をおこなったのだった。

「皆さん！　すばらしいニュースを、プレゼントします！　いま全日本を、恐怖のどん底へおとし入れておられる……世界の生理学の権威、蛭峰幽四郎博士と、その良き助手であるプロフェッサー江波貞雄氏により……死刑執行後、驚異の、世紀の、大実験をおこなっていただきます！　つまりニュースでご存知の、切断された首、生首の復活、蘇生——を、ご覧に入れるわけであります……この死刑囚が、電車によって落された首を、いま一度甦えらせ……ものさえ言わせて、お目にかけるわけで……皆様はただの、好奇心などというものではなく、蛭峰博士の偉業に、心からなる敬意を、表しながら、この特別公開に臨む気持をもっていただきたい……なおこの実験の終了までは……博士のご準備もあり、明晩までつづけられます。残念ながら、このあいだは、出席の方々には、ご帰宅のよゆうは、時間的にとれません……したがって、もしも、何かのご事情で、明日がおいそがしい方々は、いま、この場からお断りのうえ、お帰宅ください……」

堀田は明日に、重大な株主総会をひかえていた。

止むなくこの、世紀の生理学実験のほうは、あきらめてその場から、帰ることにした。

おそらく実験のほうは、生首をはなれた蛭峰博士の研究室のほうへ、運んで行ったのであろう。

このように、堀田喜代一氏の証言は、この日までの全貌を、二日に渡って、刻明に明らかにしてくれた。

他の会員達は、その名誉のためにか——あるいは兇悪なデリンガーの復讐を恐怖してか、おおむねが知らぬ存ぜぬの気の弱さを示した。

よくよく賊の仕返しを、命がけのこととみて、脅えきっている様子だった。

しかし、

「冗談をおっしゃっては、困りますよッ！　あなたの一言が、蛭峰幽四郎博士さえをも……逮捕する糸口となるのですから！　……さあ、実験の場所を、お言いになって下さいッ」

と追求する必死の警察側によって——当日は堀田が帰ってから、またも予定が変更され、蛭峰博士の止むない都合で、それは中止されたことが分った。

驚くべきことに、その日の夜は——蛭峰博士が、あの化物屋敷で、あやうく警官隊により、捕われかかった当日であることが、たちまち判明した！

つまり蛭峰は、実験をまえにして、来栖谷一平探偵とともに、大挙襲い来たった、警察に追われ——化物屋敷に火を放って、逃亡を余儀無くされたわけなのである。

なんともはや、警視庁の失態ぶりは、眼にあまるばかりである！

こうと知って、さらに世論は、ゴウゴウと批難の声を高めてゆくのだった。

あまり残忍な、血腥い怪事件の連続に、おおきくいえば全日本が、恐怖の坩堝へと陥った感じだった。

大都会の市民のあいだには、

「……法制局長と内閣が打ちあわせして……戒厳令のようなものの、立法を検討中らしいぞ！　交通もいっさい、遮断されるようだ」

とか、

「いよいよ自衛隊が、出動するらしい……市街戦になると警察の火力では、歯がたたんらしい」

といった悪質なデマが、交錯しはじめていた。

世間の不安は、つのりはじめ、まるで戦争でも始まるように、家族を疎開する騒ぎまで、起こりだしたのである。

缶詰などの、保存食糧が、うばいあって売上げを増しはじめた。笑うに笑えぬ、深刻な世相を呈しだしたものだ。

――もちろん世の非難は、当然の成りゆきとして、警察力の無能無策ぶりへと、集中してゆく。

そのためにか警視総監が、更迭される、段階にまできていた。

このままには、放置できない。

妖怪蛭峰幽四郎博士の最後の根城（アジト）であった、F町神社境内の化物屋敷の跡には、とくに綿密な現場の捜査鑑識が、進められていった。

一面の焼跡と化している。

逃亡のおりに蛭峰博士の一味が、化物小屋に火をはなったために、灰燼に変じてしまったのである。

それでも幾つかの、貴重な捜査上の、資料を発き出すことができた。

焼跡から掘りだされた、黒焦げの大きな蝙蝠については、

「こいつは南米のアマゾンの奥に、棲息する吸血蝙蝠（バンパイア）の、一種ですな！　しかしわたし達の、もっている記録のものよりは、はるかに大型な新種です……何匹もいるとすると、これは人為的に、優生化させたものかもしれない」

と大学の生物学教室の教授たちが、舌をまいて証言するありさまだった。

調査に立会った、来栖谷一平探偵も、

「ほう、そうですか！　さっと飛びかかってきて、顔を羽で、包んでくるような、襲いかたでしたが」

と脂汗のにじむ想いがした。

「あぶないところです……吸血蝙蝠は、まず、獣を、

そうして窒息させて、倒すのです！　それから牙をたてて、生血を吸う。まったくこいつに殺された方々の傷口と一致する……鋭い牙をはやしていますから」

「では博物館の裏庭で、夕方変死していたヘンリー・与志子なんかも、こいつに殺られましたなッ」

「おっしゃる通りです……これをご覧になると、ご納得がゆくでしょう」

相手を高名な、私立探偵の来栖谷と知ると、生物学教室では、わざわざ特写した、原色のスライドまで映してみせてくれた。

「うむ……ヒドいですなッ」

と一平が、おもわずスクリーンに向かって、呻いたほどだ。

おおきく拡大されて、吸血蝙蝠の犠牲となった被害者たちが、青白い裸身の傷口を真向からみせ、つぎつぎに映ってゆく。

赤黒い血の滴りまで、鮮明にみえ、傷口がぴたりと、蝙蝠の牙にあうことがわかる。

さらに拡大されると、それは腐った柘榴を、鋭いドリルで穿ったような、凄惨なものにおもえた。

美貌の与志子から、老人、子供のものまであって――眼をそむけずには、居られぬ惨たらしい死にざまである。

「こんな獰猛な獣だから……自分たちが、襲われてしまわぬように、仮面を、顔につけていたのですね！」

「そうとしか、考えられません……怪しい黒マントを着た人物が、出没したというのも、体の皮膚を保護するための、ガウンだったわけでしょう。それに警察の、鑑識課の方から、発見した、驚いた装置を見せていただきましたよ」

「なんですか……これは！　携帯ラジオみたいな、ものですね」

「小型ですが、構造はとても、複雑にできています……どうも、超音波を、送信する装置のようですね。毀れているうえに、火災にあって焼けていますから、実験のしようもありませんが……これをみて下さい」

黒焦げの、小さな器具をみせてから、別室へとおして、黒い幕をかけた金網のまえに、案内してゆく。

助手が部屋の窓のカーテンをひいて、日射しを遮ってから――薄暗いなかで、幕をとってみせた。

それは小鳥の籠のようなもので、木の枝を切ってさし込んだ止木まであり――小鳥にしては異様な、小動物が枝から、逆吊りにさがっていた。羽をのばしたり、頭を振りうごかしたりしている。

来栖谷には、それがなにであるかがすぐに分った。

蝙蝠である。

しかし小さな、ありふれた蝙蝠だ。二匹きょろきょろと、あたりを見廻していた。

「これは家コウモリ……という、ごく普通に、みられる日本産のやつです。こいつに今から、実験をやって、お目にかけますから」

「……と、おっしゃると」

「さっきお見せしたような、超音波を発生する装置と同じものを、作用させてみせるのです……蝙蝠というやつは、我々の耳には、とうてい感じられぬような、約48.000Cの超音波を、毎秒数十回から出して……その反射を耳で受感しながら、闇のなかを自由に飛ぶことが証明されています。まったく人間には、感じられない、超音波ですがね」

こう説明しながら、かたわらの机のうえに、どっかりと置かれた、電気器具のダイヤルを、いくつも合わせはじめる。

やがてピー、ピーッと鳴りはじめた音が、かん高い金属音にたかめられてゆき、ついに細まりはじめて、まったく知覚できぬまでに、うすれ去ってゆく。

——と、籠のなかの、二匹の蝙蝠が、明瞭に聞こえぬ超音波を受感しはじめ、パタパタと羽撃き、戸惑いだす反応を示しだした。

ついに一匹は、枝をはなれて飛ぶ。

金網にぶつかり、下に落ちてしまった。

「こんな風です……ですから、先ほどの携帯用の装置をつかって、吸血蝙蝠を誘導して飛ばすことを、やっていたとも想像されるのですよ」

「な、なるほど！　きっとそうに、違いありませんなッ……黒マントの、仮面の男が、超音波であの悪魔の使いを、襲わせたのだッ」

来栖谷一平探偵は、こう呻きながら、全身の血が逆流する思いがした。

思い当る節は、いろいろある。

バー帰りの女の子が、夜半にあの高架線のガードの下で、吸血蝙蝠に襲われ、危く難を逃れた事件があった。

その時ガードの上を、国電がゴロゴロと通過すると——蝙蝠はばたばたと羽撃きながら、獲物をはなれて、月も星もない夜空のさなかへ、逃げ去ってしまったという。

生物学教室の人々も、その点について、

「きっと通過する車輛からでる……複雑な音波の一部を感じて、誘導を断たれてしまい、逃げたのでしょう」

と探偵に、同意するのだった。

「なんのために……こんな化物を、飼ってみるのですかね」

「わたくしどもにも、その理由までは、分りかねます……なにしろ、こんなになってしまわれた、蛭峰先生、いや、蛭峰博士が、気が狂ってしまって、なさることですから」

ふと蛭峰を、その過去の偉大な学界への功績を知るだけに、先生呼ばわりなどしてしまって、慌てて言い直したりする。

このことからみても、学者たちの間では、よほど存在のおおきな、生理学の泰斗であったこと――が、窺われる蛭峰幽四郎博士だ。

来栖谷一平私立探偵は、なんともいえぬ心地にとり憑かれて籠のなかの枝に、ぶらさがって羽をのばしている、鼠のような二匹の家コウモリを見詰めたまま、その場に佇みつづけるのだった。

戦く巷

「まったく君は、命びろいしたぜ……蛭峰のやつは君を、人間の血なんか吸って育つ、蝙蝠の化物の餌に、するつもりだったんだ」

「そんな恐いこと、もう、おっしゃらないで！」

「あっ、悪かったね。忘れてくれたまえ……でも、注意して、二度とあんな風に、誘拐されたりしないように、気をつけることだよ」

久しぶりで、銀座五丁目裏の、彼の私立探偵事務所に訪れてきた君橋八重子に、来栖谷一平はこう言って、言い聞かせるのだった。

あの神社の境内の、見世物小屋から、炎上する紅蓮の焔につつまれた――竹藪の奥の、白木の十字架にくくりつけられていた八重子を救い出し、危く逃れだしてから、親しくなった仲の二人である。

八重子はみるからに、清純な乙女だ。

まだ熟しきっていない、あどけない感じの、少女である。

しかし血筋は争えぬもので、ミスワールド出身のファッションモデルとして、女王のように君臨していた姉の君橋すみ子に、どことなく似かようところのある、美貌に恵まれた高校生だった。

命の恩人である来栖谷をしたい、通学先の大学の付属高校からの、帰り途などにわざわざ訪ねてくる。

姉のすみ子が、この妹の将来を案じてか、ああした環境の女性には珍らしく、相当の預金などを残していたので、身寄りのすくない体で、通学しつづけることに、さしあたっての不安はないようだ。

「この頃学校にゆくの、憂鬱なの」

と甘えるような瞳で、のぞき込んでくる。

「なぜ」

「だってお友達や先生に、ご迷惑をかけるんですもの。本当はきのうから、休学してるんです」

「……どうして」

「へんな雑誌や週刊誌のひとが、カメラをさげて、授業中でもズカズカ入ってきて……フラッシュなんかたいて、話しかけてくるのよ」

「ふーん、そいつは困ったな……どうせ二流の、出版社だろ。ロクなこと書かないから、相手にならぬことだね」

「無理にいろんなこと、聞くんですもの……恐怖の手記……を書かないか、とか、十字架にゆわかれた感想を、言ってください、だなんて。黙ってると、お友達にまでいろんなことを、しつこく訊ねだすのよ」

君橋すみ子の妹であり、しかもその姉は、生けるミイラとなって、いまもなお大学の法医学教室で、その変屍体を研究中なのである。

これだけでも、通学どころの騒ぎでないところへ、八重子自身までが、危く蛭峰幽四郎博士に、吸血蝙蝠の餌食に晒されるところだったのだ！

同情せずには、いられぬ境遇にある。

まして八重子は、失神して意識はなかったというものの、全裸でお化け屋敷の竹藪のなかで、十字架にくくられていたのである。

猟奇的な興味を追う週刊誌が、これをトップに特集しないほうが、不思議なぐらいのものだ。

あくどい出版社のものには、低俗なカメラマンを使って、真似た竹藪の繁みのなかで髪を振りみだしたヌードモデルを撮影し、いわゆる責め写真のような、グラビヤ集を掲載するものまででてきた。

それほどでなくても、一流新聞社も、社会部の総力を動員して、取材に狂奔している。なかには動物学者に、世界中の蝙蝠についてシリーズで記事を書かせ——暗い市街地を、一人歩きせぬよう——読者に警告する、社もあるありさま。

盛り場のバーや、キャバレーでは、

「血を吸われないように、送ってやるよ……一人で帰ったら、どこで殺られるか、わからんものな」

などと女の子を脅えさせて、帰りを誘う客がおおくなった。

子供たちは黒いマントに似た、黒い布切れを体に巻きつけ、オモチャ屋で売りはじめた銀色の仮面を被り——黒いゴムひもで飛ばす、コウモリグライダーという玩具を、人に向かって、ねらい撃ちする遊びをはじめた。

困ったことが、流行りだしたものだ。

ワーッ、ワーッと喊声をあげて、追いつ追われつしながら、ゴムのパチンコで、空を飛ばすのである。どの町筋にも、この遊びの子供の群れが、あふれていた。

しかもオモチャを当てられる役が、女の子の場合がおおいのは——八重子のつもりだろうか。

殺伐な世相を、迎えたものだ。

けれども、一面には、こうした騒ぎが、あまりにも高まりすぎたためか、蛭峰幽四郎博士や怪盗団の出没が、ピタリと後を引かなくなったことも事実である。

また蛭峰博士や江波貞雄助手、怪盗一味の手配写真などが、テレビ、新聞にまで、連日デカデカと発表されせいもあろう。

——あらゆる階層の人々のあいだに、鮮明に記憶された

その一人一人の顔が、まるで大スターか総理でもあるかのように、いやそれ以上の焼きつくような強烈な印象で、民衆の視覚に映じているのだった。

「あの爺さんみろ……まるで蛭峰だなッ。よこに坐ってる若いのが、江波っていう助手じゃないか!」

などと、バスや国電のなかで、囁かれる光景がしばしば起こる。こうした他人の、空似のために、被害をうける人が、多く現われはじめた。

本庁や捜査本部に姿をみせ、

「わしはどうも、気違いの博士に、似とるらしくて……表もよう、歩けませんわい。ほとほと、弱りはてましてな。警察官の方にさえ、何度お断わりしても、不審訊問をうけます。ご苦労さまじゃが、これではわしもたまらん……おかげで孫までが、よう表にでられんでの!

ひとつこちらで、人違いじゃという、証明書でも発行してくださらぬか」

と訴える人品卑しからぬ老人なども、出てくるほどになった。

必死の捜査が、こうした間にも、日夜を分かたず、続けられていることは勿論である。

しかし杳として、妖怪の姿は、跡を絶ったままである。

——ついには怪盗団とともに、蛭峰幽四郎博士の、海外逃亡説さえとなえられはじめた。

密出国して、いま彼等は、遠く南アフリカの、インカの遺跡のあとにある秘密の根城に、身をひそめている、といった真しやかなデマが、流れはじめもした。

ともあれ警察力に対する、非難の声は、日に日に募るばかりである。

「宮城のうえを、吸血蝙蝠が群れをつくって……夜になると飛ぶそうだ！」

「国会の地下室で、自殺した蛭峰博士の屍体が……ミイラになって、発見されたとさ！　まるで生きているように、化学処理がほどこされていてね……」

根もない噂が、つぎつぎに広まり、警察が躍起になって否定すれば、かえって真相めいて、受けとられるありさま。

戦く巷のさざめきは、どうにも手の施しようも、無いほどに、限りなく狂いたってゆくばかりだった。

その日警視庁の一室では、午前のうちから、慌ただしく人影が廊下をゆききして、昼過ぎになると、ピタリと厚いドアーが閉じられ、完全に出入りが禁じられた。

警視総監を中央に、刑事、防犯、公安、交通、総務、などの各部長ら首脳部長幹部が席に居並び——それに事件発生の地区を管轄とする署の、捜査担当員が集められている。

物々しい雰囲気が、あたりに漲りはじめた。

蛭峰幽四郎博士と、最近東京に出没した、残忍嗜虐の限りをつくした怪盗団、東京ジョニーに対する、合同捜査会議がひらかれたのである。

この種の会議としても、今までにない規模の、大会議となった。

それは事態の緊急さを、物語るかのようだった。活発な討議がかわされ、とくに外事関係の公安第三課第一係長が発言を求め、

「すでにご承知の通り、アメリカ国籍の……オレゴン

州出身の凶悪犯、ハリー・F・M・デリンガーが、日本に潜伏しておりますことは、疑う余地もありません……これが本場のギャングまるだしの、残虐な殺人強盗事件を起こし、いまだに国内におることも、遺憾ながら事実であります……これにつきまして、重大な報告がありますので、ご研究ねがいたくおもいます」

と頬を硬張らせて、口を切りはじめた。

「アメリカの連邦警察からの、デリンガーに関する資料によりますと、その男は、最近国際的な古美術、とくにエジプトの古代文化の出土品である秘宝類を、何等かの手段で入手し、莫大な金額で、欧州の美術商に売却するために……ひそかに交渉しつつある、という情報が、キャッチされている模様であります。これが、先にバレン石油会長の、宇津木順治氏が購入したものと、同じではないかと、推定されるいくつかの兆候がありまして……したがって、蛭峰幽四郎とも、何等かの関連なことは、考えられるのであります」

「なにッ、蛭峰と、そのギャングが！」

はじめて耳にした警備部長が、ことの意外さに、瞳を見張って訊ねる。

「はい……その点については、捜査第一課長から、くわしいご説明があります」

発言を刑事部にうつし、用意した書類を、テーブルの上でひろげる。

捜査第一課長、三課長が、つぎつぎに席をたって、

「先日ゼール王妃のミイラが、ディストリアス号から荷揚げされますおりに、梱包のまま強奪される、空前の事件がおこりました……そのさいに賊が使用しましたヘリコプターは、ベル四七D—一型と同型でありまして、これは航続時間が、せいぜい三時間あまり、わずかに二四〇マイルを、行動限界とします……あのおりに、ニュース映画に撮影されましたフィルムを、検討いたしてみますと、水上用のフロオトを、備えてあることがわかります。つまり基地ともうしますか、盗賊の拠点が、海上の船舶に在りますことは、明白と考えられてなりません」

「……すると、どういうことかね」

「海上の、あるいは沿岸のどこかに、基地をおいて、緊密に連絡をとって……行動しておるもののようでありま す……つまりこれは、無線によるものかと思われ、行動範囲からみましても、短波の出力から考えても……ディストリアス号とは、完全に協力しあっておるとしか、

想像できぬのであります」

「ディストリアス号だと。あの貨物船は、バレン石油で……古代エジプトの秘宝を、カイロから日本へ、輸送するためにチャーターした、ギリシャ船じゃないかッ」

「その通りであります……しかし、あのギリシャ船の素姓そのものに、船ぐるみというか……疑問を持ちはじめましたら、限りの無いことではありませんか……」

「デリンガーの一派で、かため尽した、船舶だというのか！」

「不審な点は、すでにたくさんあります……たとえば、あの事件以来、積荷の欧州でかけた損害保険の査定（エスティメイト）を理由として、残りの宝物類の、荷揚（ランディング）を拒否しております……なにか他の、意図があるのかも知れません」

いまだに蛭峰幽四郎博士によって、君橋すみ子とすりかえられたゼール王妃のミイラは、発見されていない。あるいはその他の秘宝も、また凶悪ギャング・デリンガー一味が、銀行から強奪し去った莫大な金も、その船底に隠匿されているのかもしれぬ。

さきほどから、活発に発言を求めていた、警備課長が、

「それでは一刻もはやく、ギリシャ船を臨検することだッ……海上保安庁や、税関にも協力を求めたらいい！どうせ不良船員がおって、麻薬なり、密輸容疑なりにからませて、洗うことはできるだろう」

と身を乗りだしてきた。

「もちろん……連絡はとってあります。海上保安庁の館山基地から、ベル型のヘリコプターよりは、数倍の航続力をもつ、ピーチクラフト機が、海上の捜査、哨戒に当ってます……しかしいまのところ、賊のベル型なり、基地となるような、べつの船舶をキャッチしていないようで……」

合同会議は、この段階に入って、水上警察や湾港指令所の海図をひろげて、さらに新たな、検討が加えられはじめた。

ひんぱんに海上保安庁への、連絡の電話がかわされはじめ、明日にもギリシャ船ディストリアス号の、臨検を強行する取決めとなり——関係書類の作成などが、進められてゆくのだった。

しかしこの、合同捜査会議の決定さえもが、すでに機を失して、手遅れの事態に立至っていたのである。

その夜半横浜港外に、碇泊中のディストリアス号は、航海灯（ポエジランプ）も船尾灯（スターンライト）も完全に消燈したままで、黒く寒風にうねる海面を、港外にむかってスクリュウを回転しはじめ

たのだ。

前甲板（ウェルデッキ）からは、遠く市街地の、深夜営業のナイトクラブなどの燈火が、漁火（いさりび）のように点々と、黒く横たわる桟橋のなかに瞬いてみえる。

海原に突出した、防波堤の先端にでて、カンテラを点して夜釣りしていた人影が、無燈で出航するこの外国の輸送船に、怪訝そうに立ちあがって、闇をうかがったりした。

船艙（ホールド）の底には、あわいランプがゆれていたが、もちろん船外からは、望むことなどできない、吃水線（ドラーフト・ライン）の下の船腹でのことだ。

厳重な防水把手（タイト・ハンドル）をしめて、鎖（と）じられた鋼鉄の扉や、船腹の壁に妖しい影を投げて——奇怪な動物のかたち、調度具などの輪郭が、ひしめいて見えた。

ながい舌を、ぺろりと出した蛇。透きとおるように美しい、アルバートル石で造った水差。向かいあって、甲冑に身をかためた番兵の像。コブラの頭の飾りをつけた、聖なる錫杖を手にしたネイト、イジス、セルキットの三女神——など、古代エジプトの美術の粋を、ここに集めたかの感がある！

それがすべて、黄金の輝きをみせ、幽玄なゼール王妃のカアを称える、讃歌を耳にするような心地へと、見る人の魂を誘うのだった。

とくに金色に燦然と煌くネイトの女神像は、天の日の神にむかい、錫杖のコブラの飾りを、高々とさしあげて、仰ぎみる姿につくられており、あとのイジス、セルキットの二女神は、コブラの錫杖を持った手をのべ、何かを抱こうとするような、姿勢を示して顔をおとしていた。

おそらくゼール王妃の、柩を守護していた、女神なのであろう。

優しく、若々しく、清らかなその女神たちの姿は、黄金の儀式用の王座と並べて、とくに貴重なものとして、扱われているように見える。

また誰がみても、その精巧を極めた工芸の妙と、そして黄金と、宝石で造られた材質の豪華さから——瞳を疑る想いに、憑かれずにはいられぬ絢爛たる世界の文化財だ。

凶悪犯ハリー・F・M・デリンガーが、怪盗団の紋章（クレスト）としてコブラをえらんだのも、この女神に魅入られてのことである。

防水把手が、ガチャリとねじあけられた。重い鋼鉄の扉を、押して入ってきた影が、タラップをおりて、じっと佇んだまま、視線をそそぎはじめる。

「ふむ……完全（パーフェクト）！」

満足気に呟いて、ダンヒルのパイプを、口にくわえなおす。

眼光の鋭い、その鷲のような赭顔は、まさしくデリンガー、その人だった！　奪いとった秘宝をまえに、黄金の輝きに誘われて、不敵な微笑さえ、頬に湛えはじめるのだった。

そして冷やかな鉄の床のうえに、足の踏場もないほどに置かれた、アルバートルの壺や貴人の聖盃をどけながら、船艙を大股に横切って、つぎの船艙へつづく、防水把手をぐいとひねった。

莫大な秘宝を、安全に輸送するために、とくに選んだ船種だけあって、水害にも火災にも、十分な備えがある。

頑強な鋼鉄の扉に区切られて、船艙がいくつもに区分され、水火の災害から、積荷を防げる構造がとられている。

デリンガーは、スイッチをいれて、隣の船艙に明りを点し、ギーッと軋らせながら、扉をあけて、くぐり込んでいった。

秘宝の点検のために、見廻っているのだ。

巨額な報酬を約束して、買収した船員ばかりで、このディストリアス号の乗員は、船長、機関長以下、総ての者をかためきってある。

東洋のジャップなぞに、むざむざ呉れてやるには、あまりにも貴重な世界の宝だ！

金はいくらでも積む。とにかく強奪することだ――と下級船員たちまで抱込み、さらに著名なローレンス財団の、文化事業の一端と騙りさえして、某国の在日大使館の斡旋まで通じて、日本の教授（プロフェッサー）蛭峰幽四郎博士までもを、加担させたのである。

もちろんこれは、学術研究の名にかこつけて、狂った蛭峰博士に、ゼール王妃のミイラを模造させ、棺のミイラとすり換えるためであった。もし秘宝の強奪に失敗しても、その魂である、奇蹟のゼール王妃のミイラだけは、なんとしても手中に収める計画からである。

しかし総ては、上首尾に運んだ。

古代エジプトの秘宝群は、柩に先だった、梱包のままトラックに荷揚げしてしまった――僅かの分を除き、その過半をいま、獲得したかたちである。

さすがにデリンガーも、興奮をおさえきれず、瞳を光らし、身も震える想いにとり憑かれながら、つぎの船艙にはいった。

船腹を洗う、波しぶきの音が身近くきこえる。

そして、丸い船窓を後に、安置してあるものに、

「お、おッ！」

と、予期したことながらも、驚嘆の叫びを放った！

そこに真実の、ゼール王妃のミイラが、横たえてあったのだ。

生けるミイラ、と世界の学界を驚倒させ、考古学者の垂涎の的となっている奇蹟のミイラが——眠るが如く、香油のかおる布に巻かれて、安らかに瞳をとじていたのである。

何千年の悠遠な眠りから、いまにも目覚めて、微笑むばかりの姿だ！

象牙の歯をむきだしに、鰐と河馬をつきまぜた奇妙な聖獣をかたどった寝台の上に、賤しいデリンガーの視線を、恥らうかのように、王妃の肢体はよこたわっていた。

豊麗なその容姿に近づこうとしたデリンガーは、何者かに、遮られたかのように、足の竦みを覚えた。

不滅のいま一人の王妃の魂であるカアが、闖入者の接近を、おし止めて守護したものであろうか。

身近い船窓から、波しぶきの音が、一段と強くひびいた。

「ウェル……また来るぜ（カム・アゲイン）！」

デリンガーは舌打ちして、まるで情交を拒んだ女のもとを、立去るように、この船艙を出てゆくのだった。

暗黒の船底

ごうごうと磯と岩礁を噛む潮騒の音が、地軸を轟かして聞こえる、ペトンでかためた、壁にとざされた一室だった。

重油の発電機（ジェネレーター）でおくられる電燈らしく、ときおり照度のむらが起こる明りの下で、テーブルに向かって書見していた痩軀の老人が、白髪をゆらいで、きッと面をあげた。

誰かこの夜更けに、あわただしくドアーの外へ、駆けよってくる足音が、伝わってきたのである。

「なんじゃ！　誰かな」

「せ、先生ッ……たいへんです！　こんな真夜中に、船が動きだしやしたッ」

「な、なに……ディストリアス号が、断わりもなく！

ふむ、そうか……やはり江波君がいったように、宝物を盗みだす気じゃなッ……おろか者め……この蛭峰を欺きおるとは、たわけた者どもじゃな！」

老人は声を震わせて立ちあがった。

内鍵をあけて、ドアーを引くと、高まった潮騒を背にして、醜悪な容貌の傴僂男が飛込んできた。

はあ、はあと、犬のように舌をたらして、肩で息遣いする。

下男の鈴木勘助だ。

よほど仰天して、注進してきたものらしい。

「はやく、江波君を呼べッ……裏切者を、征伐してくれるわ！」

やや頬がこけて、疲労のためか顔色の蒼ざめた蛭峰幽四郎博士が、声だけは凛として、こう傴僂男に命じる。

そして冷やかな、寒風が吹きすさぶ、室外に出て手探りに、岩石を穿った断崖の小径を攀じ登りはじめた。

切りたった、屏風のような、絶壁の中腹である。漁村の住民が煉瓦屋敷——と呼んで、恐れていた蛭峰の研究所から、裏山の岩盤を刳貫(くりぬ)くようにしてつくった地下道を這い、野兎の穴に似た迷路を進んで、やっと辿りつける所なのだ。

ひろい大洋を眼の下に望む、まるで大鷲が巣でもつくりそうな、断崖をなしている地形である。

岬の裏側にあたるわけで、とくにこのあたりには岩礁がいりくみ、漁舟も危険を冒してまでは、近づこうとはしない。

また近づく手段が、あろうとも思えぬ。この岩を嚙む激浪と渦巻く海流のさまでは、磯のはざまに、棲む魚もあるまい。

蛭峰はその絶壁の頂きに近く、ぽっかりと洞窟のように口をあけた、ほら穴の入口に辿りついた。なかは雨露をしのげる平坦になっていて、巨大な機具が、どっしりと据付けられ、発電機から送電されて、回転していた。

「ほれ、先生ッ……黒点がずれて、すこしずつ動いてみえます！　距離がだんだん、こっちのほうに、近くなってゆきます」

喘ぎながら勘助は、蛍光色がボオッと闇にうかんでみえる、円い計器盤のなかを指差す。太陽の黒点のように映ってみえる点が、ほとんど肉眼では感じられぬほどの、移動を示しながら計器盤の中央の目盛へと動いてゆく。

絶壁の頂上の、海に臨む岩石の中ほどを穿って、精密な自動追尾式レーウィン受信機が、備えてある——そこから計器盤へ、反応が伝えられてくるのだ。

　こうした装置はがんらいが、極めて小型の無線送信器を、気球などにつけて空高くあげ、気球にながされるままにして、発する電波の位置を追いながら、上層風を測定するために開発されたものである。

　そのもっとも新鋭で、強力なものを基礎にして、目的物の移動の情況を、探知することに利用しているらしい。

　大きな雨傘をひらいたような、探知具が、深夜の海原にむかって、見えぬ視覚を働かしつづけているのだ。

「そっと闇にかくれて、逃げおおせる気だなッ……そうはむざむざと、許しはせぬぞ！　江波君にいわれて、よもやと思いながらも、発信装置を、しかけておいてよかった！　……まさかデリンガーの奴も、ゼール王妃のミイラの寝台に、こんな秘密がひそんであるとは知るまい」

　こう呟いて、腹立たしそうに、舌打ちして計器盤にみいる。

　発射電波と、到来電波の変調波の位相差から、いわゆるトランスポンダー方式によって、発信器の積まれたディストリアス号との、距離のせばまりまでありありと読める。

　あわてて起きてきた、白衣の袖に手もとおさぬままの江波貞雄助手が、

「やはり奴等は、悪党でしたなッ……どうなさいます、先生っ！　はやくおきめ下さい」

　と蛭峰博士に、何事かについて決断を、求めるのだった。

「ふむ！　そうだな……やはり、予定通りに、やる他はあるまい」

「わたしも、そう思います……あのゼール王妃のミイラは、先生にとってはまだ十分に、ご研究なさるべき重要な点が、数々あるではありませんか！」

「その通りだ……あの、何千年のあいだ、完全な形骸を保っておる、ミイラの細胞の処理方法については……わし等はいまだに、古代エジプト人の努力に、及ばぬままじゃ。なんとしても、あのミイラの破片でもよいから、資料として奪還せねばならぬ……」

「わかりました！　先生も、デリンガーたちに、裏切られたままで、ほおっておくわけにも、ゆかないでしょう。わたしどもの秘密を、嗅ぎつけておる、奴等ですから」

「よし、君にまかす！　わしは勘助と、首尾をみとど

けるからな」

　緊張した江波助手が、度の強い眼鏡をキラつかせながら、テーブルのうえに大きな、海図をひろげていく。

　そしてコンパスや定規を使って、刻々に変化する、計器の目盛を読みながら、ギリシャ船の位置を追いはじめるのだった。

「先生！　この航行速度ならば、あと四十二、三分で、ここから最短距離の海上に迫りますが」

「ふむ……では、やれ」

　蛭峰博士の頬に、複雑な笑いが浮かんで、ふっとかき消すように薄れた。ひょいひょいと蟇を思わす恰好で、下男の勘助が蛭峰のあとにしたがう。

　瞬く星もみえぬ、墨を流したような、曇天の夜空だ。水平線と空の、境さえはっきりせぬ闇一色である。

「……先生っ！　あと、二、三分です……あと一分っ！」

「よし……慎重にやれッ」

　横なぐりの、烈風にあおられていた蛭峰博士が、こう注意しながら、手を振って合図した。江波がレシイバアを耳にかけ、二、三度かたわらの機具のスイッチを押して、反応を確かめてから――やるぞッ！　というように、もうひとつの、赤い警戒ランプの点った、タイト・スイッチをグイとひねった。

　――そして結果を、確かめるために、バネにはじかれたように、レシイバアをかなぐり捨てて、洞窟の外へ急ぐ！

「おうッ……あれを、見いッ！」

　まだ江波が、間にあわぬうちに、蛭峰博士の、わめき声が起こった。

　東南の闇の沖合いに、ピカリと閃光がきらめき、つづいて――ど、どどーっ！　と爆発音が、海面をゆるがし、天空に火柱をあげた！

　一瞬、炸裂するディストリアス号の、マストやクレインや、甲板の救命ボートなどの備品までが、はっきりと網膜に焼きつき――火柱は空の白雲まで、鮮かに映しだして、ふっと消えた！

　二度、三度、誘発する号音と、閃光がつづいて、闇にもどる。黒煙をふいて、横倒しに腹をみせる船体まで、ありありと望めた刹那だった。

　――こちらから変調波を送ることによって、ひそかに輸送船の、船体の肋材(リブ)のあいだに、仕掛けておいた強力な爆薬物を作用させ、裏切者の船を、海底へと葬ったのである。

「よういったな……しかし君、安心するのはまだ早い……われわれの仕事は、むしろこれからだぞ」

蛭峰幽四郎博士が、ふたたび漆黒の闇にもどった、沖合いを望みながら、さも楽し気に江波貞雄助手に向かって呟くのだった。

「なにっ……ディストリアス号が、沈没したとッ！　北緯三四度三七・八分……東緯一三九度〇一・一分……とっぴょうしも無い、海上に出てるじゃないか……え、えっ……無断で出港した、覚悟のうえの自爆らしいッて！」

本部長の名で、特別通達をうけた、事件発生管区の海上保安庁本部の係官たちは、耳を疑るおもいで、この報をうけた。

信じられぬような話である。

ただちに連絡をおわり、とりあえずＰＳ一四一巡視船「あおさぎ」ＣＬ一五四巡視艇「ふぶき」――を沈没現場に急がせ……また館山基地から、ふたたびピーチクラフト哨戒機を、洋上に出動させてみた。

「なんとしても、容易ならぬ事態だ！　今日にでも、強制捜査をおこなう予定だった矢先に……このありさまでは、なんと世論に、はたかれても止むをえまい」

本部長は蒼ざめて、庁舎のオペレイションルームの、机のうえに俯して言った。いかに夜半とはいいながら、不覚の出港を許した責任は、免がれ得まい。

ましてみずから自爆し、海底の藻屑と、化したという報告である。

巡視艇が沈没地点の、海面に急行してみると、あたりには黒々と、重油がただよっていた、それにボートの破片や、甲板に置かれていたブイなどの、漂流物がからみあって、無数に浮かんでいる。

ディストリアス号の遭難は、確実視されるにいたった。

からりと晴れわたった太陽が、頭上から重油の面を、ぎらぎらと輝かせる頃には、浮上した外国船員の屍体も、いくつか収容されはじめた。

よほど烈しい、瞬間の爆発に、見舞われたらしい。甲板で作業していた者と、想像されるそれ等の船員の屍体は――解剖の結果によると、ほとんどが溺死体でなくて、爆風によるショックの、犠牲者であることを示している。

このあたりの、海流の激しさからみて、沈没船のサルベージ作業は、よくよくの至難事と推定された。

「ギリシャの船主側から……要請があるまでは、どうにもならんな。また引揚げ作業をはじめるとしても……積荷の宝物類については、所有権者の、宇津木氏の意向しだいで決めることになるさ……」

匙を投げたかたちで、海上保安庁側としても、沈没地点の確認に捜査をとどめた。あとは裏づけとなる、資料と遭難屍体の回収に当るばかりである。

――それが一週間ちかく、つづけられたあと、附近の海面はふたたび、静けさをとり戻して、嘘のように凪ぎはじめた。

来栖谷一平私立探偵が、銀座五丁目裏の探偵事務所に、突然の意外な来客を迎えたのは、この頃になってのことだった。

客は赤銅色に日焼けのした顔の、みるからに田舎者じみた、指が労働で節くれだった老人である。

脅えたように、きょろきょろとあたりに視線をくばりながら、ぎこちなくソファーに坐って、来栖谷にぺこぺこと頭をさげる。

なにか極秘の、訴えがある様子だ。

探偵にむかって、まず初対面の挨拶をおくりながら、

「ぜひ先生に、お聞きねがいてえことが、ありましてな！　とってもおいらだけの、力じゃおえねえ……寝れねえほど考げえてから、新聞でみた先生を、頼ってきただ……おいらは浜で漁師を、やってる者で、高橋栄太というもんです……ご存知だっぺかなあ……」

と、口を切りはじめた。

「高橋、栄太さん……ええっと、お待ちください……どこかでお聞きしたような、お名前ですね」

こう如才なく応じながら、事務員の女の子に「高橋栄太」――の分類カードを、そっと整理棚からぬかせてみる。テーブルの下に手をやって、ひろい読みする一平の表情が、さっと緊張した。

「あなたは！　蛭峰のために、娘さんや息子さんを……殺された方ですねッ」

「お恥ずかしいこッたす……みんなおいらが、悪いだ！　おいらの欲のために、騙されて子供を、獣にされたり……腹を引っ裂かれたりし、実験に使われて、しまいましただッ」

老人は身を震わして、泣きわめきはじめた。一時は岬のうえの煉瓦屋敷に出入りして、魚類を採集したりして、蛭峰幽四郎博士に、協力していた漁師の老人である。

――いまは娘のやす子や、事情のある隠し子だった長

男の伜を、博士の嗜虐の実験の資料に使われた、と知って、悪夢にとり憑かれたような哀れな——栄太ではあった。

やさしく宥めてやる、来栖谷にむかい、

「ぜひ仇を、討ってもらいてえだッ！　……あん畜生等ッ、こり性もなく、また浜の沖さ出てきやがって……海の底に、もぐってみてやがるッ。先生っ、まちがいねえ……おらの眼は、耄碌したって……水の奥底まで、見通しだもんな」

と奇怪な訴えを、聞かしはじめるのだった。先日沖で真夜中に、でっかい外国の船が、沈んだというあたりで——近頃またも、蛭峰博士たちが、アクアラングを使って、暗黒の海底を探っているらしい、と言うのである。

「……どうして、それが、分るのですッ」

「おらあ、長いこと……あの鬼みたいな先生や、江波っていう若先生が、水にもぐるのを手伝わされてたものな！　背中のボンべっちゅう金の筒から、吹きだしてくる空気を、息しちゃあ、水のなかで吐くだ……そのアワ粒が、ブク、ブクッと、ときおり……波のうえに、わいてくるだよ。そいつを追っかけて、舟を漕いでゆくだから……忘れもしんねえ」

同じような水泡が、ひんぱんに海面に、浮上するのをつきとめたという。

煉瓦屋敷には、姿も見当らぬままだが、おそらく付近に身を隠して——蛭峰博士たちが、海底を探っていることは、疑う余地も無い、と信じているのである。

時刻はおおむね、昼近くらしい。

頭上に太陽がのぼると、とくに海底の視界が、見通しをよくするからだ。

「よしっ！　調べてみましょうッ……へたに騒ぐと、また勘づかれて、逃げられてしまう。まずわたしだけで、確かめてみることにしましょう」

来栖谷はこう言って、全身の血が、踊る心地がした。もし高橋老人の言葉が、正しかったならば、海底で妖怪蛭峰幽四郎博士に、見え得る（まみ）のだ！

ひそかにつてを求め、北洋サルベージ工業に連絡して一切の準備をすすめ、来栖谷がいよいよ海底の捜査にとりかかったのは、僅かにその日から、数えて三日目の朝からであった。

ディストリアス号の、沈没地点には、いまだに黒光りする重油が、漂よっていた。

かっと晴れ渡った、青空の海原である。

「じゃ、田中君……いってみるからなッ……もしものことがあったら、ぼくの敗北を、記事にして報道してくれたまえ」

ただ一人だけ、事情を打ちあけて、同行させた毎朝新聞の田中和彦に、こう来栖谷は言ってから、重い潜水冠を頭にかぶりはじめた。

焼玉（チャカ）のエンジンを止めた栄太老人が、舟を手漕ぎにかえていた手を休めて、一平に潜水冠をつけさす。ぐるりと首にかぶってから、ネジ止め式に、ひねって潜水服に固定するのである。

ざぶりと舟の縁から、足を先に、海中へ入った。田中と高橋老人が、柄の両側を握って、送風ポンプをこぎだす。

そのごとに、ブクブクと水泡をあげながら、ゆっくりと引綱を手にして、暗い海底へと沈んでいく。いままで乗っていた小舟の舟底が、鏡のように銀色に光る海面に、黒くぽかりと見上げられた。

そのぎらぎらと真昼の日射しを受ける、水銀をながしたような海面さえ、やがてコバルト色にへだたってゆき、あたりが急に冷たい潮に変った。

すごい水圧で、足をさらわれる。

仄暗くもうもうと海底の砂塵が、防水ガラスの視界を、まま遮ぎるばかりに渦巻いている。

ゴムの送風管が、海流にからむためか、しばしば来栖谷探偵は、窒息するような、息苦しさに喘いだ。いま少しで、引綱をひいて、浮上を求めようとする心を、必死に怺えて潜水をつづけた。

――もう一時間あまりも、暗黒の海底を、彷徨ったであろうか。

来栖谷はふと、前方の砂塵の闇のかなたに、ぼおっと明るみを覚えて、はっと息をのんだ！

夜光虫か、発光するという、深海魚の一種かともおもった。が、それは、あきらかに水中燈の光りで、しかも左右に、手で振るように、ひょいひょいと揺らめいてみえる。

鉄の重しをつけた、潜水服の足が、海底に泥沼のように、ずぶりと嵌り込んだりする。ようやく這ってゆく、砂塵の渦のむかいに、黒い巨大な壁の影が、せまってきた――ディストリアス号だッ！　と来栖谷は、防水ガラスの、なかで呻いた。

しかも驚いたことに、その黒い鋼鉄の船腹に、守宮のように一つの人影が、ゆらいでいるではないか！　蛙の水掻のような、鰭(フィン)を足先にばたつかせながら、二人のアクアラングを背にした男が、なにか作業しているのだ！

船腹の中ほどにある、部厚い防水ガラスの嵌った丸い船窓から強力な携帯水中燈火の、ライトの光芒を照らし込んでいるのである。

うぬっ！　と来栖谷は、血の逆流を覚えた。

蛭峰博士と、江波助手であることは、疑う余地もない。

おそらく船艙(ホールド)のなかの、古代エジプトの宝々を、奪還するためであろう。一平はどうしようかと、一瞬の戸惑いをみせてから、じりじりと背後(うしろ)に迫って、二人の作業振りを、確かめてみた。

あっ！　と恐愕の、叫びをあげた。

眩い光芒に照らしだされ、船腹のガラス窓越に望めたものに、肝を潰したのだ！

完全な防水をほどこしてあるためか、船艙には海水が浸入せず、中空のままで、内部が保たれている。しかもそこに、窓すれすれに接近して、ゼール王妃のミイラが、生ける者のように望めたではないか！

奇蹟の姿である。

あの強力な爆発にもたえ、微塵も破損せぬ姿を保つとは、これぞ王妃のカアの、守護というの他ない。

蛭峰幽四郎博士と江波助手は、背後の敵にも気づかぬままに王妃のミイラに執念して、それを運びだそうと、焦っている。

なにごとか博士にむかって、頷いてみせてから、江波がハンマーを取りあげた――はっと不吉な予感が、来栖谷の脳裏をかすめた！

その意図は、明らかである。

厚い防水ガラスを、ハンマーでぶち破って、ゼール王妃を迎えようというのだ。

確かにそれは、成功するだろう――わずかに強度の水圧に、堪えているだけの窓ガラスは、ハンマーの衝撃をまたずとも、脆く破れ去るはずだ。

が、その次に、誘発される事態の、恐ろしさを、知らぬのであろうか！

「待てッ……やめろ！」

重い防水冠のなかで、空しくわめいてから、来栖谷は二人を引留めようと、よろめきながらに、暗黒の海底をあせった。

――と、すでに時は遅く、ゴ、ゴーッと、耳をつん裂く海流の渦が、一平を、海底の砂塵に、たたきつけた！

ばかッ！　馬鹿者ッ――と叫びながら、ごろごろと回転して僅かに露出した、水底の岩礁にしがみ着いた。

あとは名状しがたい、渦潮のうなりが、身を翻弄しつづける。

静まるには、相当の時間を要した。

そしてそのあとに、展開してみえた光景は、まさにこの世の、ものではなかった！

丸い船腹のガラス窓に、空をつかみ、黒血を漂よわせた蛭峰幽四郎博士と、江波貞雄助手の肢体が——ガラスの破片に、胸を、下腹部を貫かれて、白い肉塊をひらつかせながら、海流に洗われていたのだ。

臓腑ははみだし、ゴム管のように醜く、海水にうごめいている。

はや生血のかおりに誘われ、鮫らしい魚影が、白い腹をひるがえして、あたりを遊弋（ゆうよく）しはじめていた。

何トンとも知れず、作用する深海の水圧が、ガラス窓から船艙になだれ込んで、この椿事を巻起こしたのだ！

これこそ、聖なるゼール王妃の遺体を、穢さんとした者への、カアの復讐であろうか。

来栖谷一平探偵は、しばし我を忘れて、茫然と闇黒の海底のさなかに引綱に浮上のサインを送ることもせずに、佇みつづけるのだった。

蛙夫人

回想

朝の気温は季節の移りかわりを間違いなく伝えて、驚くほどのあたたかさだ。起上って引く雨戸から流れ込む外気が、一ぱいの日射(ひざし)を伴って心よく身に泌みわたってゆくのだった。

中央線沿いの郊外にある私の家は都心にくらべていくらか早く春が来るようで、遠く望まれる白雪を帯びた富士山のすそを廻る山波はもう緑色がかり、附近の農家づたいの木立の、まばらな梢の枯れ枝が、永い冬の跡をとどめているほかは、ただ一面にあらゆる耕作をまって、青々と色づいた畠ばかりで、その間をものうげに流れる小川の土手には、早くも蝶々さえ飛交っている。麗しくもすがすがしい眺めである。

私はこの長閑(のどか)な光景にこれから訪れるであろうところの容赦ない夏の足音を聞いた。それはゆくりなくも、名残なく過ぎ去っていった毒々しいばかりに、濃厚な青葉におおわれた去年の夏を思い浮べさせる。

喘ぐばかりの夏！　そこには忘れ得ない恐怖がある。——今となっては想像も及ばないような炎熱の毎日だった去年の夏！　まったく誰も彼もが気が狂ってしまいそうにじりじりと照りつけた暑さは、夜になっても容易には抜け切れなかった。……たとえ季節が移り、秋がき、秋が去り、冬が去り、いつしか一年の歳月をへたとは云いながら、あの狂ったみたいな気候のうちにくり拡げられ、開始された世にも奇怪な事件の余韻は未だにはげしく私の胸中に宿っている。

今だに思いだす。私が最後に大館(おおだて)夫人に会ったあの夜は、誠に蒸し暑い銀河のおぼろな真夏の夜であった。

籐椅子に静に腰をおろしている夫人、背にした白壁の上を気ぜわしく、不吉な予感に脅えたように、黒々と艶やかな翅(はね)をかがやかせた油虫が一匹ちょろちょろと横切ってゆくのが、あたかも孤独な夫人の淋しく悩む姿にも似て痛々しく哀れに感ぜられてならない。

暫くは何かしら重々しい沈黙が女中の運んだ果物と飲ものをのせた机を隔てて向い合った夫人と私の間につづくのだった。

夫人の病的なまでに蒼白い面（おもて）と、ぼーっと空間の一点を虚に凝視した眸には、やはり噂の如く、N大附属病院の榊原博士の診察の結果、明らかに精神病的傾向があると宣告された、夫人の呪わしい宿命的な生涯の終末を暗示する何物かが潜んでいるもののようだ。

しかし、清潔な派手気味な浴衣姿の夫人の端麗な容姿は未だに社交界に君臨した往年の絢爛たる歴史の名残をとどめて、そこはかとなく優雅な気品をさえ漂わせてくる。

当時、赤坂新地の林家（はやしや）が美貌並ぶものなき林子（りんこ）を誇れば、これに対抗して春本は才色一世を風靡した万竜（まんりゅう）を擁して、互いにしのぎをけずり合うといった花柳界空前の興隆時代、夫人は林家の女将（おかみ）お鉄に養女の形で育てられ、踊りは藤間、長唄は吉住と、稽古の神妙をたたえられ、林家の伝統を継ぐ名妓を約束される裡に半玉（はんぎょく）のまま第一汽船の大館氏によって落籍されたのであったが、夫人の半生は華かな生活に反して、財的には恵まれていたかも知れないけれど、あくまで放縦な大館氏の乱行のために身心ともにつかれ果てて、外遊中に客死した氏の遺産をうけた後も決して幸福なものではなかったといえよう。

大館氏夫妻を知る人達の間では、夫人の潜伏的な精神異状も、専ら氏から受けた悪質な病疾に原因するのではないかとさえ取沙汰されているほどである。

開け放たれた小高い別荘の廊下のガラス戸からは、生暖かい南風が、闇にほの白く咲いた夕顔の強い香りと共に、崖の下一面の古沼から騒がしい蛙の鳴声を運んでくる。月光に煙った古沼の鈍い銀色の反射の底から湧上ってくる無数の蛙の声は、ものうい淋しい一種のリズムを帯び、止むことを知らぬものとなっていつまでもいつまでも夜の饗宴がつづく。

その時突如として、平和な鳴声に交って蛇の餌食にでもされたのであろうか、断末魔の悲し気な蛙の叫びが微かに耳朶をうった。

夫人はその声をきくと、はっとしてす早く屋外に眼を走らせたかと思うと身悶えしてやにわに立上って、烈しく肩で呼吸（いき）しながら私の存在を忘れ去ったかのように、廊下を彷徨し始めたではないか。残りの香も美しい蒼白の頬を止めどもなく涙にぬらしながら――

なす術もなく茫然として見送る私。往きつ戻りつ、魂のない夫人の彷徨がいくたびくり返されたことであったろう。それは怪しくも美しいあやつり人形のうごきを、人気もない深閑とした深夜の舞台でただ一人見ているみたいな好奇心と恐怖心の入り交った、思わず大声で喚き立てたくなる戦慄の一ときであった。正確に云えばそれは僅か三分か五分の間ではあったろうが、私にとっては実に長い長い時間がすぎると、力なく再び椅子に戻った夫人は、そこに棒を呑んだように立ちつくしている私に、淋しく微笑んでから美しいしなやかな指先で涙を拭いながら、とり乱した心を静めようと努力するかのように軽く眼をとじるのだった。

長い睫毛が小きざみにふるえ、すんなりした襟足が痛々しく私の眼にしみる。

大きな蛾が屋外の闇から勢よく室内に飛込んできて、床に大きな影を縦横に走らせながら電燈の周りを不気味に飛び戯れ始める。――夫人はその音に眼を開くとやがて、踊り狂う蛾の姿に眸をおくりながら、長い沈黙を破って静に私に話し出すのであった。

狂える言葉

「ねエ、大河内サン、勿論、あなたは私のことを気の違った――気の毒な女だと思っていらっしゃるんでしょうネ？」

「えッ！　と、とんでもない、そんな変なことを誰が思うもんですか……」

「嘘おっしゃいナ！　判ってますのヨ。あなただって、誰だって――何か疑惑の眼で私を観察しているんだワ」

「……」

先ほどから胸中に蟠（わだか）まっていた夫人への疑念を鋭く読みとったみたいな夫人のことばに私は、思わず声をのんだ。

「アラ、ごめんなさいな、お気にさわってテ？　でもそれが当然と考えて少しも怨んだり怒ったりしていませんノ。……だって、自分自身さえ半信半疑なんですから。……」

夫人は忽ち羞恥に色づいて面を伏せ、消え入るように言葉を濁す。その声は若々しく、はえぎわの整った項（うなじ）が処女のように美しい。

「でも……貴方、誰からも信じられない憂鬱な毎日。退屈な相手になって下さる方もないこの頃の私ですもノ、神経衰弱になったりするのは当り前だとお考えになりませン？」

「なるほど……で、何か気の晴れるように旅行でもなさるとか、本でも読まれるとか……」

「エエ、色々考えてはいるんですけれど、なにか苛立たしくテ、わずらわしくテ……、ね、だいぶ話がとびますけど大河内サン、あなただけは私の、年寄の言うことを信じて下さるでしょうネ、本当に心からお願いするワ、実は今日、こんな遠くまでおいで願ったのもそのためですの、……」

「……」

「よろしゅうございます？　それこそ誰にだって信じられないほど神秘な、いえいえ馬鹿気た気狂の戯れ事としか思えないことなのヨ——」

「どうぞ、私は奥様と久しぶりにお話したくて上ったのですから、何でも聞かせて下さい」

「有難うございます。……じつは——じつはわたし、真実、蛙に呪われているんですのヨ」

「なんですって！　蛙にですって！」

私は意外なこのことばに呆れて、夫人の顔をまじまじと見つめざるを得なかった。迷信に満ちた花柳界に育った故であろうか、または真に錯乱した狂いのことばであろうか、私は想わず身を乗出した。

「本当に私は蛙に祟られているのです、でも、真面目に耳をかして下さる人なんか一人もありませんでしたワ、こんなことを云い出したのが気狂い扱いを受けはじめたそもそもの始まりですもノ、……ことに義理娘のかよ子などは小遣いせびりの時だけにたまたま来るんですけれど、いつも散々に厭味をのべた挙句に恐喝的にうばうようにして私の生活費を持ってゆくばかりか……憎らしいじゃございませんか、ある日思いきって云った私の話を啣え煙草で聞き流したばかりか、指をならして、『どうかしてるわネ、あんたも少し焼きが廻ってきたようヨ！　頭の変な人にお父さんの遺産なんぞ任せておけないから早くこの別荘を私に渡して、病院でゆっくり養生なさったら、——』なんて云い返す有様で、私は無念で口惜しくて思わず怒鳴りつけてやりましたの、すると、『フン！　また発作が起り出したようね——、都合のよい時に始まるもんだワ』と毒々しくいい放って帰ってゆきましたっけ。いくら……私の生んだ子供でなくても亡くなった主人の子供である以上、……今少し情のある態度がとれないものなのでしょうか？」夫人の顔は明かに苦痛と遣瀬（やるせ）ない悔恨ににた表情に曇ってゆくのだった。

私は夫人が大館氏と結婚した後に、好色な大館氏とある隠し女との間に産れたかよ子とその兄を知っていた。かよ子がばかばかしい自作とやらの恋愛ものの脚本を、半ば自慢げに直してくれともって来たりしたことがあったので。――彼女は柄の大きないつも安手なスタイルブックの悪くどい表紙をそのまま切抜いたみたいに原色に飾り上げたけばけばしい女である。

浅草のある劇団の古株の男優と同棲して爛れきった生活をしている事も、また一説には男の方はただ、かよ子の見境のない浪費目当のいわば金でつながった関係をたもっているに過ぎないとの風評もあった。この悪評を裏づけるかのように、男の心を買わんがためにかあるいは男から唆（そその）かされてか、ときおり、この夫人の別荘にきては途方もない莫大な無心を強引に取立ててゆくともきいていた。そのつど、柄にもなくお母様呼ばわりをしてねだったり、夫人の豊かな生活に難癖をつけたりするかよ子の不良性には、私は日頃から義憤の情を禁じ得なかったほどである。

私の頭の内にかつて銀座の並木通りで見掛けたかよ子の姿が浮んできた。懸命に媚び諂（へつ）らう如き見るからに軽薄気な一団の青年達に囲まれ、女王の如く振舞う微醺をおびたかよ子の燃える濃厚な緋のスーツと、毒々しいまでに誇張されたはち切れるような肉体の線は、通行する人々の注目を浴びていたのであった。

一方かよ子の兄は意外にも真面目な水産試験所の技師をしている、将来を嘱望された理学士であり、某私大に助教授として籍をおくかたわら、動物、特に魚類の研究に身を捧げてしばしば権威ある専門誌に論文を発表したりして、年若い身としては相当に学界に知られた存在であったが、彼とても他人の如く接したこともない血を別けた妹のかよ子同様、大館夫人に対する態度は陰険な軽侮そのものであった。無心をしたりする品性の彼でこそないが、凡そ肉親の礼をもって接することなどはただの一度もしたことはなかった。

大館助教授の憎悪をこめた、汚れものにでも触れるような邪険な扱い方とその妹の存在に、夫人は自分で自分をいやしめ、不甲斐ないと思う反省的な悲しい割切れぬ感情の糸が断ちきれず、冷やかに尾をひいて常に夫人の胸の内に廻り淀んでいたといえよう。

　私は夫人の心の底にある潜在物を見抜こうとする気持から、じっと夫人の顔を凝視した。夫人は乙女のような、濡れているように黒くかがやく瞳をみはって、悩みに堪えかねた少女が思い悩み哀願するかの如く上目づかいに私を見返すのだった。

　戯れ疲れたのか先ほどの蛾は、鴨居の上に大きな翅(はね)をのばして静物と化して停止している。見るからに毒々しい胡粉に彩られた不貞腐(ふてくさ)れた夜虫の容姿は、まるでかよ子と対峙しているような不快な感情を催させる。

「大河内サン、あなたはきっと私の話を、蛙に呪われている理由を興味をもって聞いて下さる唯一の方だと信じて来ていただいた次第ですノ。勿論信じて下さらなくても良いのです。興味、――そうだワ、楽しく批判してさえ下さればそれで満足ですのヨ」

「恐縮に存じます、どうぞ是非伺わせて下さい」

　夫人は満足気に感謝の微笑を口もとに浮べて軽く頷くと、奇怪な、恐怖を覚えざるを得ない告白をし始めるのだった。夜風が音もなくはしって、崖一面に茂り合ったうらじろ草の面を、夜目にも鮮やかに白々と小波をたてて魔性の通過する足跡のように撫で去ってゆく。私は夫人の言葉への期待と、故知らぬ恐怖に思わず身じろぎせずにはおれなかった。

奇怪な蛙

「私と私を呪う蛙との関係は、私が一度だけ、それも可哀そうに一年も育たぬ赤ちゃんのうちに死んでしまった私の坊やを産んだ時から始まりましたワ。――私から申すのも変ですが、あんな風だった主人もたいそう喜んでくれて、本当に期待に満ちた楽しい夢のような毎日でしたノ。さてその頃私も若かったし……それに人一倍肥っておりまして健康すぎるほどでしたので……それはそれは乳が張って苦しくて毎晩泣いて寝床の上をころがり廻るほどでした。すると春本の小稲さんが向島から迎えられて、新橋で開いていた割烹店『花月』の抱妓(かかえぎ)だった雅子さんが私の乳の張りに悩んでいる噂を聞いて、わざわざ見舞にきてくれました。――雅子さんは、信州で代々酒造を営んでいた旧家の娘さんでしたが、放蕩な父親が財を潰してからはるばる人目を忍んで上京して『花月』から出ていた気の毒な人でしたノ。……まだ若いのに親元を遠く離れているせいか人懐っこくて私といっしょに仲よく姉妹のようにどこへでも連れだっていったものでしたわ。

趣味といえば芝居と食べもの、……そりゃ食いしん坊でしたわ私達……。それにあの頃は何でもおいしいものばかり、エーッと、まだ与平ずし、天金、橋善の天ぷら、更科のそば、中橋桐屋のうどん、変ったところで深川の牡蠣めし、けぬき鮨、お魚だって永代の白魚、江戸川の鯉、いろいろあったのですヨ。甘いものだって栄太楼の甘納豆、風月の羊羹、塩瀬の饅頭、源氏豆だなんテ、——本当にお祭と食べもの屋を追って遊び廻りましたっケ」……

夫人は一々、名物を指折り数えながら幼なかった芸者町時代の生活をなつかしく回顧して子供のように機嫌をとり戻して楽しげに笑うのであった。

これが果して精神に異状のある人のことばであろうか、私は夫人の正確な追憶のことばにほのかな安堵を覚えた。

「ソレハそうとして、その雅子さんが誰もいない部屋に、布団を敷いて寝ている私の枕もとへ座って、突然真剣になって奇妙なことを勧めだしたので、私はギョッとして、はじめは皆さんが現在私に対して示すように、私は雅子さんの頭が変になったんではないかとさえ思って、どうしても信じかねるほどでしたワ。——それはこうなんです。信州の淋しい、中には数百年に近い昔のままの家さえある人里はなれた山中の部落には、いまだ都会には知られていない神秘で不可思議なことが沢山つたわっているというのです。——たとえば狐憑の家だとか、蛇の、一丈もあるぬしが床下に棲んでいる蛇神の家だとか、……そのうちに特に風異りな、釣さえ禁じられている裏の小沼に棲息している『乳呑蛙』を、代々保ちつづけた家があるというではありませんか、しかもその蛙はおたまじゃくしのころに捕えて家伝来の秘法によって巧みに飼育すると、遂には雪国に多い乳の張りをたすける『乳呑蛙』になるというのデス。……

それにその蛙は蛭のように乳首に口をあてて乳を吸うというんでしょウ、そしてその蛙が腹一ぱいに乳を吸いおわった頃をみはからって瓶に放てば、吸ったものをすぐ水に吐きもどすから、数回これをくりかえせば相当らくになるし、何よりも自分自身でしぼりだすいと口をつける基になるから、是非、試してごらんなさい。気味のわるいどころか、馴れるとそれは可愛い動物だそうですヨ。他ならぬお姐さんのことですもノ、なんとか手に入れてあげますわヨ。私の生れた時、やはり私の母も乳張りにくるしんだそうで、人にすすめられて秘密に蛙を育てだしてから蘇ったように助かったときいております。ご恩になった姐さんのためですもの、母だって喜んでお役にたちますわヨ。と膝をのりだして真面目な顔でいうんです。――私はいくら迷信や占いの盛んな世界に育ったとはいえ、この雅子さんのいうことは馬鹿々々しくて、笑いをこらえるのに苦心しましたっケ。――

でもその時、ふと私の頭に閃いたものがあったのです。それは――この妓は私の用事にかこつけて、国元の母のそばに帰りたいのではあるまいか、という考えでした。

――

私の主人は、もちろん花月の最上級の顧客の一人でしたから私の要求があれば女将の小稲さんが十日やそこらのひまを雅子さんにくれること位は当り前だったのです。

私は雅子の必死の気持がいじらしく十分に汲取れたので『お願いするワ、ご苦労さんネ』と簡単にこたえて、十日ばかり雅子さんを手伝いに貸してもらいたい旨の手紙を女将あてにかいて持たしてやりましたノ。――

折返し翌日小稲さんから私あての見事な見舞の品をもって嬉々として訪れた雅子さんに、遠慮するのを無理に小遣銭やあの妓の家への土産ものまでととのえて持たせてやりました。

勿論、私は蛙どころか子供の虫封じの護符さえあの妓がもち帰るとは期待していませんでしたの、むしろ帰京して私に会った時の言訳にくるしむあの妓を想像したりして心を痛めていたほどだったのでス」

夫人は疲れたらしく、そこで机の飲みものに手をのばした。私は湧きあがる驚きと好奇心に思わず興奮して頬のほてるのを覚えつつ、口をさしはさまざるを得なかった。

「それでその結果、……どうかしたのですか？」

「ハイ、本当に雅子さんは乳呑蛙をつれてきてくれましたノ」

「えッ！　本当に……その蛙を？　……」

「エエ、私も驚いて口もきけぬくらいでした。雅子さんが誰も他人のいないのを見届けてから風呂敷に包んだ大きな瓶をとり出した時は、ただ不気味で手がふるえて、どうしても瓶の蓋をとることが出来ませんでした。……恐る恐る雅子さんの手を借りてのぞきこむと、小さな水音をたてて一匹のやや大きめな蛙が向きを換えて、じーっと私の方を見あげるではありませんカ！　――その人馴れた動作に私は何かしらホッとしました。

次に雅子さんが手を入れると、さも嬉しそうに飛びついて腕を登り始めたりして、忽ちほんとうに可愛らしいといった気持が起りだしたのです。

それから三、四カ月のあいだ、雅子さんから注意されていた郷里との約束を守って、人しれず飼育しつづけました。

遂には乳をねだって瓶の中からころころと私を呼んだり、もちろん理解するわけでもありますまいが、巫山戯（ふざけ）てはなしかける私のことばに、じっと耳を聳（そばだ）てて聞き入るかのように大人しくしている時さえありました。

私と赤ん坊以外の人の気配がすると、あわてて瓶にとびかえったり枕もとまではねてきて坊やをあやすような仕草をしたり、それはそれは利口な蛙でしたワ。……ところが遂に最後の日が来てしまいました。

坊やも満六カ月になってよく笑ったりするようになった頃のことですが、私は坊やをあやしながらふと取り返しのつかないことをいってしまったのです。……『ネエ……ねえ坊や、あんたも大きくなって、うんと母ちゃんのおっぱいを吸えるようになったから、もうあんな変な蛙なんか要らないわネ』……と迂闊にも口にしたとき、カタリと背後で小さな物音がしました。

ふりかえって見ると、いつしか机の上によじ登っていた蛙が、じーッと私のことばを聞くみたように、私の顔を見上げているのでした。……そして次の瞬間、まるで一礼するかのようにペコリと頭をさげて身構えるや、もの凄い速さで屋外にとび去ったまま帰ってきませんでした。

私は驚いて庭へとび出しましたが、最早杳として蛙の姿は見当りませんでした。不気味なことにそれから恐ろしい恐ろしい蛙の祟りは直ちに現われはじめました。

——その夜から原因不明の高熱がでて三日目に坊やが死に、御葬式その他でとり混んでいる遽（あわただ）しい内に弔に来てくださった『花月』の小稲さんの口から、新橋駅の前で交通事故のために、雅子さんが急逝したことを聞かされた時には、あまりのことに私は思わずその場に卒倒してしまったのでした」……

女中と仙照老人

泊っていってはと、熱心に勧めてくれる夫人に再会を約して別荘を出たときは、もはや終列車にやっと間に合うほどの時刻となっていた。

その頃にもなって夫人と二人ぐらしの女中のとよ子が、親類の婚礼によばれたとかで二三日暇をもらい、今夜上京する手筈だったのが、私の訪問のため終列車にのることになってしまったことを知り、心から詫をのべた上、駅まで同行することとなったものだった。

「今夜は久しぶりで色々奥さんから面白い話を伺ったよ。……何か少しご病気があるって他所から聞いたこともあるんだが……いつもはどんな風かい？」

夜道が恐いのか、唖みたいに黙りこくって、ぴったり身をすり寄せてついてくる女中のとよ子に、私は思いきってたずねてみた。

「奥様は、……また、あの蛙のことをお客様にお聞かせしたんでしょウ？」

笑いを怺えた含み声でこたえるその言葉には、明らかに夫人を狂った人としての軽侮のひびきさえあった。

「そうなんだ、――しかし、僕には乳呑蛙だなんて、どうしても信じられない存在だな」

「ハイ、わたしも……けど、……今年の春のことがあるまでは、奥様が変だなんて存じ上げたことは、ただの一度もございませんでしたが……」

「ほう、――すると何か春どきに？」

「ハア……」とよ子は暫し云い淀む態であったが、やがて決心したように口を開いて、「……この四月頃でしたワ。……そうそう何とかいう仏様の日で、奥様が東京からわざわざ甘茶をとりよせて用意しておられた日でしたっけ。……突然、奥様が別荘の裏山にむかって跣足のまんま、お座敷から飛び下りてゆかれたんですノ。……」

「へえ――。それは四月八日でしょうが、……で、そりゃあまた、何故だったんです？」

私は驚いて聞き返した。

その日の恐怖を呼び浮べてか、闇のなかで女中のからだが大きく身ぶるいしたのが、はっきり感ぜられた。

「あの別荘の裏山には深い洞窟がございましテ、奥様はお召物が汚れるのも構わず小さな入口から這入りこんでゆかれましたのデ……」

「うむ、それから？」

その時の光景をまざまざと、まのあたり見る心地がして、次第に高まってゆく胸の動悸を意識しながら思わずせき込んで先をうながすのだった。

つね日頃、あくまでしとやかなあの大館夫人が、なんということだろう。

「あまりのことに、茫然としてふるえながら小さな穴の入口でお待ちしておりますと、やがて髪をふり乱して幽霊みたいに蒼くなられた奥様が、……ああコワイ……。這い出したと思うとばったりと気絶してしまわれたんでス。……それで私までもがくらくらとして、……」

はだも露わな夫人を、恐ろしさのために気を失いそうになるのを必死にこらえて介抱すると、

「あ、とよ子ネ！　いつも話しているあの時の蛙が私に逢いにきてくれたワ、あんたは笑って本当にしなかったけど、ちゃんと来てくれたワ。……」

といって、さっき何気なく座敷から庭を眺めていると、庭すみに植えてある木瓜（ぼけ）の茂みのあたりから、ずっと成長して大きくなった乳呑蛙が出てきて、あの逃げ去った時と同じに夫人に向ってペコリとお辞儀をした姿を見かけたので、はっとして急いで後を追うと、裏山の不気味な洞窟に飛びこんでしまったので何か導かれるような心地で這込むと、中は意外に広くて溜り池さえあったと語ったというのだ。

「それどころか、奥様は、その池の水がソレハソレハ美しい金粉をとかしたかと思われる黄金の水で満されていたとおっしゃるんですヨ」

「驚いたなあ、——さぞかしあんたも怖かったでしょう」

私は恐ろしさのうちにも、詩の韻律をもったお伽話をきいているような気持に囚われてならなかった。

「それにその黄金の池に蛙が飛込んで、波紋を漂わせて姿を消すと、さっと黄金の色が失せてただの水に変ってしまったなんて奥様はいってきかなかったんですもノ。……」

「やはりあの蛙は神様のお使いだったのネ」と、子供のように泣きじゃくって、開かれていた仏壇の前で子供の位牌を拝み、どっと床についてしまったという夫人の狂態は、激しく私の心をうつ侘しさを湛えている。

駅にむかう田舎道の両側の田圃はとよ子の述べる夫人の奇怪なはなしを忘却せしめぬ大自然の作為でもあるか

と思われるほどに、盛んな蛙の声で満されていた。

「やはり奥様は狂っていられるのでス。近頃は時々窓ガラスに蛙の影が映ったとか、蛙の鳴声がするとか、突然夜中に言われてがばっと床から立上られることさえあるのです。

　鳴声だなんていわれるのは、近頃時々、夜聞える近所の若衆が吹くらしい不気味な、どこともない笛の音のことなんですからネ……」

　憮然として仰ぐ夏の大空を、銀河を斜めにきって流星がすーっと流れる。

　やがてもう改札の始まっている駅についた私達は、僅か二、三人の乗客が終列車を待つホームへ急いでかけ上った。

「おや、とよ子ちゃんじゃあないカ！　こんなおそく今からどこへゆかはりまス？」

「アラ、仙照さん今晩ハ、……おやおやまた酔っぱらってテ、……今日私お暇頂いてこれから東京の親戚の結婚式にゆくところなのヨ」

　とよ子は少し誇らし気に答えるのだった。

「そうかエ、そいつはよろしうおますナ、うんとご馳走になれて。……それじゃあ、お別荘の方は奥さん一人だけヤネ、ちょっと危のうおまへんカ？」

　この、夫人の極めて親しい知人らしい老人の、酔余の遠慮のないことばに明らかにとよ子は可憐に狼狽のいろを現わした。

「ネエ、おじさん、すぐ帰るからお隣のよしみで別荘の方はほんとにお願いするワ」

「よっしゃ、今夜はちょっと出んならんさかイ、明日の晩にでも帰り次第見舞っとくわ。久しぶりで奥さんの三味線と、昔恋しい唄でも聞かせてもらいましョ」

　仙照とよばれた、名からして粋な老人は、気軽に引受けると、今どき珍らしい河東節(かとうぶし)や一中(いっちゅう)をわざととり混ぜて誇らしげに口吟(くちずさ)みつつ、火の粉を吐いて黒々とした巨大な魔物のように驀進してきた汽車の停るのをまって、二等車のステップの方に走って剽きんによろめきながら車輛の中に消えていったのだった。

夫人の死

　品川駅で省線に乗換えるために座席を立った私は、側で健康そのもののようにぐうぐう寝入っているとよ子をゆり起すと別れの挨拶を交し、ホームへ降り立った。

激しい疲労を訴える体をひきずって自宅にたどりつくと、下着のままの姿でベッドにころげこんだ私は、胸中に潮にも似て去来する狂った夫人の話をあれこれと弄ぶうちに、いつしか強烈に襲いかかってくる睡魔に抗しかねて、前後不覚な熟睡におちていった。

どれほどかたって、深い眠りから醒め始めた頃、烈しくドアーをノックする音がして誰かが室内に入ってくる気配に、腫れぼったい瞼を擦りつつ視線をこらすと、そこには中学時代からの友人である小森検事が立っていた。

「や——君かい、アーアッ」

欠伸（あくび）まじりに煙草を枕もとに引よせて、寝そべったまま一服つけようとした。

「やっぱり居ったな！　おい知っとるか？」

こう云う小森の声に漸く睡気がさめる。

「何をさ、また……大事件かよ？」

夜昼の見境もなく突然訪れて、今その帰りだという生々しい犯行現場の有様を聞かしてくれたりすることの多い彼に慣れ切っていることとて、またかと別に驚きもしない。

「——驚くなよ！　貴様が昨夜会った大館夫人が、真夜中に死んだよ」

それを聞くや、恐愕の戦慄が私の脊髄を電光の如く貫き流れた。

「短刀で変死したとさ」

「何だって？　そりゃあ……」

「だが、君が帰っていて全く安心したよ。おれの友達が地元署の捜査課にいて、間接に君を知っているんだが……『あんたの友達の大河内さんという人が帰った直後だ』なんてえ長距離電話を役所へかけられた時には、いい気持はしなかったぞ……」

「よせやい、飛んでもない」

事の重大さに私は思わずベッドをけって飛起きざるを得なかった。何となく小森検事の眸が、私にたいする疑惑にもえているみたいに思われてならなかったからである。

「悪いことは出来んなあ……大河内！」

検事は私の動揺を知るや知らずや持前の冗談をとばし、私の煙草を横から、取ってうまそうにすぱすぱ喫いながら、頰を綻ばす。

「馬鹿をいえ！　——で、どんな風に？」

「とにかく、君に参考人に来てもらいたいとのことだった。おれも行く、早くしろよ」
せき立てられて再び車中の人となった私は、何か悪夢にうなされているような思いの裡に、今朝方、電話で聴取した事件の概要を説明する小森の言葉に耳を聳てるのだった。

　勿論まだ判然とはせぬが、屍硬の状況より察して死亡の時刻は午前三時頃らしく、短刀の根元まで一突に心臓を刺して息絶えていたそうだ。既に現われ始めた屍斑が特に下腹部に甚しく、これは机に俯伏したままこと切れていたという夫人の屍体の位置からして、血液の沈下が腹部に集中したものとして自然であり、少くとも死後に屍体を他所から運びこんだ、といった移動があったとも思われず、また短刀の状態、特に右手にしっかりと握りしめていたとの点などより見て、死後犯行に用いた兇器を握らせることは不可能とされていることによっても、今の所、自殺による変死説は確定視されているとのことである。

　発見者は午まえに帰宅して——とよ子との約束通り別荘に訪れた例の仙照老人で、しめ切りの雨戸に不審を抱きこじ開けてみるとこの有様、胆をつぶして駐在所に飛込んでからあの平和な村が上を下への大騒ぎとなり、手配によりまず上京中のとよ子が参考人として警視庁へ召喚され、その証言により私までもが狩り出されたのだそうである。

「だがね君、短刀で自殺したとして、女の身でそんなに深く一息に突けるものかい？」

「うん、自分で自分の心臓を突くなんてえのは外国以外には稀れさ。しかし、気狂いに刃物ともいうから常識通りにいかん、まず自殺だよ」

　こんなことを述べあっているうちに思いも鮮かな別荘について、特に小森の紹介で鑑識課員をまじえた関係官が資料蒐集のために室内を丹念に物色したり撮影したりしている混雑の中に案内された私は、さすがに異常な緊迫感に襲われた。

「おいおい曾我君、どうだい？」

先に立った小森が、知人がいるといっていた、その人らしい金筋の警部補に呼びかける。

「ああ小森さんですか、実は妙なことになりましてね、怪談もんです」

「何だって！　怪談だって？」

「実はここの殺された女は、時折り発作的に頭が変になり蛙の話ばかりしとったそうですよ」

「それならおれも知ってるがね。……」

「その蛙が仏壇から発見され、おまけに妙な字さえ背中に書いてあるんで。……」

「えッ！」私も小森も思わず声をのんだ。

何か物に憑かれた思いで案内された茶の間の机の上に、異様な小塊（こかたまり）が白布にのせておかれてあった。確かにそれは普通の蛙ではない。……見たこともない珍らしい姿態の大形な蛙である。しかもどうしたことかその背には微かに『死』の一字がおぼろ気に読まれるではないか！

私は慄然としてその場に立竦んだ。しかも、隣室に横えられた、痕跡検査の完全を期するために全裸体にされて、膝を胸部に接するばかりに屈めた何の苦痛も止めない、眠るが如き穏かな面貌の、齢にも似ぬ豊かな夫人の屍体さえ見てしまった。それは恐怖の内にも彫刻的な美しささえ漂わせている。

ハッとして眼をそらす私の耳元で、突然、

「あッ！　これは他殺だ！　自殺させ
られたんだ！」

こう云う確信に満ちた小森検事の大声が発せられたのだった。

文字のある蛙

「よし、これは自殺させた奴がある。君、おれは誘導された自殺とみるぜ！」

私は小森検事の自信に満ちた、気魄のあるこのことばに愕いて、ギョッ！　として振返った。そこには眉の太い何の感興もない顔が、机の上に置かれた不気味な蛙の肉塊に視線を注いで、塑像の如くつっ立っていた。もっとも無表情な顔色に反し、彼の胸中は何等かの確信に、激しく燃え上っているのかも知れぬ。

「……自殺するように仕向けた奴がいると睨んだよ。……自殺させたんだから、つまり間接には殺されることになるな。――」

「ほう――何でまた？」この部屋に案内した曾我司法主任警部補が意表に出た発言に驚きの問を返す。

あけ放された襖越しの隣室に、痕跡検査と写真撮影のため、一糸も纏わぬほの白い全裸のまま横たえられている夫人の屍体と、その眠っているとしか思えぬ美しい死顔が、……そうですわ、私は殺されたのよ、と訴えてくるみたいな錯覚にさえ囚われて、思わずこみ上げる身震いを禁じ得なかった。じりじりと冷汗がにじむ。

小森検事は、一瞬にして皆がかたずをのんだ静寂のうちを、微かに畳を軋ませて机に近づくと、ぎゅっと蛙の足を鷲づかみにし、目の高さにぶら下げ、向きを換え確実に文字が現れているのを観察する。

「……ふうん、こりゃちょっとそこいらで見掛ける蝦蟇蛙や殿様蛙じゃあないな……といって、赤蛙でも、食用蛙でもないし、……」

半ばを濁してひとり言を呟くと、さすがに気味悪くなってか、蛙を机の上に投げ返した。

氷の融けた氷嚢を投げ落したみたいに、ベタリ！　と重苦しい音をたてる、忽ちにして別荘中の鑑識課員や地元署の巡査達が集って机をとりかこんだ。

「この白っぽい『死』ってえ蛙の背文字は、書きつけたのではなくて皮膚からして変色してる」小森の言葉につられて、二、三人の手が延びて蛙の背を突いたり、さすったりし始めた。

「昔からよくある手さ、悪質な詐欺師がやる方法で、まず何とか山で修業した行者といった振れ込みで信者を集めるんだ。……その上で不吉な予言や御告を一席試み、ことに物持らしい信者の家を狙って、『貴殿の家の裏庭なる泥沼に、悪神が棲んでいる故、祈禱し、浄めて進ぜる』とか、何とか勿体をつけて、恭しく祈った上で、鯰や鰻のでっかい奴を、身代りと称して池に放ち、夜半にこっそりと同じサイズの奴の背中に『南無阿弥陀仏』などと焼火箸で文字を入れたのを投込んでおく。すると、一両日もしてから後から投込んだ奴が弱り切って死んで浮び上り、しかも背には文字が白っぽく更に鮮かに変色し露われているので、……信者はただ、有難涙にくれる——という訳だ。どうだい、霊験、あらたかにして、魔性退散！　賽銭ごっそり、てな具合さ」

小森は上機嫌で説明をつづける。

この手口より察して、まずかねがね蛙の呪を恐れている夫人に、こんな作為のこんだ蛙を見せて、背文字の不吉な暗示で、自殺を決行する心境に到らしめた。……またはおどして金でもせびるつもりだったのが、あまりにショックが大きく、夫人が自殺してしまったので、周章てて逃去ったとも……考えられるというのだ。

「なるほど、どっちかといえば、その夫人が自殺しちゃったんで、犯人が逃げた。——の方が実感がありますね。——今のところ、荒された形跡もないから、……」

曾我警部補が感銘を顔に露わして答えた。

その時ガラス戸越しに、紺のダブルの上衣をきちんと着けた、見るからに重厚な赫顔（あからがお）の紳士が、二、三人の随行の人々と一緒に庭先へ廻ってくるのが見えた。

「あっ、渋沢さんが来たぞ、大河内君あの人が県の捜査課長なんだ」

小森は蛙談義もどこへやら、忽ち親しげに廊下へ走って挨拶を交すと、直ちに関係官の幹部による現場の実地検証に入り、やがて昨夜私が座って夫人と話したのをも含めた、五つ、六つの籐椅子を見晴らしの良い廊下に出して、この事件の要約をかわるがわる検討し始めた。

「……今までの話に依ると、ただ、単なる自殺でなくて、その自殺を誘発した犯人が居ることになるね？」

課長がちょっと、頭を傾しげてから尋ねる。

「勿論、そうです」と、小森検事。

「そうか、だが、私は少し違った見方だよ」

「ほう、――すると？」

「これは純然たる他殺だと思うんだ」

「……？」

「つまりだ。……これは犯人が、……恐らく夫人と親しい面識のある奴が、直接に突き殺したと思うんだがね」

課長は反応をうかがうように皆を見渡してから言葉をつづける。

要するに、何としても女の身としてあの心臓の一突きは激烈すぎる。日本人が短刀を使って自殺する時は、その殆どが咽喉（のど）を突く。

その場合においても、頸動脈が切断できればよい方で、気管や、頸椎骨にまで達した屍体の場合は、まず他殺と見るのが常道であると見做されるほどだ。まして心臓を一突の下に自ら貫く自殺手段は想像を絶するというのである。

「課長！　何しろ仏さんは気違い女ですぜ！　常識ではいかないのは無理もない。突込みの効いてるのは、ありゃあ、短刀の柄頭を机につけといて、手をのばして身を引き、はずみをつけてぐいと体の重みで突通したんじゃーないかな」

負ん気の小森がやっきになって乱暴な口調で食い下る。

兇器を摑んだまま死んでいる他殺は考えられぬし、しかも右手の血糊は、刃を伝わって血液が流下した自然なものである――と強調すると、

「……小森君、今まで自然を装って話込んでいた犯人

がだね、突然夫人の心臓を突いたとしたら、その刹那本能的に夫人が兇器を払い除けようとして、手を短刀の柄にのばすといった場合もあり得るだろう？」

そう言いながら課長も負けずに手振りを加えつつ身を乗出して、

「その夫人のにぎり拳の上を、更に犯人の手で握り直し、抱きつくようにして息の絶えるまで待って、前の机に俯伏せたとする、……そこへ屍硬が加わって、更にしっかりと屍体の手が短刀を握りしめる、……といったことも想像できるからね」

「では、課長は非常に綿密な計画的殺人だと思われる訳ですな、……で、あの蛙は？……」

「そうだよ。それにあれは君、いつも被害者が恐れていたという蛙様が出てきて、その呪いの毒気にふれて自殺したとみせる偽装だ。……でなければ、いくら犯人が周章てたって、そんな重要な証拠品は残してゆかんさ」

もし課長の推定通りだとすると、犯人は幼稚な頭脳レベルの馬鹿に低い、少くとも乳呑蛙様の御呪い恐るべしと、警察当局までもだませると盲信する程度の者であることとなってくる訳だ。

「判りましたよ、渋沢さん、とにかく、死んだ原因に自動と他動の差はあっても、殺人行為を犯した犯人が、この世に、それも案外な身近に存在することにおいては、もはや論議の余地がないことになりますな」

小森検事もいささか共感を覚えたものか、軽く妥協すると、何か浮かない気の抜けたような顔に戻り、ポケットをもぞもぞと探って煙草をとり出し、課長のライターを借りて火を点け、胸がつまりはせぬかと思うほど深く吸いこむ。やがてガラスを透した庭先の風景に向って――ふーっと吹きつけると、行く手を遮られた煙は、ガラスの上を静に這って拡がりつつゆら、ゆら、ゆらりと、薄らいでゆくのだった。

私の疑惑

蟬がどこかで、じィーン、と鳴いている庭の向うに、崖下一帯の茫々たる古沼が、視界一面にものう気に広がっている。

気の遠くなってゆきそうなきびしい静寂。

私は検事の苦虫を嚙みつぶしたような表情から目を移して、何の変化もない佗しい古沼をみつめるのだった。

しかし、私の胸中は誠におだやかでない。何故なら、渋沢課長と小森検事の微妙な応酬をきいているうちに、ふと、夫人殺しの犯人は例の仙照老人であるみたいな気がし出したからだ。――女中のとよ子に車中で聞いたところによると、仙照老人は、夫人が赤坂の芸者町にいた頃から懇意にしていた幇間（ほうかん）上りの男で、その縁で淋しがりやな夫人の好意によって、別荘の近くに家を持って住んでいる老人だそうだ。

男芸者をしていた素性の者なら、芸ごとに関してはいざ知らず、智能程度のほどは至って低かろうし、迷信や信仰にかけては盲目的な花柳界の生活から、子供騙しな作りごとで、結構、警察当局さえも含む総ての人々を欺瞞し切れる、と想像する場合もあり得るのではあるまいか。――としたら、仙照は、夫人から近々、とよ子が東京の親類の婚礼のため、二、三日暇をとるとの話を聞いて、窃かに留守中に、殺害を決行する段取りを極めていたと仮定する。そして女中の出発を待って、……丁度その日に偶然私が別荘に来て、女中と私が最終上り列車に乗込むようになったのを幸いに、近道から我々より一足先に駅へ出て僕等を待っていたとする。

次にその上で一緒の車に乗込んだと見せかけて、実は客車の内側を通り抜けてホームの反対側の鉄路に降りてしまったとすると、田舎の駅だから駅員も少いし、大体最終列車なので降りる客が立去れば後は誰にも発見されないことにもなって、暫くの間叢にでも隠れていて、頃をみて田圃の畔づたいにでも別荘へ帰って兇行を果し得る可能性は充分にある。夫人の屍体に抵抗の跡のなかったことは、夫人が犯人に充分気を許していた、……つまりかなり親しい間柄の者によって殺害されたことを意味しているに外ならない。偶然に私がおそくまで別荘にいて、とよ子と同行しようがとよ子単身で上京しようがアリバイの作成上に選ぶところはないし、最終列車であったために、より効果を挙げ得たがこれとても必ずしも最終でなくともある程度のアリバイは成立することともなる。

わざと汽車がホームにすべり込んでから馳けていって二等車に乗込むところなぞ、どうして誠に鮮かなものといえよう。特にとよ子一人の場合としたら二等車に乗込むことはまずあるまい。それを計算に入れての予定の計画的行動で、……それにもし私も二等車を使用したら夫人殺しは期日延期となるだけのことであろう。

勿論殺害の動機はいろいろと憶測できるが、例えば夫人との秘められた情痴沙汰の結果とか、あるいは夫人が例の不良娘の無心で財政的に苦しんで仙照にかねてからの貸金の返済を求めたためとか、夫人の好意によって建てられた仙照の家屋に関しての名儀、所有上の紛争とか、殊にかつては贅沢の限りをつくした経験のある、しかも現在は徒為徒食の男には、金銭上の事情が最も有力だが、何とでも勝手に想像できる種は意外に多いともいえよう。

以上の推理に基いて思い切ってぶちまけはじめた私の言葉に耳を傾けながら機械的に首肯（うなず）いていた渋沢課長は、最後に深く頷いて、

「ほ――、そこまでみておられましたか。ふーむ」

と答えて全面的な共感を求めるように、皆を見渡すのだった。何を云いだすのかと、不安気な顔をしていた小森検事も、課長のことばに喜んで、うれしそうな微笑を送ってくる。

「……あの仙照は、屍体の発見を届けてきましたんで、朝のうちに簡単に調書をとって、家も近しい、アリバイの方も貴方と同行した証言がありましたので……つい、一応帰宅させたのですが……早速、たたき直すことにいたします」地元署の曾我主任がさも自分の手落かなんかのように恐縮して課長をうかがった。

「いやいや、君、無理もないさ、僕自身、ちょっと、仙照老人とやらにはもってゆけなかったもんな――」となぐさめられる。

「よしきた。まず、その仙照とやらを断じて洗い直すこったな。泥を吐かんでも態度が妙やったら、無自白のまんま送検してええ。まあ俺にまかせとけ！」と小森検事は大変な張切り方である。

再び、仙照召喚後の検討がかわされて、仙照を重要容疑者として令状を出し、地元署の捜査本部に身柄を収容する打合せがおわった時はそろそろ夕陽が赤く西空を焦しそめる頃となっていた。

次第に夜の帷（とばり）が垂れこめて、昨日のようにうす暗くなってきた崖下の、太古の静寂をたもった古沼の各所から、細々と蛙の鳴声がわき上りはじめる。その声に、私はしばしば部屋のどこかに、夫人が立って瞳を送っている恐ろしい錯覚に襲われて、思わず怯えて視線をものかげに空しく走らせるのであった。

「オイ！　電灯がつかないぞ、弱ったな！」突然、大きな声がして中腰になった小森検事が、スイッチをパチつかせる気配がした。暫く焦らだって左右に振り動かしてから諦めたらしい。

「じゃ御通夜の諸君、俺達は署へ引揚るからよろしく頼むぜ！」

「停電とは、弱りましたな――」

附属病院で明日解剖する手筈の、屍体の徹夜番を仰せつかった若い巡査が答える。暑気のために軽い屍臭を発し始める夫人と、夜間同室するのはたまったものではないだろう。

「どうしても点かにゃあ、ローソクでも取りに来いや、化物屋敷で、灯なしのお通夜もたまるまいからなあ」こう云って、何気なく望む沼向うの人家に、あかあかと灯る電燈の輝きを認め、

「停電でもないな。ヒューズでも見とけよ」

と、挨拶もそこそこに屋外へ出た小森は、私をうながして崖を下り沼辺を歩きながら何かひとり楽しそうだった。

一面にもやがゆるゆると棚びく沼辺の道をゆく二人の耳に、なにか……闇をついて二声、三声！　笛とも、夜鳥の叫びともつかぬ音響が微かにしかし明瞭に聞えて、……はた！　と止んだ。

アッ！　あれが夫人が乳呑蛙の鳴声といったやつだな！　と直感した時――、すでにその怪音は過去のものとなって、更にその濃さを増してゆく闇の静けさの内に消え去っているのだった。

崩れゆく容疑

翌朝、署の司法主任室で開始された仙照の尋問の結果を報告するために、私の泊っている少し歪んだ、今にも倒れんばかりの古建築で、しかも軒先に青々と寄生植物さえ生えている田舎宿を訪れた小森検事の面には、明らかに失望落胆の色がおおいきれずに現われていた。

私が捜査本部の容疑者取調べにまで直接のりだすのは気兼だったしまた、小森にいつも指摘されるように、推理小説を書く男に似合わず小心なので、面と向って父親ほどの年配の老人に、明瞭に殺人犯におとし入れる告白を強いるなどは残酷で、興味ある行為でなかったから。

「課長も是非とのことだから、遠慮なく来いよ、いい経験だぜ」

盛んに誘う検事のことばにも応ぜず、結果を楽しみに安宿にくすぶって、半日、駅前の売店で買った際物の新刊本を読んだりしていた次第であったが、何かしら検事

の態度に不安を覚えて周章て座り直した。

「いや、とんだ見込違いさ、てっきりホシと睨んだのに。……」

「どうして?」私は驚いて聞返した。

「あの野郎、なかなか小才の利いた男だぜ、応答もしっかりしていて第一開口一番『奥様の今般の変死は衷心より悲しみにたえませヌ、何とぞお上のお力で、早々犯人を召捕えて下さりますよウ……』と吐しやがって、平蜘蛛みたいになって課長をおだてやがったんだ」

その態度が、きのうの今日で、こと更に不自然に見えて〆たと喜んだのも束の間、だんだん叩いてゆくと係官の気勢に魂消て吃りながら仙照の述べるところをまとめてゆくにつれ、次第にホシが怪しくなりだしたのだそうだ。

「奴も可哀そうともいえるが、俺たちもがっかりしたよ」

吐きだすように云って畳の上にごろりと転がって、ウームと身を伸し、ポケットからもみくちゃになった煙草をとりだすと、指先で延して二、三度マッチをすった。

失望と焦燥に手元が狂ってか、思うように火がつかない。

「えい、火も点かねえ――」

小森は腹立たし気に呶鳴ると煙草をほうり出した。私はひしひしと切迫する不審の念にたえかねて、その先を促した。

「仙照はあの列車で日頃信心している貫井市の有名な闇不動の夜祭に詣っていたんだってさ」と口惜しそうである。

丁度、犯行の当夜は、年に一度の御開帳にあたっていたことは地元の司法主任も認めていた。しかも、この夜祭にしか出さない、家運繁昌、災難除けのお札さえ、縁起をかついで苦労して頂いてきている事実さえある。

その他に、祈禱所の裏の道具小舍に小火のあったことも、丁度参詣人の出盛っている人混みで夜半に起った与太公どもの傷害さわぎや、梯子のみをした当夜の露店の位置、それにそこで註文した料理が不味いとて、酔にまかせて昔自慢をしたことまで、酔ったわりには鮮かに覚えておって、早速、真偽のほどを貫井署へ連絡して調べてもらったら、完全に仙照の陳述が確認されて、電話で今、あちらの署から詳細報告があったところだという。

「仙照め、気の毒にも曾我主任の、嚇かしまじりの尋問にすっかりしょげ返って、意味もなく恐入ってぺこぺこしていたよ」

それでももしやと思って、二、三の刑事巡査を繰りだしてみたが、信心ぶかい仙照以外には今のところ、汽車で小一時間もかかる闇不動まで行ったものの聞込みもない由で、仙照が第三者から祭の模様を伝え聞いた形跡は皆無と断定されるに致ったのである。

「飛んだ見込み狂いさ」ここでフッと沈黙した小森と共に、私は思わず深い溜息をつかざるを得なかった。

かよ子という娘

仙照老人にたいする私の想定が、もろくも覆えされて、妙ちきりんな不透明さのうちにありながらも、何か、漠然模糊として、摑みどころのない犯人の存在にたいしては、烈しい憤と、敵愾心(てきがいしん)を湧き起さざるを得なかった。

「当分、やっかいになるかも知れないよ」

宿の亭主にことわった私は、懲り性もなくなにか解決の端緒でもつかめたら、――と夢みつつ、詫びかたがた、別荘につめていると聞いた捜査本部の人たちを訪れることとした。


暫く、埃の烈しい田舎道を歩いてゆくと、別荘の下の大沼につづく湿地帯へかかり、遥かな水面を撫で渡ったすずしい風が、汗ばんだ私の頬を心よくなぶり始めた。

今少し足を進めて、ひと眺めに沼を見渡せるところに位置どって腰を下し、胸をあけて涼をとっていると、眼前の、水草が盛んに生い茂っている中で、不意にボチャン！　と、水煙りが上った。ギョッとして立上ると、みるみるうちに無数の波紋が、水草の根を洗って拡まってゆく。

「あっ、蛙だ！」――いささか思索疲れのした私の頭の中を、このところ数日来の習いで、蛙！　という直感が反射的に走過ぎる。

沼辺の草をかき分けて前に出て、輝く水面をざわめく小波の中心に、じっと注目の視線を送っていると、やにわに、背中をポンと突かれて危うく沼にのめり込みそうになった。慌てて踏み留まり、はっと後をふり向くと夫人の義理娘のかよ子が立っていた。

「なんだ、あんたかい、驚かすなよ」

目もさめるような彩りのかよ子は澄渡った青空を背にして、均整のとれた肢体を、妙にきどったポーズに保って、驚いたでしょう、とばかりにほほえみ返してきた。

「私が石をなげたのに、何をきょろきょろ見てらっしゃるの。……」

「そりゃあ、一応はいかなる原因に基く自然現象かと、観察してみるさ」

「ホホホ、随分まけ惜しみ云うわねエ！」

色の濃い水色のサン・グラスをかけ、厚化粧を施した、みるからに蠱惑的な彼女の顔が、さもおかしさに堪えぬみたいに大きく笑って、

「……そうだワ、判ったワ、犯人が身投げでもしたと思ったんでしょう、ネエ、そうじゃなくってテ？　本当にご苦労さまねえ」

と、冷やかす。

「あれ！　知ってるんですか？」

「勿論知ってるわヨ、今、小森さんから聞いてしまったよ」

私は思わず苦笑して、小森め、下らぬことを云ったもんだと、照れかくしに手についた泥を払い始めた。だらしなく履いた白いサンダルシューズに締められた、水々しい彼女の素足が、今にもはち切れそうに見える。

「今から別荘にゆくんでしョウ？」

「うん、……貴女はもう帰るのかい？」

私のことばにかよ子は生意気な舌うちをしてみせる。

「誰がもうゆくもんですカ！　少しおちついてからにするつもり、……どうも、私には警察の連中はおはに合わないノッ！」

大変なけんまくである。

新聞で義理の母の死を知った彼女が、驚いて別荘にいってみると――勿論、悲しんでではあるまいが。――「丁度よかった。昨日、参考人として呼んだんだが、あんたの住所が不定だとかで……よわってたところなんだ」と挨拶されて、散々捜査本部の連中に何やかやと聴きほじられた挙句、すきを見て、夫人の指輪なんかの入れてある所をあけて、父の形見の高価なダイヤを探し出し、指に差してひねくっていると、

「君、何をするんだ！　まだ勝手にかき廻しちゃ、あかんぞッ！」

と毬栗頭の小男が、恐い顔をして呶鳴ったというのである……。私は曾我主任だなと直感して、ありそうなことだと思った。

「まったく失礼しちゃうワッ！」

「なるほどね、でもこの場合は未だ……」

「アラッ、あんたまでそんナ、いやだワ、……だから

私ね、何ですってテ、じゃあ何故、私の住所なんぞ調べ廻したのヨ！　私が殺したという証拠でもあるの？……大体ね、お母さまの物を出すのに、何が悪いのサ！」

こう彼女が、一息にたんかを切ってやったところが、丁度私の家で会ったことのある小森が出てきて、まあまあてなことになったのだそうだ。

すると『毬栗頭』の奴なる男が、

「売って小遣にでもするんだろ――」と云うので、

「こんな物要らないワ！　大体ね、あんた等のおちょっかいする幕じゃないのッ！　煩さい！」

などと答えたところが、真赤になって怒りだした。

「さあ、ぶつならぶちなさいヨ！　暴力を女性にふるう警察の奴なんか、断然告訴もんだワ！」

と、席をけって帰って来たのだそうだ。

「本当に田舎者は無作法だわネ、……それに不味い事に兄さんも来てるのよ、良くも嫌な奴ばかり出揃ったもんだわ」

私はかよ子のことばから、その場の有様を想像することが出来た。たしかに曾我主任とかよ子では、あまりにもかけ離れた存在でありすぎる。私にはこの取組がほほえましくさえ感ぜられた。


「じゃ、大河内さん、サヨナラ、今夜シカゴでオールナイト・パーティがあるのよ、気ばらしにうんと騒いでやるわ」

云うが早いか、かよ子はさんざん喋りまくった挙句に、気障なサングラスを掛けなおし、気取った調子で握手をし終ると、ドギツイ香料の匂いをまき散らしながら、すたすたと駅の方へ立ちさっていった。

実際のところ、私には女学校時代の彼女から、誤字だらけの、花模様の便箋に書かれたラブレター然たるものを送られて、当惑した経験があった。もっとも、私に甘ったるい迷文？　を見せるのが主眼だったのかも知れぬ。ともあれ、風邪をひいてもいないのに純白の繃帯でのどをまいてみたり、スカートの襞をばかに細かく沢山つけた特別仕立ての制服をととのえてみたり、しばしば、少女歌劇の総見をこころみたる彼女、および彼女の取巻き不良女学生らの来襲は、近所の手前もあって、当時アパート生活をしていた私の、辟易の種であった。

それに親の威光で黙認の形の学校当局者の態度もあきれたものだ、と思ったりしたものである。

かよ子のことを考えながら、別荘の石段を登ってゆくと、果せるかな、

「まったく、お兄さんの前で失礼ですが、もの凄い女性ですな――」

と云う曾我主任の大声と、それに応えてどっと笑う声が、明るく聞えてくる。続いて、

「いいえ、私も以前から妹などとは、思ってみたこともありません。しかし、あれでは行く末が案じられますから、そのうち折を見て皆さんで一つ手荒く意見してやって下さい」

こう云う、大館助教授のらしい、落つきのある声がする。玄関へ廻った私の姿を見るや、居合せた人々が一斉に立上って、愛想よく迎えてくれるのだった。

貴重な新種

「あなたがお見えにならないので、さっぱり捜査の熱が挙らんで、弱っとったです」

渋沢捜査課長が慇懃(いんぎん)に、おだてがおに私と挨拶して椅子をすすめてくれる。関係者全員の意外な明るさと、既に夫人の屍体がはこび去られた後であることに安堵の胸を撫でおろした私は、早速仲間に入って、色々と捜査の経過を聴かせて頂くこととなった。

屍体を受領にきたN大の法医学研究所長、影島博士の検屍によって特に『消息子』を用いて、筋肉の収縮により小さくみえる傷口から傷底部を丹念に探った感じでは、まず犯人が夫人に致命傷を与えてから更に鋭器を刺したままで何度か刳り直したと思われる節がある由で、解剖の上更に確実を期するけれども、まず他殺は疑いないとのこと。

「そうそう、それに例の蛙ですがね、今朝から来ておられる大館さんに鑑て頂いて、興味深いお話を伺ったところですよ」

慎み深く耳を傾けていた、みるからに聡明そうな顔付の大館助教授が、課長の意を汲んでか、ことばを次いで私に説明し始めたところに依ると、生物学を多年専攻した彼にとっても未知の新種であるとのことだ。

「何でも、この度、すっかりお手数をおかけしてしまった母の部屋から発見されたと承わっておりますが、……」

身を正してから、その特異性をかいつまんで、頭長が頭の幅より短いくらいの蛙で、頭部外郭が著しく正三角形に近かったこと、そのために吻先(くちさき)が尖らずに円形を示

していて、曾我主任が云ったとかいうように、まるで乳でも含みそうな形を成していること。後肢(あとあし)の附置盤(ふちばん)が前肢のそれに比して著しく小さいこと。腹面には白色のうえに顆粒状の瘤のような地荒れが見受けられ、背の地色が青色に紅褐色の不規則な斑紋があること。……等々よりして、「もりあお蛙」という蛙に少し似た、しかし全身が十二糎(センチ)にも及ぶなど、幾多の相異をみとめざるを得ない、正に未発見の新種であると思う、と、結んだ。

「そんな珍らしい蛙なら、まさに学位もんじゃあないんですか、大館さん？」

曾我主任がおもわず頓狂な声をあげた。

「いや、残念ながらそう簡単にはまいりませんな。たんに珍種発見というだけでは、漁師が前世紀的な深海魚を釣り上げたからといって、博士号をもらえんようなもので、……」

「ほう、……すると？」

「まあ研究所の雇員が発見して、官報で技師に昇格するのがせいぜいでしょう」

苦笑して、特に日本の学界には、色々と狭苦しい暗闘があって、法外な名誉など、とても易々とは望めないことなどを話す。

試験前の講義をうけつつある学生みたいな、真面目な顔をして伺っていた小森が、

「曾我君よ、惜しくも博士号をとりそこねたじゃあないか」と巫山戯る。

「まったく惜しい。勿論、曾我君のみならず我々捜査本部一同の連名で、余裕綽々(しゃくしゃく)たるところをみせて、学界を驚倒せしめるところだったのになあ」

「課長、冗談じゃあないですよ。そんなことをしたら大変ですわい」

「へえ――、そりゃまた何故だい？」

「だってさ、未だ犯人の目星もつかぬうちに、ノーベル賞の四、五人も列んでごらんなさい、それこそ世間の非難ごうごうですぜ」

曾我主任は、剽きんに喉に手をあてて、自ら締めあげる恰好をしてみせた。ところがこのことばは遺憾ながら逆効果をよぶ結果となってしまった。渋沢捜査課長の顔が、忽ち不機嫌な表情にこわばって、

「まったく君のいう通りだ。……今のままじゃあ、さぞ世間がうるさくなることだろう。今から覚悟せんことには……」

このことばに重苦しく沈滞しはじめた一同の心を哀れ

む如く、茫々たる化石のように静かな古沼が、物狂おしいばかりの佗しさを湛えて、真昼の太陽の下に地平線に融け入るばかりに鈍く淀んでいるのが望まれた。

洞窟

——何かしら、深い憂愁に鎖され切った一座の雰囲気に、逃げ出すみたいに席を外した私は、誰のとも判らぬままに靴脱ぎの上にあった下駄をつっかけて庭へ出た。

庭先の暑気に萎れて枯れたように元気のない月見草……。その花は、まるで黄色の紙屑でもぶら下げたように見え、疲れはてた我々の気持を反映するみたいな頼りなさだ。

未だ歩いたこともない、広い庭を宛もなく彷徨(さまよ)っていると、後から、恐らく私と同じ気持を抱いてか、大館助教授が追うようにして庭に降りてきて私に呼びかける。

「大河内さん先日は大変母が……飛んだご迷惑をおかけしまして」

「ご丁寧に、……恐縮に存じます」

二人は肩を並べて歩きだすのだった。

「立派なお庭ですな。そうそう何か裏の山に洞窟がありますそうで……?」

「ええ、母が亡くなります前に、蛙が飛込んだなんぞと、話しておりましたが、私は未だ一度も入ったことは、……どうです、いってみましょうか?」

大館氏は鬱蒼たる古木に陰って、黒々と、何か放心し、吸込まれてゆくような異様な感覚を覚えさせる洞窟の前に案内した。

「これは深い」私は覗きこんでぶるぶると、身震いした。幽遠な地底から湧き上る冷気が、頰に鋭く泌み渡ったからである。

「入って試しましょうよ。乳呑蛙に面会してみようではないですか」

忽ち、容姿にも似ぬ若さが手伝ってか、助教授は四つ這の姿勢になって這込んでゆく。私も頭上の地層に、やや内心の不安を感じながらつづくと、二、三度石を擦る音がして、ライターを右手に差上げた姿が、地底の暗黒のうちに浮び上り、地下水に湿った地壁を指先で観察しながら振向いて、

「大河内さん、火山灰土質ですね。残念ながらこれ以上進めません、ほら、水が」

呼びかけて、ライターを下げ、足元の地下水の溜りを示した。水溜りは次第に激しさを増して、奥深くつづいている。

「洞窟にはあり勝な現象ですが、ちょっと珍らしいですね。まるで池だ」

「すると、貴方のお母さんのお言葉も……」

私がふと不用意に云いかかると、さも脅えたように手で遮って、

「場所柄、そんな話は止しましょう」

と答えてくる。冷やかな水晶みたいな水の深さは、前進するにつれじりじりと深まるばかりだ。ライターの焔は既にガソリンが切れて消え去ってしまった。幽かに入口から洩れ込む光線が、ようやく闇に馴れ始めた眼に、幻のように淡く、仄かに、窟内を照す。

大自然の威圧に魅せられた二人は、大宇宙より忘れ去られた二個の隕石の塊りの如く、寂寞たる無限の静寂のうちに佇みつづけた。

しかし、この静寂はいつまでもは維持されなかった。突然、洞窟を震わせて大館氏の異常な叫びが木霊（こだま）し、反響したかと思うと、朽木のように高々と両手を延し、虚空を空しく摑んだ助教授の体が、どうと水煙をたてて水中に倒れていった。あっ！　無我夢中で走り寄って抱き起そうとして、身を屈めた刹那！　私は狂える如く、奇蹟に戦く奴隷のごとく、ひしと顔をおおってその場に跪ずいた。

嗚呼（ああ）！　私は、——狂うたのであろうか、満々たる地下水にみたされた眼前の池が、煌々たる金粉を流したような黄金の水に変じているのをまざまざと見た。何か、呟きつつ蹣（つまず）き立上った助教授の、つづいて捲き起すとめどもなく尾をひく凄絶な笑いと、その声に驚いて互いに警戒し合いながら、墓場に呼び交う亡霊のように鳴き交わしつつ、洞窟の奥底から飛立つ鼠にも似た蝙蝠（こうもり）の羽ばたき。……恐怖の余り、私は、——その場によろよろと崩れてゆくのだった。

権威ある言葉

洞窟の水が、黄金色（こがね）に煌（かがや）きつつ点滅する奇怪な悪夢と必死に戦い、悶え、叫ぶうちに失神し、無意識のまま救出されて別荘に運ばれていた私は、遥か彼方の別世界から呼びかけてくるみたいな検事の声に、はっとして、

「大館さんは？」と、尋ねた。

「うん大分ひどく狂ってる。てんで我々の見境さえつかないんだよ！」

小森は当惑気に隣室を指さした。なるほど、相当悪質らしく、閉された襖の向うで、何か獣の呻きに似た呟きがして、夢中で反抗するらしい物音と、処置に弱りきったらしい巡査部長の宥めごえが交互にして、再び、静けさを取戻すのだった。……私は俄かに耐え難い疲労を覚えて、手厚い看護を感謝しつつ、再び深い眠りにおちていった。そのまま、翌朝おそくまで枕元の騒音をよそに、時折り誰かと話合っている小森を微かに感じたまま寝こんでいると、聞き馴れぬ重厚な張のある声と、それに礼を正して応答する、課長や主任の声が、入り交って聞えだし始めた。

誰か来ているなと思って、意外に心良く回復しきった軀を、床の上に起き直して見ると、小森検事をも加えた数人が、地味な服装にもかかわらず、犯し難い気品のある白髪の老紳士と、廊下に机と椅子を出して対談していた。

邪魔にならぬように、そっと立上って、新鮮な清が清がしい空気を深く呼吸すると、顔を洗うために洗面所に廻り、丁度居合せてやたらにがらがらと音をたてて含嗽をしている、恐らく徹夜で大館氏の保護に当ったらしい眠むたげな若い巡査に、軽い会釈を送って、誰がきているのかを訊ねた。

それが、よき協力者であった大館助教授の突発的な発狂の報に驚いて朝早く馳けつけた大館氏の所属する研究所の所長である高名な斯界の権威大島勇蔵博士であると知った私は何か大きな期待に胸をおどらせて、急いで服装を正して、よろめく足をふみしめて部屋に入っていった。

「どうも色々とお手数をかけました」

「おや、大河内さん、お軀のほうは大丈夫ですか？ご無理なさらん方が……」不安気に言葉をかける捜査課長の紹介で、恐縮にたえぬほどに極めて慇懃に立上って礼を送る博士と挨拶を交わした後、私は机の上におかれたアルコール漬の蛙を、細かく監察しつつ話し出した大島博士の魅力のある、力のこもった語調に耳を聳てた。

「先ほど申上げました通り、確かに珍らしい蛙ですよ。ご用がすみましたら、是非、研究所の資料にしたいですからお送り下さい。大館君が『もりあお蛙』に酷似しているが、少し大き過ぎると指摘したそうですが、その点、私も同感です」

しかしながら「もりあお蛙」はこんな大きな種類ではなく、六糎ぐらいのもので、雌が雄に比して非常に大きいのが特色とされている中形の蛙である。雌とても八糎以上にはならない上に、このたびの奇怪な蛙は鳴袋のある点からみても勿論雄であり、大きさの上からいうと沖縄産の、現地では食用や薬用に用いられている「ほるすと蛙」や「なみえ蛙」などぐらいのサイズは十分ある大形な蛙で、正に貴重な新種であるそうだ。

「それじゃあ先生、乳呑蛙なぞというようなものが、たとえ人間に習性づけられた結果としても、この世にあり得ることとお考えになりますか？」学位をとり損ねた曾我主任が、またもや質問を発した。

「さあ、何とも云いかねますが、まあまあ私の体験では遺憾ながらちょっと怪しいもんですなあ……」大島博士は、意外にひどい助教授の容態を憂慮してか、心痛の色濃かった面を忽ち綻ばせて大きく笑った。

「先生は勿論、動物の呪なぞと云ったものに対しては否定的な意見をもっていられるのでしょうね」昨日の事件以来、ますます懐疑的な捜査陣の空気を代表し、渋沢課長が尋ねる。

「なるほど、面白いご質問ですね、皆様から事件の経過を伺いますと、私までがそら恐ろしいといった気分になりだしましたが、……まあ全面的に否定しておきましょう。……あり得べからざることです」

博士は、動物の「呪」については真向から否定した。

動物には色々と信仰の対象視されたものがあり勝なのではあるが、……概ね、部分的に人間以上に発達した特定動物の性能をとりあげて色々と神秘化した場合が多いとのことである。

「蛙に、何か神秘化された例がございますか？」

私は湧き上る興味を怺えかねて質問した。博士はちょっと考えてから、

「蛙にはあまりありませんが、私が知る限りではただ一つ、台湾蛙という珍種がありますよ、この蛙とは似ても似つかぬ、頭部の著しく長い吻の尖った、色も黒褐な種類で、大体長さは三糎そこそこの蛙なんですが、土人はこれを『神蛙（しんあ）』と称して非常に崇め奉っていますね」

「そうですか、世の中にはそんな偶像化された蛙もありますかね？」

「ええ、ありますよ、それに『もりあお蛙』が樹木の上などに棲んで、五、六月頃木の枝に、白い泡状の卵

塊を産んで繁殖する珍らしい特色を有するのに反して、『台湾蛙』は主に平地に棲息しています」

大島勇蔵博士は学士院会員で、名誉教授の肩書にも似ぬ如才のない態度で、皆の興味をそらさぬように、力め(つと)て平易に巧みな話術に加うるに、快活な身振りまでそえて話しつづける。

大都市でならば、もうとっくに停年退官、といった年配の老巡査が無骨な手つきで恭々しく注ぐ茶を一礼してぐっと飲み干した博士は、再び憂うつな顔にもどると、発狂した助教授の処置につき打合せた後私から細々と洞窟内の様子を聞きとると、洞窟の調査のために、軽快なワイシャツ姿になって庭の方に降りていった。

ひかり藻の謎

容態を気づかう小森検事に、無理に居残りを命ぜられた私は、洞窟調査の結果を待ちあぐむままに、色々と昨日の突発事件を回顧してみるだけの心のゆとりをもつことができた。何としてもあの不思議な現象は、……確かに真実であり、現実のものであった。それが明瞭に私の網膜に映じたからには、大館の発狂もまたこの恐怖に原因する。

しかし、学理の探究を業とする英資の誉れ高い助教授として、綿密にその原因を調査するだけの心の余裕さえ維持できなかったのは何故だろう。――負け惜しみではなく私の失神は、勿論黄金色に変じた水面の驚きでこそあれ、多分に突如として人界から隔離された洞窟で巻き起った彼の発狂に誘発され、誇張された恐怖によるものであった。

すると大館氏は、何等かの形で夫人の殺害に関係があったのではあるまいか?――といって、そこに明快な見透しがついた訳でもなく、私の思考はこれより先の発展を閉されたまま、行詰って、胸中をくり返しくり返し徘徊しつづけるのであった。

止め度もなく反復する私の頼りのない考察が、結局そのまま結論を得るにいたらずに、ただただ漠然と大館助教授に不審の点がある、というに止まってしまった頃、微かに裏庭の方から、がやがやと騒がしく談じ交わしながら洞窟調査に赴いた一同が帰ってくる気配がしだした。

丁度、私の居る部屋が中心に当っているので、別荘を半周して縁側の方に向う皆の話し声が、手にとるように長々と、徐々に移動しつつ聞えてくる。

「先生が来ておられなかったら、いわゆる、一億総ざんげ式に枕を並べて気が違うところでしたな……」

こう冗談めかして云う者もある。

「いや、たとえ全員が狂い出しても、僕は飽くまであの現象の実態をつき止めるために、毅然として学術的見地に立脚して追及し続けたろうな」

明かに曾我主任の声だ。

「へえ曾我君、それにしては真先に奇声を発したのは誰だっけな?」

「いやいや小森さん、あれはね、誤解しては困ります、待ちに待った研究課題の発現に思わず歓喜した僕の魂の発した聖なる叫びですぜ」

曾我主任のしどろもどろの弁明におしかぶせるように、「大分苦しいねえ」渋沢課長の言葉を最後に、どっと笑い声があがって、まるで小学生の遠足のような一行の姿が、どやどやとガラス越しに見えはじめた。

靴をぬぐのももどかし気に、廊下にとび上った小森検事は成功裡に終ったらしいようすに胸をはずませて斜めに部屋を横切って出迎えた私に、

「おい大河内、判ったぞ、さすがは大島先生だ、我々に驚くすきも与えず原因を解明されたよ、あれは藻だそうだ。『ひかり藻』という藻が一面に繁殖して輝くんだとさ」

あわただしく早口に呶鳴る。

「えっ、藻ですって?……」

私は驚いて聞き返した。

落ついた態度で温厚に微笑しながら、廊下の縁に腰を下ろして靴紐をといていた博士は、

「はい、そうです。『ひかり藻』が発生してたために起ったものです。今日は色々と勉強になりましたよ」

「へえ――、そんな妙な藻があるんですか?」

「ええ、日本では現在のところ、長野の下伊奈郡と千葉の上総(かずさ)海岸の弁天窟にだけ発見されておりますが、元来、欧洲のルイゼンブルグの山中の岩石の底に溜っている水の面の輝きから、一躍世界の天然記念物になったものですがね」

と云って廊下に上り、机の上に、洞窟内の池から汲んできたらしい、どこかで拾った有り合せの銹びたブリキ缶に満たされた水を、さも貴重なものでも扱うかのように、静かに下ろすや、全員の視線が一斉に、争うようにして空缶の水に注がれる。

「やあ、見える見える」主任がまたしても最初に口を切った。その声に博士は苦笑して気の毒そうに、

「それは多分、何か浮游した埃かなにかの見誤りでしょう。『ひかり藻』は極めて微細でちょっと肉眼では判別できない、顕微鏡的な植物ですよ」と答える。

「曾我博士どの、君はよけいな説をたてて失敗ばかりしてるね――」

課長の声に、どっと笑声が湧き挙って、主任は滑稽に頭を掻きつつ舌を出した。

研究所に持帰るべく新聞紙で厳重に蓋をほどこした博士が、藻の死滅を防ぐために、物蔭に缶をしまい終ると、主任はてれ隠しに、笑を怺えている巡査たちに向って、

「大切な世界的な資料だぞ、気をつけて、零さぬようにしろよ」

などと大声に呶鳴る。

再び湧起った一同の笑が静まるのをまって、博士は物しずかな口調で、

「この藻の細胞の前部には、無色透明な液体の層がありますので、自ら凸面鏡の働きをし、日光の焦点が裏面の葉緑体に反射して金属性の光沢を発し、丁度金粉を水面に撒布したように煌々と輝くのです。細胞外囲に厚い膜が生じて水底に沈下する冬期や、一定の反射光線の方向より望んだときや、些かも水面が動揺したときには毫も輝きませんから、大河内さんのお話にありましたように、水面が揺ぎだした場合や、反射線外に立っておられた時には、この現象はぴたりと止むわけですね」と説明を加えた。

全員は、国宝的存在と称せられた大島勇蔵博士によって述べられる権威ある、力めて解りやすい、噛んで含めるような言葉に、深い感動を覚えつつ、時のたつのも忘れて、緊張して耳を傾けつづけるのであった。

「大変、貴重なお話を伺いまして……」

渋沢課長は皆の気持を代表して、感謝の意を表してから、思わず声をのんだほど明確な発言で、博士に向い先ほど私が考えていた通りに、助教授に対する疑惑にふれ始めるのだった。

「話はもどりますが、……大館さんは事件当夜は確かに研究所におられたでしょうか?」

「そうです、実は皆様から大館君に、参考人として来るようお話があったと聞いて、私は色々とその点を考えてみたのですが、あの日は真夜中に養魚場へ、刺魚の、夜間に水の流れが変動した場合における作巣状態を見に

ゆくんだといって、丁度、研究室で夜中までかかって、米国から贈られた資料を訳しておりました私にことわって出てゆきましたが。……」

「……、何時頃でしたでしょうか？」

「それが、私に時刻をきいて出ていったのが午前二時すぎでした。——すぐ私はおそいのに驚いて寝てしまったのですが、帰ってきたのは何でも、雑役の婆さんが寮の炊事を始めだそうとした、朝の五時頃で、眠むたそうな顔で『やあお婆さん、疲れたよ』と声をかけて宿舎へ帰っていったそうです」

「その時刻は的確でしょうか？」

「勿論です、私の時計は自慢の正確な奴ですから……」

大形の銀の懐中時計を出して見せる。

この時間のはばは、俄然、論議の中心と化した。しかし、助教授が真夜中に起きていたことも、夜半の研究テーマとして強ち不自然なことではなく、その間には下り列車も上り列車もなく、またあったと仮定しても、往復四時間以上を要する別荘にきて、夫人を殺害するなどは断じて不可能なことである、との結論に達した。

「畜生っ！　また、どぢりましたな。そうだ、……余すところはあの不良娘だ！……」

未だにかよ子の無礼な態度が忘れられぬらしい曾我主任。……

かくて再び、私の想定は脆くも崩れ去っていたのだった。

闇に呼ぶ笛

やがて、迫りくる夕闇に気づいて椅子から立上った博士は、「こがね藻」の水の満された缶と手馴れた巧みさで書きとった特色を部分別にこまかく記入した蛙の写しを包み、胸に抱えこんで帰途についた。

色々と話のつきない私が、先日かよ子に危うく沼の中に突落されかかった辺りまで見送ったとき、次第に暗さを増し始めた道を、別荘の方から誰か懸命に追縋ってくる気配がした。それは不馴れな片田舎の夜道を案じた渋沢課長の命をうけ、博士を駅まで送り、更にご都合さえよろしければ、上り列車を待つ間に、駅近くの署にお立寄り願って夕食を摂って頂くよう言づけられた若い巡査の足音であった。

「それはそれは御丁重に恐れ入ります」

「いえ、どうぞ、渋沢課長殿もそう言っておられましたから、お食事に署の方へ、……」

「有難うございます。……ですが、ほんの二時間もすれば研究所へ着けますし、助手達が皆待っておりますから。……」

「ではお送りだけでも致しましょうか」

これ以上ことわるのも却って礼を失すると考えてか、大島博士は恐縮して好意を受け、振返って私に向い、是非研究所へ遊びに来るようにと勧めて、何度も手を挙げて別れを惜しみながら、夕靄の中に消え去っていった。

暫く佇んで見送った私が、引返し始めたとき、——既に星さえ輝き始めた闇の彼方に、どこともない鈍い笛が、とぎれとぎれに、微かに鳴り始めた。動物の鳴声にも似たその音、……そうだ……確かに夫人が乳呑蛙と信じたあれだ！　前にも私は小森と耳にしたことがある。——もっとも小森はその節、「小供が笛を吹いてるんだろう、妙に気を廻すなよ」などと取あわなかったが。——相違なくあの音である。……私は慄然たる悪寒を覚えて歩みを止めた。

夜の訪れを待って鳴る怪しい笛の音！

あるいは真に奇怪な乳呑蛙が、あの世から呼びかける呪いの鳴声であろうか！

底迷する夜霧が音もなく仄かに流れて、怯えた私の心には、古池の辺に咲く白く闇に際立った野生の夕顔の花さえ、何か、今にも笛の音に揺ぎ出すかとばかりの印象を投げ与えてくる。

笛の音を追って何物かに憑かれた如く、沼から水を引いた田圃のやわらかな畔道を、と切れる毎に立止り、再び鳴り始めるのを待っては前進して、十歩、二十歩と辿ってゆくと、樹木に包まれて黒々と聳え立った二階家に誘われていった。

私が家の前の巨木に漸く辿りついた時、遂には明瞭に聞えていた笛が、ふッ、と止んだまま、辺りは再びもとの静寂にもどり、後はただ、夜の饗宴に乱舞する蛙の鳴声のみが、大きく背面の水田と古沼の面から湧き上り、夜のしじまを破って虚しく聞えてくるばかりであった。

荒い節くれた樹皮の触感を背に受けて、巨木に凭れて辺りを覗っていると、突然、家の方から鋭く咎める人声がした。

「貴様は何者ヤ？　誰かいッ？」がさがさと草むらを踏分けて黒い人影が近づいてくる。私は狼狽してはみたものの、

「大館さんの件で、別荘に来てる者だが、何かこっちの方で妙な笛を聞かなかったかね？　……」と、闇の声に向って尋ねた。

相手はちょっと躊躇って言葉を呑んでいたが、恐らく警察関係者と思ったのだろう、忽ち柔らいで、

「さようですか、あのおかしな笛のことで、……これはとんだ失礼を、……サアサアお入り下さりましテ、……実は恐ろしい事つづきで、御立寄下されば全くの好都合、……」

こう一気に述べたてて、手をとらんばかりに招じ入れる。仄暗い電燈の下に相対した私達は、互いに顔を見合せて、意外な取合せに思わず驚きの声を放ち合った。

人の良さそうな顔を、愛嬌たっぷりに綻ばせた仙照は、なるほど、小森が形容したように、平蜘蛛のような礼を送ってくる。

「アンタはんとも存じませんで、いやはや、トント、申訳ございまへン、大館の奥さんが死なれてから、何んやら恐ろしうテ……」

身震いしつつ、茶箪笥から見事な生菓子を出してすすめ、電熱で茶を沸かし始める。前身を偲ばせる鮮やかな接待ぶりだ。

粋に飾られた部屋が、私には物珍らしくみえる。壁にはべたべたと国貞の武者物や、歌麿の艶物といった錦絵、縁起札、役者絵などがところ嫌わず貼付けてあって、それらに交って大きく引伸した芸者や、赤坂辺の風景写真が数多く見受けられた。

「仙照さん、貴方は写真の趣味もおありのようですね」

その素人写真にしては見事な撮影ぶりに驚いて尋ねた。割合露出も確りしている。

「ええ全部私の作品だ。以前は大分凝りましてン、暗室まで造って騒ぎよッテ……」

得意気だ。中には二、三枚美しく着飾った芸者に交って、別人のように若々しい彼の姿も認められる。

「はてな？　これは貴方ですか？」

「エエ、まるで倅みたいに可愛ゆうおまっすやロ少しは泣かせたもんだすが、もうあきまへン、この瑪瑙頭ではナ。……」

ここで仙照はツルリと禿げた頭を撫で上げて舌を出してみせた。

「随分広い座敷じゃないですか、どこで撮ったんです？　貴方も一緒に入ってるところから見ると、セルフ・タイマーを使って、……」

「アレッ！　なんやっテ？」

私は驚いた。なぜか私に半ばも言わせず、ギョッ！としたように忽ち鋭い視線に変じて、荒い言葉を返してきた。

「いえいえなあに、写真のことですよ！」

何か、彼が勘違いしているらしいのに気附いて云い直すと、

「ああそんなことやったか、……何しろ近頃はただただ恐ろしうテ、ツイ失礼を、……今、ちょっと、考えごとしておりましたんやで。……」

と答え、目に見えてぶるぶると身震いしながら、辺りに眼を配りつつ、私の方ににじり寄り、ちらりと私を覗(ねら)ってくる。

「実はな先生、夕方になりますと、毎晩のように薄気味の悪い笛を吹いて、この近所を彷徨(うろ)つく奴が居りますのヤ」

「私も聴きましたよ、だからそいつを確かめようとして……」

「そうやロ、貴方も聞かはりましたやロ、私もはなのうちは耳の迷いかとも思うテ、布団など被って凌ぎよりましてン、ところがあれはほんまに間違いなく笛ヤ！」

「そうだ、あれは笛ですよ、確かに」

「それで今夜は危うく、貴方(あんた)はんを擂粉木(すりこぎ)で打擲に及ぶところでござんした」

こう面白い口調で云うと、声をひそめ、

「誰かが、何ぞ怨みに思うテ、私を奥さんのように殺しにくる報せと違いますやろカ？」

と、呟く。私の前に置かれた九谷焼の茶碗に茶を注ぐ仙照の手が、明かに恐怖に戦く。

「……他人様から恨みを買う覚えもないニ。……」

前置きして、幸い、私の想定違いのためにとんだ濡衣を着せられて、警察へ連行された経緯(いきさつ)を知らぬらしい仙照は、夜の更けるのも忘れて笛の音の不思議を始め、色々の打開話や、さては大館夫人の芸妓時代の思い出話を、恐ろしさと淋しさを紛らすためか、次々と熱心に聞かせてくれるのだった。

とっくに私が宿屋に帰ったものとして、小森や捜査本部の人々も別荘を引上げたものと考えた私は、勧められるままに雑談に耽って、時の経つのも忘れ果てるばかりであった。

徹宵の語(かた)らい

言葉にも似ぬ辰巳気質な、そして正に多芸多能、博覧多識である仙照の話は、誠に人をそらさぬ味があって、話は遠く編笠茶屋にはじまり、深川仲町や柳橋の岡場所に至るまでの変遷を、地図を示すように述べまくるあたりは、特にただならぬものがあった。

史的な考察に相手が厭きはじめたとみるや、吉原の宿命的な大火、さては長唄は吉原仲のお夏、清元は櫓下の誰々、新内は、常盤津はと並べたて、

「……あの娘はほんまに転びやすうおました。テッキリイージィの、いいい、とんでもハップンな女やさかいに、……お金(シン)さえあると睨めば、すぐ目星しい旦那筋にバタフライして、……」

などと、今を流行のパンパン用語をしこたま用いてみたり、名妓の芸比べは素より、警視総監安楽氏の愛寵に供えられた林家のお〆に対抗して、春本が亀井総監に万竜を犠牲に奉った裏面の真相、遂には検黴、ペニシリンにまで話を落して、「アプレゲール」などとの単語さえ交えての、近頃の救い難い、粋と芸の頽廃を歎く彼の諷刺と洒落にとんだ言葉に、私はすっかり魅せられてしまった。

つづいて、大館夫人を好色な大館氏が、義理にからませて、無理強いに口説き落したいきさつから、話題は今度の謎の殺人事件に及び、逆に私が仙照に説明する立場となった。

再び脅え切った表情にもどって、こまごま事件の捜査経緯に耳を傾けていた彼は、話題が大館助教授の発狂に及ぶと、

「ヒャーッ！　お坊っちゃままでが――」

愕然と色を失って叫び声を挙げ、蒼白になった面で、じーっと空を凝視する。

「蛙の呪いや、ホンマに乳呑蛙はおったんやなア、私までもが奥さんと親しかったばっかりにそば杖を喰うんでは耐まりまへんワ」

云うが早いか、つと立上って神棚に手を延ばし、火打石をとると、大入と書いた札や達磨、その他の縁起物で飾りつけられた棚に向って何ごとか念じながら、カチカチと浄め火を打つのだった。

その点滅する火花が、私の眼にはあの洞窟の内で、助

教授の擦ったライターの石の火花の錯覚をさえ覚えさせてならなかった。――

祈り終った仙照は、どっかりと緋縮緬（ひちりめん）の座布団の上に腰をおろして煙草盆を懶うげに煙管（きせる）の雁首で引よせて、指先で刻み煙草を丸める。

「夫人どころか、坊ちゃんまでとハ、……さても因果なものやナ、大河内先生、私の寿命も永いことないと思いまっセ。確にあの笛の音は罪もない私の命までも狙う、乳呑蛙に憑かれた者の仕業ではおまへんかい？」

こう云って夫人の霊を弔うかのように瞑目した。古風な柱時計がカッカッと時を刻む。

いつしか東側の窓が白々と明るみ始めて、どこかで長々と鶏のときの声があがった。

夜露に湿ったガラス窓の桟が、はっきりと際立ちだすと、次第にガラス越しに庭の草木の輪廓が望まれ、徐々に夜が明けて、遂には明るい太陽の斜光が、門前の巨木の幹をじりじりと梢より下り、地に接触して、かっ、かっ！とまごうかたない清々しい朝の訪れを告げた。

私は照り輝く朝の到来を余所に、いまだに眼をとじて、さも呪われ始めた己れの運命を悲しく観念しているみたいな仙照の姿に、ふと、哀れを感じ視線を外らして庭を望んだ。

良く耕され、整頓された畝に、既に盛りを過ぎた茄子やトマトが枯れはじめてはいるものの、主人の丹誠を物語って十分にのび切った跡を示している。

「畠いじりは大変でしょう？」

気分の転換を計って送った私の言葉に、

「なんの、暇にまかせてやりよるだけですワ、昨日でんナ。……今日、いやもう昨日でんナ、……そろそろと思うて大根を蒔いてみたところヤ、……」

期待通りにやおら立上ってガラス戸を開け、畠を指さしてみせる。

「お宅もなかなか広いですね」

もう今一度ほめて、露にしめった靴をはいて、ちょっと庭を畠に向って歩き出した私が、縁側に座布団を運んでうれしそうに見ている仙照老人に向って振向いた刹那、……始めて望む二階家の物干と庇が、美しく白ペンキで塗り立てられてあるのがくっきりと目に止った。

朝日を受けた真新らしい白色は、目もさめるばかりである。庇には何に使ったのか、電燈のコードが二本むき出しのまま走っている。仙照は庇を見上げた私に気附くと、

「白う塗ってありますやろ、あんだけの発明で、随分とこの夏が凌げましたから、面白うおやすヤロ、大体見た眼にも冷（ひや）しうおますナ」

と云う。私は感心した。

「色々と工夫しておられるのですね」

新しい茶の入ったのを告げる声に、誉めことばを口にしつつ縁側に戻って腰かけた私は、ふと足下に生えている小さな一群の草の芽に気づいて、視線を注いだ。

嫩葉（ふたば）は、それぞれの特徴を示しながら入り混って延び始め、その内には見馴れた大豆や玉蜀黍（とうもろこし）などの芽も見受られる。何かのはずみに、恐らく仙照老人が庭に蒔いた種のこぼれ、……にしても期節外れな、と、考えつつその種類を数え上げているうちに、……私の胸中を電光に似たある閃きが走り渡った！　思わず反射的に私の眼は再び庇に向って投げられる！

先ほどは気附かなかった物干台の片隅に、天水桶のつもりか大樽が一つ置かれてある。

地上に眼を落すと、所々に同様な若芽の集りが、その種が庇から落下したことを歴然と示して、軒下にそって延びかかっているではないか！

周章てて視線をあげ仙照を覗ってみると、急に疲れが出たのか、さも眠むたげに大きな欠伸をしているところである。——私は激しく動悸する胸の高鳴りを必死に怺えて立上ると、思わず上気する頬を伏せて、挨拶もそこそこ、うしろで朝食ぐらいは、と懸命に留める彼を振切って、庭を横飛びに、一刻も早く表へ出ようと急いだ。

「待チなはレ！」

背後で仙照の呼声がするのを聞流して……。

思い出のメモ

「……仙照はやはり大館夫人の殺人犯人であった。以前にも——仙照こそ真犯人であると想定して、——色々とそのアリバイの偽装方法を考えてみたことがあったが、やはりあの通りの犯行経路を辿っていた。

つまり、あの蒸し暑い兇行のあった夜、駅に先周りして私と女中を完全に騙した仙照は、直ちに乗車したとみせかけて、車輌の内側を通り貫（ぬ）け、線路の向う側に降り、畔づたいに別荘に引返して計画通り夫人を殺害した。

では、何故に自殺にも似た無抵抗な殺害に成功し得たか。……この手段については、仙照の家を訪れたとき、

壁の写真を示して、

『セルフタイマーを使ったのでしょう?』と私が尋ねたとき、仙照老人が異常な驚きを見せたことによって推定された。

夫人は花柳界の出身であり、美貌と容姿をかけての生涯を送った人であるから、日頃素人ばなれのした仙照の腕を知っている以上、写真を撮ろうという彼の勧めには百パーセント応じるものと思われる。

言葉巧みにもちかけ、まことしやかに電球を外して、夜間撮影用のランプと取換えた彼は、一緒に撮ろうということにして、セルフタイマーを使用してシャッターを切り——レンズに向って無心に視線を送って姿勢を保っている夫人の隣りに走り寄り、自分も写真に納まると見せてはずみを利してやにわに隠し持った短刀で心臓を突いたのだった。

ところが仙照にとっては予想外なことに、メートルも無い田舎の貧弱な配電状態のために、忽ちランプが電力の過重を呼んでヒューズを飛ばしてしまった。周章てた仙照は外した電球を手さぐりで、もと通りのランプと附けかえ、恐怖に戦きつつ逃げ去ったのだった。……だから、犯行の翌日、夕方になっても電灯がつかず、電球を振ってみたりしていた小森検事が、フィラメントに異常がないので、『停電だな!』と、云い、あとになって沼向いの人家の燈火を望んで、『停電でもなさそうだ、ヒューズでも見とけよ』と云い直したような場面も、必然的に生じたのである。

私は、仙照の家で夜が明けてから、ふとした発見から、この事件の全貌を解決する端緒を摑むことになった。——仙照の家の白ペンキで塗られた庇の下に、発芽していた季節外れたこぼれ種は、明らかな特徴のある大豆、とうもろこし、加うるに麻の実をも混えたものであった。これは飼育した経験のある人なら誰でもうなずける伝書鳩の飼料であって、鳩舎の附近にこぼれ餌の発芽している状況はよく見掛けるところだ。庇や物干を白ペンキで鮮かに塗ってあったのは、実に夜間伝書鳩を的確に誘導するための重要な要素の一つであることに、発芽より関連して気づいた私は、忽ちにして大館助教授と仙照の共同犯行であると断定した。

加うるに私は仙照の手細工による、夜間疲れ切って辿りついた鳩に給飼するために、鳩舎の内部を照らすための電線が、庇の上をつたわっているのさえ見た。物干しの上には飼育に必要な十分の給水の用意として、水樽さえ上っていたではないか。

伝書鳩は夕暮時から訓練し上ることによって、徐々に夜間にも使用し得る、いわゆる、『夜間伝書鳩』にしあげてゆくことが出来る……。

上り列車で約二時間を要する貫井不動までは、普通列車で約一〇〇キロ走ると考え、更に鉄路の迂廻を頭に入れて計算すれば、直線距離では八〇キロと少し位と測定される。この間を優秀な伝書鳩、特に夜間訓練を受けたものは、直線に、弾丸みたいに目標地に直行するというから、凡そ一分間一、五〇〇メートルの飛航力として、五十数分そこそこで、貫井市より仙照の家まで飛びきることが出来るわけだ。

同じく上り列車に、『二時間すれば帰れるのですから』と、署で食事をとってゆくようとの課長の勧めを辞退して乗っていった大島博士の研究所は、貫井市の附近であることは勿論で、恐らく自転車か何かに乗った大館助教授は、仙照が夫人を殺害するに関してのアリバイを固めるために、貫井不動の闇祭りに行って、その模様と、証言のための御符を受けて、伝書鳩に託して放ったのだった。

あの夕闇の訪れと共に、不気味に鳴る怪しい笛の音は！　生前の大館夫人が、乳呑蛙の鳴き声だといって恐怖したあの笛の音は！

実に仙照が、大館助教授と連絡して、アリバイを作製する目的のために、貫井市と仙照の間を、徐々に、夕刻より夜間にかけて馴らしつつあった訓練中の伝書鳩を、誘導し、習性づける安全笛の音であったのだった。

夜間、盲目的に直線を画いて帰ってくる夜間伝書鳩にとって、仙照の家の巨木は、極めて危険な障害物である。だから彼は、知る由もない助教授の突然の発狂によって、その後の経過、情報を知らすべき鳩が、ぱったりと来なくなったために、家の庭先で夕闇の迫りくるままに、あの笛を吹き続けて、いつ帰るとも知れぬ夜間伝書鳩を安全に導びこうとしていたために、反って私を呼び込んでしまって、事件解決の端緒を摑まれてしまったのであった。

また、仙照の告白によって、例の蛙は、大館助教授が『ほるすと蛙』の卵を人工孵化中に畸形化した、正に試験管的な所産物であったことも、また、あの奇怪な背文字は、小森検事の推定通り、仙照自身が勝手に書加えてしまったものである事までも判明したのだった。

では、生前に夫人が私に告白した、あの乳呑蛙とは……」

私はここで記憶の褪めぬうちにと思って書き綴り出したメモを止めざるを得なくなってしまうのだった。

幸にして「大館夫人殺人事件」は以上の如く完全なる解決をみた。

けれども！　あの真夏の一夜に、夫人がしみじみと語った乳呑蛙なるものが、果して、この世に現実に存在するや否やについては、……私はここに何も書き加えることは出来ないのだ。恐らくは深い深い生涯の謎と化して、殊に夏の訪れを迎える毎に、激しく私の胸中に甦えることであろうが。——

ムー大陸の笛

熟しきらぬ青いつぶらな実をつけた野生の胡桃（くるみ）や、鮮やかに際立った白樺の枝々をぬって、コバルトの中天にそびえる浅間の山並が、大きく前方の展望をおおっている。

高原の肌寒い晩秋の路を、久我孝祐は、中軽井沢駅で下車し、千ケ滝はずれに胸を煩らって療養中の、かつての学友である来栖谷威夫（たけお）の別邸を訪れるために、歩いていた。

避暑客の季節をすぎて、ひっそりと静まりかえった、疎らに人家の集落をみる星野温泉のあたりをぬけた――岸辺に枯れたササヤキ草が屈強な茎をのこして繁茂する、見覚えのある養魚場にさしかかっても、鱒の群れは冷やかな水底にもぐって、跳る影ひとつなく澱んでいた。

路はやがて身狭まな山道にせばまり、左におれて赤松をまじえた雑木の木立となった。這うような灌木の交錯する根元に、咲きおくれたリンドウの青紫の花や、京鹿の子が可憐な紅をさす来栖谷邸への専用路が、そこにひらかれていた。

ままちらほらと眼の下に点滅する山峡の谿谷は、そのおおかたが紅葉しきっている。

――いつしか久我は、用意してきた厚い外套の襟をたてて真昼の眺望のなかで、凍えていた。軽井沢はいつも、東京都内の平均十数度とちがい、気温のひくさである。

一刻もはやく、友人の別邸にたどりつきたかった！ それはただならぬ緊迫した感情だった。よりはやく来栖谷をめぐって頻発する、知人たちの変死の真相を、直接に確かめたい、気持からなのだ。

こうした豊かな自然につつまれた平和そのものの保養地で、しかもまだ半年にもならぬ夏の宵と、さらに八日前の深更とに、あいついで顔見知りの影島くみ子と笹野惣一郎の二人が、変死したのである。

くわえてくみ子は、来栖谷の別荘の仄暗い地下室で死因も釈然としない怪死を遂げ、また笹野は、夜半におなじく来栖谷邸をでて自家用車で旧軽井沢のホテルにもどる帰路、コースを切りそこねて墜落死という、意表外の椿事の犠牲と化した。あまりにたびかさなる惨事の連続に、とかくの噂を日頃きいていただけに、久我孝祐の胸も、いいしれぬ疑惑に、曇りがちともなった。

とくに笹野が事故死してからは、連日かつての学友たちから、久我あての電話や手紙の問いあわせが、殺到していた。孝祐が来栖谷と親しいことを知っているので、みなが驚愕のあまり、連絡してくるわけだ。

旧華族や良家の子弟ばかりであつめられた久しい伝統をもつG大の文系学部を、同期に卒業した彼等なのである。

笹野惣一郎は新興財閥の雄で、とくに斬新な企業として注目をあびている東洋チタン工業の会長としてしられた、笹野啓四郎氏の長男で、いささかいまの言葉でいえば、太陽族めいた放蕩息子だった——また影島くみ子は、N大の芸術学部に籍をおく、明るい美貌の理知的な女性で、とはなしに、彼等のうちにまじわりだし、仲間のあいだでヒロイン化された存在にあった。

はやくも彼等の年頃で、一、二の熱烈な求婚者もあったという。笹野などはすごいのぼせかたで、いつも彼女のあとを影のように、つきまとっていた。

「ちくしょうめッ！　来栖谷のやつ、ふられた腹いせに、殺しやがったな……おそらくそんなとこだ。ひどいことしやがる」

二週間ちかくも避暑かたがたに来栖谷威夫の別邸に身をよせ、ついに原因不明の謎の死をとげたくみ子を、笹野はおしんでこう毒舌をたたいた。

しかし地元の長野県警察本部の調査では、心臓麻痺かなにかのための、異常体質によるショック死であろうかとかたづけられ、威夫に容疑をむけた徴候もないままに、葬り去られていた。来栖谷の言動に、そうした疑いを抱かさせる、何物もなかったのだろう。

「ばかをいえ、常識でかんがえてみろ……いくらあいつが堅くたって病人だって、女と十日以上も同棲してて、なんの気もおこさずに、おれるものか。なんだかんだとゴテて、ひっこみがつかなくなったあげくさ」

笹野はあくまでも、悪意の中傷をやめなかった。熱っぽい彼の言葉に、久我たちは彼の未練のつよさを、読みとっていた。また反面には、葉山の別荘にしきりにさそった笹野の申しいでを、くみ子が断わって意外にも軽井沢にいっていたことが、ことさらに彼の感情を刺戟していたのだという説もあった。

こうした情勢のうちにあって、まさに晴天の霹靂とでもいうのだろうか、笹野は夜半の軽井沢で事故死し、しかもこともあろうに来栖谷をおとずれた直後だというのではないか。

孝祐は夏のくみ子の変死前から、とはなしに威夫に会う機会をもたなかった。

遠隔の地であることが、意におきながらも、つい足を向けさせるひまをとらせなかったのだ。

もはやこのままに、放置することはできない。しかも彼は、ぜひきてくれるようにという、来栖谷からの速達さえも、受けとっていた――君にだけ、直接に会って色々と打ち明けたいことがある、ぜひお願いすると、とり乱した文面でしたためてあったのだ。

木々と秋草につつまれた来栖谷別邸の各間は、年老いた家政婦にみちびかれて入ると、完備した煖房装置のために、汗ばむほどのあたたかさだった。とおく浅間から地底をくぐって塩壺につづく温泉を、深く鑿岩して常時タンクに噴出させ、縦横に配管してつかっている。

したがって室内は完全に外気と遮断され、別世界の温度が保たれている。部屋のすみずみには、子爵の名門の出であり、また篤学の生物学者として高名であった威夫の亡父、理学博士来栖谷威政氏の生活の名残りとして、梁にたっするばかりの学術誌、洋書などがつみ上げられている。また奇怪な肢体をみせる爬虫類や化石の数知れぬ標本が、がっしりと部厚い塗棚に整理され、沈黙していた。

容器におさめられ、あるいは液体にひたされ、剝製となってならべられ、うつろに生気を失った瞳孔を、みひらいている。

ただ廊下にならべられた数個の巨大なガラス張りの水槽のなかでは、フレエムのうちにゆらぐ珍らしい水草の茂りをぬって、さまざまな熱帯魚の群れが、魚鱗をきらめかせて戯れていた。

水槽につけられた、博士が記したものらしい克明な分類によると、東南アジア、アフリカ、南米などと主要産地別にあつめられ、濃厚な黒い縞をきたゼブラ（Zebra Danid）、みるからに剽悍な闘魚をおもわせるパラダイスフィッシュ、さらにネオンライト（Neon Light）、アフリカ産のジェル（Zewel）、ヘッド・エンド、テイルライトなどの、文字通りに光り輝くような色とりどりの魚々、紅一色に燃えたつようなグロウライト（Glow Light）、三分にも足らぬような目高（TETRA）の類など――さらに各種各様の群れがおのおの生態をみせ、鮮やかな綾をなして泳ぎみだれている。また藻に澱んだ水底には、南国の淡水に棲む貝類であろうか、異様な二枚貝、平巻貝状のものなどが、乳褐色の足をあらわして、泥土をさぐっていた。

「久我君、まってた、よくきてくれた。こっちでやすんでくれ……そんなに見たって、もうありきたりの魚しかいないんだぜ」

水槽にみとれている孝祐に、うしろから威夫が、声をかけてきた。

「そうかね、しかしよく育ててるな」

「珍らしいのは、おやじが死んでから、世話しきれなくて、全滅しちゃったよ……なま餌のなんか、むずかしくて手におえないんだ」

「……それはそうと、ほんとうにひさしぶりだね。体はどうだい」

「ああ……あいかわらずさ」

こう答える顔を真向にみて、ハッと息をのむ想いがした。おお、なんという窶れかたであろう！　病いと心労に蝕まれてか、屍蠟に隈取られたように、蒼ざめ果てている。

髪にも艶がなく、ぱさぱさと乾ききっていた。これが白日の下でなかったならば、幽鬼のさまとしか映じなかっただろう。

応接間のドアーを鎖して、カフィを孝祐にすすめながら、じっと面をふせて声をのんでから、

「僕はみたよ……まざまざとこの眼で、笹野君の最後をみとどけたんだ。あの離れ山のところで、車を墜落させて、即死したんだ」

と、身をよじった。厚い一枚ガラスのウインドウから、丁度庭の中央にみえる、旧軽井沢へむかう起伏にたった離れ山の紅葉した峰を、指さしてみせる。

「……ひょっこり夕方から、雨の中をやってきた帰りだ。夜だとあのすそを走る、自動車のライトが、はっきり見える……僕は不意に家を飛び出した笹野君が、ほんとうにホテルにもどるのかどうか気にして、窓からみていた。すると確かに彼のらしいライトが、強雨のなかでちらつきだし、あの正面のあたりまできたとき、突然ぐ

らりとゆれた。くるくると反転して、あとはまっすぐに落ちて、ふっと消えた！　すぐに遠くで小さいけれど、疑いもない岩石に衝突するらしい音が、ガリガリと二、三度つづいた……これが一瞬のことなんだ。やったッ！　とびしょ濡れで、あの山道を近所の知り合いを起してかけつけてみたら、やはりそうだった。明け方に、よせというのを振り切って、まだ薄暗い頃になってやっと、谷へたどりついた僕は、ペシャンコの車体を見た。飴みたいにドアーがつぶれてた。ひどいものだった……話すのもいやだ。ああどうして僕は、笹野君といいくみ子さんといい、あんないやな死にかたを目撃せにゃあ、ならないんだろう」

「……いやだったろうね。で、くみ子さんのときは、どんな死にかたで……」

久我は威夫の心境に同情する言葉を口にしながらも、ふと核心を突く問いを、かえさずにはいられなかった。

「それがまるで理由もなしに、不意にこの家の地下室で、倒れていたんだ。傷もなかったし、苦しんだ表情もない……声ひとつたてないで、うつ俯していた。さっきの家政婦の婆やと僕が、汗流しに風呂の用意をして、湯を出してるときだった。そのあいだに、手伝ってくれていた整理ものにきりをつけに、地下室へ降りていったままだ。風呂から出て呼んでも、返事がない。裸でかけ降りてみた。あそこは死んだおやじの、いろんなものが、ごちゃごちゃつめ込んである。まあ倉庫みたいに、使ってたところなんだ。もちろん窓もなく、温泉のパイプがでてたり、湿っぽい陰気なところさ」

「手伝うって、どんなことを」

「家の中の、かたづけだよ……僕がこんな体だから、埃だらけだった。それにおやじの研究したものなんかは、まさかあっさり、捨てちまうわけにもゆかんし。なかには貴重なものもあるだろうから……そのうちに大学にでも、あずけようかと、思ってたのさ」

「ばかにかんたんだね……まるで納得のゆかない、話じゃないか」

こういってから、ハッと失言に当惑した——はたして威夫が、みるみる頬を上気させ、昂憤し、指をふるわせながら、

「けっして僕は、やましいところは、ないんだぜッ！　知ってるんだ……みんなが、ひどい疑いの眼で、僕のことをみてるぐらい」

と、切りかえしてきた。

「いや、そんなわけでは……少くとも、僕は信じてるよ」

「有難う、ほんとにありがとう……なんともこの僕にさえ、解明がつかないんだ。でもね、たった一つだけ、あるいはという、糸口は摑んでいる……でも君には、信じられまい。かえってこんなことを言ったら、笑うだけだろう。それを話して、君にも考えてもらいたさに、わざわざきてもらったわけだ。実をいうと、君のほかには、あの事故で死ぬ直前に、笹野君にだけもらした。いまになれば失敗だった……もし僕の思う通りとしたら、笹野君もそのために、死んだわけだ」

孝祐は唖然とした。あまりに錯乱した友の言葉に、相手の心理を疑る心地に、とり憑かれたのだ。

「……久我君、そう驚かないでくれ。僕は狂ってはいない。じつは地下室に、奇妙な品物があるんだ……それはおやじが蒐集した神秘な代物さ。何千年とも何万年ともつかぬ、妖しい歴史をこめた、異国の宝物だ。もうその国は、この世には存在しない。太古の、いや神のもの、だったらしいね……くみ子さんは、それを横にして、死んでいたよ。僕の言ったことに、好奇心を抱いて盗みだしかかった笹野も、そのために命をなくした。みんなあの、ムー大陸の笛のせいだぜ。といって、吹いてみたためでも、触れたためでもなさそうだ。つまりムーの神宝を、侵したからだ……久我君、もう一度いうけど、僕は冷静なつもりだ。とにかくあの笛が、あるんだからね……くみ子さんが死んでから、僕はしばらくは、魂を失ったようになってた。おたがいに、愛しあっていたからね……で、僕は、やむなく傷ついた心に悶えながら、一人でおやじの遺品を、整理していった。おやじは君も知ってるように、戦争中の学術による軍への協力がわざわいして、戦後は追放令に該当したりして、一切の公職を断わって、この別荘に蟄居（ちっきょ）してしまった。こつこつと一人で研究して余生を送った……そして書きのこした尨大な資料を僕がまとめてゆくうちに、ふと、その笛にふれた。で、驚いて調べてみたら、くみ子さんが倒れていたあたりに、確実にそれと覚しいものが、あったじゃないか。超自然な神秘な力の現存なんぞは、とっても君には肯定できまい……でも聞いてくれ、ともかくもそれには、死んだおやじのことから、述べなければならないんだ」

威夫は煙草をぬいて立ちあがり、いつしか黄昏れてきた仄暗い室内に明りを点すために、ドアーをあけた。

眩い灯火におどろき、部屋にちかい水槽のソードテイル（Sword Tail）が、剣ににた紅の鋭く尾をふって水面に跳躍し、群泳する微細な小心者のグピイ（Guppy）のむれを、星屑のようにきらめき四散させて、水藻に身をひそめた。

太平洋戦争もいまだ緒戦のころで、軍も国民も戦勝によって、怒濤のような戦果の拡大を、南方諸域にのばしていた時のことだった。東京帝国大学名誉教授、学士院会員来栖谷威政博士は、軍の要請にもとづいて、来栖谷教室の俊英なメンバーとして声望のたかい、小柳清助教授等とともに、第三南遣艦隊附南方資源調査隊編成の特務を帯びたのである。

威政氏が学界に寄与すること燦たる有識であり、また華族として勲一等の親任の礼遇をうけ、当然のこととして貴族院に議席を有する身であることから、とくに将官相当待遇をもって迎えられた。調査探検にあたっての命令系統は、南遣方面地区総軍司令官直属という、強力な自主権をもたされたものである。

「セ三二一四」隊と称せられ、多数の各分野の学術班により混成され、徴用された大日本郵船の船艇、および捕鯨船改装の第一北洋丸、日露漁業のキャッチャーボートなどが使用されることと決った。

——セレベス島マカッサルの海軍基地に集結し、和蘭（オランダ）の東洋植民地の拠点であったロッテルダム要塞跡の軍司令部で各班にわかれ、ちりばらの目的地にむかって、分遣されはじめた。調査団々長である威政氏は、緊密な指揮連絡をたもつために、自由にその間を行動する保障を約されたのである。

所在陸海軍の兵隊たちは、将官の黄旗をつけた鹵獲（ろかく）セダンに乗ってゆききする博士に、あわてて直立不動の最敬礼をおくり、そのヘルメットに開襟の防暑服といった身軽な姿に、何者でおわしますかと、驚いたりした。長髪に霜をまじえ、童顔にえみをたたえた典雅とでも形容すべき博士の容貌は、接する人に深い畏敬の念を抱かせるものがあった。

探検隊附武官として、赤沢少佐が配属された。海大を出たばかりの、艦隊附副官をつとめている白面の青年将校で、副官章も凛々しい唯一の正規軍人であり、他はすべて軍属調査隊員で編成され、途中の隊員の安全保護には、そのつど次々に申し送って守備部隊がひきつぎ、警戒やなにかの便宜を計ることとなったのである。

生物、気象、民族、文化の研究、さらにマンガン、石油、ニッケル、その他の重要軍需資源開発調査を目的とする、東南太平洋諸島全域の広汎な特務にたずさわる使命である。

帝国陸海軍が完全に制圧しきった、東印度諸島全域を含み濠洲すれすれにいたる占領地域の調査は、せまい内地の大学でもっぱら文献だよりの研究にふけっていた人々には、驚倒すべき見聞の連続とはなった。

天降る神兵とうたわれた落下傘部隊により確保された、スマトラパレンバンの油田地帯外れの山嶽地方ジャングルには、三尺をこえるラフルシァ（Rafflesia Arnoldi）の赤い肉色の妖花が、白く毒々しい斑紋をみせ、世界最大の姿をさらしていた。またスズキ、鮫が群泳し、夜光虫のくだけるセレベス海峡をこえ、ボルネオバリト河を遡江して、ダイヤの宝庫マルタプラを試掘もした。

あたり以北はシワーネル、バウイの二千米(メートル)を越える謎の連峰つづきで、飛ぶ鳥を手づかみにするブロンドの手長猿、飼育のまったく困難な天狗猿をはじめ、森の人オランウータンなど無数の猿族、さてはそれにも近い毒矢をふるい木によじ髑髏をかざる食人種原始パプア族に遭遇したりもする。

獰猛をきわめた野生牛、コタバト平原の湿地帯では一対の角をもつ世にも凶悪な面相の蛙など、蛮刀(バラン)でバサバサとマングローブの茂りや蔓草を切りひらきながら、あまりにも未知な生物に接しながら、探検をすすめた。

切りつけるごとに白い樹液がとぶと、天然ゴムの木ではないかと、魂を氷らせた——ままその枝に、野牛を即死させるほどの、黄色の斑点をもつ毒蛇が、棲息するからだ。この落下攻撃にくらべれば、山蛭(ひる)はおろか、敵グラマンの襲撃もおそろしくはない。

蘭領地域には、久しい白人の統治のあととして、あらゆる奥地にまで堂々たる官営宿舎(バッサルマラン)が、何十マイル何百マイルの間隔をおいてもうけてあり、日本軍に接収されており、疲労困憊の極にたっした隊員をいこわせてくれた。

軍需稀少資源をおっての旅は、排水量三十数トンのキャッチャーボートの回漕をつづけ、フロレス海をぬけアンボイナ、セラム、ショーテン諸島をへてニューギニヤ、ニューブリテン諸島にまで、足跡をとどめていった。

海洋は変転し、コラルジャングルとよばれる、五色の彩りをみせる珊瑚礁の海々へでた。眼のさめるように豊麗な種々の蝶々魚がたわむれ、岸辺の密林には、細い茎に真紅の舌のような花をだらりと垂れた、珍奇な洋花として知られたヒビスカスが、野生の姿で咲き乱れていた——ニューギニヤ沿岸では主に陸軍部隊に世話になり、現地補給のサゴ椰子の澱粉によるクズ湯ばかりすすらされて、閉口した。このあたりでは海軍はもっぱら作戦にいそがしく、陸揚げされはなしの各部隊は、ようやく忿懣の色をみせはじめていた。おかしなことに、内地から運んだ野菜の種は、たちまち生長して二度目には変種と化してしまう。人蔘も大根も、蔓ばかりの根の形もない雑草の茂みとなるのだ。

「みてください……これがマニラ麻のアバカ芭蕉ですよ。ニューギニヤじゃあ、兵舎の五倍もの大木になりますから」

案内の下士官が、こういって見上げながら笑ってみせた。

「雨期にはみそも醬油もありませんや、みんなカビだらけです……運ぶだけはこんで、なんか探して生きてろじゃ、ひどいもんです」

海軍側の高級将校である赤沢少佐が、陸さんにずけずけとにくまれ口をたたかれ、衆寡敵しがたく、苦笑するばかりだった。ボルネオの首都パンジェルマシンから持ってきたネイビイカットの缶を、そっとトランクにつめたまま出せなくなったのも、気の毒である。

かくするうちに、各調査班は徐々に任務を遂行しおわり、バタビヤ、マカッサル、カガヤンなどに方面別に集結しはじめ、帰国のうえ資料の整理をおこない、軍部に答申する方針がきまった——したがって来栖谷博士の主力一行は、ニューブリテン諸島附近から太平洋西南の海洋調査をおこない、アンガウル、パラオをぬけて台湾基地にむかう最後の帰途コースをとる、計画をたてた——神秘の孤島エプアタカヒに接したのは、この時であったのである。

濠洲委任統治領であったニューブリテン列島中の、ニューロックハンプトンとよばれる小島によってニッケル資源の試掘をしたおりであった。戦前このニューロックに、濠洲の金鉱地ビクトリヤ沙漠ラバートン地方から、濠洲政府の命により、技師団がまねかれたらしい記録が、接収されていたからである。

同行した現地民の案内人ダトとスマニイが、ふしぎな情報をつたえたのだ。

「旦那（トアン）、海の道（ジャラン）を二日（ハリドア）ゆくと、死の島があるそうです……エプアタカヒ、という岩の、ほんの小さな島（バニヤクチル）で、いったものは、二度と帰らない。火の島だ」

というのである。しかもそれを知る数少ない土人達は、これを人に言い伝えただけでも、死ぬと信じて恐怖している――もしゆくなら、極秘でいってもらいたい、それに自分等はつれてゆかないでくれ、と哀願した。

草も木もこの世のものでなく、太陽の使いのすまう所だ。エプアタカヒとは――水をも陥没をも妨げる土の国――の意味で、島をしろしめす太陽の使いの子孫である人々が、誇りをもってよぶ島の名だというのだ。ちかづけば斜めに空を飛ぶ大鳥に襲われ、喉頸を啄ばまれて魂をすすられてしまう。男は殺され女は拉致されて神にささげられると、すでに伝説のベールにとざされた存在と化しているらしい。知らずに近寄った白人の船も、沈没したという。

「女だけつれてゆくとは、太陽の使いも俗物ですな。カンピンがほしいとは、生臭いやつらだ……いってみますか、カンピン、白人の船が沈んだというのは、暗礁のためでしょう。わたし等の船なら、底があさい。用心してやってみましょう」

老練な松永信也機関士が、鈴木航海士をてつだって海図をよみながら、高笑いした。カンピンとは淫売や性行為を意味する言葉で、野鹿と山羊のあいの子という意から生じた、猥語である。

――ところが来栖谷博士等は、べつの異常な好奇の関心を、その島にむかって、抱きはじめていた。京大班から選抜されていた民族担当者が、これは冗談ですがね、と慎重にかまえながら、ダトとスマニイの聞きつたえた島の名に、想像を絶する翻訳を、試みたためだった。

エプアタカヒという島が――水をも陥没をも妨げる土の国――の意とすれば、接頭のEp（エプ）はさまたげる、つまりカラマヤ語のしりぞけるの意で、アはHa（ハ）（水）の転成音、Ta（タ）は場所、国などを示す語であり、Ka（カ）は沈む、沈下するとなり、接尾のHi（ヒ）は土、泥を表わす名詞であろう。すると、驚くべきことに、つたえられる宗教の傾向よりみても、メキシコ古代民族およびインカ帝国の語原のなかばをしめる、カラマヤ語を使用する民族であろうか。

さらにはギリシャ語のアルファベットにも、関連をもつかに思われるこのカラマヤ語の韻律をあやつる民族は、もはやこの地区に夢想だに現存を考えられぬ、悠遠な太古の人々である。

「この意味を誇っているとなると、地表が海底に陥没しなかった残された国を、輝かしい歴史として、神に謝しているわけですね……」

「というと、どういう推定がなりたつ」

「そこですよ妙なとこは……まさかれいのチャーワードの説でもありますまいが、海底に没したムー大陸の名残りみたいですな。彼の概観では、ムーは東南端がイースター島、南西がトンガタプ島、北西はランドローネス、北端はハワイの約四〇〇〇哩（マイル）平方と想定されます。ここいらもムー大陸の片隅とみても、いいでしょうしね」

「どえらいことになった……ともあれ無理してでもゆこう」

博士の裁断がおりて、たえず一行は水深を測定しつつ、目的地にむかっていった。

水先案内人には、日本銀行の封印もいかめしい麻袋をひらき、真新しい軍票の束をつんで、やっと二名の漁夫を集めた。アポ、サリダンの兄弟であった。

――エプアタカヒは、その島影を遠望した刹那より、妖異の感を抱かしめずにはおかぬ、奇岩絶壁につつまれた荒涼たる孤島だった。

東南岸がわずかにゆるい斜面の地形をしめし、はるか沖合まで、白波をくだく珊瑚礁となってつづいていた。坐礁の危険をさけ、ボートに分乗して近接を試みた。

海水が冷やかな碧色から紫、紫から生暖かい褐色にと、珊瑚礁に寄生する生物の変化、著しく均衡を欠いた水深の激変にともなって、移りかわる。

やがて先行したボートの上で、仁王立ちになった赤沢少佐が、九式軽機関銃でバリバリと海面にむかい、二連射掃射して、手をふり注意信号をおくった。

あたりを血に染め、またその血のかおりにさそわれて、無数の三、四尺の奇魚が、飛沫をあげ、入りみだれて争っている。燻銀色にきらめく、羅鱶（らぶか）と珍種虹銀鮫の群れだった。

「ただごとでない……めずらしいこともあるものだ。虹銀鮫なんて、相模灘で六十年もまえにつかまっただけだ。だいたい深海性のやつだしね」

小柳助教授が、傷ついたのをアポが銛で突き、ひきあげて頭をねらい殴り殺しにした姿に、こう呻いた。白い口髭をはやし、八目鰻（やつめうなぎ）みたいなえらをみせて痙攣していた。来栖谷博士は、虹銀鮫―雌（Purple elephant fish―

Female）とペンで記録し、カメラにおさめた。

　中央に低い活火山をいただくらしく、ゆるく鉛色の噴煙をあげ、にぶい水平線にとけこませている。島をめぐる断崖は百数十米にたっし、激浪足を洗い、近よるすべもない。やはり東南岸から珊瑚礁づたいに、ゆくほかはない。

　さすがにふるえるサリダン、アポに銃や資材をもたせ、一挙に全員が上陸を敢行した。

　やわらかい火山礫の岸辺をバリバリと踏み潰しながらすすむと、熔岩の平坦な台地となり、巨大な火山弾がころがり、かすかな地表には、枯れた箒のようなマオウがむらがり茂っていた。喘息の特効薬エフェドリンを抽出する草である。

　その繁茂するあいだを、濠洲ニューサウスウェルスに産するまつかさとかげが、堅牢をきわめた大きな鱗を光らせ、細い舌を垂れて這いずっている。ほかにつのとかげ、さらに胸部の肋骨数対に皮膚がまくとなって張り、空中を滑走することのできるとびとかげ（Draco）など、珍種の爬虫類がそこかしこに出没した――とくにとびとかげは、中国南部、海南島のものに比し、はるかに翼長の大きな新種で、即座にエプアタカヒトビトカゲと名附けられた。昭南トビトカゲと命名説や八紘トビトカゲ、さてはクルスダニとまででたが、博士は笑って平凡にきめることとした。

「まだまだどんな逸品がいるかもしれぬ……そう名前の安売りはできないよ」

「しかし先生、これは大変なことです……ムー大陸のあとに、まちがいない。オーストラリヤにも、地続きだったんですかね」

「うん、これは、コモド島どころでない……世界の驚異だ。学者として、こんな幸福はないね。しかしオーストラリヤとむすんで考えるのは、ちょっと飛躍しすぎないかな」

「どの大陸とも、太古に交流した地点らしいし……おどろいたもので……先生、いたッ！　あそこだ！」

　言葉なかばに、小柳助教授が、愕然として身を竦ませ、指さして叫んだ。

　おお遥かな茶褐色の岩山のうえに、数名の人影が、なぜか手を天にかざして、丸く円をかたどりながら佇んでいたではないか！

「むちゃをしては、いかん……刺戟するだけじゃないかッ」

銃をかまえた鈴木航海士を、威政氏が叱責した。アポが手をふって、命ぜられるままに恐怖に戦きながら、土語で懸命によびかけてから、

「旦那だめだ、みなさんは、言葉（ブザー）ができるか（オモング）」

と頭をふり、当惑の色をみせた。

つづいてサリダンが、パプア語でもよばわってみたが、応答がない。不気味な静寂が流れた――やがて土人の一人がなにやらわめき、二、三度繰返したが、これはこちら側が意を解し得なかった。

敵意はなさそうである。京大班の団員が一人すすみでて、頭をたれて礼をおくり、手をふってから、六面体の結晶をみせた黒い方鉛鉱（Calena）の露出する岩壁をよじはじめた。相手からも一人、これにならって降りだす影がみえる――もしもの危機にそなえ、団員に援護射撃をおくるために、全員が銃を握り、遊底をあけた。赤沢少佐は機銃を据え、銃床を肩附けして、寝射ちの姿勢をとり、ぴたりと照星を定めた。緊迫の一瞬であった。

なにやら二名の代表は身ぶりを入れて意志を通じあった。指さしたり、地面に画いたりして、ついに手を握りあい肩をうちあってから、互に仲間にくるようにと手招きはじめた。

土人は額のひろい、碧眼にもちかく眸のすんだ、髪のちぢれた種族だった。指が長く、がっしりと鼻骨の厚い、上膊部の隆々たる巨漢ぞろいである。侵し難い気品を湛えている。

「松永さん、旗をもってきてください……わたしたちも太陽の使いだと、けむにまいたとこですから」

日章旗をみせ、天を指さしたり胸をたたいたりすると、土人は頷いて、ついてくるようにすすめた。土人のいく人かの持つ斧ようの武器に、青銅製のものがあったのには、一驚した。

みな紅銀鮫のなめし皮を、麻に似た繊維でつづり、衣服としていた。その腰に細長い刺をもつスイジ貝をさげ、その数の多さで長老指導者の階級章とするらしく、子供にはそれがなかった。

土人は穴居して生活し、平地の草に火をつけ、種をまいて耕作もする。野生にちかいサゴ米で、原始民族のおこなう――火田様式――を踏襲するものである。次々に火田をうつし、何年か後に、もとに戻る。

火はすべて火山の聖火をうつし、炊事にはたぎりたって湧出する温泉に米や海亀の卵をひたして、用をたして

いる。一行が米食を主とすることを、血をわけた太陽の子であると、狂喜した。

エプアタカヒ島は、蒼鉛、閃亜鉛鉱の宝庫だった。噴煙を発する火山の中腹には、白と紫の蛍石を積んだ祭壇をもうけ、大洞窟の入口を飾り、この奥およびこれよりの高地は、何者にも入りまたは登ることを許されなかった――バラ色のマンガン方解石とおぼしい石を刻み、無数に組みあわせた三角形の神の家が、洞窟の奥深く望めるにとどまった。三角形は天を象徴し、その中央部のくぼみは眼であり、聖なる神はすべてを見給うとの、信仰をうかがい得るのだった。四角は東西南北の基本点を示し、地を意味する。

彼等は水と火をもって万物の原質と考え、すべての万有は火から化成し、再び溶けて水となり、水によって浄化作用をおこし、再び万物が生成するという、素朴な哲学観を有している――またもはや感覚で感知し難い、規定し難い無限無窮なものは、すべての彼等の祖先であり、火の母である太陽の神のしろしめす世界と、思考していた。宇宙、海、空気などがそれである。

これを侵すものは反逆であり、神の怒りをうけるものと信じている。

うかがい難いその岩山の中腹以上には、イースター島、トンガタプ島にも見られる如き、数十トンとも知れぬ巨岩の門や石像が、怪奇な容貌をみせて、大洋を睥睨（へいげい）している。これ等は他の二島ともおなじく、最も近い島でさえ何百哩を運行することなしに、存在し得る石質でもなく、またその手段さえも推定できない。陥没前のムー大陸の古代文化の絶大さに、隊員一同は固唾をのむばかりだった。

すべての不可解なものは、神のしろしめしたもう所に、帰するのである。彼等の持つ青銅製の武器や調度品の数々も、また神聖なる巨岩の文化財も、すべて子孫たる彼等には、新たに創造する術を失っていた。

カラマヤ語を対象としてのムー言語の調査とともに、島の登頂地（Ni-Xi-Ma）は、万物の育成に疲れた神を慰める庭園であり、あの洞窟には神が弄びたもう聖なる笛が、預けられていることが読みとれてきた。

「見たもの、ましてや神の笛を吹き穢した者は……かならず怒りに触れて、魂をうしなう」

と、しつこく恐怖の色を浮べて、強調するのだった。必然の行動として、隊員が草木地質生物さらには全島の総てに尽すことから、かすかな猜疑の念も、芽生えはじめたらしい。

　したがって隊員のうちには、ことさらに日章旗を背にして、ひらひら翻しながら作業する者もでてきた。太陽の子孫であり兄弟であると、安堵させるわけだ。愉快だったのは、その旗の中に、出征兵士なみに武運長久の揮毫や署名のならんだものもあり、なんだと訝がられ、熱い太陽に焦げた痕跡であると、弁解したことである。

　探検隊員にたいし、とくに疑惑の念を拭いきれぬかにみえたのは、彼等の聖なる祭司であり、神の洞窟につかえている、老人であった。島民の言い伝えの許すかぎりの、祖父の祖父の頃より更に以前から、島の聖者であったという。年のほども推定を許されぬ、ミイラのような古老であった。十数個のスイジ貝を身につけ、肩をこす白髪を垂れている。眉のおちた眸に、いつも膠(にかわ)のような目脂をつけ、失明にちかい有様にあった――これは灼熱の南海の太陽を、つねに仰ぎ祈るからであろう。

　聖域への隊員の侵入を、ついに肯んじなかったのも、彼によってであった。奇蹟にひとしいほどの効力をみせる隊員の施療も薬品も、ことごとく聖者の認可をうけてから、頼みにくるほどである。

　黎明と薄暮の定刻に、ごうごうと地軸を揺がして全島が激震し、活火山の聖域をおおう熔岩のあいまから、ぱっと白煙の火柱を噴出させる奇観が、遠望される。すると島民は地にひれ伏し、敬虔な祈りをささげるのだ。白煙が水蒸気であるらしいことから、それに噴火の焔が反射し、あかあかと映じるものと考えられる。

「間歇泉(かんけつせん)の噴出でしょう。先生わたしは、内地で宮城県の鬼頭温泉でしらべたことがあります……じつに強烈なやつですね。鬼頭のは三、四十メートルにもなりましたかな」

「ちょうど週期が朝夕だから、太陽の神が島にきて、また夕方お帰りになるしるしと、信じているわけだ……あの洞窟のあたりに、よせつけないのも、根拠はあるね」

「なあに旅の恥はかきすてって、いうじゃないですか。最後には、攻撃しましょう……あんな老人の妨害なんて、とるに足りません。ひとつその、神の笛だけは持って帰りましょう……古代文化の結晶じゃありませんか」

「いやわたしは反対だな……慎重に考えてやるべきだ。神器はエプアタカヒ国家の象徴だからね」

　博士はこうした場合には、つねに平温な行動を採択し、持論として止まなかった。

岩壁の処々に点在する洞窟では、暗黒の地下水の渓流のうちに、オーストラリヤのオルム（Proteus anguineus Laur）に酷似した、白色透明なめくらさんしょううおを発見した。カルニオラ、グルマチアの鐘乳洞の地下水に棲息するものが、前肢三趾後肢二趾であるにたいし、本島のものはいずれも三趾だった。眼はおなじく完全に退化し、皮下に埋れている――この新種の驚異は、オルムの場合は水成岩の地下水に棲息するに対し、こちらは温泉のうちに棲むことである。温泉虫はしばしば発見されるが、この例は皆無である。おそらくオルムとも、根本的に種の起源を異にするものであろう。

またこの島には、蚯蚓にた不気味なやはり眼の退化した、ハダカヘビも湿地の砂中に採集された。鳥類には他に比して珍らしいものもなく、ニューギニヤ、ミッソール、アール諸島などに散見する、ヒヨク鳥、美麗眼をうばうキエリ、頭におおきな扇をもつカタカケなどの極楽鳥が印象にのこった。

「大鳥がいて命を啄む――なんて噂さがありましたが、あれは外れましたね」

「おそらく強迫観念の産物だろうね……またはそんな噂さを故意にながして、他の種族を、よせつけぬためかもしれない」

こんな言葉もでて島民に尋ねてみると、意味ありげに笑って、否定も肯定もしなかった。それで作為の宣伝説が、圧倒的に強くうちだされてきた。

「善意に解釈すれば、やはり彼等の、伝説中のものなのですかな。聖人だけが、真相を知っている話でしょうよ」

海岸の砂地にはえた巨大な桑科のはらみつの果実に手をついて、小柳助教授がこういい、絶えて銃声を発したことのない、腰の十四年式拳銃をサックからぬいて、把握の快感を弄んでいた――よもや数日後に、この拳銃をたよりに、血路を切りひらく運命にあるとも知らずに！


――エプアタカヒ島の調査を開始して二十四日目の夜半、降るような満天の星をいただく頃、来栖谷博士はキャンプをめぐる異様な混乱の気配に、驚いて床を飛びたった。ああまで厳戒しておいた、耳をつんざく銃声まで起ったではないか。

「どうしたッ」

「あ、えらいことになって！……土人等が怒って、サリダンを殺しました！　酔って、女を襲っちまったんで」

「しまった、で、話がつかんのか」

「駄目です、それどころでない……戦いを挑んできました。赤沢少佐もすごい怪我で……急援にいったのを、斧でやられたばかりです。あちらも四、五人、射殺しました……いま一瞬のことで、ご報告にもあがれませんでした」

「よし、全員を集めろ……船に退避しよう」

暗黒のうちに珊瑚礁が、白々とさざ波を打ちくだくうちを、ジェネレーターのモーターをとめた、完全な消灯下に非常呼集をおわった。

「小柳さんが、いません……」

「なに小柳が……ばかな、よくさがせ、ボートじゃないか」

博士は冷やかな夜の大気のうちで、錯乱した胸の動悸をおさえ、よばわり尋ねもとめたが、すでに絶望と思えた。夜半の彼我の誤認をさけるために、軍なみにダレカッ！　と誰何（すいか）し、姓名を明瞭に応答なければ、自衛手段に訴えるも可とした。まま腰まで海水にひたし、顔をぐるぐる巻きに繃帯でまいた少佐を寝かせ、ボートをおして、珊瑚礁の浅瀬をすすんだ。鮫の襲来も恐ろしければ、またその間に棲息する、足を骨まで嚙み砕く巨大な二枚貝おおしゃこがいの存在も、不気味だった。岩と誤って足首を肉に踏み込めば、一噸（トン）にもたっする鋸の殻が、ばりばりと口を鎖して、足の切断を待つの他ないのだ。

その時だ――岸辺の方向に、パッと閃光がひらめき、ダ、ダーンと拳銃音がつづいた。

「まて、小柳だ、はやく助けろッ」

松永と鈴木航海士が、背に担った銃をはずし、負い皮を締めてざぶざぶもどりだした。どちらかの影が足をすくわれ、一度海水に倒れてハッとさせてから、濡れ鼠になってまた歩きだした。

やがて三人の発砲がしばしつづき、ボートからはその点滅する銃火の前方の闇に、安全とおもわれる間隔をとって、めくら射ちに機銃を掃射した。弾薬箱に一ケースずつ用意してあった曳光弾を連射するときは、流星の弾道をひいて、すいつくように漆黒の岩山に当り、火花となって爆（は）ぜた。

「ご心配かけました……先生、すごい物を、ぶんどってきました。あの、神の笛をとってきたんで」

二人にはさまって、抱かれるようにしてボートに辿りついた助教授が、喘ぎながら、呼びかけてきた。

「ばかッ、のんきな奴だ……はやくあがれ」

笛よりもなによりも、愛弟子の生還のよろこびに、博士の声がふるえていた。手探りにボートの艫（とも）のほうから、長い筒状の物をおしあげて舟底におとし――舟縁にかけた指が、ずるりと力なくはずれた。

「おおッ小柳、ど、どうしたッ」

「先生ッ……あの……聖者のやつ……」

こうかすかに呻き、あとは海中にどうと崩れて、うねりに身をまかせた――あわてて懐中電灯の光芒をむけると、海水を生々しい鮮血に染めて、すでに息絶えている。

「しらなかった……小柳さん、なぜ言わなかったんだ」

松永と鈴木が、呆然として収容した屍体に語りかける。

そのかたわらでは赤沢少佐が、

「もうしわけない、お役にたたなくて……」

と、左右に首をふりつづけながら、うわ言のように詫びつづけていた。

こうした収拾もつかぬ名状し難い混乱のうちを、キャッチャーボートに帰船した頃、ほのかにあたりが、白々と明けそめ始めた。土人等はふしぎと、舟を持たない。漁（すなど）りは磯伝いでこと足りるからであろう――もはや追襲のおそれもない。しばらくは碇泊のまま、事後の応急策をねることとした。

――と、その時である。黒々と中天にきわを限取って浮びはじめた活火山の中腹に、パッと閃光がきらめき、白煙が二、三のかたまりとなって、打ち上げられた。れいの間歇泉の、それとも違う妖しい狼煙（のろし）にも似た、白煙だった。

「ああッ、あれあれ……」

と異口同音に叫ぶうちを、黒点がすばやく旋回しながら、みるみる大きさをまし、白煙を放ったあたりから円弧をえがき、せまってきた！　一度目は五十米ほど眼前をかすめ、二度目はやや高く頭上を――そしてつづく一つは、ギューッと唸りをたて、マストに激突し、ばりりッと凄まじい衝撃音をたて、海中にはねて、水煙りをあげつつ没入した！　拡大した刹那の物体の姿は、平板形に直感された。先の二個は、本船への至近距離を頂点として、再び弧をえがきつづけて黒点と化し、島影に向って消えていった。

「ブーメランだ！　とほうもない、ブーメランだ……死の大鳥とはこれか」

マストの四粍（ミリメートル）鋼鉄板を裂き、青銅の破片をのこして海中に落下した物体に、隊員はただ憑かれたように、我が身を疑るばかりとなった。魂を啄む大鳥の実体をここに見知ったのである。

いまなお、オーストラリヤ原住民が、狩猟にもちいているブーメランの原理、創意を、かくも強力に攻撃兵器として、活用しているのだ。投じた旋回する扁平な蛮刀は、目標をはずれて命中せねば、さらに旋回をつづけ、円の軌跡をえがいて手元に戻ってくる――おそらくは極度に抑圧し爆発させた活火山の蒸気と間歇泉の威力をかりて反逆の敵を殺戮しさるために、発射しきったものであろう。これに要する雄渾なる撃発装置の構造の如きは、想定だに不可能の限りといえよう。

思えばまったく自然に依存した半遊牧的なオーストラリヤ原始種族は、したがって信仰には必ず超自然な精霊が結びつき、精霊の宿る石や天然物が介在する。これはまた、何等かの関連において、エプアタカヒの父なるムー大陸の太古の民族と、太陽の神々の名においての、幽遠なる過去のまじわりを持していたものであろうか。

「こうしておやじは、あやうい危機を脱して、内地に帰還した……途中赤沢少佐は傷から化膿疾患をひきおこし病死し、やむなく水葬にふしたらしい。松永、鈴木の二人は終戦をまたぬうちに、ミンダナオで補給作業中に戦死し、ほかの隊員の人たちは、消息もないよ」

来栖谷威夫の語る、亡父威政博士の世にも数奇な体験談はおわりをつげた。久我孝祐は、しばし口にする言葉もなく、友の顔を凝視つづけるばかりだった。

「おやじはすぐ、思いもよらぬ敗戦になり、いまになればいうのもおかしいことだけど、家が皇室の藩屏（はんぺい）であった華族としての誇りを絶たれ、すっかり、厭世的になっちまったらしい……占領軍の追放にもあうしさ、一面昔気質な人だったから、よくよく国賊あつかいが、身に沁みたんだね。それでこの別荘にとじこもって、ひとりで研究してくらしたわけだ。日記にかいてあるよ。謎の島エプアタカヒをしのんで、この先の浅間の噴出でやられた、鬼押出（おにおしだし）の奇抜な風景をみに、散歩によくいって、あかずながめてたらしい……あそこは百五十年ほど前の、天明年間に三里四方十数カ町村が、こッぴどくやられた珍らしい熔岩の遺跡だ。そしておやじは、いつかかならずあの島にだけはいって、さらに詳細な研究をして、世界の学界に知らそうとは、ねがっていたらしいね」

どこか附近の渓流からであろうか、クイナの佗しい戸をノックするような鳴き声が、間断をおいてつたってきた。

「……で、問題のムー大陸の笛が、この別荘にあるというのかい」

「ああ、地下室にもどしといた……ぜひ君も見て、研究してくれたまえ。おかしなでかい笛だよ。こわれてるのか、鳴りもしない」

威夫は意外にこともなげに答えたが、孝祐にとっては骨髄にしみ渡るような戦慄を覚えさせた。ばか吐(ぬ)かせ！　そんなものがあってたまるかと、自問自答を試みもした。

「じゃ君は、どうして笛が……笹野たちの命をうばったと、みてるのさ」

「わからない……わからないんだ。こんなことをいって、君を眩惑させる魂胆じゃないぜ。だって僕は、もしやそのために死んでも悔いはないと、笛を運び出して、散々しらべまわしいじくりまわした。でもこの通りさ……くみ子さんのあとを、追えるものなら追いたいのが、いつわらない心境だからね。このままをやってきた笹野にも話してやったら、ふとことわりもせずに、僕が手洗いにいってるすきに、家を出ていった。おや帰ったのか、するともしや、と、不吉な予感がして、廊下をとおったら地下室のドアーが、ひらきっ放しだろう。ハッとしたが、やはり笛が盗まれていた。盗むはちょっと言いすぎだが、結果として笛をシートに転がしたまま、直後に断崖から落ちて、死んでいたわけだ……僕はまっ先に崖をおりて、気附かれぬように持ち帰っておいたよ。死因のせんさくは、後にしよう。偶然のことを僕が、あまりに想いすごして、いるのかも知れないし。よく思い出してみれば、くみ子さんもたてかけた笛すれすれのところに、息を失って倒れていただけで、偶然のことで無関係ともいえる。ただその後に記録を整理して知った内容があんまり凄いんで、笛の魔力に魅入られたんだな……ともあれ、現物を見てもらわねば、話にならない」

立ち上ってスリッパをひっかけ、ばたばた床を踏んで出ていった。奇怪なムー大陸の笛なるものは、確かに保管されているらしい成行きだ。すると結論として、いま計らずも友人自らが口にしたように、由来が余りにも意表数奇なために、連鎖して死の幻想も湧こうというものだ。久我は考えて、やや冷静にたちもどることが出来た――となると、つぎの感興は必然の感情として、被い難いその秘宝に対する、好奇の念となって、燃えさかり始めた。

「これだ……おかしな笛だろ。神さまの弄そびたまう、品物だからね。注意して、あつかってくれよ」

いまや威夫までもが、しかつめらしい深刻な己れの杞憂を自笑してか、ほほえみながら戻ってきた。抱えるほどに意外な長さの、丸太ようの異物をテーブルに横たえてみせた。

——丈は四尺もあろうか。総体を茶褐色にくすませた、円筒形のものだった。樹脂ででもあるのか、全面を厚く飴のように塗布しつくしてあり、奇怪にもその一端は、黒々と燻されたような色の壺に連結し、とざされている。

筒の中央部のやや壺と反対側の尖端よりに、上部に八つ、裏面に二つ、指先を当てがって被うほどの小穴が並び、かろうじて笛であることを、認識させる稀代さだった。

「へえー、これが問題の、エプアタカヒの聖なる笛かい……で、この壺はなんだい」

「なんだかは、こちらが尋ねたいとこだ……ただそこが、青銅出来なことは、確かだ。よく見てごらんよ」

なるほど威夫のしわざらしく、一部分に小刀で削ったらしい、金属色の生傷が、掻き露わされていた。久しい年月に酸化しきって、油煙に燻されたように、黒ずんでいたわけだ。

「塗りがあついから、竹だか木製だか、わからないだろう……竹にしちゃあ節がないし、やはり木を彫って、造ったんだろうかね」

「なるほど、これは彫ったらしい……草みたいな藤蔓みたいなふくれた模様が、巻きつけてあるじゃないか。ははあ、さっきの話の、神のシンボルもつけてあるな。三角で、このくぼみが、神さまの眼なわけだろ」

「こらこららんぼうするな……神罰があるぞ」

「わるいけど、原始的といえば原始的、幼稚といえば、ひどくみすぼらしいな……三種の神器なんてえ日本のも、おおかた、こんな類いだろう」

「君みたいなアプレには、言うことないね……ずばりいえば、そうもなるがさ」

「いや、失敬した。わるくとらんでくれ……十分考古学的な価値は、酌量しきっての、じょうだんだから……その意味では、たしかに全世界の、文化財だろう。どうするつもりだ、ただこうやって、置いとくつもりかね」

久我は詫びながらも、本心からそうおもった。静かに注意して触れ、手にとって見詰めた。案外に重量はなく、乾燥しきった枯れた木質を覚えさせる。ただ表面は、湿気のつよい地下室に置かれたためか、濡れた触感がある。

金属部分を下に、床にあてて垂直に立てると、壺底が扁平にととのえてあり、すわりよく固定して重心の均衡を保てた。

――そのままひきよせると、椅子に腰掛けた姿勢で、筒の上部を胸にささえ、首を垂れて細くくびれた尖端の吹奏口に、唇を接しやすい、無理のない状態にあってくるのだ。

「そうやるらしい……指をあててみたまえ。両手の親指はうしろへ、あとは管を握るようにして、八つの穴をおさえればいい」

孝祐は手をはなして、ポケットからハンカチーフをとり出し、管端を拭って、唇を当てた。よほど大きな手の平でないと、やっと穴に指先がまわる程度だ。これは島民の指が、長かったという記録に一致するためか――かすかに息をおくり、やがては、大きく深呼吸して力いっぱいに吹いたが、いかに指先を加減しても、すうすうと空気がぬけるだけで、吹奏音はたたなかった。

「君これは、笛らしくかたどったただけの飾りじゃないのかね」

威夫は腕組みをほどいて、

「……そうかな」

と、ぽつりといい、期待を裏切られたような失望の色を浮べ、灰皿にあったすいさしの煙草をとって、燐寸（マッチ）をすった。

「こわれてるのかな……」

「……なんともね、そこで僕は、提案があるんだ。もっと前にと思ったけど、君と会ってから、相談することにした……そこのバスの千ケ滝停留場のそばに、西武デパートのサンマーショップがあっただろう。あの裏に谷があって、キャンプなんか、よくやってるとこがある。近くに諏訪光男さんていう、ここの友達がいるんだ。音楽ずきで、作曲や音楽評論なんかたまにしてる。金持の坊ちゃんだよ……真面目な青年さ、頼んで専門的に、みてもらわんかい」

「そりゃあいい、ぜひ打ち明けて、たのもうよ……僕なんざからっきしの音痴だし、君が人格を保証できるほどなら、間違いもあるまい」

こうなると、ただなくも藁をも摑みたいところ、しかも気があせりだして、たちどころに意見が一致し、夜分ながらさっそく都合を聞こうと、寒い夜道を詫びながらに、家政婦の婆やに使いにでてもらうことにきめた。

あらいチェックの派手なブレザーコートを着て、長髪を櫛目もさっぱりとわけた、長身端麗な諏訪光男は、なにごとかとすぐ来栖谷邸を訪れてきた。

真剣そのものの二人に、つつむことなくすべてを打ち明けられ、素直に重責を感じつつ受諾してくれ、できるかぎりの協力を約してくれた。

「ほうこの笛がねえ……お話はよくわかりました。触ってよろしいですか。なんだか心配だな……大切なものを狂わしたら、大変ですからね」

「とんでもない、存分にやって下さい」

良家に育まれたらしい、柔和な物腰の諏訪は、耳朶まで染めるほどに緊張して、極薄のガラス管でもあつかうように、そっと笛を手にした。久我とおなじ姿勢で指をあて、唇をさまざまに加減して吹いてみてから、吹奏口に指先をいれ、さらに婆やに爪楊枝(つまようじ)をもらって、口から内部を突きさぐりして、

「おかしいな、音がでない……簧(リード)もない。リードっていうのは、葦の茎を削ったりして造る、振動する弁なんですがね。吹奏楽器を吹くとそれが息でふるえ、音がでるわけです。オーボエなら二枚を重ねて、クラリネットは一枚、といったふうに、使われてます……リードのまったく入ってない吹奏楽器だって、うんとあります。尺八やフルートなんか、反響音だけによる楽器ですね。もしリードを外せるとしたら、使うとき嵌(は)め込む用意があるはずで、まずこの笛は、その点では単純な構造ですよ……なにしろ古いものですから。でも全然ならないのは、故障としたら、どこなんだろう」

と、よく二人にもわかるように、丁寧な解説をはじめてくれた。つづいて風化して息のもれる罅(ひび)でも起きてないかと確め、あの底部の壺に視線をそそぎだした。

「なるほど金属ですね。青銅ですか……おやこれは、ちっとも息ぬきの口がない。密閉しきっているわけになる」

「こういう構造の笛も、あるわけですか」

「いやいや、始めてですな、こんなの……中は、空洞らしいし。おやまってください、火で炙ったらしいぞ! 焼けた感じの、底じゃないですか」

「火で炙った、なるほど、焦げたみたいに、黒くなってる……すると、火にかざしながら、吹く笛なんですか」

久我が自分の思いつきの奇抜さにおかしくなって、頬をくずして諏訪に笑いかけた。だが諏訪は、あきらかに眸を輝やかせ、何事かその言葉に導かれるものがあった素振りをみせた。

「……そうだ、もしかすると、ここに水を入れて焔にかざし、沸騰させて音色をたてるのかも知れない！　いまの来栖谷さんのお父様のおはなしからしても、なんだかそんな奇想天外な仕組もありそうですね……これは面白くなってきました。ぜひゆっくり、調べさせてくださ い」

と、身を乗りだし、かえって頼むような言いかたにさえ、傾きはじめた。

——その翌日の夕方、久我と威夫は、こちらから諏訪の家にでむいていた。昨夜あの不可思議な笛を、よく試験したいからと持ち帰ることとなった彼から、逆に至急きてほしい、すごい大成功だったと、呼びにきたからである。

光男の家は、威夫の別邸ほどおおがかりな建物ではなかったが、白堊のブロック建築でかためた、瀟洒な感じの洋間造りのものだった。庭にはこの軽井沢の高原から集めたらしいのこぎり草の白や、松虫草の可憐な紫の花が、手際よくまとめられて、植え込んである。

そうした野趣の豊かな庭を臨む、十畳ほどの居間の中央に、あたたかく燃えさかるストーブに椅子をひいて、光男は待っていた。

「久我さんの思いつかれたように、水を入れて火にあて、煮たたせて、吹くのでした！　さあ、やっておめにかけましょう……こんなではありませんが、やはり先を太くふくらませた、イングリッシュフォルムみたいな、美しい音色だ。高音部はコールアングルの静寂な音声に似た、いや他の楽器ではたとうべくもない、すばらしく神秘な、いい耳ざわりでした。僕はこわすのを気にしながら、寝ずにやって、夜あけ頃になってやっと、悠遠な太古の音声をききましたが……なんだかとめどなく泣けて、しようがありませんでしたよ。きいていると、どうしても涙がとまらないのですから」

光男は感動の余韻をみせて、酔ったように一気に報告した。二人にもはやくその喜びをわかとうとするのか、手鉤でストーブの赤く焼けた鉄蓋を外し、がらがらと石炭を投げ入れて、焔をあおりだした。

毛布にくるんだ笛をかかえてきて、棚に用意してあった南部鉄瓶をとりあげ、垂直にたてた背部の、やや大きめに見える左親指のあたるべき穴から、しずかに水量をあんばいしながら、注ぎ込みはじめた。

　それが三、四合にもなったであろうか、光男は注ぐのをやめ、下部の壺を爪ではじいて、水加減を計った。

「これでいいでしょう。まずこうして水を先に満し、火で沸してゆくわけです」

「ほう、すると、どういう効果がうまれてきます」

「当然蒸気が、でてきますね……するとつまり、壺の空間とこの笛の大部分である、木管の部分に蒸気がみちて、巧みな共鳴効果が生じてくる……へんな話ですが僕はじつは理科系の学校をやったんで、みなさんよりは、理論屋かも知れません。ひとつこの、偉大な先人の遺産に接した記念に、基本的なことから、覚えていただきましょうか」

　こう、親し気に久我孝祐にむかっていい、ストーブを中心に、円座をとるために、椅子を隣室から引き運びだした。

　よく日本においても、古来行者などが、神鳴（かみなり）などといって、煮たてた釜を傍らにして、拍手して祈念すると釜が唸りを発し、見る人を驚かしたりしたものである。これなどもっとも蒸気による共鳴作用の構成を、人為的に巧妙につくりあげた例のものと言えよう。

　焔にかけられたエプアタカヒの笛は、三人の眸からそそがれる凝視のうちに、しずかに水温の昇るのをまっていた。

　木質部の燃焼をおそれて、諏訪が過度に焔をたかめすぎぬよう、細心の注意をはらってもえる石炭を始末するのが、よくわかった。

「ちょっと外観は、いかにも素朴な原始的な感じをあたえますが、どうしてとてもよく、考えてありますね……なによりとても厚い樹脂らしい塗りだって、水分をのがさぬ防水の用心からでしょう。ゆうべあたためたら、すこし融けだしてベットリねばりましたよ……なんともつかぬ壺からはじまって笛にからみついてる蔓草みたいな模様も、笛の強度を保つガードでしょうし……こんな突飛な創意そのものが優れていますが、なおそれ以前に、どうしてこの異様な構造が、みごとな音色をだすということを、予期し得たのでしょうな。僕はこのことが、とてもたいへんなことに、思えてならない」

「やはりなにか、基本的なもっと単純なものがあって、それを土台にして、改良していったのでは……」

「……いや、ちがうと思いますね。改良はそりゃあ多少は、あったかもしれない。でも共鳴は、とても微妙なものだ。かすかにでも狂えば、ぴたりと現れてこやしない。世界中にこの体系の笛が、すこしも他に存在しないのに、ムー大陸にかぎってあったとすれば、これはムー独特の、おそらくおびただしい活火山や噴出する温泉の、蒸気などから導びかれた創意でしょう。茫漠とした大洋、そこに噴火する火の猛威……間歇泉の天を冲する蒸気の湧出、これに伴う島の噴出または陥没、こうした力をまえにしては、彼等にはたしかに偉大無限な神の御心ゆえとしか、映らなかったろう……だから神は火と水をしろしめしたまい、水と火は万物の原質と、信じていた。僕のいいたいのはここだ……この笛にもせよ、彼等の観点のすべてが、なにかにつけ火と水に集約されていたことを、この笛ほど暗示するものはない、事実なんです。ここにまず火と水がある……これで笛はつくれぬかと、倒置した段階をたどったのでは」

「なるほど、こう考えると、この笛が神の弄びたもう笛だとされたことも、理解されてくるような気がする」

　やがてシ、シーッとたぎりたつ湯の音が聞えはじめ、それはさらに大きさをまし、笛の各位置の穴から、蒸気が細く白い尾をひいて、立ちのぼりはじめた。

「さあそろそろです。笛の音を傾聴してやってください。まず右手の小指と左手の親指の穴を明けて、吹きますからね……これがファ、に近い音色をもちます。といっても、勿論バッハ頃になって確立しはじめた、近代の高度な平均律音階などにはほど遠い、自然音階にぞくする、発音楽器にすぎぬのですがね。で、ゆうべ半音にも敏感なマイクロティック調子笛であわせてみたら、あえていえば東洋の五声音階にちかい……呂旋（りょせん）の宮、商、角、徴、羽、とくる音階ににあうのです。つまりいまファに近いといいましたが、じつは呂旋の角、のほうがごく接迫した音色をもつようでした……ですからこのムー大陸の笛には、僕はとても東洋的なものを、音色から感じてなりませんでしたよ」

　――諏訪がこう述べながら、木管部をたたいてみた。それが次第に強烈にひびくようになり、ついには撫でさする音さえ、ザラザラと波音のように拡大されて、反響するほどにたかめられだした。

　おもむろに指をのばし、ひろげて穴をとじ、吹奏の姿勢にはいり、眼を瞑って唇を上尖端にあてがっていった。

しきつめるような静寂のうちを、いましがた諏訪のいった、ファ、東洋音階であらわせば呂旋の角、がさらに近いという音声が、息をふきこむにつれ、しずかに嫋嫋とたちのぼりはじめたではないか――

指先をふるわすにつれ、さまざまな音声がいりみだれ、太古の韻律をかなではじめた。ひくいところは茫々たる大洋を彷彿させ、高音部には大気をひき裂く、火山弾の落下をおもわせる、死の狂騒があった――やがて大洋に灼熱の火柱が天を冲し、ごうごうと海面はたぎりたち、肺腑をえぐる断末魔の叫び、負傷者の呻きが、黒々と幻覚に浮びはじめた火の粉をふく島影のうえに、もの悲しくきこえはじめ、うわあああっ！　という絶叫とともに、ハタと止んだ――恐怖の幻覚であった。

一瞬にして大海は消え、諏訪邸の洋間に転じ、その床のうえに、男の姿がたおれ悶え苦しんでいた。

「ややっ、諏訪君！　どうしたッ」

威夫の驚愕の叫びに、孝祐はハッと我にかえり、その姿をまじまじと凝視した。

ああいまの絶叫は、諏訪の口にしたものであったのか！

かけより抱きかかえたときは、すでに肢体の力を失って、だらりと腕を垂らしたままだった。その傍らに投げ出されたムーの笛から、もうもうと蒸気がたちのぼり、湯はカーペットにあふれ、さらにストーブの灰神楽が部屋中にたちこめている――と、その笛から、異様な細長いひものような影が、ひょろひょろとのびあがって、揺らいでいるではないか。それはあきらかに、生あるものの動作だった。

「へび、蛇だッ」

孝祐が無我夢中に、かけよって足で蹴り、笛の筒先をもって打とうとした。ところが生物は、尾を青銅の壺にとめられ、振りかざした笛にぶらさがって、ひくひくと空にあばれた。

「ちくしょう！　こいつ」

処置に窮した久我は、ストーブの角にたたきつけた。ばりりっと壺の部分が千切れ、あかあかともえさかる焔のうえに、生物もろともに転げ落ちた！　焔のうえにのたうち、鎌首をふり、痙攣し、ボッと白色の燐光をあげて焔に熔け、はや燃焼しきって、原形をとどめなかった。

ムー大陸の笛の謎はとけた。のこった木管には、あの藤蔓のように絡みついていた浮き模様はなく、べっとりとねばつく樹脂の熔液が、模様の剝離した跡を、白くのこしていた。

蔓草に似たものが、あの蛇ようの生物であることは明瞭である。――ここにおいて考えられるのだ。猛毒をもつこの蛇が、熱と水によって甦える、仮死の冬眠にも似た久しい状態にたえ得る、特異な生物であることを。

おそらく高温の温泉中に棲息する、水蛇の類とでも推定すべきか。エヂプトナイル河畔の砂地には、旱魃時には熱砂の土中にねむり、雨期とともに甦る不死の水蛇が現存するという。

またコンクリートのビルに塗り込められた蝦蟇が、十数年後のビルの取り毀し作業中に発見され、焚火の熱をうけて生きかえった、驚異の例も欧米に知られている。

爬虫類の生の神秘と、その水蛇のたぐいなき猛毒と特性を使って、樹脂にぬり固め、神器をけがす者をしりぞけるべく、ムーの原始民族が作為し込めた、妖笛であったのだ。

これが影島くみ子の場合は、密閉しきった地下室の湿気と、夏期の高温に加え――病のためにあまり使用せぬ来栖谷邸の風呂へそそぐ温泉のパイプがちょうど地下室に露出して加熱されていたことにより、蛇の魂をめざめさせたものであろう。

ひとたび悠遠の眠りより甦った蛇は、雨に濡れたあとを、さらに自家用車のシート下にある暖房用ヒーターにむされ、笹野惣一郎をも葬り去った。水と熱などの諸条件が適度にたかめられ、かつ身を被う樹脂がやわらぐとき、猛然と久しき抑制に鬱積した、不屈の蛇性の魔力をも甦らせ、笛をおかしくる敵に、必死の一撃をくわえ挑むのであろう。

また蛇性のさがとして、たえなる笛の音は、その眼覚めを、こよなく誘う、神のお招きの御声でもあったろうか。

ともあれかくてムー大陸の笛は、その創造主の歴史をも永遠に秘めて、現形をとどめぬまでに破壊し尽されてしまった。

しかしその妖異に満ちた追憶は、来栖谷威夫と久我孝祐の胸に深く刻まれ、終生の忘却を許さぬことであろう。

評論・随筆篇

徒然 探偵小説ノート

人類の進化向上につれて、それは次第に多様なもてあそびを持つようになった――多少強弱はあっても、誰しも抱かない者のない色道や美食を追う嗜好ならば、そのまま人間種族の繁栄のための変形として、獣本能に結びつけて納得もされよう。ところが人間様は、ままそうした生存的な本能を完全に遊離した、何とも解釈のつかないもてあそびを求めるようになった。またそれ自体も次第に複雑な展開をみせ、その一つである美しさを喜ぶことなどが高じて、わびを楽しむ風流などというケッタイさにまで到達して意識的に己の獣性を否定するを以て尊ぶようにさえなった。

　このような多様な人間独特のもてあそびは、絶対に他の動物どもにはみられないミステリイなものへの憧憬、ひいては他の者の危うさを傍観する興味、ついには自らそのうちに飛びこんでのスリルなんぞという、本来ならば尻尾を巻いて逃ぐべき途方もないもてあそびさえ、抱くようになった。

　こうした既にして現在の人間にあっては、精神活動の必須な要素とまで看做されている要求に対し、これを癒すことを商の目的とし自己の危うさぶりを鬻(ひさ)ぐことを業とする者さえ出現した。曲芸師、その集団たるサーカスなどがこれである。

　更に人間が、奇怪にもウォーターシュート、ビックリハウスなどと代価を支払ってまでも身の危うさをよび、高度、スピードなどの諸条件において、特にそれがその生存の危機となる状態に及ぶにつれ、身を乗り出して歓喜の叫びをほとばしったりする特性を有することは、吾人の熟知し、かつ自らその理解に苦しむところである。

　こうした奇怪なものへ、更には神秘な、不可思議な、謎めいたミステリイなものへの欲望などが、人間の多様なもてあそびの一分野である、文字を媒介手段とする小説の形式に求められたものが、ミステリイ小説であり、かかる本質と要素を極度に構成化し発達させ強調したものが、探偵小説である。

したがって我が探偵小説は、他の小説のうちにあって、特異なもてあそびの要求に基いて発生し、それを生命とする、独自の孤高性を帯びた、この意味においての宿命的な分野に位置している。

　この故に探偵小説にあっては、小説である以上すべての小説がもっている、読みつつその結末を想像させる効果を、単なる想像のみでなく、さらに強めて読者自体にも推理させる異色な形体をとり、その故に生長し興隆した。と同時に、推理させながら安らからぬ不安な状態の快味に、読者を誘ってゆく技法、則ちサスペンスの量に豊んだ読物として、他に求むべくもなく読者を癒してきた。

　こうした性格の文学であるから、その本領はもとより謎とその解決を骨子とする。次に本質的には近似するものが、ビーストンなどの意外性を主眼とするものであり、さらには純粋推理の面における読者の負担をはぶき、他の要素をより強調した世に称せられる変格ものともなる。これ等のすべてが、探偵小説を発生せしめた人間の嗜好にかない、他には求むべくもない特質を以て、読者の要望を満するに足るものであるために、その並立を許されているのである。

　かくて探偵小説は、人間のもてあそびのうち、ミステリイなものへの好奇、論理的な推理をめぐらす快味、必然的なその画きだすジャンルの特異さからくる異様な興味などによって、独自の光彩を放つものである。

　したがって探偵小説においては、そのミステリイな性格をもたらすために、そのほとんど総べてが、複雑な犯罪行為を組み込ませてある。これが最も効果的であって、その性格にふさわしいからである。

　といっても、小説に犯罪行為を骨組として濃厚に挿入し、混入したとて西部活劇などがそうであるように、探偵小説としては極めて稀薄であり、明瞭に他の分野に属すべき場合もある。ここに謎ときとその推理を求められる部分の存在が、いかに探偵小説の本質であるかを、顕著にうかがい知ることが出来る。

　かかる傾向を、探偵小説の宿命的な制約として、この部分に叙述の過半を占めねばならぬがために、純文学作品としての芸術的創造を、探偵小説のうちには求め難いとか、得るとかの、とやかくの限り無い論議が生じてくる。しかし私としてはその以前に、なに故に広義な意味における「探偵小説」においてのみ、画きい出すことを許される分野が、そしてその許されかたが、理想を抱くに足るほどの宏大さをもち、ために多くの人間のよろこびを癒し得る独自の存在であるかを、そしてそれが未来への発展を充分に期待されるものであることを、思考し満されている者が少ないかについて、聊(いささか)の不可思議を感ぜさせられてならない。

先にも述べた通り、広義な意味における「探偵小説」は、あるいは自然科学の領域に、あるいは怪奇幻想的なものへ、あるいは人間の神秘な心霊のうちに飛び込んで、「探偵小説」という名の文学の故に、独自の立場にあって果敢奔放な闘争を展開し得るのである。作家の痛快これに過ぐるものはあるまい。この特質を私は、探偵小説の許容性と名附けたい。

このような許容性は、作家個々の能力と、嗜好と試みによって、制約としての諸条件を内蔵したままに、その作品を芸術創造の線にまで到達せしめんとする努力の自由をも、包含する。

この許容性は、人間の一つの精神活動である論理活動のしょ産物であるところの、自然科学の無限の発展と軌を一にして、限りない躍進を約束されるものである。我々は眼を転じ気宇を大にし、まずその許容性の偉大さに対し、思いを馳せさせねばなるまい。

猛虎出庵

還暦のお祝いとは、まことに御目出度い極みでご座います。ぜひぜひ賑やかに、景気のいい気合のかかったお祝いを、致したいものです。

さて不肖常平が、始めて江戸川乱歩先生の御存在を知ったのは「妖虫」によってでありました。顧みていま中島氏の御労作による総目録を拝見すると、これは昭和八年十二月より、翌年十一月までの連載とあり、すると、小生が満八ツの年より九ツの暮まで溺読熱狂したわけで、私なりの驚異を感じる次第であります。

近頃の私と違って、その頃はいささか頭もよろしく、親も教師も神童あつかいをしていた早熟児であったから、自転車の景品や空気銃の懸賞以外には、子供雑誌の読物には関心を向けることが無かった。いわゆる百万人の大雑誌としてのキングが、その他の雑誌とともに回覧されてくるごとに、熟読したものでありました。

当時千駄ヶ谷附近に親類三家の間で、お堅い官吏の多い眷属だから、書籍は節約して、共同購入の習があったのです。

——そのキングの「妖虫」が、小生の魂をとらえ、どえらい空想の世界に、耽溺させたのでした。

豊麗なる三人の姉妹が、徐々に真紅のサソリの毒牙に玩ばれてゆく凄さは、それこそゾクゾクと面白いものでありました。

ああ幼なかりし日の私が、布団にくるまり、親の目を盗み、いくたび読み直しては、興奮したことか。あるいは探偵となり、あるいは赤サソリの一味と化し、妖気の場面を追って、呪わしき宿命に恐怖する、富豪の令嬢の幻影に迫ったことか。

そして今に見ていろ僕だってと、異常な決意をかためた次第で——きっとこんな事をお知らせすると、先生はさも困ったように、例によって右の目をパチパチさせ、苦笑されることでしょう。しかしそれが後日になって、現在探偵文壇の再末席に、小生が名を連ねるに至ったた、根本的な動機となったことは、なンとしても止むをえぬ厳粛なる事実であります。

先生の御作品は、その純度の高いものも俗なものも、またその長短をとわず、一貫して獰猛なまでに読ませることにおいて、卓抜なる力量を覚えさせる。この読ませる力の偉大さは、いやしくも作家なるものの、常に学ぶべき研鑽すべき、骨頂の要素であり、疑う余地もありません。

この欠如が、探偵小説界の最近の不振をもたらしたわけで、なンとかあらゆる意味において、気合を入れねばならぬこと、現在ほど切迫したこともありますまい。

くりかえし江戸川乱歩先生の御還暦の年とは、まことに御目出度い極みであります。

どうか先生におかれましては、文字通りにこの年を転機として、更に馬力をかけられ、斯界の向上と指導に、よりあつき御尽力を垂れて下さい。

——思えば捕物なら綺堂、物理なら半太郎、さては洋画なら清輝の諸氏など、と名実ともの重鎮は、各界とも既に故人であることが、一般に不思議ではありません。しかるに我が探偵文壇は、幸いにしてその若さのために、その中核たる方々がなお健在であり、闘志横溢して、まことに慶賀にたえません。

この点我々後に続くものは、恵まれておるわけです。希わくば大いに活をいれて、大攻勢を展開させて頂きたい。

どうか先生、いまから述べる、不肖常平の、身の程もわきまえぬ言葉をお許し下さい――なぜ先生は、この頃小説をお書きにならないのですか。

やっと御輿をあげられ、連作のアタマでは淋しくおもいます。小生は東京に生まれ、都でそだち、多くの各層の友達をもっております。その中には、本当の話が、あの先生はまだ生きているのかいなどと、飛んでもない無礼な言葉を、口にする不逞の輩さえあります。たしかに広い世間のうちには、そんなことを思う粗忽者もありましょう。

先生の御相貌は、眉も長く耳鼻豊かであらせられ、まれにみる御長命の相と、拝見いたします。まだまだ数十年は健在でありましょう。そこでここいらから、再びバリバリと、御創作の筆をおとり下さい。もう充分に、休憩はとられたはずです。ひとつ雄渾なる戦闘を開始して下さい。小説を書かない大作家では、はたで見ていても、歯痒いばかりであります。まだまだクレマンソーのお年でもなく、しかも長命恵まれたお体。どうか決然と、猛虎出庵の壮挙にでて下さい。

御盛名を空しうし、百余の御寿命をながらえれば、ついには希少価値の極となり、不滅に青史を飾りながらあたら、シーラカンスの如き存在と、お成りになりますゾ。

大変失礼な暴言を述べました。平にお許し下さい。これというのも、先生に、切に御執筆を乞うの余りであります。

先生はまれにみる、温情慈悲の御人徳である。そして日夜、我が探偵文壇の発展に意をつくしておられること、誠に有難い極みであります。しかしこの分野に対する、いま一つの、そして至上の激励となるものは、率先して作品を書き始められることなのであります。

先日同志朝山蜻一氏と、関東女子学園高校の文芸部に招かれ、講演ほどのものでもないが、探偵小説や本の読み方等について、美しく語る機会をもちました。

私はテキストに、先生の「幻影城」を用意してゆきました。

そこで江戸川先生の名が、各文壇をつうじての、どえらいビッグライターとして、彼女達に記憶され、刻み込まれているのを知らされ、今更のように一驚しました。そしてその濃度は、上級のものほど大きく見受けられました。

ここでもやはり読んだことはあるが、最近はどうして居られるのかとの、疑念を抱いての質問を受け、なに故に書かれないかについては、どうにも説明のしようのないものでした。

お偉いから書かないなどとも、あるいは御家庭の事情でとも——つまり「僕は食えるから……つい書けないンだよ。もっと貧乏だと出来るンだけどね」と、冗談を言われるこの言葉を、まともに伝えられたものでありません。

まったくこれでは、世の要望に対する、公然たる言訳にはなりますまい。しかも体はお丈夫で、病気らしい病気も、されたこともない。

お年のせいでとも、口にできまい。そんなことを言ったと聞かれたら、さぞ先生は、口惜しがられるであろうし。

そこで小生は、あたりさわり無く、探偵小説の研究家としての御努力を、大いに解説して、質問をはぐらかしてしまった。

きっと生徒諸君は、研究にその他にご多忙で、書く間もないものと、受けとったことであろう——こうした客観的には、どうも理由のつかない状態は、なンとか脱却して頂きたいものであります。

こうして述べているうちに、実は奇怪にも、コンな風にも考えてみるのです——というのは、先生に書かすには、ああもう駄目だめ。どうせ亡くなられるまで、ロクなものは残されまい。今後を期待するだけ野暮だと、その意味においては、完全に無視黙殺し去る方法であります。

はたから書け書けと催促などせず、むしろ作家不能性だと、病人扱いする手段であります。先生は、なかなか負けず嫌いの性質と、私は睨んでいる。そしてとてもそうした事を、気に病まれるお方である。

だからあるいは、真向から、てんでなげてかかると、意地にもドカリ絢爛たる長編などを、突如発表して、アッと驚ろかせるような気もするのです。

ともあれ先生の御還暦とは、まことにおめでたきことです。大いに祝うと致しましょう。

我が子まで

早熟であった私は、所謂少年誌を通じてでなく、始めから大人ものの小説によって子供の頃から江戸川乱歩という名を記憶した。

家にあった「明治大正昭和文学全集」五十六巻によって、先生の代表的な諸短篇を愛読し、またキングに連載された「妖虫」は、専太郎氏の当時としては極めて嶄新なヌード場面の多い挿絵とともに、幼なかりし私の胸に妖しく焼きつくものがあった。

そしてこの読者の心を捕えて、憑かれたようにはなさぬ、獰猛な筆力を有する大作家への、さまざまな空想を画いて時を過した——さてそれより幾星霜。この間もちろん呪わしき大戦などあり、これも終って永遠平和の世を迎えた。だが敗戦日本はまことに厳しく、前述の如き早熟も祟って二十歳そこそこで結婚してしまった私は、在校中に生まれた弟のような長男を抱え、アルバイトの延長で、しがない駐留軍の日夜なき勤めに追われつづけ、あたら夢、憧れ多かりし日大芸術学部出の暢気な身を、およそ努力などした事もない体で、かつての敵国に仕え、不安定なお先真暗な稼業に、止むなくこれ励まねばならなかった。二十四時間勤務の警備員（ガード）であった私は、寒夜に、そして灼熱の日射の下にも、日直将校（オフィサーオブザデー）に追いたてられながら、蟻のように勤務するのだった。特に寒中黎明のモータープール・パトロールは、棍棒を握る手を暖める息すらが氷って堅くなるほどだった。そして将来の生きかたに闇澹たる想いで悶々としている時、某炭鉱の渉外課長である知人の家で、ふと積み上った「宝石」誌にふれる事となった。その夫妻が探偵誌のマニアだったわけであり、思えば感謝状の一つも出してしかるべきであろう。

私は一枚々々頁（ページ）をくってゆくうちに、探偵諸作家の近作に接した。その時、例の「百万円コンクール」の応募規定が目に映った。選考委員に江戸川乱歩先生もあり、計らずも先生の御写真にまみえることが出来、未だ死んでおられず（先生、お許し下さい）すなわち、御健在を知ったのである。

これだッ、と私は思った。それより勤務の休日をみては、コツコツと乏しき才力と感性をかきたてて、原稿を書き始めた。長篇三百枚などには、まさに鏤骨の苦心を要した次第である。顧りみてまさに往時茫々夢の如きものがある——とはずい分な出世でもしたように聞えて、飛んでもないが、しかしどうやら探偵作家の、末席に連らなるようにはなった。この意味では、光輝にも奇異の念すら、心に抱いている。

そして親しき朝山蜻一氏、角田実君と岡田鯱彦氏の御案内を得て、クラブの会長であった先生の御宅に、始めてうかがう機会を得た。

「先日長篇に応募しましたもので……」

と初のご挨拶を申し上げると、

「ああそうでしたかね」

と軽く、実はてんで忘却しておられ、恐れながらガッカリしたものである。先生は右の目をパチパチされながら、にこやかに言葉を掛けて下さった。

それからは色々とお世話にもなり、まれにみる情の厚い御人格に、敬服した。

奥様にも先生にも、貧しき自宅にお立寄り願う機会もあった。こうした時に、子供は元気ですかと、すぐ不肖の倅達に関してまでの、お尋ねがあるのも有難いことと思った。

今般先生の御還暦にあたり、種々の企画が催されることは、何にもまして喜ばしきかぎりである。

幸いこの「宝石」の特輯号にお寄せあったように、これを機会転機として、文字通りに還暦されて、大いに御健筆をふるわれたい。でなければ、御還暦を祝う意義も半減しようというものである。

私見として作家としての先生を申し上げると、徹頭徹尾御自身の作品に対して、気の弱い苦労性な方と拝察している。だから一つの創作行動につかれると、凄まじいばかりに内向的な自己批判と、焦悴にかられて行かれるのだと想う。

これが凝聚していって、ついに珠玉の名作にもなろうというものである。従って先生には、とてもアプレ形の作家の、超人的な量産などは出来ようはずがない。ひと度手を休まれれば、ますます筆が重くなられるのであろう——この責任ある御態度は、我々若年の、最も範とすべきものである。

しかしこれにも限界があろう。やはり作家は書いてこそ作家である。このお目出度き折に際しこうした意味においてもこれから率先陣頭にたたれ、かく探偵小説は書くものぞと、雄渾なる模範をお示し下されたい。

　さすれば昨今沈滞を伝えられる斯界、こぞりて蹶起し、自己の能力、感性、個性の全力を傾倒し、探偵小説にあらざれば小説は読めずの、輝かしき殷盛の世を迎えることでありましょう。

うつし世は夢

　とにかく江戸川乱歩先生は、偉大な人物である。偉大といっても、日本の政治家や著名な財界人にみられがちな、尊大、傲慢、近づきがたい威圧感、といった体臭はさらさらない。むしろ庶民的で、親しみやすく、世俗的な雑談を楽しみ、賑やかな会合の席などがお好きだ。

　血圧が高く養生しておられるから、近頃はほとんど酒席には出られないが、つい二、三年まえまでは、連夜のようにバー、料亭などを飲みまわられた。

　酒量はほどほどながら、そうした雰囲気がすきで、何軒となく梯子飲みになる。一人で飲まれることはない。かならずお連れが何人かつづく。がやがやと若い女性やマダムにとりかこまれ、水ワリのハイボールを口にしながら、まことに楽し気にみえる。

体も大きいが、顔もずばぬけて大きく、握りしめる手にコップがかくれるようだ。頭は禿げておられるが、その手の指にはもじゃもじゃとながい黒い毛が生えてみえる。そして探偵作家クラブの会員章である、アラン・ポオの顔をつけた金指輪を、かならず嵌めておられる。

その態度にはなにか日本人ばなれのした、中近東諸国の王侯や、大陸の大人をおもわせる悠々迫らぬものを覚えざるをえない。

つぎつぎと転戦し、ときには二、三時過ぎの深更におよぶ。「まだやっているかな」などと言われながら、腕時計をみて、またつぎの店へむかう。お供のわれわれのうちにまで、へバって脱落するものがでてくる。また誰かがどこかの店で加わって、御ながれにあずかる、といった習いだった。

どんな相手の話にも、耳をかたむけて聞かれる人だから、席の話に賑わいがつく。だいたい有名人というものは、自分ばかりが話題をにぎり、若い者のいうことなどには耳を貸さぬタイプがおおい。

乱歩先生には、そうでなくて、聞き手にまわって人の話題を楽しみ、受け入れるおおらかな大人の風貌がある。それがこころよい座の味わいを醸し、明るい酒席になる。


こんな人だから、モテることたいへんなものだ。客としてではなく、ほんとうの親しさを感じて、女性がまわりに集まってならぬ。

座敷で酒がすすめば、余興がでる。先生もみずから、城ケ島の雨や槍サビなどを歌いはじめる。先生、おねがいします、と色紙をねだられることがおおい。そうすると先生は、断わることもなく、一筆さらさらと書かれる。

うつし世はゆめ
よるの夢こそまこと
乱歩

と、自作の句を認められることがおおい。

たいへん気に入っておられるらしく、また先生らしい人生観がしのばれて、味わいのある句である。

三十年十一月三日に、三重県名張市新町の桝田というお医者さんの邸内に建立された、先生の生誕記念碑にも、碑背にこの自筆の句が刻まれているほどだ。

そんなわけで十分に書きなれておられるから、運筆美事に、一気にさらさらと筆をはしらされる。「せんせ、わたしにも」と、女性群のおねだりが殺到する。

きわめて一視同仁の観念の強い先生のことであるから、マダム、おなじみの別なく、断わることをせずに書かざるを得なくなる。

ヒドイ店になると、応急にマジックインクをだして、ぜひぜひと哀願する店まであった。

そこでわたしども悪童連は、「これじゃ後世、先生の色紙は、鑑定がむずかしいな……バー書き、料亭書き、御揮領書き、といろいろでるぞ」と、冗談を言ったものだ。

わたしもいろいろある先生の御揮毫のなかで、この、うつし世――の句が、いちばん好きである。この句を読んでいると、大人乱歩先生の懐かしい人格や風貌が、あたたかく胸にこみ上げてくるのである。こうした先生の色紙も今は御病気がちのために、願っても書いて戴けない貴重なものとなってしまった。

先日先生が「探偵小説四十年」を出版されたとき、ちょっと拙宅にお立ちよりをいただいたおりに、お願いして記念に、愛刀上総介兼重に、この句の鞘書きをしたためていただいた。兼重は旧大名藤堂家の抱え鍛冶で、長曾根虎徹の師にあたる刀匠である。乱歩先生の祖先は、藤堂家に仕えた方であるので、この刀をえらんでお願いした。天下ひろしといえども、先生の刀の鞘書きは二つとあるまい。狂喜してわが家の重要文化財に指定し、おおいに自慢している次第である。

乱歩先生には、長命の相が見受けられる。なにもたいへん御酒食にあずかった歴史を顧みて、ゴマをすって言うわけではない。悠々迫らぬ大人の面相のうえに、眉の毛がたいへん長く、生えそろっておられる。これは長寿うたがいなき吉相であり、この頃気の弱いことをおっしゃって、「……もう駄目だよ」などと言われるのは、たんなる気の病いと診断もうしあげる。

先生は今年、六十九才である。来年は古希のお祝いを迎えるわけだ。先生のお母さまは、先生を十六才でお産みになり、いま八十五才の御高齢で、すごくお元気な方だ。紫綬褒章を受けられた記念に、先生のカラー写真や御家族の写真を撮影したが、右眼をつぶってしまう先生の癖のために、ひどく長時間かかってしまった。そのときでもお母さまは楽しそうに、きちんと坐っていささかのお疲れもみせられず、笑い話をなさっておられた。まず乱歩先生御一家は、百歳を越えられるであろう。

あまりにも先生の、偉大な推理小説界への足跡については、ここにあらためて、触れることもあるまい。ますます壮健に、一層の御活躍を希がってやまぬ次第である。

申し訳なし

乱歩先生にはじめてお目にかかったのは、まだ進駐軍が東京を占領していた昭和二十四、五年の頃のことで、もちろん先生はすこぶるお元気で夜の銀座や新宿へとまめに出歩るいておられた。

わたしはそのときやっと宝石のコンクールに長編を応募して活字になり、協会の前身である探偵作家クラブに入会した直後であったが、まだ伊勢丹の二階以上を占領していた米軍の六十二工兵大隊に勤めていた。

勤めといってもガード勤務であり、ワシントンハイツや六本木の騎兵第一師団などの諸施設を、米軍の番犬みたいに渡りあるいている時代だったのである。

ある晩れいによって、コン棒に軍用ヘルメット姿でモータープールのゲイトに歩哨のG・Iと立っていると、

「大河内君というひといますか」

と、闇のなかから大柄な紳士が近づいてこられた。

それがなんと江戸川先生であった。

ちかくの花園神社周辺の青線街のなかに当時住んでいた朝山さんを訪ね、その帰りにうわさを耳にして立寄られたのである。

こちらもあわてて直立不動の姿勢で敬礼したが、先生のほうも相手の異様な装いにおどろかれたらしい。まじまじとこちらの制服姿を見詰められてから、

「たいへんですね……寝るまがあるんですか」

などと訊ねられた。

立ちばなししてから帰ってゆかれると、よこにいたカービン銃のG・Iが、わたしの緊張した姿に気をひかれて、さかんにいかなる人物かとわたしに聞いたりした。

御貫禄から察して、わたしの旧日本軍時代のジェネラルぐらいに考えたらしい。

「日本のもっともポピュラーな大作家であり、わたしのボスだ」

と説明しながら、われながら感動し、心からなんといい先生だ、よくわざわざチンピラ風情の自分に会いにきて下さったものだ、と昂奮さめやらぬものがあった。


あれから十数年、重ねがさねのお世話になり、わたしども夫婦の仲人までしていただいた先生の、とくにあの夜の想い出は終生忘れがたいものがあるわたしである。


あの頃から十年あまりのあいだの先生は、実によく出歩かれ、連日のように酒席に顔をみせておられた。わたしとしては東京作家クラブの二十七日会、捕物作家クラブ、もちろん探偵作家クラブの会、といった毎月恒例として催されていた集りで欠かさずお会いできたし、しかも先生の場合は、各会の大幹部であるから、なんだかんだと役員会がダブルにあるわけで、加えて御出身校早大の人たちとの竹の会、歌舞伎関係の後援会、その他かならず出席されるきまりの会合だけで、月の半分近くは予定されているありさまであった。

先生のずばぬけて偉いところは、そうした会合に、絶対に無断で欠席されることはなく、また遅刻されることもなかった。

定刻前にピタリと姿をみせられ、したがってわたしのようなずぼら組が入ってゆくと、とうに先生のベレ帽がみえ、誰かしら先着の人達と雑談をかわしておられるのだった。

「遅れると、電話をかけられたりして、気の毒だからね。だからまえの日に、明日の会合の場所や時間をみとくだけだよ」

と、皆出席のコツをこともなげに言われたことがあるが、これほどなし難く守り難いことはないわけで、日頃不精の極みをつくしているわたしなどには、驚嘆のほかないことに思えてならなかった。

しかもそうした会合の帰りは、かならず誰かれのへだてなく連れだたれて、夜更けまで二次会、三次会と銀座、新宿、渋谷、上野などを飲み歩かれるのである。

といって、乱歩先生御自身がさして大酒飲みというわけではなく、極って注文は、黒白の水ワリであり、三、四杯が限度であったことから考えても、先生の飲みかたはにぎわいだ酒席の雰囲気をたのしまれ、またとりまき衆への振舞いをなかば義務視しておられるかの感さえあるほどであった。

だからあきらかに疲れ果てられたお顔で、

「どこか、面白いとこないかね」

などと、さらにこれから飲みにゆかれる店について、連れのわれわれの希望を訊ねられたりすることがおおかった。したがって今になって想えば、先生の御病気になられた原因の一端には、あきらかにわたしども悪童達の責任のがれ難きものがあり、申しわけないともなんとも言葉もない心地に囚われるばかりである。

まことに万事につけ、お世話になりっ放しであった。

乱歩先生への思慕の情は、いま先生との永遠のお別れのときを迎えつのり高まってゆくばかりである。

解題

横井司

1

大河内常平は、一九二五（大正一四）年二月九日、東京市千駄ヶ谷に生まれた。本姓を山田というが、筆名を大河内とした理由は不詳である。山村正夫の『推理文壇戦後史』（一九七三）によれば「家は代々柳営の書院番をつとめた直参の旗本で、祖父は徳川家達公爵の幼な友達だったため、長く執事をしていた関係から」「千駄ヶ谷にあった公爵邸内で誕生した」のだという。柳営の書院番とは、徳川将軍直属の親衛隊のこと。徳川家達は宗家十六代当主で、一八六八（慶応四）年に慶喜から家督を継ぎ、一八八四（明治一七）年に爵位を授けられた。山村正夫は同書で、大河内の母方の祖父は、欧化政策によって衰微した既成茶道を批判して大日本茶道学会を創設した田中仙樵であったとも伝えている。この仙樵は茶人であると同時にアマチュア・マジシャンとしても知られており、昇天斎一旭名義で『西洋奇術自在』（一九〇三）を著し、東京アマチュア・マジシャンズクラブ第三代会長を務めたこともある人物である。仙樵がアマチュア・マジシャンでもあったことは、山村も言及していないのだが、大河内の探偵趣味に影響を与えた可能性もあるという意味では、逸することはできないだろう。

大河内が探偵小説に開眼したのは江戸川乱歩の作品を通してだと思われる。乱歩に親炙した経緯を述べたエッセイ「我が子まで」（五四）において、大河内は「早熟であった」ため「子供の頃から」「大人ものの小説によつて」乱歩の名を記憶したといい、次のように述べている。

家にあつた「明治大正昭和文学全集」五十六巻によつて、先生の代表的な諸短篇を愛読し、またキングに連載された「妖虫」は、専太郎氏の当時としては極めて嶄新なヌード場面の多い挿絵とともに、幼なかりし私の胸に妖しく焼きつくものがあつた。

「専太郎氏」とあるのは岩田専太郎のこと。一九二六〜二七年に吉川英治の「鳴門秘帖」が『大阪毎日新聞』に連載された際の挿絵を担当し、その画名をあげた。尾崎秀樹は「妖虫」の挿絵を、昭和初期の探偵小説分野における収穫としている（『さしえの50年』平凡社、八七）。「妖虫」が連載されたのは、一九三三（昭和八）年十二月号から翌年十月号までだから、大河内が七〜八歳の頃に当たる。確かに「早熟であった」といえるかもしれない。乱歩の華甲記念に寄せたエッセイ「猛虎出庵」（五四）では、そのときに「今に見ていろ僕だつてと、異常な決意をかためた」ことが、現在の探偵作家への道へつながる「根本的な原因」になったと書いている。日本大学芸術学部に進んだのは、文学への想いからなのか、別に理由があったのかについては不詳である。

一九四七年に日本大学を卒業。在学中に結婚し、一子を設けていた大河内は、「アルバイトの延長で」、進駐軍の「二十四時間勤務の警備員（ガード）」を勤めるようになる（前掲「我が子まで」）。その勤めの様子は前掲の「我が子まで」や、乱歩への追悼文「申し訳なし」（六五）などに点綴されているが、こうした経験が後に、米軍基地を舞台とする長編『腐肉の基地』（六〇）や、来栖谷（くるすだに）一平ものの短編「よごれた天使」（五九）などに活かされることになる。また警備員（ガード）勤務を通して、進駐軍の兵舎を建てるために出入りしていた職人など、その筋の人間との交際が生じたことが、日本推理作家協会の理事としての活動を振り返った「回想」（中島河太郎・山村正夫編『推理小説研究15号／日本推理作家協会三十年史』日本推理作家協会、八〇・六）の記述からうかがえる。もっとも山村正夫の前掲書によれば、大学に在学中から「国粋主義に憧れて、頭山満の主宰した右翼団体〝愛国学生連盟〟の一員だった」ことがあり、「下北沢界隈の喫茶店を根城にした不良学生グループ」にも加わっていたという。こうした経験が、後に、与太公（やあこう）ものと呼ばれる、ヤクザものを主人公とする一連のシリーズを書く際の素材となったのであろう。

　前掲のエッセイ「我が子まで」によれば、警備員（ガード）勤務に就きながら「将来の生きかたに闇澹たる想いで悶々している時、某炭坑の渉外課長である知人の家で、ふと積み上つた『宝石』誌にふれ」、通称を百万円コンクールという探偵小説募集の記事に目を止めたのであった。それ以来「勤務の休日をみては、コツコツと乏しき才力と感性をかきたてて、原稿を書き始めた」そうだ。百万円コンクールは、長編、中編、短編の各部門に分かれており、大河内はこのすべての部門に対して作品を投じている。C級の短編部門に山田常平という本名で投じた「妖刀」と、B級の中編部門に大河内常平名義で投じた「無抵抗殺人事件」は、それぞれ最終選考まで残らなかったが、A級の長編部門に投じた「松葉杖の音」は最終選考まで進み、一九五〇年四月発行の『別冊宝石』に掲載された。同時掲載されたのは鮎川哲也「ペトロフ事件」、岡田鯱彦「紅い頸巻（マフラー）」、島久平「硝子の家」という、現在からすると錚々たる面々だった。結局、受賞を逃してしまうが、初めて活字になったことで実質的なデビューを果たしたことになる。同作品は後に『地獄からの使者』と改題して刊行された。

　一九五〇年の暮れに探偵作家クラブに入会。翌五一年一月には『オール読切』に懸賞小説入選作「吸血刀の惨劇」が掲載されている。同作は後に「妖刀記」と改題され『探偵実話』一九五六年一一月増刊号に再録された。この改題名からすると、あるいは『宝石』に投じた短編を『オール読切』に回したものかもしれない。同年三月には、『富士』に「弐拾分間の復讐」を掲載。四月には、『探偵クラブ』に「与太公（やあこう）物語」を発表している他、『富士』と同じ版元から出ていた『実話講談の泉』の別冊だった『探偵実話』（後に単独誌として独立）に「怪奇なる画伯」を発表。『探偵クラブ』（のち『探偵倶楽部』と改題）は当初、『オール読切』の別冊として発行された雑誌なので、同誌の懸賞小説に入選した大河内が寄稿するのも分からなくはないのだが、『富士』に作品を発表するに至った経緯は詳らかではない。『宝石』の百万円コンクールに最終候補として残ったことで名前を知られたからだろうか。

　五一年には右の『富士』と『探偵クラブ』、『探偵実話』を中心に一ダース以上の作品を発表。五二年になってようやく『宝石』に「風にそよぐもの」を発表。さらに、『宝石』の探偵小説募集でデビューした作家の作品を六人の選者で銓衡して賞金を出すという「入賞者大コンクール」に「赤い月」を投じて二席入選を果たした。

しかし、その後も、主たる発表舞台は『探偵倶楽部』や『探偵実話』で、探偵文壇の主流だった『宝石』への掲載は少なかった。その理由は不明ながら、「刀匠」（五二）、「クレイ少佐の死」（五五）、「ムー大陸の笛」（五六）、「安房国住広正」（五七）など、今日、代表作と目される作品はすべて『宝石』に集中している点は注目されよう。『宝石』に発表するということが、当時の新人作家にとっては重要な機会だと意識されていたことを、よく示している。

だが、一九五八年ごろから次第に探偵小説の専門誌と距離をとるようになり、『小説の泉』や『別冊読切傑作集』などの大衆雑誌に軸足を移していく。五七年に日本探偵作家クラブの書記長を拝命して、多忙をきわめていたためだとも考えられるが、それにしても『宝石』への寄稿が激減したのは解せない。詳細は不明である。

なお、この時期、クルス速水の筆名を用いて『読切傑作集』に読者への挑戦小説を読切連載している。作風の本流と目されている風俗スリラーの陰に隠れて見逃されがちだが、大河内には意外とクイズ形式の作品が多いことは覚えておいてもいいだろう。

一九五八年以降は、『探偵実話』を中心に、毎年のように連載長編を手がけている。一九五八年から五九年にかけては「あやかしの刀」（五九年に『九十九本の妖刀』と改題して刊行）、五九年には「腐肉の基地」（翌年刊行）、六〇年には「妖異かむろ屋敷」（同年に『餓鬼の館』と改題して刊行）、六〇年から六一年にかけては「妖怪博士蛭峰幽四郎物語」（六〇年に『25時の妖精』という総題で刊行）、六一年には「夜に挑む男」（同年刊行）と「黒い奇蹟」（六三年に刊行）、といった具合である。このうち『九十九本の妖刀』は、新東宝によって映画化され、『九十九本目の生娘』というタイトルで一九五九年九月十二日に公開されている。今日、ソフト化できないカルト映画として支持を集めており、ある意味、最もよく知られた大河内作品といえるかもしれない。

これらの長編は、刀剣研究家としての知識が活かされた伝奇ものである『九十九本の妖刀』や『餓鬼の館』、米軍基地を舞台とする風俗スリラー『腐肉の基地』、江戸川乱歩の通俗長編を現代に甦らせたと思しい『25時の妖精』やアクションものの『夜に挑む男』、アフリカ大陸を舞台とする伝奇冒険譚『黒い奇蹟』というふうに、その作品世界はバラエティに富んでいた。しかし、探偵文壇の趨勢は、松本清張によって開拓された社会派推理小説に顕著なように、リアリズムの方向へと軸足を移していた。後に山村正夫は「風俗ミステリーから伝奇小説へはばをひろげようとしていた氏の野心が、時代の趨勢で果たせなかった」ことが、「氏の創作意欲を失わせ、愛刀家と軍装研究家としての余技の方へ走らせたのかもしれない」と考察している（前掲『推理文壇戦後史』）。

『黒い奇蹟』を刊行した六二年には、山村正夫によれば「産業スパイ物にも意欲を燃やし『赤い蝎』（略）を連載したが、野心倒れの作に終」ったという（「風俗派の奇人探偵作家＝大河内常平論」『わが懐旧的探偵作家論』幻影城、七六）。「批評でたたかれると、一日じゅう布団をかぶって寝てしまう癖」があった（前掲『推理文壇戦後史』）というだけに、「赤い蝎」の失敗によって創作意欲を失ったものだろうか、六三年以降は創作数が激減し、六七年に「焰」を『推理ストーリー』に発表したのを最後に筆を断ってしまった。クイズ形式の作品まで含めれば、一九七二年に刊行された挑戦小説アンソロジー『あなたは挑戦者』に寄せた作品が最後ということになる。

最後の長編を刊行した一九六二年には、刀剣鑑定の司家(つかさけ)である本阿弥家(ほんなみ)から奥伝(おくでん)を認可されている。また翌六三年に、日本赤十字社が長年にわたって活動に奉仕した者、および高額な社資の拠出者・寄付者、献血に貢献した者に与える日本赤十字社金色有功章を受け、さらに翌年、公益のために私財を寄附した者を対象とする紺綬褒章を授与された。

一九七七～七八年頃、交通事故に遭い、また大病を患ったため、長く病床に伏すようになった。(註)中島河太郎の「大河内常平氏追悼」（『日本推理作家協会会報』八六・七）によれば「その間に戦争物の長篇を手がけたことがある」という。また、探偵小説の執筆から遠ざかってから軍装品の蒐集に没頭するようになった大河内は、「岡山の軍装品を扱う店から、入札目録を兼ねた研究趣味誌があって」「それに毎号精力的に執筆した」そうだ。「はじめは軍装関係の記事だったが、次第に身辺雑記に拡が」っていったというから、それを読めば当時の状況がうかがえるかもしれないのだが、残念ながら正確な誌名が不詳であるため調査確認することができなかった。その雑誌も大河内の生前に廃刊してしまったという。

一九八六（昭和六一）年六月二六日、四十度の高熱に見舞われて風邪と診断されたものの、その後容体が急変したために救急車で運ばれる途中、肺炎のために不帰の人となった。享年六十一。

（註）『日本推理作家協会会報』に載った追悼文で、中島河太郎は「車の事故に遭ってから、いくつかの難病を併発し、療養九年に及んだ」（「大河内常平氏追悼」）と書き、山村正夫は「八年前、不慮の交通事故を起こして、頸部の手術に加えて胃の三分の二と腎臓の片方を摘出するという大手術を三度も受けて以来、長く病床に臥す身だった」（「愛すべき奇人作家」）と書いている。療養九年目の八六年に亡くなったのだと考えれば、交通事故にあったのは、八年前の七八年ということになるが、正確なところは判断がつかないので、ここでは「一九七七〜七八年頃」としておいた。

大河内の著書の中でも、篠田光男との共著『趣味の日本刀』（六三）は、再三にわたって補訂を繰り返し、再刊されたが、創作の方は、単行本が再刊されることもなく、時たま短編がアンソロジーに採録されるだけで、再評価の機会を逸したままだった。近年になって『ミステリ珍本全集』（戎光祥出版）の一冊として『九十九本の刀』を始めとする刀剣研究家としての知識が活かされた作品が日下三蔵編でまとめられ、再評価の気運が高まりつつある。そこで論創ミステリ叢書では、先にあげた、大河内の代表作と目されながら不思議とこれまで単著としてはまとめられてこなかった作品である「赤い月」、「クレイ少佐の死」、「ムー大陸の笛」や、大河内が創造した代表的な名探偵キャラクターである来栖谷一平が登場する、謎解き味の強い作品群を全二巻にまとめ、大河内の探偵小説方面での業績を俯瞰できるようにした。もっとも、大河内の作品はバラエティに富んでおり、エロティック・ミステリや風俗スリラー、あるいはまた与太公ものを併せて読まなければ、その作風を十全に捉えることはできないのだが、紙幅が限られている事情もあり、それについては他日を期したいと思う。

『大河内常平探偵小説選』第一巻では、私立探偵の来栖谷一平が活躍する作品を軸として、その探偵小説観をうかがわせるエッセイを併録した。大河内が創造したシリーズ・キャラクターの魅力を味わっていただければ幸いである。

2

以下、本書に収録した各作品についての解題を記しておく。作品によっては内容に踏み込んでいる場合があるので、未読の方は注意されたい。

〈創作篇〉

『夜光る顔』は、一九五九年一一月、新文藝社から上梓された。その後、『夜光獣』と改題の上、一九六三年一月、雄山閣出版から再刊された。初刊本である『夜光る顔』のカバー背には「新作推理長篇」と書かれているが、実質的には短編集であり、現在でいうところの連作長編だと考えるとしっくりくる。

『夜光る顔』という総タイトルが付されているが、各編の内容を読んでも、それに対応する設定なり趣向なりは見られず、単に長編としての体裁を整えて販売するために付けられたものとしか思われない。初出時には「来栖谷一平名探偵物語」ないし「来栖谷一平私立名探偵物語」というシリーズ名が付されていたが、基本的に読み切り短編という扱いだった。なお、新文藝社版のタイトル・イメージを踏襲した『夜光獣』という改題名も、別作品という印象を与えることで、すでに購入した読者にも買わせようとする販売戦略ではなかったかと思われる。

雄山閣出版から再刊された『夜光獣』は、総題だけでなく各編のタイトルも改題されているが、それらは必ずしも大河内の意図を反映したとはいえない節がある。というのも、飛鳥高の『甦える疑惑』（五九）が雄山閣出版から再刊された際も『灰色の川』（六一）と解題され、各章のタイトルまで変えられているのだが、『SR MONTHRY』二〇一一年四月号に掲載された「飛鳥高インタビュー」によれば、「無断で出版社に出された本」なのだそうだ。そうした点を鑑みると、『夜光獣』も大河内が目を通しているかどうかは怪しいように思われる。それに改題名が必ずしも、原題より良くなっているとは思えず、「人間宝石箱」や「歪む弾丸」など、プロットやトリックの要諦を明かしてしまっているという意味からは、むしろ悪しき改題だといえるだろう。

論創ミステリ叢書では、基本的に初出誌を底本とするようにしているが、今回、初出誌をすべて揃えることはできなかったため、新文藝社版を底本とした。作者生前最後の版である雄山閣出版のテキストを底本としなかったのは、右に述べたような事情に拠る。新文藝社本と雄山閣出版本とで本文の異動はなく、前者がそのまま後者に流用されたと考えられるので、新文藝社本を作者の手が入った最後の版と見なすことにした。

なお、手許にある初出誌の本文と新文藝社版の本文とを比較すると、単行本に収録する際に、初出時の振り仮名がすべて取り除かれていることが分かった。そのため、与太公（やあこう）ものなどで頻出する、スラングを振り仮名で当てる表現スタイルも、すべて解消されてしまい、作品によっては面目が変わってしまったものもある。たとえば、アメリカ渡りの犯罪者が登場する「地底の墓標」や、基地の街を舞台とする「よごれた天使」などは、スラングだけでなく英語表現を示す振り仮名がすべて落ちているため、初出誌と単行本とで作品世界の印象が微妙に異なってしまっている。そこで本書では、初出誌が実見できたものに関しては、掲載時の振り仮名を参照し、一部活かすこととした。

以下、各編について簡単に述べておく。巻号数は国会図書館のデータに基づく。

「**地底の墓標**」は、『別冊読切傑作集』一九五九年五月号（六巻五号、通巻五四集）に掲載された。雄山閣出版本では「工事現場の埋葬」と改題された。

初出誌を確認することができず、掲載時の振り仮名を復元することはできなかった。続いて発表された「名馬フジヒカリ死す」のテキストから判断して、「興行師ジョニイ」は「興行師（ショーマン）ジョニイ」と復元しようかとも考えたが、そこだけ復すると他の部分とのバランスが悪くなると判断して、単行本のままとした。諒とされたい。

「**姿なき犯罪**」は、『別冊読切傑作集』一九五九年六月号（六巻六号、通巻五五集）に「名馬フジヒカリ死す」と題して掲載された。本文タイトルには「来栖谷一平名探偵物語　第二話」とあり、目次には「探偵小説」と角書きされている。雄山閣出版本では「宮館厩舎事件」と改題された。

本作品に関しては、初出時のタイトルが最も良いように思われたが、先に記した方針に従って復元していない。

「**脱獄囚と宝石**」は、『別冊読切傑作集』一九五九年七月号（六巻七号、通巻五六集）に掲載された。雄山閣出版本では「人間宝石箱」と改題された。

初出誌を確認することができず、掲載時の振り仮名を復元することはできなかった。冒頭にある「先日の『姿なき犯罪』の日に」は、雑誌掲載時には「先日の名馬フジヒカリ事件の日に」などのような表現だったかとも思われるが、不詳。

「消えた死体」は、『別冊読切傑作集』一九五九年八月号（六巻八号、通巻五七集）に「消えた屍体」と題して掲載された。本文タイトルには「来栖谷一平私立名探偵物語（第四話）」とあり、目次には特集「推理探偵三人集」の一編として掲載されている。雄山閣出版本では「逃げる死体」と改題された。

「海底の金塊」は、『別冊読切傑作集』一九五九年九月号（六巻九号、通巻五八集）に掲載された。雄山閣出版本では「海底の悪霊」と改題された。

初出誌を確認することができず、掲載時の振り仮名を復元することはできなかった。

「よごれた天使」は、『別冊読切傑作集』一九五九年一〇月号（六巻一〇号、通巻五九集）に掲載された。本文タイトルには「来栖谷一平名探偵物語（第六話）」とあり、目次には「推理探偵」と角書きされていた。雄山閣出版本では「歪む弾道」と改題された。

本作品では一箇所、初出時の振り仮名を活かしたために、単行本の表現を初出時のものに戻した箇所がある。138ページ下段の「美人（ハク）の女の争奪戦」は、単行本では「美しい女の争奪戦」と変えられていたが、初出時のものに復した。諒とされたい。

『本格ミステリ・フラッシュバック』（東京創元社、二〇〇八）では、本作品集について次のように紹介されている（執筆は大川正人）。


私立探偵・来栖谷一平を主人公とした、六篇収録の短篇集。分類するならば通俗アクション小説になるのだろう。やくざものが消失する、不可能興味を持った事件の謎解きが秘密クラブとの対決に発展してしまう「工事現場の埋葬」や、鎧武者の亡霊が闊歩する屋敷に隠された財宝の謎を解く「海底の悪霊」などは、徹頭徹尾通俗ものである。

それでもここで取り上げてしまうのは、風俗派と称されていた大河内が時おり見せる意外な謎は、まったく無視するには惜しいだろうと思われるからだ。大河内の作品には、やくざの抗争や強盗団の暗躍などの通俗的な物語が、解決篇において突然、探偵役によって密度の濃い謎解きがおこなわれ構図が逆転するようなものが少なからずある。この短篇集の収録作でみると、「宮館厩舎事件」「人間宝石箱」ではいずれも密室と言ってよい状況で変死体が見つかる。「逃げる死体」では来栖谷が殺人犯として疑われ、また罠にはめた人物を追い詰めた先で新たな消失の謎が生まれる。「歪む弾道」では暗闇での奇妙な狙撃事件が扱われる。いずれにしても、がちがちの本格を期待するような話ではないが、軽く見ると足元をすくわれる類の短篇である。

ガイドブックという性格上、プロットについて詳述することを避ける必要があり、本格ミステリとしてのポイントを漠然と伝えるにとどまっているが、『夜光る顔』の読みどころを語って余すところがない。これに付け加えるなら、「地底の墓標」にも、G・K・チェスタトンが某短編で使用したトリックを流用したと思しい準密室トリックが出てくる。「姿なき犯罪」の場合、被害者が死ぬ前に話していた「夜釣の練習」という言葉の謎が盛り込まれているし、殺害方法の謎が八百長競馬の方法と関係づけられているプロットが見事である。また「よごれた天使」では、殺害方法とアリバイ・トリックとが結びつけられている点もさることながら、犯人の計画が思わぬ事態によって狂ってしまったために謎が生じるあたりが、「消えた死体」における、死体が消失しなければならなかった理由を推理することで真相に到達するという展開と共に、単なるトリック小説にはとどまらない新味のあるプロットを構築しており、注目されよう。

『25時の妖精』は、一九六〇年一二月、浪速書房から上梓された。

本作品の成り立ちは『夜光る顔』以上に錯綜している。基本的には『読切時代小説』に連載された「妖怪博士蛭峰幽四郎物語」ないし「妖怪蛭峰幽四郎博士物語」全六話がベースとなっている。初出時のタイトルと掲載年月日は以下の通り。

第一話　海底の裸女　一九六〇年九月号（一巻五号）
第二話　地底の獣人　一九六〇年一〇月号（一巻六号）
第三話　午前零時の怪人　一九六〇年一一月号（一巻七号）
第四話　生けるミイラ　一九六〇年一二月号（一巻八号）
第五話　仮面の吸血鬼　一九六一年一月号（二巻一号）
最終回　暗黒の船底　一九六一年二月号（二巻二号）

これらを単行本にまとめるにあたり、各話のタイトルを省き、掲載時の章立てを修正するなどして、長編小説としての体裁を整えている。「仮面の吸血鬼」と「暗黒の船底」以外のテキストが入手できなかったため、本書では単行本を底本とした。

単行本としてまとめる際に、「仮面の吸血鬼」と「暗黒の船底」の間に、『読切傑作集』一九六〇年十一月号に発表した「怪盗東京ジョニー」を、そのまま組み込んで一本としている。「怪盗東京ジョニー」に登場する探偵役は、銀座六丁目に事務所を構える私立探偵・青山健一郎であったが、これを来栖谷一平に改めた他は、特に変更はない。来栖谷シリーズにおける君津美佐子に相当する「秘書の女の子」は、初出時にも名前がなかった。本書260ページ下段から267ページ下段にかけての部分は、「怪盗東京ジョニー」を組み込んだために話のつながりがおかしくなった体裁を整えるための、書き下ろし部分だと思われる。

本作品の初刊本は、『夜光る顔』に比べると、掲載誌の振り仮名が採録されている方だが、それでも手許にある「仮面の吸血鬼」、「暗黒の船底」、「怪盗東京ジョニー」と照合してみると抜けが目立つ。それらについては『夜光る顔』と同様、極力再現した。第一話から第四話までの本文とそれ以降とを比べると、違和感を覚えられるかもしれないが、諒とされたい。そもそも作品世界が異なる妖怪博士蛭峰幽四郎物語に「怪盗東京ジョニー」を組み込むことで、作品の結構に歪みをもたらしていることを思えば、そこまで気を遣う必要はないのかもしれないのだが。

なお、単行本と初出誌の発行年月を比較すると明らかなように、雑誌の最終話は単行本刊行後に掲載された形になっている。雑誌発行月の通例として、奥付のひと月前に書店に並んだものと考えても、最終話が読者の目にふれたのは明らかに単行本刊行後だと判断せざるを得ない。したがって「暗黒の船底」にあたる部分は、単行本が初出ということになるだろう。連載時、東京ジョニーについては一度もふれられていないのに、最終回でいきなり言及されるのは、そうとでも考えなければ理解できない。『読切時代小説』と『読切傑作集』の版元が同じ双葉社とはいえ、初出時に読んでいた読者の驚きは想像するにあまりある。

単行本化に当たって『25時の妖精』という、物語の内容をまったく反映していない総タイトルが付けられたのは、『夜光る顔』と同様、新作長編と思わせる販売戦略からだろうが、最終回が雑誌に先行して刊行されることへの配慮もあったのかもしれない。良くいえば大らか、悪くいえばいい加減としかいいようはないが、こうした大らかさは当時の出版界の体質だったのか、著者である大河内自身のものか、判然とはしない。

大らかといえば、長編化するにあたって書き下ろした箇所に出てくる、秘密クラブの催したショーの一部を、『夜光る顔』の「地底の墓標」から流用しているのは、江戸川乱歩がいわゆる通俗長編において、自身の作品をリテイクしていることを思い合わせれば、いかにも通俗スリラーらしい処理というべきだろうか。

本作品は、少年時代に乱歩の『妖虫』を読んで探偵小説に開眼した大河内が、その乱歩の通俗長編を現代に甦らそうとした試みとして位置づけることも可能である。大川正人は「大河内常平鑑賞」(『ミステリ珍本全集月報7』戎光祥出版、二〇一五・四)において、『25時の妖精』と『黒い奇蹟』(六三)について「乱歩の少年探偵団後期作の荒唐無稽な内容をそのまま大人向けの読物にしたようなケレン味あふれる物語で、呆気にとられてしまうはずだ」と述べている。もっとも、蝙蝠怪人の正体をめぐる謎解きについては、大川のいう通り「呆気にとられてしまう」と同時に、「がちがちの本格を期待するような話ではないが、軽く見ると足元をすくわれる類」(前掲『本格ミステリ・フラッシュバック』)の謎解きとして、強烈な印象を受けるのではないか。

来栖谷一平は本作品以後、アクションものの長編『夜に挑む男』(六一)にも登場し、活躍している。こうした、作品のテイストを選ばない活躍ぶりは、これまた乱歩の明智小五郎を連想させるものがある。横溝正史の創造した名探偵・金田一耕助が、いわゆる正統的な、折り目正しい作品だけでなく、通俗作品にまで顔を見せているのとも、軌を一にしているといえようか。

続いて収めた二中編は、『夜光る顔』の「海底の金塊」や『25時の妖精』に見られるような、伝奇的作風を色濃く示していることを鑑みて、併録したものである。

「蛙夫人」は、『探偵実話』一九五一年一〇月号(二巻一〇号)に掲載された後、『地獄からの使者』(榊原書店、五七)に収録された。単行本収録にあたっては各章のタイトルがアラビア数字に改められている。

初出時には本文タイトルに「大長篇読切探偵小説」と銘打たれ、リード文には「近く映画化の企画進行中の問題作!」と書かれていたが、実現した形跡はない。

語り手が大河内という探偵作家で、旧制中学時代からの友人である小森検事とともに事件解決に当たるというスタイルは、デビュー作「松葉杖の音」で採用されたものである。同作品が改題刊行されるとき本作品が併録されたのは、そういう点にも由来するものであろう。

「**ムー大陸の笛**」は、『宝石』一九五六年一二月号（一一巻一六号）に掲載された。その後、探偵作家クラブ編『一九五七年版探偵小説年鑑―探偵小説傑作選―』（宝石社、五七）に採録された。

初出時の目次には「秘境怪異」と角書きされていた。単なる秘境ものの怪奇小説だと思って読んでいると、思いもよらぬ凶器トリックのアイデアが盛り込まれていることが分かり、驚かされる作品。

本作品は江戸川乱歩がルーブリック「戦後派と古典趣味」（『宝石』五七・一二）で、「赤い月」（五二）、「クレイ少佐の死」（五五）とともに代表作としてあげており、また中島河太郎は「探偵小説一九五七年」（『探偵倶楽部』五七・一）で、一九五六年に発表された印象に残った短編のひとつとして言及している。

〈評論・随筆篇〉

以下の評論・随筆はいずれも単行本初収録。

「**徒然　探偵小説ノート**」は、一九五三年一月三一日発行の『鬼』第八号に掲載された。初出時には「徒然」が角書きだったが、本書では表題の通りに変更した。

「**猛虎出庵**」は、一九五四年一〇月三〇日発行の『黄色の部屋』六巻二号に掲載された。

「半太郎」は長岡半太郎、「清輝」は黒田清輝のこと。「クレマンソー」はフランスのジャーナリストで政治家のジョルジュ・クレマンソーのことか。

「**我が子まで**」は、一九五四年一一月一〇日発行の『別冊宝石』四二号（七巻九号）「江戸川乱歩還暦記念号」に、諸家が寄せた感想文集「乱歩万華鏡」の一編として掲載された。

「**うつし世は夢**」は、一九六二年二月一五日発行の『別冊宝石』一一〇号（一五巻一号）に掲載された。

「**申し訳なし**」は、一九六五年一一月三〇日発行の『推理小説研究』創刊号に、諸家が寄せた追悼文集「乱歩氏をしのぶ」の一編として掲載された。

［解題］**横井 司**（よこい つかさ）
1962年、石川県金沢市に生まれる。大東文化大学文学部日本文学科卒業。専修大学大学院文学研究科博士後期課程修了。95年、戦前の探偵小説に関する論考で、博士（文学）学位取得。共著に『本格ミステリ・ベスト100』（東京創元社、1997）、『日本ミステリー事典』（新潮社、2000）、『本格ミステリ・フラッシュバック』（東京創元社、2008）、『本格ミステリ・ディケイド300』（原書房、2012）など。現在、専修大学人文科学研究所特別研究員。日本推理作家協会・本格ミステリ作家クラブ会員。

おおこうちつねひらたんていしょうせつせん
大河内常平探偵小説選Ⅰ　〔論創ミステリ叢書97〕

2016年4月10日　初版第1刷印刷
2016年4月20日　初版第1刷発行

著　者　大河内常平
監　修　横井　司
装　訂　栗原裕孝
発行人　森下紀夫
発行所　論　創　社

〒101-0051 東京都千代田区神田神保町2-23 北井ビル
電話 03-3264-5254　振替口座 00160-1-155266
http://www.ronso.co.jp/

印刷・製本　中央精版印刷

Printed in Japan　ISBN978-4-8460-1520-6